伊藤正義 中世文華論集

片桐洋一
信多純一 監修
天野文雄

第一巻 謡と能の世界(上)

三木雅博・大谷節子 編

和泉書院

著者照影

撮影・三浦暁子

謡と能の世界（上）目次

凡　例

一、本著作集は能楽を中心にしつつ、それをとりまく中世の文学や思想について広く考究した故伊藤正義氏の長年にわたる著述を六巻に集成したものである。

一、本著作集には、著者がその生涯に執筆した著述から、能楽研究や中世文学研究のうえでとりわけ重要と認められるものを選んで収録した。選定にさいしては、著述の長短や、論文、書評、座談会といった形態は問わなかった。

一、本著作集に収録した著述の多くは雑誌や叢書等に寄稿されたものであるが、一部、『金春禅竹の研究』のように単著として刊行されたもの、著者の校注になる新潮日本古典集成『謡曲集』の「各曲解題」なども収録した。ただし、『謡曲雑記』（和泉書院、平成元年）のⅡⅢの章は、『謡曲入門』（講談社学術文庫、平成二十三年五月）として刊行されているので収録しなかった。なお、同書のⅠ「雑記序章」所収の二篇は第一巻に再録した。

一、各巻の書名は、第一巻〜第四巻については、基本的に著者編『磯馴帖』「村雨篇」（和泉書院、平成十四年）所収の著者自身の手になる「伊藤正義分類執筆目録」の大分類項目を採用した。各巻の章名も同目録の分類小項目を採用している。ただし、第三巻の「金春禅竹の研究」は原著の書名・章名に拠っている。また、第五巻、第六巻の章名は本書編集にさいして、新たに付したものである。

一、各巻の論考の排列も、基本的に「伊藤正義分類執筆目録」の排列に拠ったが、編者の判断で排列順を変えたところもある。

一、収録論考は初出のままとしたが、章節の形態、注の形態、書名のカッコの形態、年号の表記等、形式面については著作集としての統一をはかった。また、漢字は新字体に、仮名遣いは新仮名遣いに統一した。

一、論考の末尾に研究上重要なことがらが「付記」として記されている場合、著者が後年に説を変えている場合などは、必要に応じて、各巻末の「補注」にまとめて記した。

一、各巻に「解説」を付して、当該巻に収録された論考の研究史上の意義あるいは位置についての解説とした。

一　能と古典文学

謡曲と中世文学

一　はじめに

このたび「謡曲と中世文学」という題目を掲げましたが、それについては、ご承知のように、昭和五十九年五月の中世文学会において、「謡曲の文芸性をめぐって」というシンポジウムが行なわれ、学会誌『中世文学』三〇号に載せられているとおりでありますが、そこで私は「新潮古典集成の謡曲集をまとめる最終段階では、謡曲の文芸性について自分なりの総括をする必要があろうと覚悟しています」という発言をしておりまして、このたび中世文学会での講演を仰せつけられたについては、私にしてみれば、先の発言の責任を問われているような気持ちにならざるを得ないのですが、それにつけても、あらためて例のシンポジウムの記録を読み直すとき、そこで提起されている問題の極めて重要かつ豊富なことに、いまさら驚いた次第で、それらをも合わせとりこみつつ、謡曲の文芸性についての私なりの解答を書くということは、いずれ果たさなければならぬとは思いますものの、今すぐにはできそうもありません。それはそれとして、このたびせっかくの機会を与えて下さったことをよいことにして、中世文学研究にとっての謡曲が、謡曲に独自の課題のほかに、謡曲が中世文学の一環を占めている以上、当然その他の分野とも深く関わって、謡曲研究だけではカバーし切れないいろんな課題があるわけですから、そこで、それらについて、中世文学研究のそれぞれのご専攻の視野の中に謡曲をも加えていただいて解明されることを期待したいという魂胆から、謡曲研究の側からみた中世文学一般に関わる問題の一端を申してみようと考えた次第であります。「謡曲と中世文学」と題しましたのも、そういう意味合からのことで、中世文学としての謡曲、あるいは、中世文学史における謡曲といった観点につなげたいと思ってはいますが、なんとも無細工な題目で、しかも、格別耳新しいこともなく、また中には、すでに指摘済みのことなどもあろうかと思います。あらかじめご容赦をお願いしておきます。

さて、近年とみに進展しつつある謡曲の作品研究の方法は、謡曲を能の台本とみる立場から、作者・諸本・典拠素材・構想と構成・主題・演出史などについて考察を加えるというかたちが一般でありますが、一方、謡曲を、舞台芸能としての能からも、音曲としての謡からも切り離し、独立した文学作品として読むべき主張もあります。それについては、一般の作品研究に、文学的解釈というか、文芸批評的研究という側面が欠けていることへの批判でもあろうと思われます。謡曲が文学である以上、その文学性について考究すべきことは言うまでもありませんが、謡曲の文学的独立性を確保することによってのみ、その文学性の追求が可能だと言うわけのものではないでしょう。研究のあり方が多面的であることはむしろ歓迎すべきことではありますが、謡曲の基本的性格として、それが能の台本として機能すべく作られたものであることや、その中心的作者は世阿弥や禅竹など能役者でもあったことなど、謡曲独自の性格をふまえるとき、謡曲の文学的特徴はより明らかになる面が多いのです。謡曲の文章は、その文意を補うべき舞台上の所作を前提にして書かれているとも言えましょう。成立当時の動きがどうであったかは、もとより知るべくもありませんが、それ以後現代までなお生き続けている能は、それぞれの時代に演じられたかたちを型付をはじめとする諸伝書に留めています。それらは通常演出史の資料として利用されていますが、私はそれを能の台本としての謡曲の解釈の史料としても極めて有効であると考えています。具体的なことは今は省略せざるをえませんが、同様のことは、謡曲のテキストとしての謡本の変遷に伴なう異同のあり方にも窺うことができます。ともあれ、謡曲を文学として読むについても、能として演じ続けられて来ているためにわれわれに与えられている研究上の手がかりは、まことに大きいものがあると思うのです。

それはそれとして、能をいかに作るべきかという規範を、世阿弥は『三道』において、種・作・書のそれぞれの面から説いています。いま中世文学としての謡曲の特徴を考えるについて、それに基づきつつ私なりの言い替えをしてみると、書（表現）は、謡曲の文学的表現の継承と展開、種（素材）は、謡曲の素材的発見と文学世界の拡大、作（構成）は、謡曲の文学的形態の創造と展開、ということになりましょうか。もっとも、その全体にわたって申し上げる時間はありませんが、その一端をなるべく問題を普遍化して申し上げ、ご教示を得たいと存じます。

二　謡曲の表現

㈠　謡曲のことば

謡曲を読むとき、活字本によるにせよ、または謡本によるにせよ、ともかくもそこに記された文字表記をたどって読むわけですが、本来は、世阿弥自筆の能本の表記がほとんど片仮名書であることからも知られる通り、耳からの伝達を前提として、なによりもまずことばを正確に言うことが肝要であったはずで、能本の表記は謡の性質とも深く関わっていると思われます。平仮名で書かれるようになった室町時代の古謡本の場合も、同様の事情を持ちながら、さらにその時点で、多分に意味不明になってしまったという一面も生じたでしょう。そこで室町末期の謡本の中には、部分的ながら漢字が宛てられることがありますが、その場合、仮名書の本文の横に漢字が注されるかたちのほか、本文そのものに漢字が宛てられることもあります。しかも、同一の曲が重複して残されている金春喜勝節付本や、車屋本などによれば、その宛てられている漢字が、本によって異なっている場合もあります。つまり、それはとりもなおさず謡本書写作成のそれぞれの時点で、解釈作業をも伴なっているのだと言えましょう。なお、謡本は本文の書写と節付とが同一人とは限りません。永禄六年（一五六三）の喜勝節付本《楊貴妃》の巻末に「右筆杜右兵衛尉」の署名が見えるのは、筆者を明示した極めて珍しい例ですが、たとえ筆者は明らかならずとも、書写の過程で漢字を宛てる解釈作業が、その流儀の大夫に限られたわけではない事情を窺わせています。さらにその過程で、漢字を宛てるだけでなく、本文の改定に及ぶ場合のあることも留意しておかねばなりません。

謡曲に漢字をあて、その意味を明らかにしようとする解釈作業の、最も大がかりで最も早いのが、文禄年間（一五九二—一五九六）に始められた『謡抄』の編纂事業であります。その間の事情については別に述べたことがあり（「謡抄考」『文学』昭和五十二年十一月—五十三年一月、本論集第二巻所収）、それをご参照願いたいのですが、それが成立した結果は、以後の謡曲に非常な影響を与えました。江戸初期刊行の謡本には、それ以前の古写本に比べて多くの漢字が宛てられていますが、それは特に観世流謡本の場合、全面的と言ってよいほど『謡抄』によっています。その結果、謡本は謡曲として読めるようになったとさえ言えるでしょう。しかし一方で、その時点で誤った宛字が、そのまま引き継がれて現在に至る例も少なくはなく、あるいはそれを改訂したものの、結果的には『謡抄』に戻るべき例もまた少なくはないのです。またあるいは、現在に引き継がれている誤りの責任が、必ずしも『謡抄』にあるとは言えぬこともあります。要するに謡曲が、古典として継承され、流儀の謡本として生き続けてはいるものの、本文的にはまだ完備していない部分を残していることは、注意しておくべきだと思います。

具体的にはきりのないことですが、たとえば、《朝長》に「心耳ヲスマセル玉文ノ瑞諷」の字をあてて、「此字タルベキカ。此字ナラバ玉文ハ経文ヲホメテ玉ノ字ヲソヘタルカ」と、『謡抄』はいわば存疑のかたちで一つの解を示しているのですが、にもかかわらず、以後はその解釈を踏襲してきました。この場合は、落合博志氏も指摘されたように、世阿弥の『五位』に「曲聞の瑞風」というところをふまえているのです。

ところで、漢字を宛てることは、文脈に即したことば自体の解釈であると共に、そのことばや文が基づくところの典拠とも無関係ではありません。観阿弥が作曲した「李夫人の曲舞」は《花筐》のクセに取り入れられていますが、その一節に「李夫人はもとはこれ、上界のへきせう、くはすいこくの仙女なり」と述べています。『謡抄』は「文字ニハ嬖妾トカキテ、本ハヘイトヨムゾ」と、この場合は本文批判に及んでいます。以後この嬖妾説が継承され、謡曲における訛伝とも見なされているようです。また、『謡抄』には「くはすいこく」には言及せず、現行観世流謡本にも仮名書のままになっています。しかし、『唐鏡』に「李夫人、仙女ニテアリケレバ、上界碧落花蘂宮トイフ所ヘ帰リマイリケリ」と見えるところを参照すれば、「へきせう」は嬖妾の訛伝というより、むしろそのままに碧霄（碧落に同意）とすべきだと考えられ、花蘂宮を花蘂国とすることとも合わせて、ここは『唐鏡』と同根の資料を典拠とすることが想定されます。

以上を要するに、漢字を宛てることがとりもなおさず謡曲の解釈に直結するのではあるけれど、一旦宛てられた漢字は、往々にしてそれを前提にして考えがちであります。なにも謡曲に限ったわけではありませんが、とりわけ謡曲については、漢字の衣を剝いで一度裸にしてみる必要のある場合が多いのです。

ところで、そのことはまた、漢字の宛て方の適否というだけのことではありません。辞書を見ると、その語の初出例が謡曲である場合が少なくないのですが、そんな語については、とりわけ注意を払っておく必要があります。たとえば、《藤戸》によると、佐々木盛綱が藤戸の渡りを教えた漁夫を「あれなる浮き州の岩の上に」連れて行って刺し殺すのですが、その「浮き州」は、辞書では、水面上に浮いているように見える洲だと説明されるのが普通で、初出例として示されるのは《藤戸》の場合、もしくは《鵜》の「鵜殿も同じ葦の屋の、浦わの浮き州に流れ留まつて」という部分です。ところで、《鵜》のこの部分は頗る技巧的な文飾が施されており、鵜の死骸をうつほ舟に乗せて流した淀川筋の葦の名所の鵜殿を、鳥類の鵜の縁で点出し、流れ着いた芦屋の浦に、歌語の葦の裏葉を重ね、その葦の葉を集めて作った水鳥の浮き巣に、海辺の洲をもいい掛けてそこに流れ留まったのだというのです。海辺の洲については、あるいは歌語の浮き島のイメージも重なるかもしれません。《鵜》の場合の「浮き州」は、このような文飾語として機能しており、ある実体を意味する語ではなかったと考えられます。しかし《藤戸》では「浮き州の岩」と具体性を持ってきています。『平家物語』には見えない「浮き州」という語は、《鵜》よりもむしろ《藤戸》において成立したと言うべきかもしれませんが、「あれに見えたる浮き州の岩の、少しこなたの水の深みに」隠した死骸が「折節引く潮に、引かれて行く波の、浮きぬ沈みぬ……岩のはざまに流れかかつて」というあたりからも、明らかに《鵜》の右の部分をふまえていることがわかります。《鵜》によって《藤戸》の「浮き州の岩」という表現も有り得たのだと言わなければなりません。とすれば、「浮き州」

という語はやはり世阿弥の謡曲によって作り出された語だと言うことになるでしょう。文学上の歌語という呼称にならって言えば、謡曲語とでもいうべきことばがあり、それ自体の語彙史的課題もさることながら、さらにはそれ以後の文学表現の世界を広げていることにも注目すべきだと思うのです。

(二)　謡曲と和歌

謡曲は能の台本であるとともに、謡曲自体は文学の一様式を形成しており、かつその一曲全体を一個の長編詩として捉えることに格別の異議はありますまい。さればこそ謡曲はその表現形式において、基本的に和歌世界の伝統を継承するのです。先行のさまざまの和歌や和歌的表現によって綴られた謡曲の文章を「錦の綴れ」と評して、必ずしも誉め言葉としてではなくて受け継がれてきたのですが、謡曲でなくとも、詩文学の形態によるときは、そのような表現方式はいわば必然であり、問題はその方式にあるのではなく、結果としての表現の成否にあると言うべきでしょう。表現のありようこそ、文学の文学たる一大要件であるはずです。

謡曲と和歌というテーマでは、謡曲に引かれた和歌を拾い上げて、それらがどんな歌集どんな書物に見られる和歌であるかを集大成するかたちで、はやく佐成謙太郎氏（『謡曲大観』）や峯岸義秋氏（『能楽全書』）の成果があります。謡曲の注釈がやや進んだ現在ではそれにもう少し補足することができるようですが、これからは実際のところ、もっと作品の内容に即し、作者の方法に即して、このことを考えなければならないと思われます。たとえば《花筐》一曲全体の構想に大きく関与していると考えられるのが、「あぢま野に宿れる君が帰りこむ時の迎へをいつとか待たむ」という『万葉集』巻十五の歌と、「花がたみめならぶ人のあまたあれば忘られぬらむかずならぬ身は」という『古今集』歌であります。しかしこれは一曲中に引用されているわけではないので、引歌に基づく前記のような収集法では漏れてしまうことになります。また、もしそれを拾い出したとして、前者の場合を、『万葉集』に依拠したと考えてしまっては、全くの誤りではなくとも正確ではないでしょう。なぜなら、《花筐》は継体天皇の越前時代を取り上げるにあたり、その場所を味真野に結び付けるについては、『五代集歌枕』や『八雲御抄』などが、この万葉歌をもって味真野を歌枕とすることと無関係ではないと思われるからです。作者である世阿弥の『万葉集』の理解には、『詞林采葉抄』が重要な位置を占めていると考えられますが、それにはこの歌が取られていないことや、『夫木和歌抄』が味真野を「越前」としてこの歌を収めることなどからは、もう少しひろく中世和歌世界の理解のあり様を反映させていると予想されます。「花がたみ」の歌については、それが『俊頼髄脳』に「花かつみ」に関連して引かれていることも、世阿弥と『俊頼髄脳』の関わりの深さからいえば、特に注目されるところです。あるいはまた、世阿弥以後に成立した謡曲の場合、世阿弥の謡曲で引かれた和歌を直接の典拠とすることも少なくないようであります。今後の課題は、従来の注釈が（私の場合も含めて）指摘した引用和歌を、より直接的な典拠を求めることであり、それによって、おおげさに言えば、作者の方法にも関わり、あるいは当時の和歌享受の実態にも及ぶ、重要な問題が解明されることにもなるのではないかと考えているのです。

ところで、謡曲における和歌の利用のあり方については、大きく三つに分けることができます。その一は、謡曲一曲中におけるいわゆる主題歌としての和歌。たとえば《忠度》の場合、「行き暮れて木の下蔭を宿とせば花や今宵の主ならまし」という歌は、一曲の主題を示し、一曲の展開を方向付け、一曲の表現上の主旋律を奏でている、という意味からも、典型的な主題歌といってよいでしょう。

さて、その二は、和歌一首がそのまま、もしくはそれに近いかたちで引かれ、その歌意が謡曲の文意に深く関わっているもの、とでも言ってよいでしょうか。というのも、これには実にさまざまのかたちが認められるからで、主題歌というわけではないけれどもそれに近い《江口》や《西行桜》のような歌問答、また、桜尽くしの歌を並べ立てて情趣性を盛り上げた《桜川》のような例もあれば、一首の引用にそれを凝縮した場合など、細分化すればきりがなく、といって、形式的分類をしてもあまり意味がない。むしろ作者の方法に関連付けて考えるのが有効かも知れません。なお、和歌と同じく、連歌の作品が謡曲中に引かれることは、これまでも僅かながら指摘されていますが、これはまだもう少し広がるようで、大谷節子氏が調査を続けられており、その成果を待ちたいと思います。

その三は、和歌の引用というより、和歌の表現を借りたり、あるいは歌語による表現が結果的にある歌の表現に近付いているような場合など、謡曲の表現や修辞における和歌的表現に関わる問題があります。それについては、多くの場合、ある特定の和歌をふまえているというより、和歌が詠まれ続けてきた伝統の中で、同時代的に表現の基盤を同じくする連歌の世界を無視することはできません。このことは今更事新しく言うまでもないことではありますが、やや具体的に見て行くと、実はまだよく分からないことが多いのです。謡曲の修辞句における言葉続きを考えるとき、和歌における類似表現を求めるよりも、もう少し幅広い範囲で連想のあり方や、その表現の型を考えなければならず、それについては、たとえば『連珠合璧集』その他の連歌の付合書は頗る有効であります。ただ、それら付合書は一つの規範を示してはいますが、それを網羅しているわけではなく、そこからはみだす謡曲の表現がなおその時点での連歌表現の範囲内にある場合と、そうではない場合とがあるらしく、後者についてそれを謡曲語・謡曲表現と認定するについて、連歌自体のその面の研究と並行して進められなければならぬことを痛感するのであります。先年のシンポジウムでも、島津忠夫氏が、南北朝頃の現在我々が読むことのできない連歌作品が持っていた連歌表現の可能性について言及され、小西甚一氏が、世阿弥作品と『竹林抄』の世界との共通性を指摘されていますが、その具体的な検証はもとよりのことながら、具体的には示し得ないがあり得た表現世界を描き出すことは不可能であるにしても、せめておおよその範囲だけでも絞れるだけ絞っておきたいと思うのです。

それはそれとして、和歌の場合にも、ことに中世和歌が開拓している中世歌語と、それを含む表現世界は謡曲に深く関わっています。しかもそれが影響関係にあるというより、発想と表現を同じくする場合もあるらしく、そこで中世和歌研究の立場からのその面への突っ込みを期待したいと思うのです。謡曲が受け継いだ文学的伝統と、謡曲が開拓した文学の世界を考えるに当たって、その根底にある文学的表現の位相を確認することが必要であるだけに、その成果を切望しているのです。

なお、和歌に関連しては、謡曲中に取り入れられたいわゆる「古歌」のたぐいは、その時代の和歌の享受のあり方の一面を見せています。それは単に時代的に古い和歌の意味ではなく、いわゆる文芸的和歌とは次元を異にして、信仰・口承・世俗の生活に密着して膾炙したらしい、いわば和歌史のもう一つの流れであり、それもまた極めて重要な和歌史的課題だと思われるのであります。

㈢　謡曲の修辞

謡曲の文章の最も特徴的なものの一つは、その修辞のあり方という点にあるでしょう。すでに述べてきたように、文学表現としての和歌・連歌の伝統を受け継ぎつつも、なおそこに謡曲独自とも言うべき特徴があらわれてくるのが、縁語・掛詞が連ねられる修辞法の中でも、とりわけ掛詞であります。それは和歌・連歌よりも一段と自由で、時にはあまりにも自由奔放と評さざるを得ないような場合さえ見受けることもあります。その巧拙はさておき、謡曲におけるこのような掛詞のあり方は何故かというに、それはひとえに謡曲が目で読むものではなく、耳から聞くことによって受け止められ、しかもその文意が一過性の流れの中で捉えられるべき謡曲の性質と深く関わっていると思われます。たとえば「身にも及ばぬ恋をさへすまのあまりに罪深し」（《松風》）という例は必ずしも特異なかたちではありませんが、ここでは、恋をする・須磨の海女・あまりに罪深い、という掛詞の連結によって、多重的な文意を凝縮しています。それを耳で聞くと、言葉の展開につれて文意がほどけ、イメージが広がってきますが、それに意味の異なる漢字の一方を当てて文字化してしまうと、かえってその漢字に捉われてしまう恐れもあるのです。

ところで、耳で聞く文芸はなにも謡曲に限ったことではありませんが、和歌・連歌・歌謡といった短詩型の文芸においては、かりに複雑な修辞が施されていても、短詩型のために反芻理解が可能です。しかし、たとえば宴曲のようなものになりますと、その背後に広がる和漢の知識は、もしそれを共有していたとしても、いったん文字に戻して考えてみなければ十分な理解が得られないのは、今も昔もあまり変わらないのではないでしょうか。そして、謡曲にもそのような時代もありました。古作の能はテキストが残されていないので、具体的には知るすべもありませんが、世阿弥時代に写し留められた古い曲舞のテキストは、たとえば「白髭の曲舞」にしても、「地獄の曲舞」にしても、多少のアレンジはあるにもせよ、ほぼその基づく原拠のままに用いられていて、歌われること（耳で聞くこと）を意識した文章ではありません。さきにも触れたように、世阿弥が自作の能を持つべきことを力説した理由の中に、聞かせることを前提とする謡曲への配慮があることは、耳近い詩歌の引用や、掛詞への様々な配慮を語る世阿弥伝書の記事からも確かめることができます。世阿弥の作詞法については、近年、竹本幹夫氏や三宅晶子氏によってその分析があり、ようやく謡曲の修辞についての本格的研究が着手され始めましたが、世阿弥の修辞法の中には、伝統的文学表現をふまえつつも、その根底に、読まれる文学とは異質のレベルでの文辞への配慮のあることを注目しておかなければならないと思います。ちなみに、禅竹の場合には同音の繰り返しなど、その一面を強調する反面で、文字面からの連想による修辞も見られるのですが、それを直ちに作詞上の配慮の有無とか、巧拙とかの問題に結び付けるのではなく、謡曲が獲得した時代的な位置、また、それに伴なう謡曲の展開のあり方をも合わせ考える必要もあるだろうと思うのです。

世阿弥・禅竹のことに言及したついでに——修辞のことからはやや外れますが——これまでも世阿弥の作品をもって謡曲を代表させてきました。それは、最も優れた作品を、最も早く、最も多く今に伝えている点からも、さらにそれらに関する多くの伝書を書き残している点からも、謡曲を考える上での当然の基準となるからです。しかし世阿弥だけが謡曲のすべてではないのですから、世阿弥流をもって謡曲の基準とすることは不当であると言わなければなりません。世阿弥以後の作者たちは、世阿弥をふまえつつもそこからの展開・離脱をはかり、新たな表現世界を開いています。たとえば世阿弥が叙景の中に情趣性を織り込み、主題に即応させる手法をみせれば、禅竹は叙景の中に心象風景を織り込んで立体化させる手法をみせています。そのような表現レベルでの種々の個性的特徴や、主題・主想の扱い方、さらには一曲の構想や構成に及ぶまで、緻密な検討による作者と作風の分析を繰り返して、個々の作者についての基準をも確立する必要があるのです。また、世阿弥自体についても半世紀にわたる能作活動を包括的に考えるのではなく、八嶌正治氏などの成果をさらに進めて、今後は五年・十年の単位での世阿弥の展開を辿ることが重要な課題となって来ていると思われます。

謡曲の修辞に関連して付け加えておくことがあります。謡曲の表現や修辞の手法が和歌や連歌のそれと同じであることは当然として、世阿弥以後の謡曲にあっては、世阿弥の作品が和歌・連歌と同じ位置を占めてきます。それは一曲の構想や構成にも及ぶことがありますが、それはさておき、部分的表現レベルにおいても、世阿弥が好んで用い、世阿弥作品に特徴的ないわゆる世阿弥語とも称すべき言葉が、以後の謡曲中に見いだされる例は少なくありません。御世を寿ぐ祝言としての「直ぐなる御世」とか「直ぐなる道」という言葉はその一例です。もちろん、そのいわゆる世阿弥語が世阿弥作品に限られる場合も少なくはないのです。また、世阿弥の用法に基づく謡曲語としては、さきに言及した「浮き州」のような場合があります。あるいはまた、和歌の本歌取りの手法に同じく、一語・一句を引いてその背後に先行曲の世界をふまえる場合もあります。たとえば「古里に、住みしは同じ難波人、葦火たく屋も市屋形も、変はらぬ契りをしのぶ草の」（《松虫》）という〝同じ難波人〟には、「起き別れにしきぬぎぬの、つまや重ねし難波人、葦火たく屋は煤たれて、おのがつまぎぬそれならで」という《芦刈》の内容をそっくりふまえているのです。このような先行曲への拠り方にはかなり個性的な面も認められ、そこからは作者と作品に関する諸問題に展開することにもなると思われます。ともあれ世阿弥以後に作られた謡曲にとって、世阿弥の作品はいわば古典と同じレベルの存在となっていることを注目しておくべきだと思います。

三　謡曲の素材

㈠　本説について

ある謡曲の構想と表現が、たとえば『平家物語』に基づいているとき、その謡曲は『平家物語』を本説とする、などと言います。一般にその基づくよりどころとなるものを本拠などとも言いますが、世阿弥の場合はそれを本説と呼んでいるからです。それについては、二条良基が連歌の方で「本説、大略本歌に同じ……詩の心、物語、又俗にいひつけたる事も寄合にはなる也」(『連理秘抄』)というところを踏襲したかと考えられます。もっとも、世阿弥自身は本説の意味や範囲を規定しているわけではありません。ただ、彼の場合、『風姿花伝』や『三道』に集中している本説への言及は、よき能の条件としての本説の正しさを強調するにあります。従って、その文脈からは、よき本説とはとりもなおさず古典作品ということになるのですが、本説自体の意味については、世阿弥は連歌の場合同様にかなり幅広く考えていたのではないでしょうか。世阿弥が「作り能とて、さらに本説もなき事を新作にして、名所・旧跡の縁に作りなして」(『三道』)というときは、一曲の構想と表現に特定の典拠のない、いわゆる創作による能を作り能と呼んでいるのですが、一方、「能には、本説の在所あるべし。名所・旧跡の曲所ならば、その所の名歌・名句の言葉を取る事、能の破三段の内の、詰めと覚しからん在所に書くべし。是、能の堪用の曲所なるべし」とも言っております。「本説の在所」については、香西精氏に、本説によって示されている場所の意、とする見解が提示されていますが、一文中にそれぞれ二回用いられた在所・曲所の意味を二様に考えなければならぬ難点もあり、なお存疑とすべきかと思われます。そして、そのような解釈とならざるを得ないのも、本説を、典拠としての古典の意味だとする前提によるかと思われるのです。しかし、もし本説を『連理秘抄』のように広義に解するならば、その所の名歌名句が、とりもなおさず本歌と同義の本説だということになるでしょう。つまり、世阿弥においては、全体的本説〈構想と表現についての骨子となる先行作品〉と部分的本説〈詩歌などの典拠ある表現〉について、格別に規定することなく、文脈の上で自明のこととして使い分けていたのではありますまいか。だから「俗にいひつけたる事」や「詩の心」までも本説のうちと考えられるのですが、ただその場合は一曲の構想と表現の全体には関わらないので、本説ある能とは言わないのです。

ところで、一曲の内容が古典文学作品を本説としない場合でも、その構想上の根底に古典文学作品のこころがふまえられている、つまり『連理秘抄』にいう「詩の心」を本説とする作品群があります。たとえば《砧》は、『和漢朗詠集』に「擣衣」の題で収められている詩句と、たとえば『永済注』といった古注釈にみられるような、その詩句をめぐる理解のあり様を合わせるとき、一曲の骨子はほぼ出来上がっていると思われます。《班女》もまた、扇と班女をめぐる漢詩文と、野上の里の和歌のイメージが核となっており、そこから導き出された仮構の物語が一曲の内容となっていると言えましょう。あるいは、《桜川》が「堅陀羅国貧女の事」のような説教・談義の、いわゆる「俗にいひつけたる事」により、また、《花筐》が、『万葉』『古今』の二首の歌の、いわゆる「歌の心」によるなど、いわゆる「作り能」にも、発想と構想の根源に、その創作心を刺激したヒントが認められるのです。ともあれ通常「作り能」と呼ばれるこの種の曲は、世阿弥が「極めたる達人の才学のわざ」であると言っているのですが、それは創作の才能ということもさることながら、幅広い知識と、それを創作に反映させる鋭く豊かな感性をこそ、この種の曲の特徴として評価すべきだと思われます。

ところで、本説ともみなしうるものが、一曲の構想に深く関わってはいるけれども、その依拠のし方が部分的で、かつ、全体の主題とは直接には結び付かないという場合があります。例えば《右近》は、桜の名所としての右近の馬場に、北野社の末社の桜葉の宮の女神が影向して御代を寿ぐ祝言能として構想されていますが、その所柄に関連して、『伊勢物語』九十九段が一曲前半に取り合わされています。この場合の『伊勢物語』は、一曲全体の主題や構想に関わるほどの重さはない、という意味では本説とは考えがたく、といって単なる文飾として用いられているわけではなく、一曲の背後に古典的情趣を醸成する機能を果たしているといえるでしょう。このようなかたちのあり方を、私は狭義の本説とは区別して、脇本説と名付けてみたのです。

謡曲における本説の選び方、用い方は、謡曲作者によってさまざまであり、そこにおのずからの個性的特色を見せているはずであります。曲名しか伝わらぬ古作の能の演目からは、その基づく本説のままに能として演じられたか、または能の脚本化にあたって何ほどかの趣向・脚色が施されたか、具体的な事情はもとより知るべくもありませんが、世阿弥が本説の正しさを力説する背後には、あるいは本説を大きく逸脱して荒唐無稽な潤色・脚色が行なわれることがあったかも知れません。だから世阿弥が本説正しきことを良き能の条件としたのだとしても、それは決して本説からはみださず、その通りに書けという意味ではないのです。世阿弥の作品における本説のあり方を一口に要約することは不可能ですが、たとえば軍体の能について「源平の名将の人体の本説ならば、ことに平家の物語のままに書くべし」とあるからと言って、『平家物語』に基づく世阿弥の作品には『平家物語』をそのままに謡曲として書き改めたといった体の作品はひとつもないのであります。『平家物語』を深く読み込み、その背後の世界に目を届かせ、『平家物語』には書かれざる、しかも書かれ得たかも知れぬ物語世界に拡大・増幅し、あるいはそれからの発展的世界を開拓していると言えましょう。具体的には《清経》《実盛》《頼政》《忠度》などについて別に述べたことがあります（「能に見る『平家物語』の世界」、本巻所収）ので、ここでは繰り返しませんが、『平家物語』の文章にほぼ忠実に沿っているかに見える《鵺》においても、一曲は鵺の立場から描き直されており、かつ正体不明の鵺を鳥の類いに形象化することで、構想と構成から修辞の細部に至るまで、完成度の高い謡曲となっているのです。

(二) 本説と注釈

一曲の内容が古典文学作品を本説とする場合、その謡曲が作られた時代に、その本説がどのように理解されていたかを知ることが何よりも重要だということは、もはや常識になっていると言ってよいでしょう。『伊勢物語』をふまえて作られた謡曲作品は、たとえば『冷泉家流伊勢物語抄』や『和歌知顕集』などの古注釈を通して読むことにより、その内容や意味するところがはっきりと分かります。だからといって、そのような謡曲が、直ちに『伊勢物語』の古注釈を本説とするのだ、ということにはならないのです。古注釈の所説は当時の物語の理解のあり方を示しているのであって、かりに謡曲作者が特定の注釈書を手元に備え、その所説に基づいて書いたとしても、それはそのような理解を反映した『伊勢物語』そのものである場合もあり、《井筒》のような作品の本説はやはり『伊勢物語』だというべきかと考えられます。しかし、《杜若》のように、基本的にはそうではあっても、さらに当時の注釈・秘伝に説かれるような業平像の形象化を意図し、注釈書類に独自の内容に依拠している面もあるような場合には、それをもやはり『伊勢物語』そのものを本説とすると言ってよいかどうか意見の分かれるところかと思われます。そしてこのことは必ずしも作者による能作の方法の違いというわけでもありません。たとえば世阿弥の場合でも、謡曲作品に反映させている『古今集』仮名序の理解は、おおむね『三流抄』系統の所説に基づいているものの、それをふまえた『古今集』仮名序の理解と、その所説そのものの依拠の両方があり、さらに、『古今集』の秘伝書の所説もまた、それに絡んで認められます。具体的な事情の一端は「古今集と能」(本巻所収)に述べたところですが、このことは格別に特定の古典に限ったことではありません。典拠・素材のとり合わせが多様な謡曲の場合、一元的な本説にこだわることは、かえって一曲の意図を曲解することにもなりかねませんが、ただ一般的に言えば、一曲全体の構想と表現の下敷にした典拠という、本説の規定のし方によって判断しうる場合は多いと思われます。

それにしても、謡曲の中には、注釈や秘伝として成立した所説が、多層的に異説をふくらませつつ、説話の世界にも相互に交流し流布している中世の文学史的状況を色濃く反映しており、それゆえにその基づく所説を求めて資料を博捜することは、中世文学史のひとつの課題としては必要なことであるとしても、求め得たものが謡曲に直結するとは限りません。注釈あるいは秘伝の世界の研究は、全体としてはようやく始まったばかりであり、その全貌と位置付けについてはもう少しの時間を必要とするでしょうが、それはそれとして、謡曲研究の側からいえば、そのような世界を展望しつつも、その所説の部分的な合致にとらわれぬ視野が要求されます。なによりも、謡曲はその時代の一個の文学作品として、主題に即した一曲の世界を作り上げているのであり、そこにさまざまな時代的秘説が顔を見せているとしても、謡曲はそれを秘説として整合的に論述することが目的ではないのです。謡曲の文学史的背景への注目を提唱してきたひとりとして、とりわけこのことを自戒すべきだと思っているのです。

能と古典文学

『伊勢物語』『源氏物語』や『平家物語』などの、いわゆる古典に基づいて作られた能は多い。「能と古典文学」という本稿のタイトルも、当然それらとの関わり合いについて述べることが期待されているであろう。しかしその前に、古典との関わり方について、素材としての古典と、典拠としての古典（本説）とを区別しておきたいと思う。たとえば、義経をとりあげるのは素材である。その義経を八島合戦の義経とするか、あるいは鞍馬山に求めるかは、おのずと本説に関わってこよう。その意味では両者ははっきり区別しがたく、むしろ一体化している面があることは否めないが、にもかかわらず素材と本説をいちおう区別して考えたいと思うのは、素材的関心が必ずしも一つの本説に限られるわけではないからである。「能と古典文学」というとき、それは往々本説としての古典文学として理解される。またそれは当然のことでもあるのだが、本稿ではやや素材に力点をかけたかたちで考えてみたい。

一　古能の素材

能の具体的な内容を示すもっともはやい記録は、南北朝のはじめ貞和五年（一三四九）の『春日臨時祭次第』

であるが、そこには猿楽能二番、田楽能二番の演じられたことが記されている。もとより具体的な演技については知るよしもないが、能の素材と、それを通しての当時の関心はうかがえよう。すでに著名な資料であり、『能楽源流考』をはじめ諸書に説かれるところではあるが、あらためて見直しておこう。

「憲清が鳥羽殿ニテ十首ノ歌ヨミテアルトコロ」（猿楽能）は佐藤憲清、後の西行上人が主人公と思われ、他に院、女院、ヲトメノ前、頭ノ弁、憲康が登場している。『西行物語』や『西行物語絵巻』によると、大治二年（一一二七）十月鳥羽院の御幸があり、鳥羽殿の障子絵の歌を召されたとき、憲清はその日のうちに十首の歌を奉って叡感に預かり、「又、憲清を召されて、頭の弁をもて朝日丸といふ御剣を錦の袋に入て給ふ。其外、女院御方へ召されて……御はしたもの、をとめのまへをもて、かさね十五の御衣を給」わった。その日、連れ立って帰る途中に世の無常などを語った佐藤憲康が、その夜急死したことを聞いた憲清は出家を決意する、というのが物語の骨子である。この能の登場人物から推して、ほぼ物語の通りの内容が演じられたと思われる。『西行物語』は室町中期の成立と考えられており、直接それを典拠にしたわけではないが、西行説話は死歿直後から（あるいは生前から）語りつがれて来たはずで、鎌倉中期には『西行が修行の記』『西行発心修行物語』などが書かれていたらしく、絵巻もその頃の奥書を持つものがあるなど、同様の内容ははやくから成立していたものと思われる。多分そのような何かが典拠であって、物語化以前の伝承に基づくといったことではあるまい。

「和泉式部ノ病（イタワリ）を紫式部ノ訪（トブラ）イタルコト」（猿楽能）には、和泉式部、紫式部のほかに花（二人）、ムスブノ神が登場した。和泉式部が説話、伝説さまざまな話題に富む人物であることは周知の通りであるが、紫式部、和泉式部、小式部を親娘三代に仕立てた室町時代の物語に『小式部』がある。それによれば、和泉式部が十三歳の春大病を患い、祈禱立願手を尽くすも甲斐なく、母紫式部は臨終の枕元で歎き悲しむ折節、時鳥の一声に息の下より和泉式部が「時鳥死出の山辺のしるべせよ親に先立つ道を知らねば」と詠むと、天井を破って、角五つ、顔三つある赤鬼が現われ、定業尽きて冥途へ連れて行くべきところ、歌に感じてこの度は赦すと告げ、やがて病気は平癒する。『小式部』の成立を室町中期とみる説もあるが、それはともかく、この能が同様の内容を仕組んだものであるとするなら、その説話が文字化されていたかどうかは別として、その根がすでに南北朝以前に溯るということになるだろう。なお、この能に登場するムスブノ神について、造物主産霊と考えられた井浦芳信氏は「天井に現われる鬼類の恐ろしさを避けて神変不思議な天地万物を成し司るところの神霊ムスビノカミに改め、その式部の歌に感歎して将来の栄えを予告する所作や舞が演ぜられたのである。ハナ二人というのは、この産霊に伴なって現われる荘厳の役で、いわば延年能のシテ的人物の出現に伴なう被物に相当する」という解釈を提示されている（以上、井浦芳信氏『日本演劇史』至文堂、昭和三十八年による）。

「村上ノ天皇ノソノ臣下ヲ使ニテ入唐ヲシサセテ、琵琶ノ博士廉承武ニ会イテ、琵琶ノ三曲ヲ日本ニ伝エタルコト」（田楽能）には、村上天皇、藤原貞敏、廉承武、龍王、龍神が登場して「コノ三曲ヲ伝エテ帰朝スル時、龍王、龍神出デテコノ三曲ヲ取ル」ことが演じられた。この話は『平家物語』にも青山の琵琶の伝来について、「昔仁明天皇の御宇嘉祥三年の春、掃部頭貞敏渡唐の時、大唐の琵琶の博士廉承武に会ひ、三曲を伝へて帰朝せしに、玄象、師子丸、青山、三面の琵琶を相伝して渡りけるが、龍神や惜しみ給ひけん、浪風あらく立ちければ、師子丸をば海底に沈め、いま二面の琵琶を渡して、吾朝の御門の御宝とす」と語られているところと関連するだろう。龍王、龍神のはたらきが見せ場になったものと思われる。『平家物語』では、さらに村上天皇の時代に、清涼殿で玄象の琵琶を弾かせられたところ、影のごとくなるものが御前に参り、「是は昔貞敏に三曲を伝へ候ひし大唐の琵琶の博士廉承武と申す者で候ふが、三曲のうち秘曲を一曲残せるによつて魔道へ沈淪仕りて候。今御琵琶の御撥音妙に聞こえ侍る間、参入仕るところ也。ねがはくは此曲を君に授け奉り、仏果菩提を證ずべき」由を申して、上玄石上の秘曲を授け奉ることを語っているが、能に村上天皇とあるのはこのことではなく、『平家物語』に仁明天皇とするのを改めたかたちであろう。ただし『平家物語』を典拠にそれを改めたか、もともと村上天皇とする同根の資料に基づいたかは明らかでない。当時すでに『平家物語』の流布享受があり、その影響下にこのような構想が立てられたとしても怪しむに足らぬが、一方、廉承武から貞敏へと相承の琵琶血脈とともに『教訓抄』に見られるごとき楽の世界の伝承もあり、また『古事談』『十訓抄』などの説話の世界に書き留められる廉承武説話の広がりをも注目しておく必要はあるだろう。

「班足太子ノ猿楽ニ普明王ヲ捕リテアルコト」（田楽能）には、普明王、大臣、班足太子、王、五大力（二人）が登場した。『仁王経』に説くところは、班足太子が外道の勧めで千人の王の首を取らんとし、千人目に普明王を捕らえるが、普明王は乞うて百座百講の仁王会を設け、悟りを得る。班足太子もまたそれを聞いて悟り、出家する。班足王説話は『賢愚経』にも見えるし、『宝物集』や、下っては『曾我物語』『三国伝記』にも詳しく、『太平記』あたりでは「班足太子ノ一千ノ王ヲ害セシモ」というだけで了解される程によく知られた話であった。もっとも、よく知られた話ではあっても、この能についてはやはり『仁王経』に拠ったと思われる。というのも、『仁王経』の講説にあたって、その経に関係深い五大力菩薩を懸ける慣わしは、『栄花物語』（「玉の台」）にも記されている通りであり、この能で班足太子説話と無関係な五大力二人が登場するのは、恐らくこのような事情によるのであろう。

このように見て来ると、当時の能にあっても、その素材は和漢の古典的世界によるといってよいだろう。この場合、猿楽能が和、田楽能が漢を素材としているかにみえるのはたまたまのことであって、両者の特徴とはいえまい。やや時代が下るが『文安田楽記』にみえる十八番の田楽能のほとんどが和を素材としている。ところで、ここにいう古典的世界とは、必ずしも狭義の古典文学に限らない。その典拠が何であれ、これらの能の素材の選択は、主として説話的興味にあると見受けられるが、そのような多くの古典故事の素材的世界の中から、何をどのように撰ぶかは、ひとつには作者の個性があり、いまひとつには、それを含めた時代的・環境的好尚ということがあるだろう。

いったい、古能の作者をどう考えればよいだろうか。能役者が自作の能を持てと力説したのは世阿弥であるが、それはそれまでそうではなかったからであり、かつ世阿弥にその才能があったからだと思われる。それ以前にあっては、能役者が能を作ることはまずなかったのではあるまいか。観阿弥作として『申楽談儀』が挙げる、《小町》(《卒都婆小町》)、《自然居士》、《四位少将》(《通小町》)の三番にしても、世阿弥が「作」というのは必ずしも創作の意味ではなく、《四位少将》に原作のあったことは『申楽談儀』にも記されている。その他の能についても観阿弥作の意味を考えなおす必要はあるだろう。ともあれ、古能が法会などの余興として演じられた歴史的事情に関連して、その作者もまたその場に関わった寺社学侶の余技的製作を推測するのは自然であろう。右に見た古能も、花や五大力など、延年的かたちを持つことと共に、舞楽や経典の影響下にある僧侶のわざと考えられて来るのである。

二　風流の素材

このようなグループの人々に共通する素材的関心のサンプルを風流に見ることは、あながち見当はずれではないだろう。美々しく飾った装飾的意匠は、はやく平安時代から風流と呼んで愛好されたが、それを伴なう舞踊・行列の類いは、とりわけ中世において時代的流行をみた。そしてその中には、古典故事に基づく素材も多かったのである。延年の風流と呼ばれる寺院芸能にあっても、鎌倉時代に、「崑崙修学者」（宝治元年〈一二四七〉、『三会定一記』）、「商船宋人乗ㇾ之施ㇾ曲」（弘安元年〈一二七八〉、『勘仲記』）、「自然居士」（正和二年〈一三一三〉、『三井続灯記』）、「修羅ト帝釈トノコト」（正和六年〈一三一七〉、『嘉元記』）、「崑崙ヲ尋テ八仙ニアウタル事、龍王八大河ノ事、マヘ〳〵カタツフリト云事」（暦応三年〈一三四〇〉、『法隆寺祈雨旧記』）などを見出だすことができる。これらの中には、内容の判然としないうらみはあるものの、古典的典拠によらぬ素材もみえ――それは古態の能としての儀理能や芸尽くし等の物真似芸の能の素材へとつながるかも知れないが――それとともに、やはり古典故事の素材のあり方が注目される。わずかな例での推測は危険だが、それでも神仙・仏説等の説話的傾向性が認められ、その延長上に、たとえば多武峰延年の大風流・小風流・連事等にとりあげられているような素材的世界の広がりが注目される。その題目は、大風流の場合、

1西王母事　2周武王船入白魚事　3王子喬謁桓良仙人事　4蚩尤事　5大仏殿事　6摩騰法蘭事　7神泉苑事　8栴檀堀王事　9浄蔵貴所事　10王仁詠和歌事　11殷高宗召傅説事　12夏禹王尽力乎溝洫事　13大公望事

14廉承武琵琶曲事　15漢高祖貴方剣与事　16鮠供御事　17蘇武事　18干珠満珠両顆事　19素盞烏尊随大蛇事
20阿育大王鶏雀寺建立事　21上宮太子勝鬘経講談事　22玄宗皇帝幸月宮事　23秦穆公召百里奚事　24王母捧明珠穆王事

などである。ちなみにその作者は、1・19・20・23・24が権律師永胤、21・22が権律師尊英である。永胤は小風流の「天台浄土二宗天上事」「天人下事」「歌人詣住吉社事」の作者でもあり、尊英は同じく「詩人飲仙家酒事」「仙人囲碁事」を作っている。

ところで、この多武峰延年は永正―天文期（一五〇四―一五五五）のものであり、すでに能は発達をとげて守成期に入った時代であって、素材的にも両者相互の影響はあるかも知れないが、それはそれで素材的好尚の傾向を示すものといえようし、概していえば、やはり寺院芸能としての素材の伝統性はうかがえるのである。それとともに、その作が和漢両様にわたっていることを確認できることも注目しておきたい。

一方、作者や享受者が寺院芸能等の伝統の中に無い場合、やや異質の現象がみられる。たとえば世阿弥の活躍期と並行する応永期（一三九四―一四二八）に、『看聞御記』にみえる地下村々の風流の拍物の素材は、鶴亀など祝言的作り物の他に、「畠山六郎ユイノ浜合戦人礫ノ体」（応永二十六年〈一四一九〉七月、山村念仏）、「為明ガ鬼ヲ仕風情」（同右、石井念仏）、「九郎判官奥州下向之体」（応永二十七年正月、地下殿原松拍）、「畠山六郎人飛礫之体」（応永二十九年七月、石井念仏）、「浅井名（朝比奈）門破風情」（応永三十年七月、舟津念仏）など、合戦記類の素材が注目され、延年の場合とはおのずから異なる好尚の風が見受けられる。もとより「清水山橋文珠師子」（永享四年〈一四三二〉正月、松拍）のごとき伝統的素材がないわけではないが、和歌・物語が代表する和の素材的世界に、平曲の流行などに影響刺激された、新しい世界の参加があったといえるかもしれない。

そもそも、風流――美術・工芸的意匠――が和漢の古典文学と結びつくのは平安時代以来のことで、中世においてはますます盛況をみせ、ことに貴族社会の古典教養を反映して、たとえば催馬楽「伊勢海」に基づく趣向の風流車（『明月記』）や『狭衣物語』の雪の歌の心を示す櫛風流（同右）などの例は枚挙に暇なき有様である。応永二十三年（一四一六）三月七日の茶会に作られた風流の懸物は、『看聞御記』によれば次のように凝ったものであった。

又著二束帯一官人帯二剣笏一、柳桜下ニ立、桜枝ニ星ヲ懸、星、食物、霰也。柳枝ニ露ヲ置、露、食物、雪也。旗一流枝ニ懸、旗、以二昆布一作レ之。地盤沙ヲ敷、沙、食物、雪。官人モ以二食物一作レ之。是詩心云々。花揺剣佩星初落、柳払旌旗露未乾、独有鳳凰池上客、陽春一曲和皆難。（中略）次、富士山大伏籠ヲ紙ニテ張、山ヲ色ドリテ、麓ニ小松ヲ栽、山ノ頂ニ綿ヲムシリテ懸レ如レ雪。富士ノ中ニ種々菓子積置。次、橋高欄アリ。橋ノ下ニ水ヲ絵ニ画、此下ニ挿二置レ之。橋ノ上ニ釿鋸置レ之。各以レ木作レ之。此心、古今序富士山モ煙タタズナリ、長柄ノ橋モ作ナリ云々。

ここに見られるのは、和漢の古典文学が造型的に表現された一例であるが、このようなかたちでの古典愛好の基盤に、とりわけ後者の例にみられるように、中世における古典享受の相が深く結びついているのである。この点については後で触れたい。

三　本説　――中世の古典享受――

思いがけず長々と風流について言葉を費したのは、和漢の古典的素材が、能に先行・並行する芸能世界においてとりあげられてくるところを、その場と人との関連で概観しておきたかったからである。そして、能においてとりあげられてくる素材の関心のあり方は、それらと格別に異なっているわけではないといえるだろう。もちろん芸能が違っているのだから、全体的な比較は無意味であり、いまは、能もまたこのような和漢の素材的関心の展開上にあることを確かめるに止めておきたい。

ところで、素材は本説と切り離せぬ面があることはいうまでもない。世阿弥が能を作る方法を、種・作（構成）・書（作詞・作曲）の三道に分けて説くとき、種とは素材と本説を含めた謂であった。世阿弥は本説を重視したが、それ以前の古能が本説にどのように拠り、またどのように換骨奪胎することがあったのか、その曲も詞章も原態が明らかでない以上、推測の及ぶ限りではないが、たとえば「和泉式部ノ病ヲ紫式部ノ訪イタルコト」において、鬼を「ムスブノ神」に改変したのだとすれば、その程度の本説変改はあるいは多く見られたことであったかもしれない。能役者ならざる作者にとって、能を作ることは所詮余技であり、当座の芸能性が第一の目的であるとすれば、それはそれでよかったであろう。しかし、世阿弥の時代はもはやそうではなかった。娯楽芸能としての性格が確立し、その立場からの見物が上流知識層に拡大するとき、その能の本説が曖昧低級であることは当然批判の対象となるであろう。役者の作品解釈の不足からの言葉遣いや節扱いなどについての、これら見所からの批判の一部は『申楽談儀』にも記されているところである。世阿弥の本説重視の態度は、彼自身の作能法の宣言であるが、それが必然である当時の趨勢でもあったと思われる。かくて「本説正しく、珍しきが、幽玄にて、面白き所あらん」（『花伝』第三）をよき能の第一とするのであり、その具体的作能法を『三道』に詳説するが、その本説の論は、単に本説にのっとるというようなことではなく、よき本説、正しき本説という、素材・本説の質が要求されているのである。そしてそれは、幽玄志向の世阿弥新風の能の方向付けが、素材、本説の面を見直すことによって、物真似中心の大和猿楽、歌舞中心の近江猿楽の古能からの脱皮につながっていると考えられる。

それはさておき、世阿弥の場合を含めて、一般に能の本説とは、具体的には『古今集』とか『伊勢物語』とかの古典にのっとることである。だから、そのようなある古典作品を本説とした能という言い方は誤りではない。しかし、その本文を表面的になぞっただけでは、本説――「能と古典文学」の関係を知ることにはならない。というのも、典拠となったその作品が、中世においてどのように受け止められていたかという、現代の理解とは異質の場合も多い享受の実態があるからである。一例をさきに引用した『看聞御記』の風流の懸物についてみるに、富士山と橋の作り物を『古今集』仮名序の心だとする。それは「今は富士の山も煙たゝずなり、長柄の橋もつくるなり」の一節をふまえるからであるが、それを「山ノ頂ニ綿ヲムシリテ懸如雪」「橋ノ上ニ鉇鋸置之」というかたちに表現するのは、古今序の中世の解釈のあり方と関わっている。「問、富士ノ煙ノタ、ズト云事如何。……答、是ハ絶タルニハ非ズ。不断ノ義也。……長良ノ橋モツクル也トハ、今ノ延喜ノ帝ノ御位ノ初ナレバ、代々久シク御座サムタメニ長ラト云ヒ、長良ノ橋ヲ造也ト云。コレ定家説。家隆ノ云、長良ノ橋モ尽ル也ト云」(『古今和歌集序聞書（三流抄）』）と記するように、富士の煙が「不立」か「不断」か、長柄の橋を「作る」か「尽くる」かは、歌学上の論争点であり、『古今集』の秘説であった。このような中世的理解をふまえて、かの風流の作り物が、富士の煙を「不立」とし、長柄の橋を「作る」と表現したのであり、それはたんにたまたま古今序の一節を用いたのではなく、素材上の格別の関心事であったからこその風雅の面白さであったのである。能における本説もまた、それが中世の所産である以上、例外ではあり得ない。だから、たとえば『伊勢物語』を本説とする能にあっては、《井筒》にしても《杜若》にしても、『伊勢物語』の中世的理解に基づいて成り立っているのであるが、それらについては既にとりあげたことがある。このたびはそのような和の世界ではなく、漢の場合についで考えてみたい。

四　漢の素材・和の本説

世阿弥の能は歌舞幽玄が志向され、素材的にもそれにふさわしい本説が求められるため、漢――世阿弥のいう唐事の能は極めて少ない。しかしひろく能全体を眺め渡すと、室町期に存在した廃曲を含めて、漢を素材とする能がまことに多く、かつ素材的にはさきに見た風流のそれに重なり合うものも多いことに気付くであろう。わが国において古典意識の正統は漢であり、芸能の素材においてもそれを反映していると考えられる。能の場合に限っても、古典としての中世の漢の世界を無視するわけにはゆかぬのである。

たとえば《昭君》とか《西王母》など、一曲全体の構想を漢に求めた能もあれば、一曲の主題はそうでなくても、一部に漢の古典故事がとり込まれた場合も多い。そのいずれにせよ、素材的には時代の関心、好尚を反映して取材されるのが普通であろう。したがってすでによく知られた素材である場合漢籍を直接の典拠としてのみ作られるのではなく、平安・鎌倉期を通して享受されてきた理解のあり方が反映していることも多いと思われる。

それぞれに成立の事情が異なっているのだから、その実態を一括して要約することは不可能だが、ほんの一例を《自然居士》のクセに見てみよう。そのクセは古曲《藤栄》と同文であり、前後関係はともかく、もともと独立の曲舞であった可能性が高い。

〔クリ〕そもそも舟の起りを尋ぬるに、水上黄帝の御宇より事起つて、流れ貨狄が謀り事より出でたり

〔サシ〕ここにまた蚩尤（シユウ）といへる逆臣あり、かれを滅さんとし給ふに、烏江（オウゴウ）といふ海を隔てて、攻むべき様もなかりしに

〔クセ〕黄帝の臣下に、貨狄といへる士卒あり、ある時貨狄庭上の、池の面を見渡せば、折節秋の末なるに、寒き嵐に散る柳の、ひと葉水に浮かみしに、また蜘蛛といふ虫、これも虚空に落ちけるが、そのひと葉の上に乗りつつ、次第次第にささがにの、ことはかなくも柳の葉を、吹き来る風に誘はれ、汀に寄りし秋霧の、立ち来る蜘蛛のふるまひ、げにもと思ひ初めしより、たくみて舟を作れり、黄帝これに召されて、烏江を漕ぎ渡りて、蚩尤を易く滅ぼし、おん代を治め給ふこと、一万八千歳とかや、しかればふねの舩の字を、公に舟(スス)むと書きたり、さてまた天子のおん舸(ガ)を、龍舸と名づけ奉り、舟を一葉といふこと、この御宇より始まり、また君の御座舟を、龍頭鷁首と申すも、このみ代より起これり

この舟の起源説ともいうべき話は、『曾我物語』巻八に、舟の起源を問うた頼朝に、千葉介が答えるかたちで見えている。ほぼ同文ながら《自然居士》クセの方がやや文飾を加えているのはそれが謡物であるからで、しかしだから『曾我物語』に基づいて作られたとはいえまい。その部分が古態の真名本などになく、流布本において付加された話であることもその一証であるが、多分両者に先行するものがあって、それに基づいていると考えるべきだろう。さきに掲げた多武峰延年の大風流中の「蚩尤事」もまた、この話をとりあげている。さして長文でもないが、ここに全文を引いている余裕がない。

要するに、黄帝が登場し「逆臣蚩尤軽(ジ)二勅命(ヲ)一、専(ニス)二悪逆(ヲ)一、可レ被二追討一之由勅定」あり、「蚩尤隔二大海一、構二城槨(ヲ)一」により、貨狄に攻略の方策が問われる。「柳葉ニ蜘ノノリタル」走り物が出、貨狄は「予籌(ハカリゴトヲ)　廻ラス半バ水上ニ落葉浮ブ上ニ蜘虫乗ジテ付(ク)レ岸(ニ)、以レ之思フニ大木ヲ海上ニウカベ、軍兵ヲ乗ジテ逆臣ヲ滅シ座シ候へ」と献策し、「飛(シ)二舟艥(ヲ)一大海ヲヤス〱ト渡」って「平(ゲ)二朝敵(ヲ)一」、「サラバ可レ被レ奏二舞楽一候」と定型で終わる。その成立時期は明らかでないが、このような理解ははやくからあったらしい。明空が「成二取捨一調曲」の「船」と題

する宴曲に、「一葉風に誘はれて、水を浮べる昔より、河海を渡るはかりごと、波濤を凌ぐ便りとす」（『宴曲抄』下）とみえるが、その内容をただこれだけに圧縮して了解される基盤が、すでに鎌倉時代にあったことを知るのである。

《自然居士》クセが漢の世界に基づいているかのごとくでありながら、それが直接関係ではなく、その背後には、すでにこのような世界があった、ということで、それ以上には直接的な本説を詳かにし得ないのであるが、この典拠探しの経過を辿って、いささか蛇足を付け加えておこう。

黄帝が蚩尤を討つこと、落葉を見て舟を作ることは諸書にみえるが、その余は漢籍に詳しい昔の学者たちにも突き止めることはできなかった。最古の謡曲注釈書である『謡抄』では、(1)烏江に隔てられることを「本伝ニハ見エズ」とし、(2)柳の葉に蜘蛛が乗って水を渡ることをヒントにしたことを「雲笈云、黄帝見二浮葉一、方為レ舟、二臣助為二舟楫一。……浮葉ヲ見テ作ルハ本説也。柳ノコトヲ謡ニ作リタハソヘタ物デアランゾ。蜘ノ柳ノ葉ニカヽリタル詩アリ。東坡が句ニ、落月出レ柳看二垂蛛一……」と考証し、(3)黄帝在位一万八千歳を「伏羲、神皇、黄帝ヲ三皇ト云テ、其間ノ十五代ヲ入レズシテ、数ニハ入レテ、高都合ヲ云ゾ」と推定し、(4)船の字を公にすゝむと書くことを「昔ヨリ出拠不レ知也」と注している。江戸時代に成った『謡曲拾葉抄』『謡言粗志』などに『世本』はじめ諸書の記事を加えるが、必ずしも典拠を押さえ得たわけではない。というのも、この舟の起源説は、全体として漢に本説を求め得ない性質のものだといえるだろう。たとえば「蚩尤作レ乱。不レ用二帝命一。於レ是黄帝乃徴二師諸侯一、与二蚩尤一戦二於涿鹿之野一」（『史記』「五帝本紀」）を核にして、かりに「世本曰、共鼓貨狄作レ船」（『謡曲拾葉抄』所引。『世本』にはまた「二人並黄帝臣。古者観二落葉一以為レ舟」ともみえる）、「雲笈云、黄帝見二浮葉一、方為レ舟、二臣助為二舟檝一」（『謡抄』所引）のごときによったとすれば、前掲の宴曲「船」における理解は成り立つであろう。それに柳葉に乗る蜘蛛を付会すれば、大風流「蚩尤事」の骨子はでき上がる。それに付説的数項を加えれば『曾我物語』や《自然居士》のかたちになるわけであるが、それらは恐らく日本における作為であって、漢説のままに伝えられた可能性はまずあるまいと思われる。

核となる本説に、異説を合わせて一体化する本説の融合化、また、本説に虚説を加えて融合化した説がそのまま本説として承認され、さらに同様の経過を経る本説の重層化ともいうべき現象は、ことに中世の注釈の世界にしばしば見受けられる。それは中世的考証学の方法に関連するのかも知れないが、ともあれ、舟の起源に付加された諸説の一、二が、このような注釈の世界に共通するところのあることが注目される。

一葉ト云コトハ、百詠ノ桂ノ詩ニ仙人葉ヲ為舟云ヘルヲ本文ニテカク作ルナリ。又舩ハコノハノ水ニ浮ルヲ見テ作リ出セルユヘニ、舩ヲ一葉ト云ナリ。

というのは、『和漢朗詠注聞書』（龍大本）にみえる「一葉舟」への注であるが、それはさらに覚明の注といわれる『和漢朗詠集私註』に「百詠桂詩曰、俠客条為馬、仙人葉為舟、言、一葉一艘義歟」とあるに基づいている。
またたとえば、

葦舩文、軽ク甲走(マヽ)ル舩ト注セリ。師（良扁）云、舩者、公(ト)舟(キミヲススムト)書ケリ。公(ト)者、一心ヲ指ス故ニ、一心ノ智恵ヲ進メ解脱ノ彼岸ニ到ル故也。但、依レ処可レ合ニ二意得一也。

とするのは、良遍述・頼舜聞書の『日本書紀第一聞書』（京大、親王院本写）であり、年月未詳ながら、同じ『麗気第一聞書』が応永二十六年（一四一九）というから、ほぼその頃の所説である。「公ニススム」をここでは「良遍云」とするが、なお先蹤はあるだろう。文字の画を分けて意義を説く中世一般に多い方法の一端であり、その語義考証が断片的に独り歩きする一例であると思われる。これらを集成したと思われるかたちの舟の起源説には何となく注釈的口吻がただよっているようである。が、それはともあれ、このようなかたちでの漢の素材的世界がある一方、また別のかたちの本説と摂取のあり方もあるのであるが、紙数もつきたのですべては別の機会に譲る。

五　むすび

中世にあっても、漢籍がそれ自体として読まれたことはいうまでもないが、漢の説話的世界は、前時代からの伝統的理解を受けついで数多の屈折を経ており、そのような漢とは、素材的には漢であっても、本説的にはむしろもはや和の世界のものといえるかもしれない。右にみた舟の起源説にしてもそうであるが、それとともに、本来漢とは無縁の内容を漢として示す場合さえある。『三流抄』が『史記』、『冷泉家流伊勢物語抄』が『漢主伝』として示す遊子伯陽の二星説話（《天鼓》《朝顔》などにみえる）も恐らくその類であろうが、それはまた『和漢朗詠集抄』（内閣文庫本）にも見られるのである。かくて、あえていえば、和漢が一体となったところに能における本説の位置がある。「能と古典文学」の課題は、だから本説論の立場からは、和漢を視野に入れたその時代の文学史や精神史へも立ち入らざるを得まい。一方、そのような能の作品がいかに文学たり得ているか、そしていかにわれわれにとっての古典となっているかという問題も忘れてはならないのであるが、いまはわずかにその一端に触れるのみである。

能に見る『平家物語』の世界

一　『平家物語』と能

「能に見る『平家物語』の世界」というテーマを、主として作品論の観点から、能が『平家物語』と関わる二、三の問題についてお話したいと思います。能は、いうまでもなく舞台で演じられる伝統的古典芸能でありますが、また、謡曲とか謡などと言う場合は、能の台本としての詞章の意味や、あるいは音曲としてそれを謡うことといった用法もあります。今回お話しますことは、能といってもいいし、謡曲といってもいいのですが、それを文学として把えた場合の作品論に関することが中心になります。

能あるいは謡曲は、ご存じのとおり、室町時代の初めに観阿弥、世阿弥という父子が出まして、とりわけ世阿弥の時代に現在我々が見たり、読んだり、謡ったりする形にほぼ整えられました。

現在、観世流・宝生流・金春流・金剛流・喜多流という五流によって演じられ、謡われております能あるいは謡曲は、流儀により出入りがありますけれども、約二百四十曲位であります。しかし今までに作られた数はそんな程度ではなく、室町末期ごろには、千曲位はあったろうといわれております。さらに江戸時代に入りますと、謡が非常に流行していましたから、能として上演する目的ではなく、ただ謡のための謡曲、あるいは一種の文学活動として作られた曲も含めまして、三千曲ともいわれるほどの謡曲が作られているのです。それらの中には、『平家物語』に関係のある曲はずいぶんたくさんあるはずですが、そのすべてをとりあげるわけにも参りません。そこで、現行曲二百四十番の中から『平家物語』を題材にしたと一応考えられるものをざっと拾い上げてみますと、およそ別表のようになります。

『平家物語』を題材とした能

〔二番目物〕清経・実盛・忠度・頼政・敦盛・経正・八島・通盛・知章・箙・兼平・巴・俊成忠度
〔三番目物〕千手・熊野・祇王・仏原・大原御幸
〔四番目物〕鵺・木曾・七騎落・正尊・景清・大仏供養・俊寛・小督・盛久・鷺・蟬丸・咸陽宮・鉄輪
〔五番目物〕碇潜・絃上・土蜘蛛・羅生門

能の種類はまことに多種多様でありますが、それを通常演能上の五番立組織にのっとって五つに分類します。別表にその分類に該当する『平家物語』関連曲を掲げたわけですが、初番目物（脇能物）には該当曲がありませんので、表には掲げておりません。それ以外では各分野にわたって作られているわけで、約二百四十番の中での三十数番という割合は、比較的比重が重いと申しますか、『平家物語』が能の題材としても大変好まれた、極めてポピュラーな古典であったということが言えるだろうと思います。その中でも、二番目物（修羅物）がとりわけ多いのは、特に源平合戦の武将を題材とする一分野の能に仕立てられているからですが、そのことについては後にお話したいと思っています。

『平家物語』を題材とする能（謡曲）を考えるとき、ある作品について、それが『平家物語』のどんな話に基づいて作られているかということを指摘するだけでは、両者の関係を少しも明らかにすることが出来ません。ひと口に能とか謡曲とかいっても、作者も違うわけですし、また作者が同じでも、どのように『平家物語』に基づいているかということになりますと、すべてが同じパターンで作られているわけではありません。そこに作者の手法がはたらき、作品の個性があらわれているのです。だからまず個々の作品について、それが『平家物語』をどのように受け止め、それをどのように能の作品として作り上げているかということを慎重に見極めることが何よりも必要です。能は『平家物語』のコピーとして、ただ様式（文学形態）を異にするだけでは決してないからです。このことはもちろん『平家物語』と能との関係だけには限らず、一般にある古典に基づいて能が作られる場合にも、その古典の世界をそっくりそのまま能という様式にあらわしたわけではないので、やはりそこに、能として作られている意図なり主張なり、さらにそれらを作り出した時代の文芸意識なりというものがあるのだと考えなければならないと思うのです。

二　古能から世阿弥の能へ　――『平家物語』の享受史と能――

能と『平家物語』との関連を考えるとき、世阿弥による能の大成の以前にも、やはり、『平家物語』が題材になって作られた古い能はあったであろうと想像されますが、具体的なことは明らかではありません。世阿弥時代に作られたものでも、はやく散佚してしまって現在伝わっていない曲は多いのですが、それらの中にも、たとえば俊寛とともに鬼界ヶ島へ流された丹波の少将を題材にしたと思われる「少将の能」があったことが、わずかな詞章の一部とともに『申楽談儀』という書物に見られます。これなども散佚古典中にこの種の能がいろいろと作られていたらしい消息を物語っているようです。

古典の中で具体的な内容がわかる最も古い例は、南北朝のころ、貞和五年（一三四九）三月、奈良の春日若宮の臨時祭が行なわれた時、巫女たちが猿楽を二番、禰宜たちによる田楽が二番の合わせて四番の能が演じられているのですが、猿楽の場合は憲清（西行法師）が鳥羽殿で十首の歌を詠む能と、和泉式部の病気を紫式部が見舞う能が演じられております。また田楽の場合は、班足太子が普明王を捕らえる能と、いま一つは、村上天皇が臣下の藤原貞敏を唐の国へ遣わして、唐の琵琶の博士の廉承武に会って琵琶の三曲を日本に伝えたという内容を能に仕組んでいます。この話は『平家物語』に、経正が「青山」の琵琶を伝えていたという話に関連して見えるものです。もっとも『平家物語』だけではなく、『古事談』とか『十訓抄』というような説話の世界にも見えますから、貞敏・廉承武の能の典拠が、必ずしも『平家物語』によっているとは限りませんけれども、これと題材を同じくするものとして、寺院芸能として流行した「延年」の演目中にも「廉承武琵琶ノ曲伝タ処ノ事」という大風流が、大和の多武峰の延年に記し留められていますから、頗る関心をもたれた題材であったとは言えるでしょう。これらの例からも推察されるように、南北朝時代には、すでにある意味では古典といってよいものに基づいて能が仕立てられており、そんな流れを引いて観阿弥や世阿弥の時代の能へとつながってきているのです。

話を『平家物語』に絞りますと、その中心となるのが合戦譚ということになりましょうが、武将が合戦の場で死ぬと、その人たちは修羅道に落ちると信じられていました。死後に赴く六道の一つで、「修羅闘諍」という言葉があるように、争いの世界です。『宝物集』という説話集にも、修羅とは「嗔恚盛ンニシテ悪心サムル事ナシ……常ニ物妬マシク、腹立チ、嗔リタル心ヲ宗トスル物也」と記されています。そういう内容を能にした「修羅の能」というのが世阿弥よりも一時代前にはいろいろあったらしいのです。世阿弥の『風姿花伝』という、有名な伝書があります。その一篇が「物学条々」という、能における物まねのあり方をまとめた伝書で、神とか、老人とか、女とか、それぞれについて述べる中に、鬼や修羅についても項を立てて説いています。それによれば、鬼の本質は恐ろしさにあり、従ってうまく演ずれば演ずるほど恐ろしくなる。しかるに、能というものは、面白く、美しく、魅力的でなければならない、つまり幽玄であるべきだというのが世阿弥の主張でありましたから、それに照らしても、鬼は原則的に演じてはならない種類の能だというのです。また、修羅もやはり鬼の同類であって、本質的に幽玄からは遠い能だから、あまり演じてはならないと言うのですが、しかしそういう題材を、源平の有名な武将を主人公にして、「花鳥風月に作り寄せて」、つまり風雅な景物を取り合わせてうまく能を作ったら、それは何よりも面白いとも言っております。源平の有名な武将を主人公にするとは、とりもなおさず『平家物語』に基づき、その世界を背後にふまえるということになりましょう。ということは、修羅の能とは、どうもそんな要素を持たぬ能であったらしいのです。

題材を『平家物語』にとり、かつ、それを花鳥風月に作り寄せるという世阿弥の能の作り方は、それまでの修羅についての部分的手直しというよりも、むしろ質的転換を図ったものといえるでしょう。その結果として、修羅の改訂版というようなものでなく、根本的に理念を異にする新しい能が作り上げられたということになるのです。だからこそ世阿弥は、この質的転換を遂げた新風の能について、古い「修羅」という名称ではなく、「軍体」という言い方をしています。現在、二番目物と呼ばれている能が、その軍体の能にあたるわけです。なお、世阿弥も、世阿弥の娘婿の金春禅竹も、この種の能を軍体と呼んでいますが、禅竹の孫の禅鳳の時代になると、再び軍体の能をさして修羅というようになります。これは現在二番目物のことを修羅物とも言うのと同じ用法であります。

それはともあれ、世阿弥はこのようにして修羅の世界の中にも、能としての幽玄の可能性を求め得たのです。

『平家物語』という題材自体のもつ幽玄性や、その主人公の性格、あるいは能としての作り方の工夫などによって、新しい軍体の能を作り上げたのです。『三道』という伝書に「軍体の能姿、仮令、源平の名将の人体の本説ならば、ことにことに平家の物語のままに書くべし」と言っております。本説というのは、能にとっての典拠とか、基づいた古典という意味ですが、世阿弥は、能を作ることについての明確な理論を『三道』に説くとともに、本説もその一環として重視し、たとえば源平の武将を主人公にするときには、『平家物語』を本説とせよという一つの基本方針をはっきりと打ち出したのであります。

ところが、その方針にのっとって『平家物語』に基づき、その世界をそのまま能に仕立てたのかというと、世阿弥の作品をよく読んでみますと、実はその意味では、あんまり『平家物語』のとおりではないのです。そこに世阿弥の本説ということについての考え方、あるいは本説に基づきながら能を作っていくときの姿勢をどう考えたらよいかという問題が出てくるのです。

三　世阿弥の能

(一)

そこで、具体的に世阿弥の軍体の能を見ていこうと思います。

まず《清経》をとりあげてみます。この曲は第一段で、清経に仕える家来の淡津の三郎という人物（ワキ）が登場します。これは『平家物語』には見えない架空の人物を設定したと思われます。このワキは、平家が筑紫の戦に敗れ、清経が前途に絶望して海中に投身自殺をしたこと、また都の奥方のところへ形見を届けに行くことを告げます。第二段では、奥方（ツレ）と対面して、事の次第を語ります。形見というのは、清経が船から投身自殺をしたときに残して置いた髪の毛です。合戦で討死したのなら、または病死ならあきらめもつくが、再会を堅く約束しながらわれとわが身を投げたことへの奥方の嘆きと恨みが第三段で、「これは中将殿の黒髪かや、見れば目も昏れ心消え、なほも思ひの増さるぞや、見るたびに、心づくしの髪なれば、うさにぞ返す本の社にと、手向け返して夜もすがら、涙とともに思ひ寝の、夢になりとも見え給へ」と、輾転反側して一夜を過ごすその夜の夢に、死んだ清経の幽霊があらわれます。

第四段は、清経（シテ）が登場して、この世への、また妻への妄執の思いを述べる段です。続いて第五段では、清経が妻に逢いにきたことを告げる。妻は「不思議やな、まどろむ枕に見え給ふは、げに清経にてましませども、正（まさ）しく身を投げ給へるが、夢ならでいかが見ゆべきぞ、よし夢なりともおん姿を、見みえ給ふぞ有難き」と、幽霊であっても再会したわけですから、その再会を喜ぶのですが、同時に「さりながら命を待たでわれと身を、捨てさせ給ふおん事は、偽りなりけるかねことなれば、ただ恨めしう候」と、必ず生きて再会すると堅く約束をしていたのに死んだというのは真に恨めしいと言うわけです。そこでシテが、「さやうに人をも恨み給はば、われも恨みは有明の、見よとて贈りし形見をば、なにしに返させ給ふらん」と、自分は形見をあなたに贈ったのに、その黒髪を返されたのは誠に残念だと、ここでお互いに恨みごとを言い合う形になります。「〈ツレ〉いやとよ形見を返すとは、思ひあまりし言の葉の、見るたびに心づくしの髪なれば〈シテ〉うさにぞかへすもとの社にと、さしも贈りし黒髪を、あかずは留むべき形見ぞかし」、せっかく黒髪を贈ったのだから、どうか留めておいてほしかったんだ。それに対してツレは「愚かと心得給へるや、慰めとての形見なれども、見れば思ひの乱れ髪」、そんな形見を贈ってもらっても思いが乱れるだけ。シテは「わきて贈りしかひもなく、形見を返すはこなたの恨み」、こちらこそ形見を返すのが大変恨めしい。さらにツレが切り返して「われは捨てにし命の恨み」、あなたはそう言うけれども死んでしまったことが恨めしいと、黒髪を真ん中にしてお互いの恨みごとを言い合っていく。「互ひにかこちかこたるる、形見ぞつらき黒髪の、恨みをさへに言ひそへて、恨みをさへに言ひそへて、くねる涙の手枕を、ならべて二人が逢ふ夜なれど、恨むれば独り寝の、ふしぶしなるぞ悲しき、げにや形見こそ、なかなか憂けれこれなくは、忘るる事もありなんと、思ふもぬらす袂かな、思ふもぬらす袂かな」という謡でこの部分を締めくくります。黒髪を中にして、せっかく贈った形見を返す、あるいは生きて再会することを約束したのになぜ死んだのかと、お互いに恨みかこつ夫婦の、一種の痴話げんかみたいな形がここで展開されています。念の為に申し添えますが、このような話が『平家物語』にあるわけではなく、これは《清経》における創作であります。しかもそれは、『平家物語』では「見るたびに心づくしの髪なればうさにぞ返すもとの社に」の歌とともに遺髪を清経のもとに送り返したこと、および清経が西海で入水自殺したというだけのわずかな記事から世阿弥が導き出したところの、あり得たかも知れぬ後日譚として作り上げているのです。

さて第六段は、なぜ清経が自ら命を絶たねばならなかったのか、そこに至る平家の西国での絶望的な状況を、大体『平家物語』の記事に即してのべています。「古への事ども語つて聞かせ申し候ふべし、今は恨みをおん晴れ候へ」と清経が言うのは、それを語ることによって、妻との約束にもかかわらず自殺せざるを得なかった事情を、妻に納得してもらうことを期待するものです。「さても九州山鹿の城へも。敵よせ来たると聞きし程に、取る物も取りあへず夜もすがら、高瀬舟に取り乗つて、豊前の国柳といふ所に着く……」と、以下ずっと『平家物語』にも見えるような話をしていくわけです。もっとも『平家物語』では、それは西国における平家一門の状況を語っているのであって、清経の物語というわけではありません。しかし平家一門の一人たる清経に深く関わる状況として、《清経》にとり合わせられているのです。

ちょっと横道に入りますが、「平家の物語のままに書くべし」ということを世阿弥が言っているけれども、世阿弥は一体どんな『平家物語』のテキストを見たんだろうかというのが一時問題になったことがありました。『平家物語』というのは、すでに御承知の通り、語り本に一方流とか八坂流とかの本があり、またいわゆる読み本系統の、増補本といわれるテキストが、古いものでは『源平闘諍録』、それから延慶本、長門本、そして『源平盛衰記』などというふうな、いろんな話が付け加わった『平家物語』のテキストがあるわけです。『平家物語』の諸本は、現在はずいぶんたくさん発見され、紹介されておりますけれども、それら多種多様のテキストと、世阿弥が作った謡曲の『平家物語』に基づいていると思われるものを突き合わせてみましても、世阿弥がどんなテキストに拠っているかははっきりしません。どちらかというと『源平盛衰記』みたいなものとも大変深いかかわりを持っているテキストを見ていたかもしれないとも思われます。《清経》の場合もそうなのですが、結局のところは、まだ特定のテキストを突きとめられないのです。

話を《清経》に戻しますと、この第六段では、平家が山鹿の城にこもっていたときに源氏が攻め寄せて来たので、高瀬舟に乗って豊前の国柳という所にのがれて仮の皇居を定め、宇佐八幡に参詣をしたというところまで清経が物語っていきますと、突如として妻が話をさえぎって、「かやうに申せばなほも身の、恨みに似たることなれども、さすがにいまだ君まします、御代のさかひや一門の、果てをも見ずしていたづらに、おん身ひとりを捨てしこと、誠によしなきことならずや」と、恨みがましいことだけれども、どうしてあなた一人だけが先に死んでしまったのかと、また恨みごとを述べる。妻は清経の語る平家一門の九州での状況などまるで聞いてはいないかのようです。なぜ夫の清経が自分をほっておいて死んだか、そのことだけしか念頭にないのです。そこで清経が、「げにげにこれは御理りさりながら、頼みなき世のしるしの告げ、語り申さん聞き給へ」と、しかしまあもうちょっとよくお聞きなさいとなだめて、さらに話を続けていきます。この二人のやりとりは、一貫すべき話の流れをさえぎるものであり、そう判断してこの部分をカットした流儀もあります。しかしいうまでもなく、このやりとりがあることによって、妻の心理を鮮明に浮かび上がらせ、一だんと劇的効果を発揮せしめる、作者の非凡な手腕によるところであります。さて、宇佐八幡に参籠してお祈りしたところ宇佐八幡の御神託があって、「世の中のうさ（憂さ、宇佐）には神もなきものを、なに祈るらん心づくし（心尽くし、筑紫）に」とのお告げがあった。これは、もはや神が見放したということで、神の助けが得られない平家一門の絶望的運命を知らされたのです。そこで「さては仏神三宝も、捨てはて給ふと心細くて、一門は気を失ひ力を落して、足弱車のすごすごと」還幸したといい、さらに以下ずっと清経が死ぬまでの様子を語っていきますが、それは清経が人の力ではもはやどうすることも出来ぬ平家の運命を悟って、自ら命を捨てるに至る必然的状況を語っているといえるでしょう。

《清経》では、髪の毛が死後の形見として妻の許に届くことになっていますけれども、実は『平家物語』では、生前の清経が、出発前もしくは九州から妻へ髪の毛を形見として贈るのです。ところが清経からはいっこうに便りがないので、その恨みのために清経のもとへ髪の毛を送り返す、その時の歌が「見るたびに心づくしの髪なればうさにぞ返すもとの社に」という、第三段、第四段で繰り返された歌なのです。清経が投身自殺をするのは、そういうことも一つの原因となっているのが『平家物語』なのですが、《清経》はそのわずかな記事を手がかりに、『平家物語』には書かれざる清経夫婦の物語を増幅させているのです。そのために、黒髪が死後の形見として妻の許へ届くというような変形・脚色も施されている。それを間にして、お互いに恨みごとを言い合うのですが、この黒髪が、いわば統一されたイメージとして、一曲全体をおおっている、あるいは一曲を象徴していると言えるでしょう。

黒髪というのはある意味で大変官能的な存在で、その黒髪が象徴する閨怨の情は、この曲の一つの眼目でしょう。生死をともにしようと誓い合っていた二人の間でありながら、清経が先に命を絶ってしまった。それは妻の側からは、夫婦の愛の違約ということでずっとこだわり続けている。一方、清経の側は、そういう約束をしながらも、平家一門が滅びに至る大きな運命を察して、それがもはや愛欲の煩悩といった、人間のレベルを超える問題であるがゆえに、自ら身を投げて死んでしまう。そういう清経夫婦の、あるいはもう少し広い意味での男女の心情のあり方の違いみたいなものを主軸として描いたのが《清経》だと思われます。しかもそのテーマを一筋につないでいるのがカミなのだと言えましょう。カミは、人間的な愛のレベルとしての「髪」であり、超人間的な運命のレベルとしての「神」であります。妻の詠歌としての「見るたびに心づくしのカミなればうさにぞ返すもとの社に」と、神託としての「世の中のうさにはカミもなきものをなに祈るらん心づくしに」の二つの歌は、『平家物語』ではもとより別々の話題として見えるものですが、清経夫婦の愛のテーマと、そんな人間レベルを超える平家の運命というテーマとを、カミによってしっかり結び合わせた物語として《清経》が作られていると考えられます。

このことは、世阿弥が『平家物語』を非常によく読み込み、その解釈を通して、『平家物語』が描いたはずの世界を能に仕立てていると言えます。『平家物語』には描かれていないけれども、あるいは脚色を加え、あるいは物語を増幅させて、まさしく世阿弥にとっての『平家物語』の世界を作り上げるというのが世阿弥の一つの方法だというふうにいってもいいかと思います。そしてそのことは、「平家の物語のままに書くべし」といった主張からはみ出すものではなかったのだと考えなければならないのです。

(二)

次に《実盛》という曲をとりあげてみます。斎藤別当実盛のことは『平家物語』でも比較的詳しく物語られており、有名な話ですからよくご存じだろうと存じます。年をとって白髪頭なんですが、今度合戦になったら、髪を黒く染めて大変若やいだかっこうで戦に臨んで華々しく討死しようというのが実盛の本懐で、まさに思いどおりの最期を遂げた、その様子について、大体『平家物語』の文章のままに書かれているのが《実盛》の第九段の部分です。

　さても篠原の合戦敗れしかば、源氏の方に手塚の太郎光盛、木曾殿のおん前に参りて申すやう、光盛こそ奇異の曲者と組んで首取つて候へ、大将かと見れば続く勢もなし、また侍かと思へば錦の直垂を着たり、名のれ名のれと責むれども終に名のらず、声は坂東声にて候ふと申す、木曾殿あつぱれ長井の斎藤別当実盛にてやあるらん、しからば鬢鬚の白髪たるべきが、黒きこそ不審なれ、樋口の次郎は見知りたるらんとて召されしかば、樋口参りただ一目見て涙をはらはらと流いて、あな無慚やな斎藤別当にて候ひけるぞや、実盛常に申ししは、六十に余つて軍をせば、若殿ばらと争ひて、先をかけんも大人気なし、また老武者とて人々にあなづられんも口惜しかるべし、鬢鬚を墨に染め、若やぎ討死すべきよし、常々申し候ひしが、まことに染めて候、洗はせてご覧候へと、申しもあへず首を持ち、おん前を立つてあたりなる、この池波の岸に臨みて、

水の緑も影うつる、柳の糸の枝たれて

気晴れては、風新柳の髪を梳り、氷消えては、波旧苔の、鬚を洗ひて見れば、墨は流れ落ちて、もとの白

髪となりにけり、げに名を惜しむ弓取は、誰もかくこそあるべけれや、あらやさしやとて、皆感涙をぞ流しける

実盛の最期は、『平家物語』にも『源平盛衰記』にも大体同じように書かれているのですが、ただ謡曲の《実盛》では、首を洗うあたりの描写が大変詳しく、しかも水の緑─柳の緑─緑の黒髪─白髪という色彩イメージとともに書き込まれています。特に注目されるのが、池の水で実盛の首を洗うという設定です。どの『平家物語』を見ましても、洗わせてみよと言って洗ったら染めた墨が落ちて白髪になったということだけが書かれていて、どこでどのようにして洗ったかというようなことは何も書かれてはいないのです。ところが《実盛》では、この池が大変重要な位置を占めている。遊行上人（ワキ）が北陸篠原の地で大念仏を行なうところに、不思議の老人（前シテ）が現われ、第四段では、実盛の昔話をはじめて、「その実盛は、この御前なる池水にて鬢鬚をも洗はれしとなり」と、池で洗ったことを述べます。さらに、ワキが「さてはおことは実盛の、その幽霊にてましますか」と尋ねたところ、「われ実盛が幽霊なるが、魂は冥途にありながら、魄は此の世にとどまりて、なほ執心の閻浮の世に、二百余歳の程は経れども、浮みもやらで篠原の、池のあだ波夜となく……」と、篠原の池が出てきます。「亡き世語も恥かしとて、御前を立ち去りて、行くかと見れば篠原の、池のほとりにて姿は、幻となりて失せにけり」と、池のほとりで幽霊の姿が消えてしまう。そこで、「いざや別時の称名にて、かの幽霊を弔はんと。篠原の、池のほとりの法の水」と、第六段の池のほとりの弔いとなるのですが、実盛がありし日の甲冑姿であらわれてくる第八段でも、ワキ僧が、「不思議やな白みあひたる池の面に、かすかに浮み寄る者を、見ればありつる翁なるが」と、実盛の幽霊は、やはり池の水面に姿をあらわすのです。

篠原というのは実盛が戦死した場所ですが、その篠原の池が実盛の首を洗った池であるというのは、あるいは

口碑にもとづくものかもしれませんが、池をめぐって幽霊が消え、あるいはあらわれ、あるいはそこで昔語りをする。これはいわゆる平家の本説のままではなく、世阿弥が《実盛》という曲を作るに当たっての、一つの脚色といいますか、工夫といいますか、大変重要なポイントになるところで、一曲全体の構想なり、修辞のあり方にまで及んでいるのです。

このように構想上の原点ともなり、あるいは主題を統一していくための一つの重要な場所を設定するというやり方は、世阿弥はこういうところが非常にうまいのです。たとえば《頼政》という作品では、頼政の戦死の場として宇治の平等院の「扇の芝」というところが出てきます。いまでも「扇の芝」は頼政戦死の場所としての名所ですが、『平家物語』を読みましても「扇の芝」は出てきません。頼政が戦死したところは、きわめてあいまいであります。《頼政》が『平家物語』に基づく頼政の奮戦戦死を描きながら、「扇の芝」は、ひょっとすると世阿弥が作り出したことではなかろうかと思われるほどです。もっとも、「この所にて扇を敷き自害し給ひし名将の果て給ひたる跡なればとて、今に扇の芝と申し候」という文句が謡曲の中にありますから、篠原の首洗の池同様あるいは何か基づくところがあったのかもしれませんが、少なくとも『平家物語』そのものではありません。いずれにせよ「扇の芝」は、《頼政》によって非常に名高くなった名所の一つだということは確かです。

《実盛》については、比較的『平家物語』の文章に即しています。世阿弥の作品は、本説の文章に全面的によりかかって書くということはないわけで、『平家物語』をうまく使いながら、しかも自分の言葉で書くというのが世阿弥の文章の特徴であります。《実盛》ももちろんその例外ではないのですが、ただ比較的『平家物語』の文章との関わりの強い曲だといえます。それについては、『申楽談儀』に述べるように、「髭(ひげ)洗ふより、順路ならば合戦場になる体を書くべき」であるが、その間に錦の垂直の話をはさみこんで、結末部に合戦の場面を置くなど、能としての構成に工夫をこらした『平家物語』の拠り方である点にも、注意を払っておかねばなりません。その他、『風姿花伝』に見える「老人の若振舞」とか「老木の花」についての世阿弥の強い関心など、《実盛》についてはいろいろ申し上げるべきことはあるのですが、今は一曲の構想にかかわる場所の設定という点のみに絞って申しました。

(三)

世阿弥作品と『平家物語』との関わりという例で、もう一曲、《忠度》についてお話したいと思います。薩摩守忠度については、これも大変有名ですが、平家がいよいよ都落ちをするときに、忠度が途中で引き返して俊成のもとへ行き、詠歌を託して、将来勅撰集が編まれたときにはぜひとも自分の歌を入れてほしいと頼む。俊成はそれを約束したのですけれど、『千載集』が編まれたときには平家は朝敵であったので、作者の忠度の名前をあらわすことをせず、「読み人しらず」として「さざ波や志賀の都はあれにしを昔ながらの山桜かな」という一首を入集させたという話です。

《忠度》は、この話に基づいているのですが、とりわけ第七段で「なになかなかの千載集の、歌の品には入りたれども、勅勘の身の悲しさは、読み人知らずと書かれしこと、妄執の中の第一なり」と言っているところをまず注目したいと思います。先ほど古態の「修羅」の能から「軍体」の能へという話をしましたが、合戦のうちに命を落として修羅道に墜ちた人びとの修羅闘諍の苦患や妄執が、「修羅」のテーマでありましょう。「軍体」の能にあっても、それが一つの見せ場となっていることは、たとえば《清経》の結末部（第七段）にも見られるところです。ところが《忠度》では、修羅の苦患も勝負の妄執もなく、ここでは歌人としての忠度の、朝敵であるがゆえに『千載集』に名前をあらわすことができなかったのが心残りだという風雅の妄執であります。同じ軍体の能であっても、妄執の性質がすっかり異なっている点を《忠度》の特徴の一つとして、まず注目しておきたいと思います。

さて、《忠度》は、文章の上でも大へん特徴的なところがあります。俊成の身内に仕えていた家来が出家して僧（ワキ）となり、西国行脚の途中に源平の古戦場須磨の地を通りかかるところに、塩木を運ぶ老人の海人（シテ）があらわれます。第二段でシテは、

そもそもこの須磨の浦と申すは、淋しきゆゑにその名を得る、わくらはに問ふ人あらば須磨の浦に、藻塩たれつつ佗ぶと答へよ、げにや漁りの海人小舟、藻塩の煙松の風、いずれか淋しからずといふことなき。またこの須磨の山陰に一木の桜の候、これはある人の亡き跡のしるしの木なり

と一本の桜の由来を説明します。また続く第三段では、

……人音稀に須磨の浦、近き後の山里に、柴といふ物の候へば、柴といふ物の候へば、塩木の為に通ひ来る、余りに愚なる、お僧の御諚かなやな。げにや須磨の浦、余の所にや変はるらん、それ花につらきは、嶺の嵐や山おろしの、音をこそ厭ひしに、須磨の若木の桜は、海すこしだにも隔てねば、通ふ浦風に、山の桜も散るものを

というような、須磨の情景が述べられています。須磨という所のイメージが中世のころに何によって意識されていたかというと、実は『源氏物語』の「須磨」の巻なのです。和歌や連歌の世界でも、『源氏物語』がいわば歌書として受けとめられていましたから、須磨もいわば歌枕として強く意識されているのです。第三段の文章についても、「後の山」をはじめ、「柴といふ物」「塩木」「若木の桜」「海すこし」などは、『源氏物語』に書かれた言

葉であるとともに、「源氏寄合」と呼ばれて、連歌を詠むときに使われるべき須磨のイメージ語となっております。『源氏物語』の中の言葉を使って歌を詠む、句を詠むということは大変重要なこととされていたのです。その「源氏寄合」を使うというのも世阿弥の文章の一つの方法であります。《忠度》だけではなく、やはり世阿弥作の《敦盛》という曲も、舞台が須磨ですから、「源氏寄合」を非常にうまく使って書かれております。つまり、須磨という所のイメージを文学的に表現する「源氏寄合」は、この時代の和歌・連歌をたしなむ人たちにとっての常識であり、世阿弥がこれらの作品を書くにあたっても、いわば当然の発想だったのです。

《忠度》の第八段では、「さも忙がはしかりし身の、心の花か蘭菊の、狐川より引き返し、俊成の家に行き、歌の望みを嘆きしに、望み足りぬれば、また弓箭にたづさはりて、西海の波の上、暫しと頼む須磨の浦、源氏の住み所、平家の為はよしなしと、知らざりけるぞはかなき」とあります。俊成の家に引き返して勅撰集入集の望みを頼んだ後、戦場に赴き、須磨の一の谷に陣をかまえたが、しかしこれは「源氏の住み所、平家の為はよしなし」、つまり須磨が源氏の住み所で、平家にとっては無縁の土地だという、その源氏は、頼朝、義経などの源氏のもうひとつ奥に、『源氏物語』の光源氏が流され住んだ所であった須磨の地というイメージを、重層的に組み合わせた表現になっているのです。忠度を主人公にして和歌の執心を描くということも、軍体の能の中で非常に斬新な新境地を開拓したわけですけれども、同時に、本説としての『平家物語』の文章だけではなく、須磨というところに即しては、『源氏物語』に関わったイメージをも重ね合わせた世界を描き出しているのであります。

それはそれとして、続く第九段は、一の谷での忠度の合戦の様子を語ってゆきます。「六弥太太刀を抜き持ち、ついにおん首を打ち落とす」というところあたりまでは、大体『平家物語』の「忠度最期」の部分をほぼ踏まえているのですが、忠度を討った六弥太が心に思うには、痛はしやかの人の、おん死骸を見奉れば、その年もまだしき、長月ごろの薄曇り、降りみ降らずみ定めなき、時雨ぞ通ふむら紅葉の、錦の直垂は、ただ世の常によもあらじ、いかさまこれは公達の、おん中にこそあるらめと、おん名ゆかしきところに、箙を見れば不思議やな、短冊を付けられたり、見れば旅宿の題をする、

行き暮れて、木の下蔭を宿とせば

花や今宵の、主ならまし

忠度と書かれたり、さては疑ひあらしの音に、聞こえし薩摩の、守にてますぞ痛はしき

六弥太は大将と組み討ちしてその首を掻いたけれども、それがだれであるかわからなかった。ところが箙に和歌を記した短冊がつけられていて忠度であることがわかった。これは『平家物語』にも描かれている部分でもあります。ところが「おん死骸を見奉れば、その年もまだしき、長月ごろの薄曇り」というのは謡曲独自の修飾的文辞であるとともに、忠度の年若いイメージを表現しています。また、「時雨ぞ通ふむら紅葉の、錦の直垂は、ただ世の常によもあらじ」とありますが、『平家物語』では忠度は紺地の錦の直垂を着ていたことになっています。忠度は清盛の弟で、この年四十一歳と言いますからかなりの年輩であるわけで、謡曲に描かれているような、いかにも年うら若き公達であるかのようなイメージに作り上げているのは、忠度の文武の文のほうを、言いかえれば、花の若武者という性格を強調した人物像を作り出しているということになるかと思うのです。もっとも、それについては、『源平盛衰記』などでは「赤地の錦の直垂」となっていることに関連があるのかも知れません。

忠度が、『千載集』に作者の名前をあらわされなかったことを非常に無念だと思い、死後までの妄執となるというのは、『平家物語』の中でも、語り本には「その身朝敵となりにし上は、子細に及ばずといひながら、恨めしかりし事ども也」と記されていて、必ずしも世阿弥による『平家物語』の独自の解釈に基づいているとは言え

ないのですが、たとえば『源平盛衰記』には、

代静まつて後、千載集を撰まれけるに、忠度のこの道を嗜み、河尻より上りたりし志を思ひ出で給ひて、故郷の花と云ふ題に、読人しらずとて一首入れられたり。

さざ波や志賀の都は荒れにしを昔ながらの山桜かな

とよめる歌也。名字をも顕はし、あまたも入れまほしかりけれども、朝敵となれる人の態なれば憚り給ひて、只一首ぞ入れられける。亡魂いかに嬉しく思ひけん。哀れにやさしくぞ聞こえし。

死んだ忠度の魂も、その入集をどんなに嬉しいと思っただろうか、と記されています。これは『平家物語』には見えない、『源平盛衰記』だけの感想批評であります。これは忠度の喜びを推量しているので、まるで反対のようでありますが、『源平盛衰記』では、さらに次のような話を続けて記しています。

左馬頭行盛と申すは、太政入道の二男に、左衛門佐安芸判官基盛と云ひし人の子也。父は保元の乱の後、宇治河にて水神に取られて失せにけり。孤子にておはしけるが、京極中納言定家卿に付き奉り、歌道を学び給ひけり。都を落ち給ふとて、定家の遺を惜しみつつ、巻物一つに消息具して送られたり。巻物とは、日来読み集め給ひたりける歌ども也。定家卿披き見給ふに、来し方行く末の事どもこまやかに書かれて、端書に、

流れなば名をのみ残せ行く水のあはれはかなき身は消ゆるとも

定家これを見給ひて感涙を流し給ひつつ、勅撰あらば必ずいれんと思はれけり。薩摩守忠度の歌を、父俊成卿の、よみ人知らずと千載集に入れられたる事を、本意なき事に思はれけり。忠度は朝家の重臣として、雲客の座に連らなれり。名を埋む事口惜しく思はれければ、如何にも行盛をば名を顕はさんとて、朝敵なれば世に恐れて、三代を過されけり。後鳥羽、土御門、佐渡院御宇を経て、後堀河院の御時、新勅撰の有りしに、

今は苦しかるまじとて、左馬頭平行盛と名を顕はし、この歌を入れられたり。亡魂如何に嬉しと思ふらんと哀れなり。

ここでは清盛の孫の行盛という人の歌を定家が預かっていた。定家は御承知の通り俊成の子で、『新古今集』の撰者でもあったのですが、『新古今集』は定家の他にも数人の撰者がいました。『新勅撰集』は、定家一人が撰者となった勅撰集です。定家は行盛の歌を『新勅撰集』まで待って、作者名を明記した。それについては、父の俊成が、忠度の歌の処理についてやっぱり残念だと思っていたという、そういう評価がここでは示されています。行盛の歌は、『源平盛衰記』では、「流れなば名をのみ残せ……」とありますが、『新勅撰集』によりますと「十二年大方の世静かならずはべりし頃、読みおきてはべりける歌を、定家がもとに遣すとて、包み紙に書きつけはべりし」という詞書で、「流れての名だにも止まれ行く水のあはれはかなき身は消えぬとも」というふうに出ています。俊成の処置を定家が残念に思い、時期を待って作者名をあらわしたという右の記事からは、《忠度》の第七段で、シテが歌の妄執を述べて「今の定家君に申し、然るべくは作者を付けてたび給へ」とワキに頼んでいることも自然と思い合わされるところであります。ともあれ、歌をめぐる忠度の無念を強く意識したのは、世阿弥だけのことではなかったのです。だから『平家物語』が忠度の最期を描くにあたっても、「行き暮れて……」の歌を持たなかった古態本から、文武両道の大将を描くかたちに成長した『平家物語』の成長過程をふまえて、「南北朝から室町期にかけての、その享受者の思い描く『平家物語』の世界と、この世阿弥の想像する所とは重なるはず」で、その世界を「より典型的に活かしたものこそ、世阿弥の「忠度」であった」ということを、山下宏明さんも論じておられますが、そのとおりだろうと思います。

しかし、さらに付け加えて言えば、そんな忠度像をきわめて鮮明に描き上げたのが謡曲《忠度》であるとしても、そのことをふまえて世阿弥がこの曲でいちばん言おうとしたのは何であったかというと、どうも和歌の妄執とか、あるいはそのことを強く意識する忠度の風雅とかいうことだけではないように思われます。《忠度》の第九段は、その最期を語りますが、それは「行き暮れて木の下蔭を宿とせば花や今宵の主ならまし」という歌を導き出すためとも言えます。そして結末部は、

おん身この花の、蔭に立ち寄り給ひしを、かく物語り申さんとて、日を暮らしとどめしなり、今は疑ひよもあらじ、花は根に帰るなり、わが跡とひてたび給へ、木蔭を旅の宿とせば、花こそ主なりけれ

という形で結んでいます。《忠度》には、妄執の原因ともなった、例の「さざ波や志賀の都は荒れにしを……」という歌は出てこないのです。つまり「さざ波や……」の歌が一曲の主題にかかわるのではなくて、箙についていた「行き暮れて……」の歌こそが、一貫して《忠度》の主題にかかわっているのです。第一段では、出家したワキが、まず「花をも憂しとすつる身の、月にも雲は厭はじ」という謡で登場します。この世の花、それさえもつらいものと思い切って修行に出るワキ僧は、薪に花を折りそえたシテの老人に出会います。第四段では一夜の宿を頼みますが、シテに「うたてやなこの花の蔭ほどの御宿の候ふべきか」とたしなめられる。それは「ある人の亡き跡のしるしの木」であるとともに、須磨の名物としての若木の桜に重ね合わせられています。その花の木蔭こそ今宵の宿とすべきところだというふうに、この歌を踏まえた物語の展開となっているのです。行き暮れての木蔭で一夜を明かすとしたら、さしずめ花が今宵の主ということになろうという、この歌の通りに一夜を過ごすワキの前に、ありし日の姿を現わした忠度は、結末部では「花こそ主」だという。それは「花や……主ならまし」という詠歌の実現によって、「花こそ主なりけれ」という表現となったという以上に、「今は疑ひよもあらじ」と、忠度の出現の自らの証言を介して、忠度自身を意味する「花こそ主」、つまり、花が自分だ、というこ

となのです。「行き暮れて……」という詠歌が歌人忠度と一体化し、その忠度が今咲く花と一体化していることを示すのが「花こそ主なりけれ」という終結部の一句であります。《忠度》の主題は、まさしく「花こそ主」であるところの忠度像にあると言ってよいのでありますまいか。

古態の修羅の能から、新風の軍体の能を創始するについて、平家の物語を本説として花鳥風月に作り寄せて書くという原理を世阿弥は提唱しましたが、その方向での能作りの中でも、幽玄という理念を最高に具現化させた《忠度》を、世阿弥自身も「上花」という高い自己評価を下しています。すでに見て来たところからも、そんな世阿弥の自信が十分理解出来るように思います。

繰り返して言うまでもないことですが、世阿弥によって作られたこれらの作品は、『平家物語』に基づいていることは間違いないとしても、そのコピーでもなければ、装いをあらためただけでもなく、極めて質の高い新時代の文学世界を作り上げているのだといってよいと思うのであります。

さて、世阿弥の次の世代というと、その息子である観世元雅、世阿弥の娘婿である金春禅竹ということになります。この二人は、世阿弥の開拓した能の世界をふまえつつも、さらに新たな方向へ進んで、それぞれに個性的な能をいろいろと作っております。中でも『平家物語』を題材にした曲では、《千手》《熊野》《小督》などが禅竹の作です。元雅の作としては《盛久》のほか《俊寛》もたぶんそうだろうと私は考えています。これは『平家物語』に基づくといっても、いわゆる二番目物ではありません。そのことにもまた両者の意図なり主張なりの反映を見ることが出来ますし、そのほかの作者不明の曲の場合にも、またそれぞれに特徴的な『平家物語』との関連のあり方が認められます。ただそれらについては別の機会に譲らざるを得ません。まして「能と平家物語」というようなテーマを考えるとき、単にどの曲が『平家物語』のどの話に基づいているか、あるいはそれをどんなふうに組み立てているかというだけの皮相的関係をみるだけでなく、もっと突っ込んだ文学史的テーマとして考えなければならないと思うのですが、それを可能にするほどには、まだ個々の謡曲の作品論的研究が進んでいるわけではないのです。この度は世阿弥に限って、しかもわずかに《清経》《実盛》《忠度》という三つの曲だけを、いわばサンプル風にとりあげて、それぞれの曲にあらわれた世阿弥の能の世界というようなことを個別的に申し上げるにとどめたいと思います。

四　能の享受史と『平家物語』

能役者による演能を見て楽しむだけでなく、素人でも自ら謡い舞うことを楽しむ風潮は、室町中期あたりにははやくも現われていて、桃山期から近世になりますと、すでに謡は知識層の必須の教養の一つとなっていますから、その文化的影響は極めて大きいものがあります。浄瑠璃や歌舞伎などについてはもはや言うまでもありませんが、芸能や文学に限らず、もっと広く近世文化の全体が謡曲の影響下に入っているといってもいいぐらいなのです。

そんなわけですから、謡曲の基づいた古典の享受にあたって、逆に謡曲を介在させて受けとめるという現象さえも見られるようになります。たとえば『伊勢物語』の場合、第二十三段に「筒井づつ井筒にかけしまろがたけ生ひにけらしな妹見ざるまに」という歌を詠んで、井筒に背たけをくらべ、早く大人になって夫婦になろうと約束し合ったという、どなたもご存じの通りの話がありますが、この場面を絵で示す早い例は、現存するものとしては鎌倉時代の『伊勢物語下絵梵字経』で、井筒よりもやや背たけの伸びた二人の子供が描かれています。これは、「筒井筒」の歌が中世では「つつ井筒とは、二人ながら五歳になりし時、井筒に長（たけ）をくらべて、これより高くなりたらん時、夫婦たらんと契りし事也」（『冷泉家流伊勢物語抄』）等と理解されていたことによるのでしょう。ところで、江戸の初期になりますと、「嵯峨本」という豪華本が出版されまして、これには挿絵がつけられているのですが、構図的には鎌倉期の絵とも極めてよく似ています。ただし、こちらの方は二人とも井筒の中をのぞいている形に絵がかわります。なぜそうなるかというように、この物語を本説として作られた能が世阿弥の名曲として名高い《井筒》で、それによると、この歌に基づきながら、「互に影を水鏡」という文句が出てまいります。これは後場で業平の形見の衣装を着けた美女が、井筒の水に姿をうつして夫を偲ぶクライマックスの伏線として、謡曲独自の文章として書かれているのです。つまり能の《井筒》の最も印象的な場面として、井筒をのぞき込む形があるわけで、井筒のもとの子供も「互に影を水鏡」と表現されるのですが、その印象が、『伊勢物語』の挿絵にも反映している例であろうと私は思うのです。それ以後江戸時代を通じて各種の『伊勢物語』の絵入本や独立の絵が出ますが、ずっとこののぞき込んでいる構図が踏襲されます。『伊勢物語』本文自体からはこのような構図が導き出される理由はないわけで、こんな絵になるについては、どうも謡曲の影響を考えないわけにはゆかないのです。

『平家物語』の場合にも同様の事情が考えられます。江戸時代に各種絵入本が刊行され、『源平盛衰記』も含めて大変たくさんあるのですが、それらの絵のうちに謡曲の影響下に描かれたものがどれ位あるか、私はまだ十分確かめておりません。しかし、たまたま手元の『和注系入源平盛衰記』（宝永四年〈一七〇七〉版）を見ますと、実盛首実検の場面を挿絵にして、池で首を洗っている図があります。すでに申しました通り、篠原の池は物語本文にはないのであって、これは謡曲の影響下に描かれたものだと言えるでしょう。また、頼政自害の図では、もろ肌脱ぎの頼政が、扇を広げて置き、切腹しようとしています。これもまた物語本文からは思いも付かぬ絵柄なのです。物語の視覚的イメージの中に、謡曲の享受が強く反映しているのが、これらの挿絵であります。

あるいはまた、川柳の例をあげることも出来ます。「篠原の池に白髪の枯すすき」という川柳は、実盛を詠んでいるという意味では『平家物語』の世界ですが、「篠原の池に……」という場合の実盛の理解は、やはり謡曲を通しているということになるでしょう。あるいは「狐川より引き返し行き暮れる」という川柳があります。これは、都落ちの忠度が狐川から引き返して俊成を尋ねたために日が暮れてしまったというわけで、「行き暮れて……」の歌をも重ね合わせたものですが、狐川というのは謡曲のみに見える地名で、『平家物語』にはないのです。同類の川柳はたくさんあり、それらの基づくところは謡曲だと言うべきではあるけれども、その実盛や忠度という人物への関心の背後には『平家物語』の世界があることは言うまでもないでしょう。挿絵の例といい、川柳の例といい、『平家物語』と謡曲の世界とが二重写しとなって受け止められている面もあると言ってよいかと思います。

このような例を数え上げればきりがありません。謡曲の享受史の中で、その基づく古典とダブった理解、あるいは謡曲を古典におきかえたかたちで受けとめられるような現象も、つまりは、謡曲の影響力がいかに強いものであるかを物語っていると言えましょう。「能に見る『平家物語』の世界」というテーマからいささか逸脱してしまいましたが、古典と謡曲の関係を考えるについては、享受史的に重要な問題だと思われますので、あえてその一端をお話した次第です。

二　和歌と能

謡曲の和歌的基盤

一

「勅撰和歌集と謡曲」についてというのが、編集部から命じられたはじめの課題であった。ところが、私はそのようなテーマが、謡曲研究にとって、もはやあまり意味のあることだとは思えないでいるのである。そこで、テーマを勝手次第ということにお許しを願ったわけであるが、ここはやはり、なにゆえに「勅撰和歌集と謡曲」なる課題が、私にとって魅力を持たないのかという、その弁明からはじめるのが順序というものだろう。考えてみると、「勅撰和歌集と謡曲」というテーマは大へん漠然としており、随分と間口の広い、だからまた、さまざまのとりあげ方の出来るものであろうから、その方法次第では、一概に無意味と斥けるにはあたらないであろう。ただ、ごく常識的に云えば、「勅撰和歌集と謡曲」という場合、おおむね、勅撰集の和歌がそれぞれ謡曲にどのように用いられているか、ということが主たる目的となるのであろう。そして、どの歌がどれだけ利用されているかとか、あるいはどの集からの利用が多いかなどの、いわば人気バロメーター的調査は出来るはずである。事実、そのような方向での〈謡曲引歌考〉は、すでに種々試みられており、たとえば、佐成謙太郎氏（『謡曲大観』

別巻）や、峯岸義秋氏（「謡曲と和歌」『能楽全書』第三巻所収）などの詳細な調査がある。それらの労作に対しては敬意を表するに吝かではないし、また一度はやっておかねばならぬ研究上の道程であったわけではあるが、問題は、そこから謡曲の本質に迫る何かが、どのように導き出されるかということでなければならない。

しからざる場合においては、幅広い和歌の引用が、謡曲の文章を飾っていることは疑いないとしても、その点ばかりを和歌との関連性において強調することは、すでに言い古された、謡曲の文章が錦の綴れだというような、見当はずれの、しかも今なお多かれ少なかれ肯定されているような見解に停滞せざるを得ないであろう。

謡曲が、和歌の極めて濃い影響下にあることは否定出来ない。が、謡曲の謡われる部分が韻文であり、韻文である以上ひとり謡曲のみならず、そのような和歌の影響下にあるのは当然なのである。とすれば、引歌とその技巧といった面だけでなく、謡曲に強く及ぼしている和歌の影響ということを、どのように把えればよいのだろうか。問題は十分に大きい。だから、解答も決して、単一・単純ではないだろうが、少なくとも、和歌を、詠まれ、歌集のうちに摂られた歌というだけではなく、歌学の流れの中で、和歌意識あるいは和歌的基盤といった面までを包みこんだ、広い意味での和歌史を見渡して、そこから謡曲との関わりを考えてゆくべきだろうと思っているのである。

とは云え、今はそれだけの用意もない。とりあえずは未熟な思いつきを、季節の話題に求めて、七夕をめぐるあたりから、和歌との関わりの一端に触れてみたい。

二

伝へ聞く遊子伯陽は月に誓つて契りをなし、夫婦ふたつの星となる

というのは《鵜飼》サシの一節であり、遊子・伯陽の夫婦が牽牛・織女の二星となる七夕説話をふまえている。謡曲の場合、これについて詳しく語るのが《朝顔》である。今は各流とも廃曲になっているが、光悦本や車屋本などにも入っていて、上掛り、下掛りともにレパートリーのうちに加えていた三番目物に属する曲である。朝顔の精をシテとし、朝顔に縁のある故事を連ねて、草木国土悉皆成仏にみちびかれるおきまりの型であるが、そのクセは、

遊子伯陽と言つし人、偕老を契ること、二八三四の旬なり、共に玉兎を愛して、夜もすがら、東楼のほとりにまします、夕には、出づべき月を待ちて、遠境にさすらひ、暁は入り方の、月を惜しみて山峰の、高きによぢのぼる、伯陽この世を去りしかば、遊子は深く歎きて、月の前に佇むに、互に姿を見みえし、その執心に引かれて、牽牛織女の二星となり、烏鵲紅葉の、橋をたのむことも、かかるあさましき、執心の基なりけり

という。

この説話は、『謡曲拾葉抄』をはじめとする謡曲の諸注釈書が指摘するように、『曾我物語』や『鴉鷺物語』にもみられる話なのであるが、しかし謡曲の場合、これらの物語から材料を得たというのではない。謡曲の場合も、また右の物語などの場合にも、ともに共通の典拠として、すでに『古今集』の中世の注釈のひとつが指摘されて

いる（熊沢れい子氏「古今集と謡曲」『国語国文』昭和四十五年十月）。すなわち、『三流抄』と仮題される古今集序注には、次のように説いている。

史記ニ云ク、瓊ニ夫婦有リ。夫ヲ遊子ト云ヒ、婦ヲ伯陽ト云フ。偕老ヲ契ルコト、二八ノ候、三四ノ旬ナリ。玉菟ヲ愛シ、終夜（ヨモスガラ）道路ノ口（ホトリ）ニ座ス。晩ニハ遠郷ニ徘（サスラ）ヒテ月ノ出ルヲ待チ、暁ニハ山峰ニ登ツテ月ノ入ルヲ惜シム。然テ後、陽没スル剋、深キ歎キヲナシ、月ノ前ニ進ミテ相見ルコトヲ得タリ。コノ執（心）ニ依テ、天生身ト成リテ、牽牛・織女二星ト為ル。

右は、漢文体で記されたものを書き下しにあらためたが、『史記』に云わくとは云うものの、もとより『史記』には見えぬ仮託の文である。しかし、このように『古今集』の注釈として述べられたその内容は『鴉鷺物語』や『曾我物語』、さらに謡曲《朝顔》の場合などに採り上げられているのであった。もともとは和歌の秘説であったものが、その流布にともなって、いろいろの方面に影響を及ぼしていく一例と考えてよい。さて、《朝顔》の典拠のひとつを、右のようにつきとめてみると、その詞章において、「東楼のほとりにまします」（版本系統。車屋本は「とうろ」）とあるのが、実は「道路」であるべきこと、同様に「月を惜しみて山峰の」云々という「山峰」に、先峰、尖峰、前峰などの文字の宛てられているのは、すべて訂正されなくてはならない。

ところで、《朝顔》になぜこのような七夕説話が語られるのか。秋の風物誌として、単に季節的共通点があるというようなことだけではないはずで、朝顔が牽牛花とも書かれ、星の名の牽牛と重なり合って意識されるのは、唐土に先蹤を求めることが出来るのである。そして、右の古今注所説を詳しく載せる『藻塩草』（連歌書、宗碩著という）によると、「秋さし姫・たき物姫・さゝかにひめ・梶のはひめ・いとかり姫・百千姫・朝かほ」について、「已上七は七夕七ひめの名也と云々」と記し、朝顔を以て七夕七姫のうちに数えている。この《朝顔》が、作者付類に言う通り太田垣能登守忠説の作だとすると、彼は『新撰菟玖波集』に入集し、『砌塵抄』などの著もあって連歌界で活躍しているのであるから、このような内容となるのも当然だと言ってもよいのだが、さしあたりいま、これが、連歌を含めた、いわゆる和歌的世界の中で作り出されて来ていることを、とりあえず注目しておこう。

三

七月七日の夜、二星あい逢うにあたり、かささぎの橋がかけられることを、古今注（『三流抄』）は次のように言う。

> 鵲ノ橋トハ、乗タル鵲鳥ノ羽ヲ並ベテ彦星ヲ乗セテ渡シテアハス。河ヲ渡ス義ヲ以テ鵲ノ橋ト云。真ニ渡ル橋ニハ非ズ。……二星ノ別ノ泪、紅ニ流レテ鵲ノ羽ニソム。紅ノ羽ノ義ヲ以テ紅葉ノ橋ト云。漢書云、烏鵲ノ橋頭ニ敷二紅葉ヲ一、二星ノ屋形ノ前ニ風冷ナリ。……

「漢書云」（『鴉鷺物語』や『伊勢物語』の注では「漢主伝」とする。いずれも仮託）として引用する詩句は、謡曲《天鼓》のキリでおなじみであろうが、ともあれ、七夕二星の別れにあたって、悲しさのあまりの紅涙はかささぎの羽を染めて、紅羽となる。それを紅葉に言いかけたのだというところを聞けば、われわれはここに《善知鳥》の一節を思い浮かべるであろう。猟師が親鳥の声を真似て「うとう」と呼ぶと、子は「やすかた」と答えてはい出すところを捕らえる。親は空を飛び廻って血の涙を降らす。

親は空にて、血の涙を、降らせば濡れじと菅蓑や、笠を傾け、ここかしこの、便りを求めて、隠れ笠、隠れ

蓑にも、あらざれば、なほ降りかかる、血の涙に、目も紅に、染み渡るは、もみぢの橋の、かささぎか

ここに「もみぢの橋のかささぎか」というところ、親鳥が流す血の涙の鮮烈な紅のイメージを表現した部分である。《善知鳥》にはもちろん七夕に関連する何物もない。にもかかわらず「もみぢの橋のかささぎ」を出すことによって、それを表現し、またそれが承認されるについては、やはり、七夕―烏鵲の橋―紅葉の橋―紅というイメージの連想が、ひとつのパターンとして了解される背景があったと考えなければならない。その淵源するところが、さきに述べた古今注であるとしても、室町時代においては、必ずしもそれに限った説としてのみあったのではなく、和歌的知識の一端を形成するものであったようで、『正徹物語』には、

かさ鷺の橋は、烏鵲が川向ひにゐて、両から羽をひろげて七夕を渡す也。紅葉の橋といふも鵲の橋也。紅葉の木にては無き也。七夕の別れを悲しびて泣く涙がかかりて、鵲の羽赤くなる。紅葉に似たれば紅葉の橋といふ也。

と記されている。なお、このような説は『冷泉家流伊勢物語抄』にも見られるから、和歌の世界でのひとつの知識と言えるのだろうが、時代一般の知識として拡大したとまでは、いまは言い切れない。(ちなみに、『鴉鷺物語』はこれまでを載せるが、『曾我物語』は遊子・伯陽の説話までに止まる。両者の物語としての性格の差によるものといえよう。)

四

謡曲をながめわたすとき、和歌をめぐる説話、つまりある和歌について、それがどのような背景をもち、いか

なる事情をふまえて成立したのかということを、説話によって説明ないし解釈するのは、伝統的な歌学のひとつの方法であるといえる。そして、そのような和歌説話をとりあげて一曲を構想した謡曲について、かつて本誌（「古今注の世界」、本巻所収）でとりあげたことがあったが、《松虫》や《女郎花》の場合、『古今集』仮名序の一節である「松虫の音に友をしのび……男山の昔を思ひ出でて女郎花の一時をくねるにも、歌をいひてぞなぐさめける」に対して加えられた説話的解釈があり、それをそっくり一曲の構想とし、その表現を借りて作り上げられた謡曲なのであった。

ところで、さきにみた《善知鳥》の場合は、やや趣を異にする。（《善知鳥》の全体的構想については、別の和歌的典拠を持つのであるが、この点についてはいまは触れない。）すなわち「紅葉の橋の鵲」は、たしかに古今注の解釈に基づいてはいるけれども、それは一曲の構想にまで及ぶというのではなく、たまたま紅のイメージを表現するにあたって用いられたに過ぎない。しかし、だからこそそれは、一そう和歌的知識の前提が必要なのだと云わなければならない。これもかつて本誌で述べたことなのだが、《羽衣》のクリで「それ久方の天といつぱ、二神出世のいにしへ、十方世界を定めしに、空は限りもなければとて、久方の空とは名付けたり」と謡われるところは、「二神十方ヲ定メシ時、天ハカギリナキ方ナレバトテ、久方ト云ナリ」という古今注の所説、あるいはそれに基づく枕詞「久方」の語義に関する和歌的知識をふまえて表現された部分なのである。全体の構想なり、一曲の典拠なりとは無関係に、部分的に極めて顕著な和歌的知識のこのようなあり方は、いろいろ問題をはらんで、まことに注目すべきだと思われる。

何よりもこのことを、謡曲における単なる典拠といった次元でのみ考えてはいけないのだと思っているのだが、それについてはあらためて別に論じたい。さしあたり、いま典拠論の範囲で考えるにしても、和歌と謡曲のこのような関連を、謡曲作者の教養とその質という面から問題にすることが出来るであろう。たとえば《高砂》を世阿弥の作と考えてよいとするならば、そこに看取される古今注との密接な関係（「謡曲《高砂》雑考」、本巻所収）は、世阿弥の和歌的素養を十分窺わせるに足るものである。そしてそれは、世阿弥の問題としてもっと掘り下げてみなければならぬこと言うまでもないが、一方、謡曲がすべて世阿弥作ではないのであり、本稿でとりあげ、例に引いた謡曲も、世阿弥作でないもの、その可能性の少ないものばかりであるが、それらにおいて、なお歌学をふまえ、その影響下に成立していることをみるとき、謡曲が作られるにあたってのその作者ということについて、いろいろ考えさせられるのである。

ひとつの例を《杜若》にみよう。この曲は単に『伊勢物語』に材を求めて作られたというのではなく、中世の伊勢物語注釈書において極めて複雑多岐な解釈が行なわれていたこと、その解釈をふまえて一曲が構想されたことなどについて詳述した（「謡曲《杜若》考」、本巻所収）が、そこには、当時の『伊勢物語』理解の一典型がある。『伊勢物語』に無縁の人が、謡曲を作ろうとしてたまたま「杜若」に材料を求め、それを仕立てたという程度の知識からでは、決してあのような一貫した内容的構成をとり得なかったであろう。作者のうちには、『伊勢物語』そのものの十分行き届いた中世的理解があり、それをふまえてはじめてなし得たわざであったと思わざるを得ない。とすれば、そのような作者とは、歌学の世界に十分くわしく、したがって『伊勢物語』の講釈・伝授を受け得たほどの者でなければならなかったはずである。それははたして能役者の誰か、であったのだろうか。あるいはまた、和歌の世界の秘説を謡曲の素材として利用した場合もさることながら、さらに、さきの《善知鳥》や《羽衣》の場合などにみられたごとく、構想上の素材とは関わりのないところで、あのような表現がなされ得る作者のうちなる教養・資質は、はたして能役者に可能な能力であったのだろうか。

五

能の作者といえば、江戸初期以来「案るに、その頃の話僧・歌人・連歌・貴人等、慰みに作れり。是を能太夫にあたへ、章を付させ、則、其太夫の作分にしたる成べし」などという考え方が、いわば常識として通用して来たのであったが、明治末年に至って、世阿弥伝書の発見とその公刊により、その常識は一挙に粉砕された。そしていま、作者を云々するとき、それは観阿弥・世阿弥・元雅であり、禅竹・禅鳳であり、また小次郎・宮増などである。たしかに、彼等によって能は作られたであろうし、何よりも新風の能を定めた世阿弥の力を疑うわけにはゆかぬであろうが、概して云えば、改作をも自分の作とするような曖昧さが許されており、ある作品について、作者としてどのような関わり方であったのかは、いまのところ全く不明のままである。一方、作者即能役者という立場のみが強調された結果、すっかり置き忘れられた恰好になってしまっているのが、能役者周辺にあった知識人達の存在であるが、和歌の世界にくわしい彼等こそ、謡曲を考える上で、まことに重要な役割を担っていると思われるのである。

たとえば、一条兼良の場合、「狭衣」についての能がないので「大概を作り下さるべきよし」金春禅竹より懇請があった。そこで「朽木型を書き遣」わしたところ、禅竹より「舞の手、笛の声に合はせて、処々添削して」返納されたことが『申楽後証記』に記されている。つまり、兼良に原作を依頼し、それを禅竹が専門家の立場から拍子などを勘案して手直ししたのが《狭衣》であった。（このことを禅竹の側からは全く言及しない。世阿弥が良基について語らないのと同様で注目される。）これと逆の場合も当然あったわけで、三条西実隆の日記によれば、永正六年（一五〇九）八月、大内氏の被官門田大蔵少輔を介して、「宝生新作」の《空蟬》の添削を依頼されている。「宝生新作」の意味は、宝生某の作であると考えられないこともないが、それよりはむしろ、宝生が必要上誰かに作らせたものを、仕上げの為に実隆へ添削の依頼があったものと考えたい。

これらの例は、決して特殊例ではなかったろうと考えられるし、したがって謡曲一般について、その作られ方にいろいろ示唆を与えられる点が多い。能役者の側からの発言がほとんど皆無ではあるが、それでも作者付の類いに名前の見える細川持之（管領）、太田垣能登守（前出）、竹田法印定盛（医師）などがある。もっとはやくは、《海道下》や《西国下》の作者玉林があり、《百万》に用いられたらしい「地獄の節曲舞」（《歌占》のクセ）の山本某、また、中世伊勢物語注釈書のひとつ『和歌知顕集』に基づいた《葛の袴》は、但眼なる人物の作らしい。いまは素姓も定かでなくなったこれらの人々は、連歌を含めた和歌の世界に無縁ではなかったであろう。そして、一流の知識人ではなかったかも知れないが、それだけに、そのような人々が能の周辺にあって、謡曲の成り立ちにまでも、右にみてきたようなかたちで関与するところがあったのではなかったかと思われるのである。

謡曲一曲の構想から、部分的表現にまで、和歌の影響は大きい。しかもそれは、単に和歌の引用というようなことではなく、もっと深いところでの、いわば和歌的基盤とでもいうべきところに関わっている。そのようなあり方に注目するとき、謡曲の作者とそれが作られる過程ということについても再検討しなければならないのではないのか、ということを、いまは何も証明出来ぬ段階ながら、あえてひとつの問題として提起するゆえんである。

作品研究《錦木》

一

「錦木」について、多分、最もはやく記されたのは、平安中期頃、『能因歌枕』であろう。

　にし木々とは、たきゞをこりて、あづまのゐびすの、よばふ女のもとに、けさう文に付てやるをいふ。

とみえる。そして、その錦木を詠み込んだのも、やはり能因が「題しらず」として、

　錦木は立てながらこそ朽ちにけれけふの細布胸合はじとや（『後拾遺集』恋一）

とみえるのがはやい。「あづまのゐびす」の錦木の風習は、歌の素材――歌枕として、都の歌人達の心を把えたのであろう。大江匡房が「堀河院の御時、百首の歌奉りけるによめる」歌、

　思ひかね今日立て初むる錦木の千束もまたで逢ふ由もがな（『詞花集』恋上）

や、藤原永実が、

　いたづらに千束朽ちにし錦木を猶（またイ）こりずまに思ひ立つかな（『詞花集』恋上）

などと詠んでいるのも、平安末期、歌人達にとって、この話が、歌材としてよく知られていたからであった筈で、

同時代の源俊頼は、

錦木は千束になりぬ今こそは人に知られぬねやのうち見め

あらてくむやどに立てたる錦木はとらずはとらずわれや苦しき

の二首を掲げた後に、

錦木とは、陸奥国に、男、女をよばはむと思ふ時、消息をやらで、たき木をこりて、日ごとに一束、その女の家の門のほどに立つるを、逢はむと思ふ男の立つる木をば、ほどなく取り入れつれば、その後は、木をば立てで、ひとへに言ひ寄りて親しくなりぬ。逢はじと思ふ男の立つる木をば、いかにも取り入れねば、千束をかぎりにして、三年立つるなり。それになほ取り入れねば、思ひたえてのきぬ。この木を錦木といへることとは、狛桙の棹のやうに、まだらに彩りて立つればいふなりと、とく知りたりとおぼしき人は申せど、まことには、さもせぬにや。

と記し、また、前掲能因の歌とともに、

みちのくのけふの細布ほどせばみ胸合ひがたき恋もするかな

の二首を掲げて、「けふの細布」について次のように説いている。

このけふの細布といへるは、これもみちのくにゝ、鳥の毛しておりける布なり。多からぬものして織りける布なれば、はたばりもせばく、ひろも短かければ、上にきる事はなくて、小袖などのやうに、下に着るなり。されば、背中ばかりを隠して、胸まではかゝらぬよしをよむなり。

二

さて、謡曲《錦木》の本説を考えるとき、右『俊頼髄脳』に説くところが基本となるであろう。ただし、それが直接の典拠だという意味ではない。ちなみに、その展開を瞥見しておくと、まず、この『俊頼髄脳』説は、『能因歌枕』に比べて、「あづまのゐびす」を「陸奥国」とすること、「消息」（懸想文）なしに薪一束を立てること、三年千束を限りとすること、など、より詳細な説明となって来ており、匡房・永実らの歌の背後には、すでにこのような理解があったに違いない。それとともに、錦木の名の由来について、すでに狛桙の棹のように、まだらに彩ったものという解釈も生じていたことが知られるが、さらにそれ以後、さまざまの付会説があらわれてくる。『奥義抄』は、「或物に云」として、「一尺許りなる木をにしきのやうにいろど」ると記して、それが「薪」であるとは言わない。さらに、いま一説としての、染物のための火に焼く木なりとする説があって、それが、『袖中抄』中の一説として、

一には、錦木と云は灰木也。物の色にあふゆゑに、其木を灰に焼てさせば云ふ也。東国の紺布の色のひかりめでたきは、その灰の木をさすゆゑなり。やがてその灰木を錦と申すなり。その木をこりて立つれば、錦木の千束とは云ふなり。物の色にあふゆゑに、祝て、とくあふべきよしに、懸想文に用ひて、門に立つるなり。

とみえるのにつながるのであるが、さらに同書が引用する『和語抄』には、

彼のえびすは、女はらみぬれば、女ごならばわがめにせん、男子もたる物は、わがよめにせん、男子ならばわがむこにせんなど約束して、此木を門に立つなり。そのはらみたる時より契て立つれば、にしこ木とは云

ふなりとも云へり。又、五色の木とも云ふ。

などという、奇怪な説まであらわれるに到る。奇怪な説といえば、『弘安十年古今集和歌注』（片桐洋一氏『中世古今集注釈書解題』二、赤尾照文堂、昭和四十八年）や、『冷泉家流伊勢物語抄』には、「しのぶもぢずり」の意味を、錦木説話に故事付けさせた解釈までが見られるのであるが、ただし、これらの僻説が、以後に及ぼす影響力は、さすがに認められない。

かくて、錦木については、『俊頼髄脳』『奥義抄』『袖中抄』、あるいは『謡抄』以下が謡曲《錦木》の典拠として指摘する『歌林良材集』などとつながって来る、正統的歌学書が説く範囲内で受け止められて来たようであり、連歌の場合でも、たとえば『藻塩草』が長文の解説を加えるのも、やはりその範囲内に限られている。

三

ところで、謡曲《錦木》の場合、その典拠としては、このような和歌の世界を承けて、しかもそれをはみ出した点が特徴的である。すなわち、《錦木》の前段において、錦木のイメージが、薪ではなくて、「錦木とて色どり飾れる木なり」（前段・問答）と理解されている他は、さきにみた『俊頼髄脳』説に沿って、まさに和歌の錦木説話そのものとも思われるのであるが、シテの語りの後半になると、それにつづけて、「又この山陰に錦塚とて候、これこそ三年まで錦木立てたりし人の古墳なれば、取り置く錦木の数ともに塚に築きこめてこれを錦塚と申し候」と語る。ワキ僧を錦塚に案内するシテ男と、ツレ女の、錦塚にこめられた昔をあらわす懺悔の姿が、《錦木》後半の主題となるのであるが、その経緯を、間狂言は簡潔に要約する。

……去もの、候ひしが、おもふをんなの門に、たてもたて、候、千夜つゞけてたて候へども、つれなき女房にて、つゐにとりいれ申さず候、それにより、こひのおもひとなり、かの男、むなしくなり候、女それを聞て、あはれに存、ともにむなしく成申候を、あまりにふびんに候とて、土中につきこめ候により、にしきづかと申ならはし候、……（寛永九年刊本による）

この錦塚説話は、当然、錦木説話をふまえて生まれたわけであるが、しかし、これは和歌——歌学の世界のものではないらしい。

そもそも、錦塚もしくは錦木塚にかかわる説話・伝承の、謡曲を遡る存在は、多分ないのではあるまいか。松本寧至氏によって紹介された「にしきゞのものがたり」（『国文学踏査』五、昭和三十三年）も、謡曲《錦木》以前のものではない。吉田東伍氏『大日本地名辞書』は、「錦木塚」（羽後・鹿角郡）の項に、『観聞志』『永慶軍記』『東遊雑記』等を引用するも、もとより近世の遺構であり、「南部叢書」九に収める『錦木塚由来記』など、謡曲の影響下にあることが歴然としている。およそ地方の遺構・伝承の多くは、中央での文芸化・文献化によって認証を受けたものが、逆移入的にその地で遺跡化するのが一般的現象である。《善知鳥》などの場合と同じく、錦木塚もまた、おそらくは謡曲《錦木》を介しての遺跡化であったのだろう。

錦塚の典拠・本説を求め得ないとすれば、《錦木》は、錦木の本説から錦塚物語へ発展せしめた、いわゆる作り能であったといえようか。錦木が恋の素材である以上、そこから悲恋の連想に、たとえば、錦木の千束や、榻の端書など、《通小町》にあらわされたような百夜通いの妻問いの型があり、その恋の、不成就への手向けに、《求塚》や《女郎花》にみられるような、悲恋塚・比翼塚の型がある。錦木説話に基づいて、この両型を合わせたのが《錦木》であったとしても、それは必ずしもユニークな創作であったということではあるまい。但し、以上は、錦塚の典拠を求め得ぬところからの、極めて脆弱な仮定でしかない。

四

《錦木》の作者は、世阿弥と信じられている。あらゆる作者付においてそうであり、何よりも、世阿弥の『五音』に、作詞・作曲の注記なしに、「陸奥ノ信夫」という、シテ登場直後のサシの一節を掲げていることは、世阿弥作を証するもののごとくである。しかし、このことが《錦木》全曲の作曲、まして作詞までを意味するのではない。『五音』の性格は、曲味を祝言・幽曲・恋慕・哀傷・闌曲の五つに分類し、その具体例を、ある曲のある部分について示したものであり、《錦木》の場合、右のサシの部分が、五音中の恋慕の曲味であることを示しているのである。それに注記のないのは、その部分が世阿弥作曲を意味するのではあるが、そのことが全曲に及ぶところまでは意味しない。たとえば《松風》や《葵上》にも注記はない。これらが世阿弥原作でないことは確かであるが、『五音』に挙げられたその部分については、原曲に改正を加えた世阿弥作の部分であると考えてよいであろう。《錦木》の場合も、そのサシと、それにつづく下ゲ歌・上ゲ歌が世阿弥作であることは、まず疑いないところだと思われる。しかし、全体についてみるに、どうも世阿弥作らしくないという感じを拭い切れない。それが感じだけの段階に止まって、どこと適確に指摘し得ない以上は、無責任な放言でしかないのであるが、たかだかその程度の疑点のいくつかをあえて数え立てて御批正を得たい。

まず第一の印象は、文章の全体的な不調和感とでも云うか、さきのサシ・下ゲ歌・上ゲ歌のごとき文章の緊密さが、とりわけ後半に到るほど一貫性を欠くように思われるが、それは、あるいは原型への改作にあたって、世阿弥の部分的加筆修正に止まったことが起因するのではないかとも思われる。

このことは、全体の構想とも関連しよう。前段、掛ケ合・上ゲ歌・語りとつづく錦木説話と、後段、クリ・サシ・クセの錦塚説話とが結びつけられてはいるが、必ずしも一体化されているとは言い難く、構想上のくどさを否み難い。世阿弥ならば、もっと統一的にすっきりと仕立て得たことと思われる。また、すでにみたごとく、《錦木》の背後には、歌の世界のあることは確かであるが、世阿弥と歌学書との関係において考えても、たとえば『俊頼髄脳』に拠った《蟻通》などの場合とは、とり扱う態度が異なっているようである。もちろん曲柄のちがいはあるにしても、錦木に錦塚をとりあわせての作り能の方法は、クリ・サシ・クセに錦木物語を置くこととともに、やはり非世阿弥的傾向と言うべきであろう。まして、「嬉しやな　今宵鸚鵡の盃の」と、急転直下、喜びの舞に移る唐突さは、「初め千束の錦木もわが身と共に朽ち果てたやうに説いて置きながら、かうした結末に急転したのは、矛盾といへば矛盾であるが」という佐成謙太郎氏（『謡曲大観』）の指摘の通りであり、世阿弥の構想に出るものとは思い難い。

さらに、すっきりしないといえば、シテとツレが後段に到ってもなお、からみ合ってゆく構成は、古風の能の一つの姿だと思われる。かつて横道萬里雄氏は、シテとツレに葛藤のある点と、砕動風の曲で、舞があって、ノリ地で終わるという点で、世阿弥作への疑問を洩らされた（「座談会・世阿弥の能」『観世』昭和三十八年九月。香西精氏『能謡新考』〈檜書店、昭和四十七年〉所収）が、かたがた、《錦木》原作が、世阿弥の手によって成ったことが疑われるのである。

五

《錦木》というと、はやくから引き合いに出されるのが、《船橋》であり、《女郎花》である。

一、舟はし、にしき木、同。いかにも〳〵する〳〵とかろく云。……いづれも〳〵、ひためんのうたいは、別にかろ〴〵と言也。

というのは『禅鳳雑談』であり、

さいどう（砕動）と申は、舟橋の鬼・錦木の鬼のたぐひなり。

というのは『宗筠袖下』（いずれも『金春古伝書集成』所収）である。また、『節章句秘伝之抄』（能楽資料集成『細川五部伝書』）「謳秘伝之事」には、

一、女郎花、恋慕。錦木ヨリハ、女郎花ハ少はやし。女郎花ヨリハ、舟橋ハ少はやしと、幽斎老御物語被㆑成候也。

などと記されている。いずれも恋慕執心を主題とする点で、同列に並べて比較されたもののごとくであるが、そのこととともに、この三曲が、いずれも古歌への依拠が、大きなポイントを占める点で共通するのである。もちろん、その依拠のあり方――本説のとりあげ方は、当然それぞれに異なっているものの、なお注目されるのは、《女郎花》《船橋》が、ともに田楽のものであることである。

《女郎花》の場合、『五音』に亀阿曲と記され、『申楽談儀』中、二箇所にわたって本文の引用がみられるが、それらが現行《女郎花》には該当せず、田楽・亀阿作曲の別曲の存在が考えられていたところ、表章氏の「〈女

郎花の古き謡〉考」（『観世』昭和四十九年七月）によって、その謡物の部分を発掘され、それをめぐる諸問題が具体的に論ぜられた。古今序注が説くところに全面的に拠りかかっている現行《女郎花》（「古今注の世界」、本巻所収）との関係は、なお十分明らかではないものの、相互に無関係ではなく、かつ、現行《女郎花》に世阿弥の手の加わった形跡をも認められている。

《船橋》もまた、『五音』に「往時渺茫トシテ」というサシの一節を注記なしに掲げ、『申楽談儀』に「世子作」としながら、つづけて、「佐野の船橋は、根本田楽の能也。然るを書き直さる。昔能なりしを、田楽もしければ、久しき能也」とあるのは、『三道』に、「佐野の船橋、古風有り」というのに対応して、世阿弥改作が明らかである。しかし、一曲の基盤にある、万葉歌「佐野の舟橋とりはなし」の、取り放し、鳥は無し、の二様の解釈に伴なう本説までが改められたわけではない筈である。そして、「流れては妹背の山の中に落つる吉野の川のよしや世の中」という古今歌や「真如の玉」が《錦木》中にも用いられていることなど、それが世阿弥の手の加わった部分かも知れないが、それならば一そう、古作の《船橋》をふまえて、いま見て来たごときかたちの《錦木》を新作するとも思い難い。いっそ、《錦木》も、《船橋》や《女郎花》同様、もともと田楽の能を世呵弥が改作したのだ、とでもいうような線が浮かぶようならその素材のとりあげ方ともからんで、甚だ面白いのだが、もとよりいまは何の根拠もあるわけではない。

ともあれ、これらの曲が和歌の世界につながることは確かなのだが、《女郎花》も《船橋》も、そして多分《錦木》も、その原作者は能役者ではあるまい。世阿弥以後はともかくとして、それまでの田楽なり猿楽なりの能の作者とは、古典、つまり和歌の世界の素養を持つ、能役者周辺にあった知識人――一流ではなかったかもしれないが、それだけに能の世界と深く関わり合ったであろう人々を考えなければならないのではないかとは、嘗ても述べたところである（「謡曲の和歌的基盤」、本巻所収）。もっとも、それが具体的にどういう関わり方であったかなど、依然として明らかではないけれども、いま問題にしている曲などは、おそらく、そうした人々の手になった可能性の高いことを思うのである。

六

《錦木》をめぐっては、いくつかの断片的問題があるが、そのうちの一、二を拾っておこう。

『慶長三年型付』（「細川十部伝書」の二）によると、

一、錦木。ワキ僧。シテ男。ツレ女。出立、船橋同前。葉ノアル木ノ枝ニ帯ヲマキツケテ持。ツレ、ナニモ不持也。シテ後出立、松虫同前。作物、始ヨリ出テ、中入作物ニ入、ツレ井座ノウシロニ入。此末義ナシ。

とみえる。小道具の錦木が様式化していないことが注目されるとともに、ツレは何も持たぬと指示する。但し、それが通常の仕方かどうかは知らない。ちなみに、『舞芸六輪次第』は、室町末期の宇治系のものかと片桐登氏（『日本文学誌要』昭和三十九年九月）の推定されるものであるが、それには、「仕手、……まへにはにしきゞを持。つれ女、ほそぬのをもつ」とある。現在、ツレは白水衣を細布に見立てて持つ。

『禅鳳雑談』に、

先年、一乗院殿様御門跡に、薪能二座づゝ、二日被レ入候。……其日、大蔵八良に、一番と候つる。何をと大夫被レ申候へば、八良「錦木」仕候はんと申候時、やがてそれはさしあひが候物をと被レ申候。其まゝ直され候。「妙なる一乗妙典」を「法の妙典」と直され候。

という挿話がみえる。一乗院主の前で「一乗」と謡うことを指合とみなし、言葉を換えたのである。いわゆる翳し文句は、後年、喜多古能撰の集成もあり、いろいろやかましいものだけに、失敗の珍談も数多いが、右は具体的に記されたはやい例であろう。なお、禅鳳は指合について屢々言及しており、『反古裏の書』には、

一、人の所へ行に、まづ、官・受領・又はさしあふこと問ふべし。

とか、また、

一、人の前にて、さしあひを、側なる者に言はせぬ事。

など記している。謡の流行期にあたり、すでに翳し――指合――への配慮がはたらいていたのである。

古今注の世界
――その反映としての中世文学と謡曲――

一

ふじのけぶりによそへて人をこひ、松虫のねに友をしのび、高砂、すみの江のまつもあひをひのやうにおぼえ、おとこ山のむかしを思ひいで、をみなへしのひとときをくねるにも、歌をいひてぞなぐさめける。

というのは、『古今集』仮名序の一節である。そして、そのひとつひとつの例がどのようないわれに基づいているかを、具体的に記述するのが、鎌倉期に成立した『古今集』の諸注釈なのである。たとえば「ふじのけぶりによそへて人を恋」うのは、かぐや姫を失った帝の恋慕にはじまるのであり、「高砂・住江の松も相生のやうに覚え」るのは、高砂が上代『万葉集』、住江が当代延喜の『古今集』撰進を意味するのだと説く。謡曲の《富士山》《高砂》が、それぞれこのような古今注の所説に基づいていることについて、かつて小論を発表したことがあった（「謡曲《富士山》考」、本巻所収）。が、ただそれだけではない。松虫の場合も、男山の女郎花の場合も同様である。それがどういうかたちで密着しているかを、具体的に《女郎花》の場合についてみてみよう。

謡曲《女郎花》は、九州松浦潟の僧（ワキ）が都に上る途中、男山の麓にて女郎花の美しく咲くのを見て、一本折り取ろうとするとき、老翁があらわれてこれをとどめ、お互いに古歌を引用して争う。一曲の中で、この花争いが副主題的位置に立つのは、たとえば《雲林院》などと同じ趣向であろう。ついで僧を石清水八幡に案内した翁は、男塚・女塚を教え、わが素姓を明かして消え去る。

ワキ詞「なう〳〵女郎花と申す事は、此男山につきたる謂はれにて候か

シテ「あら何ともなや、さきに女郎花の古歌を引いて、戯れを申し候も徒事にて候、女郎花と申すこそ、男山につきたる謂はれにて候へ、又此山の麓に、男塚女塚とて候を見せ申し候べし、此方へ御入り候へ、是なるは男塚、又此方なるは女塚、此男塚女塚に付いて、女郎花の謂はれも候、是は夫婦の人の土中にて候

ワキ「扨其夫婦の人の国は何処、名字は如何なる人やらん

シテ「女は都の人、男は此八幡山に、小野の頼風と申し、人

地「恥づかしやいにしへを、語るもさすがなり、申さねば又亡き跡を、誰か稀にも弔ひの、便りを思ひ頼風の、更け行く月に木隠れて、夢の如くに失せにけり、〳〵

後段は僧の弔いに現われた小野頼風（シテ）とその妻（ツレ）が、ありし日の物語を語る。

ツレ「妾は都に住みし者、彼頼風に契りを籠めしに

シテ詞「少し契りのさはりある、人間をまこと、思ひけるか

ツレ「女心のはかなさは、都を独りあくがれ出で、、猶も恨みの思ひ深き、放生川に身を投ぐる

シテ「頼風是を聞き付けて、驚きさわぎ行き見れば、あへなき死骸ばかりなり

ツレ「泣く〳〵死骸を取り上げて、此山本の土中にこめしに

シテ「其墳より女郎花一本生ひ出でたり、頼風心に思ふやう、扨は我妻の女郎花になりけるよと、猶花色も

なつかしく、草の袂も我袖も、露触れそめて立ち寄れば、此花恨みたる気色にて、夫の寄れば靡き退き、又立ち退けば故の如し

地「こゝによつて貫之も、男山の昔を思つて、女郎花の一時を、くねると書し水茎の、跡の世までもなつかしや

クセ「頼風其時に、彼あはれさを思ひ取り、無慙やな我故に、よしなき水の泡と消えて徒なる身となるも、ひとへに我科ぞかし、若かじうき世に住まぬまでと、同じ道にならんとて

シテ「つゞいて此川に身を投げて

地「ともに土中に籠めしより、女塚に対して、又男山と申すなり、其塚は是れ、主（ぬし）は我、幻（まぼろし）ながら来りたり、跡弔らひてたび給へ、〱

かくて邪淫の悪鬼に責められる身の成仏を頼むキリとなるのであるが、この《女郎花》の典拠について、前引古今仮名序の一節を骨子とし、「名所旧跡に事寄せた作り能」（『謡曲大観』）であると考えるのは適当ではない。たとえば、『毘沙門堂本古今集注』は、

実ニハ、日本記云、小野依吹（ヨリカセ）ト云人、八幡ニ住ケルガ、奈良ノ京ヨリ通フ女アリケリ。或時彼女来リタリケルニ、男コト女ニ思付テ会ザリケレバ、女恨テ身ヲナゲテ死ケリ。男是ヲキヽテ、又身ヲナゲテ死ケリ。此ヲツカヲ双テ埋タリケレバ、女ノハカヨリ女郎花生出タリ。イカニ風吹トモ男ノツカノ方ヘナビカズ。ソレヲクネルト云也。

という説をあげており、《女郎花》の原拠が、かかる古今注にあることを思わせるであろう。そして左に示すような『古今和歌集序聞書（三流抄）』の所説は、そのまま《女郎花》に重ね合わすことが出来るであろう。

平城天皇ノ御時、小野頼風ト云人アリ。八幡ニ住ケルガ、京ナル女ヲ思テ互ニカコチ行通フ。或時女ノ許ニ行テ、何ノ比ハ必コント契テ帰リヌ。女待ケレドモ来ザリケレバ、男ノ八幡ノ宿所ニ行テ問ケレバ、家ナル者答テ云、此程初メタル女房ノ座ス間、別ノ処ニ座スト云ケレバ、女ウラメシト思テ、八幡川ニ往テ、山吹重ノ絹ヲヌギ捨テ、身ヲ抛テ死ス。男家ニ帰リタリケルニ、家ノ者、京ノ女房ノ座ケルガ、帰リ玉ヒヌト云。男アハテ、追付行ニ、川ノ端ニヤマブキ重ノ絹アリ。ヨリテ見レバ彼女房ノ常ニキタル衣也。アヤシミ思フ程ニ、河ノ中ニ彼女房死テアリ。女ヲバ執揚テ孝養シテ、彼絹ヲ取テ帰リ、形見ニ是ヲナス。男依テ宮仕ニ京ニ久シク居タリケルニ、彼絹ヲバカレガ形見ニミント思フテ、此衣ヲトリニツカハシケレバ、土ニ落テ朽ヌ。此女女郎花（ヲミナメシ）ト成レリ。使者此由ヲ申ケレバ、頼風行テ見ルニ、女郎花咲乱レタリ。花ノ本へ近クヨラントスレバ、此花恨ミタル気色ニテ異方ニ靡（ナビ）ク。男ノケバ又起直ル。此事ヲ引テ爰ニ女郎花ノ一時ヲクネルト書也。是ヨリシテ、女郎花ヲ女ノ郎（ツキ）ノ花ト号ク。男思ハク、彼女生ヲカヘテダニカク吾ヲ恨ル。去バ彼女我故ニ身ヲスツ。我ハカレガ為ニ身ヲ捨テ、一ツ処ニ生レ合ント思テ、同ク川ニ身ヲ抛テ死ス。彼男ヲバ八幡山ノ中ニ送ル故ニ、八幡山ノ中ニ男山女塚ト云也。八幡川ヲ泪川ト云事ハ、此ヨリゾ起レリト云。

（片桐洋一氏『中世古今集注釈書解題』二による）

『謡曲拾葉抄』は、これと同じ説話を『藻塩草』によって記しているが、その基づくところも、かかる古今注であることは疑いないであろう。

ちなみに、《女郎花》は『五音』によれば亀阿曲とあり、「ヲミナヘシは女郎花と書きたれば」を引く。また『申楽談儀』には「か様にあだなる夢の世に、我等も遂に残じ、何一時をくねるらん」の一節があげられていて、その詞章は現行《女郎花》に一致しない。したがってもともと田楽の能であった亀阿作曲の《女郎花》は散佚し、別に現行曲が作られたか、あるいは現行のかたちに改作されているのかが考えられようが、そのいずれにもせよ、この両《女郎花》の素材が、古今注に基づくものであることだけは確かであろう。

歌人達の間で歌の聖典として重んじられて来た『古今集』『伊勢物語』は、それゆえに鎌倉時代以降実にさまざまの注釈を生んだ。その注釈を通しての古典理解に基づいて、中世の文学——たとえば謡曲の場合も——の生まれる基盤が作られていくのである。《雲林院》や《井筒》や《杜若》などの、『伊勢物語』に基づくと考えられていた謡曲が、実は『伊勢物語』そのものではなく、中世の『伊勢物語』の注釈の世界で成立した在原業平像がよりどころであったことは、すでに繰り返して述べてきたところであったが（「謡曲と『伊勢物語』の秘伝」「謡曲《雲林院》考」「謡曲《杜若》考」など参看、本巻所収）それに同じく、あるいは当然それ以上の比重を以て、中世の文学にその影を投げかけているのが古今注である。中世歌壇における二条家・冷泉家の対立は、それぞれ自説を掲げて歌学伝授のさまざまな様相をみるに到るが、古今・伊勢の注釈は、その状況に沿って展開し、古今注の場合についても、それゆえにその内容は多種多様である。いまは古今注自体について述べる余裕もなく、したがってその多くの注のうちで、《女郎花》との関連において最も注目されるのが『古今和歌集序聞書（三流抄）』系の所説であることを指摘するに止めたいのであるが、しかしそれはまた、女郎花説話と同時に記される松虫の説話と謡曲《松虫》との関係においても同様であることは付け加えておかねばならない。

「松虫の音に友をしの」ぶという『古今集』仮名序の一節にからむ、《松虫》シテの語りの部分も、決して謡曲作者の創作の物語ではなかったのであり、この序に加えられた古今注のうちでも、摂津阿倍野の松虫をめぐる契り深き二人の男（固有名詞をあらわさない）の物語として説かれる『三流抄』系の所説に基づくと信じられる。参考のために、その部分を示せば次の通りである。

松虫ノ音ニ友ヲ忍ブトハ、昔大和国ニ有ケルモノ、二人、互ニ契リ深シ。津国、安倍ノ市へ連テ行、市ニテ別レ、アキナヒスル程ニ、互ニ行方ヲ不知、一人先立テ帰リケルガ、彼ヲ待テ居タリケル程ニ、夜ニ入テ、カレハ死ケリ。彼市ニ残ル友、彼ヲ待ケレドモ見へザリケレバ、広キ野ニ出テ尋行ヌ。彼死シタル者也。家貧シクシテ草深シ。松虫多ク啼ケレバ、松虫ヲ、ク啼処ヲ見レバ、彼者死テアリ。倶ニ一処ニテ死ナント契リタリシカバ、身ヲ抛テ死ス。夫ヨリシテ、友ヲ忍ビ、友ヲ恋ル事ニハ、松虫ノ音ニヨソヘテ云ナリ。

（片桐洋一氏『中世古今集注釈書解題』二による）

《松虫》といえば、本誌昨年十月号（『観世』昭和四十四年）に、片桐登氏によって指摘された『四季祝言』との関係は、貴重な報告であった。この祝言小謡に含まれる「九月九日」には、

指 わがやどは花のきくうる市なれや、四方の門べに人さわぐ
下歌 心をくみてさかづきの、遊曲ゆふ舞の和歌の声、げにたのしめる時とかや

とあり、さらにつづく上ゲ歌の部分は、そっくりそのまま《松虫》の上ゲ歌に一致すること、そして右のサシ・下ゲ歌に対応する《松虫》掛ケ合の部分が、

シテ「わが宿は菊売る市にあらねども、四方の門べに人騒ぐと、詠みしも故人の心なるべし、いかに人びと面々に、れい酒を汲みてもてなし給へ
ワキ「またかの人の来れるぞや、けふはいつより酒を湛へ、遊楽遊舞の和歌を詠じ、人の心を慰め給へ、早くな帰り給ひそとよ

というかたちでみられること、を指摘され、《松虫》が『四季祝言』をとり入れて作られたこと、その場合「わが宿は花の菊売る市なれや」というかたちが、《松虫》全体のなかに位置づけるためもあって、「わが宿は菊売る

市にあらねども」に改められた、と説かれている。

『四季祝言』——「九月九日」の小謡と、《松虫》との間に、あるつながりのあることは疑えぬであろう。しかし、はたして、『四季祝言』、少なくとも、「九月九日」の小謡は《松虫》に先行したのであろうか。たとえばさきにみられた「わが宿は菊売る市にあらねども、四方の門べに人騒ぐ」という一節が、『伊勢物語』第六段に注された冷泉家流の古注に「我宿和菊売市爾阿良根登毛四門野門辺爾人左和苦南里」とあるに基づくであろうことは、熊沢れい子氏の指摘するところである。とすれば、この歌が《松虫》において正確に引用され、祝言小謡「九月九日」の場合が変形であったということは、《松虫》との前後関係において、『四季祝言』の成立と作者にまでかかわって来よう。現存『四季祝言』と、『五音』に記載される『四季祝言』との関係への再検討も要求されるであろう。今はこの問題にも立ち入ることを避けなければならぬが、《松虫》においても、その素材として、古今注、あるいは『伊勢物語』の注などの、中世のいわば注釈の世界からの反映が顕著であることを、とりあえず確認しておこう。

二

このようにみて来ると、古今注、『伊勢物語』の注が、そのまま下敷にされて謡曲との関係を保つかのごとくであるが、そして、まさしくそうした関係に立つ場合も多いのではあるが、それらの注を通した中世の古典理解は、その基づく注の世界をはなれて、いわばひとり立ちして歩き出すまでに到る例も少なくはない。

謡曲の素材として『古今和歌集序聞書（三流抄）』にみられる説を、《白楽天》の場合について指摘されたのは、三輪正胤氏であったが（「鎌倉時代後期成立の古今和歌集序註について（中）」『文車』一七・一八号、昭和四十三年二月）、クセで語られる鶯の鳴き声がそのまま和歌となる話も、「花に鳴く鶯、水に住む蛙の声を聞けば、生きとし生けるもの」すべて歌を詠むのだという『古今集』仮名序の一節に加えられた注によるのである。一例を示せば、

又、鶯・河ツノ歌ヨミタル事証アリ。日本記云、大和国ニアル僧、フカク思フ弟子アリ。後弟子死テ後、三年ヲヘテ彼師ノ家ノ前ニ鶯来テナク。声ヲキケバ、初陽毎朝来不相還本誓トナキケリ。恠テ声ヲ摸テカキテ見レバ、

ハツ春ノアシタゴトニハキタレドモアヒカヘラザルモトノチカヒヲ

ト云歌也。恠思テネタル夜ノ夢ニ告テ云、我ハ汝ガ弟子ナリ。生ヲカヘテ、鳥ト成テ此ニ来レリト云ケリ。是ヲ日本記ニハ、ウグヒス童ノ歌ト云也。又、カハヅ歌ヲヨムト云事、日本記云、紀良定住吉ノ浦ニ行テワスレ草ヲ尋ケルニ、美女ニアヘリ。来春ヲ契テ尋来リケルニ、女ハナシ。ツク〲トヌル所ニ、カヘルノ浜ヲアユミトホルヲ見ニ、其跡歌ナリ。

スミヨシノハマノミルメモワスレネバカリニモ人ニ又トハレヌル

トアリ。此ヲ日本記ニハカハヅ女ノ歌ト云リ。此二ヲ挙ナリ。

（『毘沙門堂本古今集注』による）

しかもこれは『三流抄』系の所説もさりながら、系統を異にする注においても広く触れられており、最も普遍的な話の一つであったから、後には歌の世界、連歌の世界を問わず、教養・知識の枠を超えた常識に属する事柄となっているようで、『謡抄』が典拠を示さずこの説話をあげているのも、そのような事情があったればこそであろう。流布本『曾我物語』巻五に「鶯蛙の歌の事」がつけ加えられているのは、より古型の真名本系や大山寺本『曾我物語』以後の増補であるが、そんなところにも、この物語の幅のひろがりがうかがわれ、またこのよう

に広く知られた話だからこそ、一条兼良作という『鴉鷺物語』に、

　又我朝には高間寺の児、師匠にさきだちしが、鶯となりて思ひの色を音にたて丶、初陽毎朝来の語を告げるとうけたまはる。是非をしらざる小鳥すらかくのごとし。

という極めて簡略な表現の中に、一切の了解を予期し得る基盤が前提されていたのだと考えてよい。

　ついでに言えば、これを素材とした謡曲はただ《白楽天》のみではなく、鶯・蛙の歌の両方をまともに取りあげた《和国》があり、蛙の話を仕立てた《蛙》もある。そして『自家伝抄』によれば、《蛙》は「春満方へ」、《松虫》は「観世又三郎所望」による金春禅竹作とする。その当否はあらためて検討しなければなるまいが、その場合、かりに禅竹がこのような所説に関心をもち、かつ謡曲化を試みたのであったとしても、たとえば『自家伝抄』が佐阿弥作とする《頼風》（《女郎花》カ）の場合なども関連して、一個人の教養ということだけではなく、その時代の古典享受のすがたと、そのひろがりをながめわたした上で考えてみなければならないであろう。云い換えれば、これら注釈の世界が、中世文学――あるいは思想――の基盤としてあり、たとえば謡曲の場合にも、その反映としてあらわされているという事情があったのである。

三

古今注に発して、それ自体としてより広い伝播と流布をみるに到る例は、ただに右に挙げたところに止まらない。『太平記』「日本朝敵事」に、

　又天智天皇ノ御宇（ギョウ）ニ藤原千方（チカタ）ト云（イフ）者有（アツ）テ、金鬼（キンキ）・風鬼・水鬼・隠形鬼（オンギャウキ）ト云四（ヨツ）ノ鬼ヲ使ヘリ。金鬼ハ其（ソノ）身堅固

ニシテ、矢ヲ射ルニ立ズ。風鬼ハ大風ヲ吹セテ、敵城ヲ吹破ル。水鬼ハ洪水ヲ流シテ、敵ヲ陸地ニ溺ス。隠形鬼ハ其形ヲ隠シテ、俄ニ敵ヲ拉ク。如レ斯ノ神変、凡夫ノ智力ヲ以テ可レ防非ザレバ、伊賀・伊勢ノ両国、是ガ為ニ妨ラレテ王化ニ順フ者ナシ。爰ニ紀朝雄ト云ケル者、宣旨ヲ蒙テ彼国ニ下、一首ノ歌ヲ読テ、鬼ノ中ヘゾ送ケル。

　草モ木モ我大君ノ国ナレバイヅクカ鬼ノ棲ナルベキ

四ノ鬼此歌ヲ見テ、「サテハ我等悪逆無道ノ臣ニ随テ、善政有徳ノ君ヲ背奉リケル事、天罰遁ル、処無リケリ」トテ忽ニ四方ニ去テ失ニケレバ、千方勢ヒヲ失テ軈テ朝雄ニ討レニケリ。

という説話がみえる。これの基づくところが、やはり『古今和歌集序聞書（三流抄）』などの古今注に、和歌が「目にみえぬ鬼神をもあはれとおもはせ」る例証として、例によって「日本紀」に云わくとして語るところであることをまず指摘しておかなければなるまい。それとともに、ここに挙げられた和歌の初句が、古今注によっては、「草も木も……」と「土も木も……」に大別されるのであるが、その両形を含めて、この和歌が右の説話をはなれ、歌自体として独立した存在となっている様子を、たとえば謡曲における引歌から窺うことが出来る。すなわち、《大江山》《現在千方》《高砂》《田村》《土蜘蛛》《土車》《難波》《羅生門》などには、『古今和歌集序聞書（三流抄）』などにみえる「土も木も」型であり、《御裳濯》では、『毘沙門堂本古今集注』などの「草も木も」型の引歌となっている。そればかりではなく、この和歌の末句は、古今注の場合「すみかなるべき」であり、『太平記』の場合もまた同様であったが、『参考太平記』所引の北条家本では「宿ト定メン」のかたちでみえ、謡曲においては、「宿と定めん」（《土車》）、「宿なるらん」（《大江山》）、「栖なるらん」（《現在千方》）などの変形がみられるのは、この和歌が、四匹の鬼の説話から独立して、全土王化を讃える歌として受け止められ、膾炙していたらしい徴候を示すものとみられよう。されぱこそ、これらの謡曲中に、ただその意味だけで引かれるのであった。

やや趣を異にする例としては、「久方」の語源説がある。いうまでもなく枕詞としての久方についてであるが、古今注——『古今和歌集序聞書（三流抄）』や『毘沙門堂本古今集注』においては三義ありとし、月の廻ること久しく世を照らす形なるがゆえに久形の月というとか、注により固有名詞は異なるものの、某后の袴より白き膝のこぼれ見えたるを月にたとえて膝形というなどの説を掲げるうちに、「二神十方ヲ定メシ時、天ハカギリナキ方ナレバトテ、久方ト云ナリ」（『毘沙門堂本古今集注』）とも説いているところは、謡曲《羽衣》のクリの部分をすぐに思い出すであろう。《羽衣》の素材が古今注と関係をもつことはないわけで、この場合は「久方」の語義にかかわるだけのことと思われるが、ということはまた、古今注の世界で成立したこのような説が、その時代の理解として一般であったということでもあろう。それゆえに《羽衣》のような曲の中にも、ふと顔を出すほどの、いわば常識的前提があったのであろう。

いわゆる枕詞に関しては、「久方」のみならず、たとえば「ちはやぶる」「あらかね」「あしびき」などの語義をめぐる古今注の解釈は、『神代紀』の注との関係、それに関連する謡曲など、さらにいろいろの問題を引き出させるようであるが、それらについてはあらためて別の機会をもちたい。

『古今集』と能

一

能の台本としての謡曲が、それ自体として文学の一様式を形成していることはあらためて言うまでもなかろうが、それはとりもなおさず和歌の伝統を継承する文芸と言うに同じく、従ってまた、その根底に『古今集』の世界があることも自明のことである。わが国の文学における古典の中の古典として、『古今集』はその筆頭に位置するからである。

ところで、『古今集』に限らず、およそ古典一般について、後代の人々がそれを読むについては、さまざまの解釈を施しつつ読むのが普通である。しかも、中世におけるその享受相には、現代のわれわれが理解する古典の解釈とは大きな隔たりがある場合が多い。『古今集』についても、中世には種々の注釈書類が成立しており、それらは片桐洋一氏の『中世古今集注釈書解題』全五巻に体系的に集成されているので、具体的にその様相を窺うことが出来るようになった。謡曲が『古今集』の影響下にあるという時、その『古今集』の理解とは、いうまでもなく中世におけるこれらの享受と一体のものであるから、謡曲の理解にあたってもまた、そのことを十分把握しておく必要があるのである。もっとも、ひと口に謡曲と言っても、古作や世阿弥または禅竹など、その作者によって作品の性格も異なり、従って『古今集』理解の反映のあり方も一様ではないが、このたびは、中世における『古今集』の理解が、謡曲の世界でどんなかたちに反映しているかという点について、その一端をサンプル風にとりあげるにとどめたい。

さて、『古今集』中のある歌に基づく歌語としての文学表現が、謡曲中で修辞的に用いられる場合は極めて多いが、それはさておき、一首の歌の理解が一曲の主題に深く関わっている一例として、すでに指摘したことではあるが、《葛城》の場合について触れておこう。『古今集』巻二十、大歌所御歌に、「古き大和舞の歌」として、

しもとゆふ葛城山に降る雪のまなく時なく思ほゆるかな

という歌が収められている。これは、大嘗会や鎮魂祭の時に奏される大和舞の古い歌詞で、葛城山に降る雪のようにいつも君のことが思われることよ、という、もともとは恋歌であろうが、君恩を感謝する意味にとりなされた歌だとするのが現代の理解であろう。しかし中世にあっては、『毘沙門堂本古今集注』にこの歌を「天照太神アマノイハ戸ニ籠セ給シ時、神達、天岩戸ニシテ歌テ、ヨビ奉シ神歌也」と解しているのである。この歌は《葛城》の前半で、ワキの山伏達の夜寒を、焚火で接待するシテの歌問答に引かれているが、実はただ葛城山にゆかりの歌であるからだけではなく、右の注に見られるような理解に基づき、かつ、高天原や天岩戸の所在が葛城山であると信じられていた中世の理解をもふまえるからこそ、後半においても、「よしや吉野の山葛、かけて通へや岩橋の、高天の原はこれなれや、神楽歌はじめて、大和舞いざや奏でん」とか、シテの「降る雪の、しもとゆふ花の白和幣(しらにぎて)」に続く舞事、さらには「高天の原の、岩戸の舞、天の香久山も、向ひに見えたり」などと、この歌の歌詞だけではなく、一首の背後にあるこの時代の理解を包みこんで、一曲の主題を一貫する中心的位置を占

めているのだと考えられるのである。

『古今集』については、集中の歌だけではなく、仮名序に付された歌もまた、謡曲と深く関わっている。有名な、難波津・安積山の歌が、《難波》や《采女》の核となっていることは周知の通りであるが、仮名序そのものにもまた、同様に中世的享受を示す注釈が伴なうのである。それは、ことばなり事柄について、説話的例証や、証歌による解説を施すことも多いが、説話については後述に譲るとして、そこに引かれる古今集歌そのものには非ざる証歌もまた、『古今集』理解の一環として、謡曲に関わっていることをまず注目しておきたい。たとえば『三流抄』と略称される『古今和歌集序聞書』によれば、和歌が「天地の開けはじまりける時よりいできにけり」という仮名序の一節について、「伊弉諾・伊弉冊尊夫婦トシテ日本国ヲ作テ嫁シ給ヒシ時、伊弉諾尊、伊弉冊尊ニ歌ヲヨミテ奉玉フ」として、「烏羽玉野吾黒髪毛不〻乱爾結定余宵夜野手枕我臥テモ見ン」という歌を記して、「此歌、々ノ最初也」と説いている。これはもとより他に所見のない歌であるが、《淡路》には「その神歌は烏羽玉の、わが黒髪も乱れずに、結び定めよ小夜の、手枕の歌の種蒔きし……」と見え、《歌占》にも「それ歌は天地開けし始めより、陰陽の二神天の巷にゆきあひの、さよの手枕結び定めし……」と作られている。『三流抄』における独自の証歌が謡曲に反映した例は、他にもいくつか指摘出来るが、余は省略に従う。

ところで、いわゆる証歌の中には、古歌が用いられることも少なくない。『万葉集』に見え、『古今和歌六帖』にも収められる「奈良山の児手柏の二面とにもかくにもねじけ人かも」という歌は、歌学の世界でも『奥義抄』や『和歌色葉』にとりあげられているが、それをふまえた『三流抄』には、《女郎花》の素材となった女郎花説話に関連して引かれている。但しその歌は「奈良坂や……ねじけ人かな」の形に変型しているのであるが、謡曲中には多くこの歌型で流布し、《百万》その他に採り入れられている。この歌が『古今集』享受に伴なう『三流抄』系所説を通して注目・利用され、かつ、その所説を離れて、歌自体が自立し、流布することのある一例に数えることが出来よう。

『古今集』の歌が中世においてどのように受けとめられていたかということを、われわれに具体的に示すものの一つが注釈書類であるが、それは『古今集』そのものだけではなく、その理解のあり様を示す所説全体として関わるのである。いまあえて古今集歌の範囲を超えた歌の場合に言及したのもその意味からであるが、かくて謡曲の世界は、いわば中世古今集ともいうべき世界を反映しているのである。

二

謡曲に反映している『古今集』の理解が、中世における注釈書類の所説に基づいていること、また、それらの注釈に顕著な方法は、ことばであれ事柄であれ、そこに説話的例証を伴なって説かれることなど、前節に述べたところである。その説話的例証とは、たとえば仮名序に「松虫の音に友を偲び」「男山の昔を思ひ出て女郎花の一時をくねる」と言うについて、『三流抄』によれば、前者は安倍野の市で友を失った男が、松虫の鳴く草の宿に死んだ友を尋ねあてて、倶に一処に死なんとの契りを果たした説話、後者は小野頼風の契った女が八幡川に身を投げて死に、女郎花と化した説話を示して説明している。より詳しくは、実は《松虫》や《女郎花》が、それぞれの説話に基づいて一曲を仕立てているのであるから、ここにあらためて紹介することは省略に従う。

一曲の構想が、このような説話に基づいているものもあれば、その説話の内容をふまえつつ、一曲中で比喩的に示される場合もある。《朝顔》や《鵜飼》に見える遊子伯陽説話や、《田村》における千方説話などがその一例である。これらの説話は、中世の諸分野にわたって流布しており、特殊な知識というわけではなかったからこそ、部分的引用でも了解される基盤があったと言えるのである。

ところで、仮名序との関わりということでは、このような例証としての説話のみが能の素材として採り上げられたわけでは、勿論ない。和歌思想・和歌観の原点としての仮名序自体の所説に強い関心を払い、かつそれを能作の上に有効に用いたのは世阿弥であった。たとえば《志賀》の場合、《黒主》という別名からも窺えるように、六歌仙の一人である大伴黒主が、志賀に黒主の明神として祭られることをふまえて作られているが、仮名序に「大伴黒主はそのさまいやし、いはば薪負へる山人の、花の陰に休めるがごとし」と記されているほかには、格別に黒主についての本説たるべきほどのものはない。しかし、その薪負う老翁が花の蔭に休む風情を前場の見どころとして、クリ・サシ・クセには、和歌の徳を仮名序に拠りつつ謡い上げる祝言能に構想されている。それについては、和歌の隆盛と聖代の繁栄が一体のものであるとする中世の和歌観がふまえられていると言えようが、もとよりそれも、仮名序の背後にある中世の注釈書類に示されているところによるのである。《高砂》の場合、「高砂・住吉の松も相生のやうに覚え」という仮名序の一節について、高砂とは上代『万葉集』、住吉とは延喜の『古今集』撰進を意味するのだという『三流抄』の所説をふまえるが、それは『古今集』を和歌の聖典として捉え、それが撰進せられた延喜の時代を理想郷と考えることと一体で説かれた中世の和歌思想とでも言うべきものを反映している。だから《高砂》の詞章が、全体に仮名序・真名序の文をちりばめ、あるいは『三流抄』の記述を用いて書かれていることは事実だが、それはとりもなおさず、そのような和歌思想をふまえるものであったからこそ、松の徳が帝徳に擬せられた漢詩文の世界をも合わせて、歌道の繁栄と一体の聖代を讃美し、かつ、和歌の神たる住吉明神が祝福することを主題として成り立っているだけでなく、脇能をはじめとする祝言能の構想の中に、このような和歌観を投影せしめる一方法を確立しているのである。しかも《高砂》は、このような観念的内容を舞台上に具現化するにあたって、住吉の尉、高砂の姥という老人夫婦に人格化するという卓抜な趣向を用いているところに、能作者としての世阿弥の非凡な才能を窺い知らしめるのである。

それはそれとして、世阿弥における仮名序依拠の多様性の一例として、右に見たごとき扱いとは異質の《桜川》の場合にも触れておこう。それは失踪した愛し子を尋ねる母親の慕情を、桜への愛惜に重ね合わせて、なまの人間感情を詩的世界にたかめ得た作品と評価し得るが、その中心となるクセの一節に、

> されば梢より、あだに散りぬる花なれば、落ちても水のあはれとは、いさしらなみの花にのみ、馴れしも今は先立たぬ、悔の八千度百千鳥、花に馴れゆくあだし身は、はかなきほどに羨やまれて、霞をあはれみ、露を悲しめる心なり

という。初めの部分が「枝よりもあだに散りにし花なれば落ちても水の泡とこそなれ」（『古今集』春下、菅野高世）に拠りつつ、その花の面白さにのみ馴れ切っていたことを後悔しても後の祭りだ、という意を「先立たぬ悔の八千度悲しきは流るる水のかへり来ぬなり」（『古今集』哀傷、閑院）という歌につないで述べる。つまり、花をめで、「花にのみ馴れし」身であったことへの述懐である。さて、この八千度を序にして「百千鳥花に馴れゆくあだしめ（ママ）ははかなきほども羨まれけり」という歌をつないで、鳥を羨む心を示す。これは『三流抄』にのみ見える歌であるが、それについては、仮名序に「花をめで、鳥を羨み、霞をあはれび、露をかなしぶ心」というところの、「鳥を羨み」とは、実は鶯の花に馴れることを羨んで歌を詠んだと解すべき証歌として掲出されたものである。これを要するに、右の《桜川》クセの一節は、それがそのまま、仮名序の「花をめで、鳥を羨み、霞をあはれび、露をかなしぶ心」を文飾を加えて言い換えたかたちにほかならぬ。もっとも、仮名序においては、そ

れを自然に寄せる感情と、その表出としての和歌について述べているのであるが、世阿弥はそれを花に寄せる情感へ絞りこんでいるのである。

このような仮名序の自在の利用は、世阿弥において、それがまさに自家薬籠中のものとなっていたことを窺わせるであろうが、それとともに、『三流抄』所説と一体のこのような利用だけでなく、たとえ仮名序なり集中歌なりの本文そのもののみが引かれるような場合にも、その理解のあり方には、背後に中世の解釈がふまえられているのだということを留意しておく必要はあるのである。これはもちろん世阿弥だけのことではない。

三

『古今集』と能という課題について、その台本たる謡曲に、『古今集』歌・仮名序・真名序が反映しているとき、それらは『三流抄』に代表される中世古今集注釈書類の所説と一体のものであることを、いくつかの事例を通して述べて来た。しかし、当時の『古今集』に関連する理解の中には、それにとどまらず、さらにいわゆる秘伝書類の所説があって、それらとも絡み合っている点のあることを見逃すわけにはゆかない。『古今集灌頂』『古今集灌頂口伝』『玉伝深秘巻』等々の秘伝書の類も、近年は文学史的位置づけとともに翻刻紹介が進み、比較的容易にその概要を知ることが出来るようになったが、これらの所説は、すでに瞥見した中世古今集注釈書類の所説とはおのずから異なる立場での秘説の展開が見られる一方で、相互に関わり合う面もまたなしとしない。世阿弥の場合にもこれらの秘伝書の内容が投影していることは、たとえば仮名序を点綴して書かれた《志賀》のクセに、「然れば三十一文字の、神も守護し給ひて、無見頂相の如来も、感応垂れ給へば……」という、『石見女式』や

『古今秘伝抄』等にも見えるような所説を反映し、あるいは同じく《蟻通》に「およそ歌には六義あり、これ六道の、巷に定め置いて、六つの色を分かつなり」と、直接の典拠は未詳ながら、類似の説は『和歌知顕集』や『三五記』にも記されるような一説を合わせるのである。世阿弥の嚢中にも、まさしく中世和歌世界の混沌とした教養・知識のあったことを窺わせるが、それは他の諸曲についても同様で、あえてもう一例を《高砂》の場合について見るに、後シテ登場のサシは、

　われ見ても久しくなりぬ住吉の、岸の姫松幾世経ぬらん、睦ましと君は知らずやみづがきの、久しき世々の神神楽……

と謡われる。これは『伊勢物語』百十七段に、

　昔、帝、住吉に行幸したまひけり。

　　われ見ても久しくなりぬ住吉の岸の姫松幾世経ぬらん

　おほん神現形し給ひて、

　　むつましときみは白波みづがきの久しき世よりいはひそめてき

と見えるところではあるが、「われ見ても……」の歌は、『古今集』では雑上に「詠み人知らず」で入集する。『伊勢物語』では天皇に従駕の人の作と解されるが、それを業平だとする中世の理解の中で、『玉伝深秘巻』の説くところは、「われ見ても……」を「この歌の心は、業平住吉の化現、しかれば、この浦に跡を垂れて、幾世経てこの姫松を見つらんといへり」という。歌神住吉明神は、人丸と現じ、また業平と現じたとする、いわゆる三公伝とも称される考え方があり、そこで「むつましと……」の歌についても、「此歌の心は、汝、我が化身なれば、本末のかはりこそあれ、むつましとは知らぬかといへる心なり」と秘伝するのである。《高砂》の後シテが

この両歌をつないだかたちで所懐を述べるについては、単に『伊勢物語』の文を借用したのではなく、これが住吉明神の超時代的述懐であるとする右のような理解をふまえるからこそあり得た構想であるとしなければなるまい。

なお、念の為に付言しておくが、世阿弥における理解が、いま右に例示した秘伝書類の所説に直接拠っているということを言うのではなく、そのような所説の内容が世阿弥の理解の中にあったという意味での参考に過ぎない。世阿弥の『古今集』理解が、基本的には『三流抄』系の所説に拠っていることは既述の通りであるが、それでも、それが現存諸本と同じものかどうかは決め難い点も残る。まして秘伝書の類は、部分的内容からは特定し難い点が多いのである。それについては、『古今集』や『伊勢物語』の注釈書類・秘伝書類に限らず、和歌の秘伝書類、あるいは『和漢朗詠集』注等の漢文享受資料や、神道・仏教の講説、さらには『太子伝』類をはじめとする広義説話資料にまで、関連所説の範囲が広がっている場合も少なくない。しかしそのことはまた、秘伝として成立した所説が多層的に異説をふくらませつつ流布したことを反映しており、そのことが中世文化の幅広い基盤を形成していたからこそ、謡曲もまたその一環を占めることになるのであろう。

このように見てくるとき、これらの注釈や秘伝はいわば伝授事に属するはずであるのに、能の作者がそれらに拠りつつ謡曲を書き得たのはなぜかという疑問も、おのずから解消されよう。秘伝の名で呼ばれるのは、所説の内容そのものよりも、諸説をふまえた選択のあり方に、一流なり家説なりを特徴づけるところがあり、内容そのものについては、その時代に流布して広く知られた場合が多い。そのような理解のあり方を背景にして、謡曲そのものは、一曲の主題に即した世界を描き上げるのであって、歌学上の秘説を整合的に論述するわけでは決してないのである。

すでに見て来た例からも知られるように、世阿弥作品の中にあっても、単一の典拠にのみ基づいて作られたものはほとんどなく、またそこにとり合わせられた各種の知識は、世阿弥の一曲中の構想下に有効に作用し合っているけれども、注釈・秘伝の世界はそれ自体統一的に割り切ることの出来ぬものであるから、それを特定の所説の中に置いて考えようとすることには無理がある、という以上に、むしろ意味がないとも思われるのである。とはいえ、そのようなさまざまな古典理解の諸相が謡曲中に反映しており、それがある意味では中世人の普遍的常識に属する以上、現代のわれわれにとっても、そのことをふまえて受けとめることが、作者の意図を正確に読みとることにつながり、ひいては謡曲の面白さ、素晴らしさが、一だんとたかめられることは疑いない。本稿においては、『古今集』享受のあり方を中心にして、わずかにその一端を述べたにとどまるが、謡曲が持つ中世的世界は、まだまだ広く、かつ深いのである。

謡曲《高砂》雑考

一　阿蘇の宮の神主友成とは我が事なり

そも〳〵これは九州阿蘇の宮の神主友成とは我が事なり

というのは、言うまでもなく謡曲《高砂》のワキの名ノリ冒頭のことばである、しかし、友成とは誰なのか、またなぜワキが友成であるのか、といったことについては、これまで注釈などにも言及されたことはないようである。おそらく唯一と思われる考証が『謡曲拾葉抄』にみえ、それには、

神主友成は友能が子也。延喜の比の人也。景行天皇阿蘇に遊歴の時、速瓶玉命の子惟人を神職に定給ふ。友成は惟人の神胤也。

と記されている。『謡曲拾葉抄』が何を根拠としてこのように記したのかは、いまだ明らかにし得ないが、しかし、友成が阿蘇社の神主であり、延喜（九〇一―九二三）頃の人であるという、肝要な指摘だけは、結果的にみて、果たし得ていると言ってよいのではあるまいか。

「続群書類従」巻第百六十五、系図部六十に収める『阿蘇三社大宮司系図』は、奥に貞享二年乙丑（一六八五）

夏、友隆家蔵本を以て写す旨を記す一本である。友利（正四位上）の後に友成（従四位上）の名を見出すものの、まま位階を示すのみで、おおむね名前だけを列挙するこの系図については、たまたま友成の名を見出だし得ても、それが《高砂》ワキの素姓と結びつける資料として使い得なかったのは当然であった。しかし、そこにみられる友成が、《高砂》ワキの友成であるとみなして、多分、よろしいと思われる。『史料通信叢誌』第十一編の肥後の部に、『阿蘇氏系譜』が掲載されている。諸本を「相補備」て作られたものであるから、もちろん正確を期し難いが、いまそのことを以てすべてを否定する必要はあるまい。すなわち、共直（阿蘇宮宮司、正六位上、貞観七年官符叙正七位上）の後に、友佐（阿蘇郡司少領）、友利（阿蘇宮権禰宜）、友成、友夏（阿蘇宮祝）、友公の五人を並べた釣書がみられる。友成には「阿蘇宮大宮司外従五位下、延喜三年二月叙爵」と付記されている。いまは『謡曲拾葉抄』所載の前掲記事に云う友能の子であること、あるいは『阿蘇氏系譜』に云う叙爵の事実などを確かめ得ないが、さしあたっては、『謡曲拾葉抄』の記事に、人と時代が重なり合うことだけで満足しなければならない。少なくとも、友成が阿蘇宮の宮司であったこと、その時代が延喜の人であったこと、が、阿蘇氏の系譜のうちに生きているのであり、それは、中世末期の阿蘇氏において、そのように受けとめられていたことまでは確かめ得られる。

秀吉の勘気に触れて薩摩に流されていた近衛右大臣信輔が、許されて上洛の途に上ったのは、文禄五年（一五九六）七月十日のことであった。その行に随い、「上洛の道すがら、又京都にてのことゝも書しるし」た一文は、『玄与日記』の名で「群書類従」にも収められているが、それによれば八月十五日には播磨の海にさしかかった。

十五日朝天に、室の津を御出被レ成。波路はる〳〵うつり行に、高砂の松など見え侍りぬ。彼松、愚身先祖一見之事、高砂之うたひにみえ侍れは、由緒なつかしく見侍りぬ。

ひとしお感慨をこめた筆者の玄与とは、黒斎とも号した阿蘇大宮司惟賢の入道名であったことは、前掲『史料通信叢誌』所収系図によっても知り得る。玄与が信輔上洛に際して随行したについては、玄与の子惟尚が、阿蘇主殿助と称して島津氏に仕えたようであるから、島津家との縁りが考えられるのであるが、くわしくは『玄与日記』自体とともに別の機会にゆずりたい。ともあれ、玄与が友成を「愚身先祖」として理解している事実に、少なくともこの時代の阿蘇家における、系譜上の友成の位置を読むことは出来るであろう。

二　高砂住吉の松に相生の名あり

さて、世阿弥が《高砂》のワキに友成という固有名詞を措定したについては、何かわけがなければならないが、いまは明らかにし得ない。あえて憶測するならば、それは、阿蘇氏の内において伝えられた友成の事蹟に関連するものがあったかも知れないけれども、それよりは多分、もっと別の世界で、たとえば《雲林院》のワキ芦屋の公光が『伊勢物語』に執心の者であったような意味で、和歌に関係するあたりで殊に伝えられた名前であったかも知れないのである。このことは、時代が『古今集』撰進の延喜の御代であることに設定された《高砂》の構想と、密接に関わるものでなければならない。

「高砂といふは上代の、万葉集のいにしへの義

「住吉と申すは、今このみ代に住み給ふ延喜のおんこと

という掛ケ合にあらわされるところは、まさに《高砂》の時代が延喜の時であることを告げるものであるが、そ

れとともに、《高砂》の最も根本的な構想上の立場を示すものと云えよう。すなわち、すでに『謡曲拾葉抄』が、

秘説云、高砂とは上古万葉の歌をさす。住江とは当代古今集の歌をさす。合せて一部となれは、相生とて松は千歳をふるためしに祝ひいへる也。高砂といふに、古しへをあふぐひゞきあり。住吉と云には彼御神此道の長者にておはします上、住江と申につきてめでたく聞ゆればなり。都て此集の躰たるを相生のやうにと書る也云々。

と引用しているごとく、高砂を上代『万葉集』、住吉を延喜の『古今集』にあてて説くのは、『古今集』序の「高砂住吉の松も相生のやうにおぼえ」という一節に与えられた、中世の諸注釈類にみられる解釈であり、かなり普遍的な理解に基づくものであったことについて、以前にも一部触れたことがあった（「謡曲《富士山》考」、本巻所収）。とりわけ『古今和歌集序聞書』（片桐洋一氏によって『三流抄』と名付けられて、『女子大文学』二一号、昭和四十六年二月に翻刻された）は、その流布と影響力の大きさとによって極めて注目されるものであったことはすでにしばしば触れたことであるが、《高砂》の場合、問答、掛ケ合の部分こそ、相生の意味を解明し、いわば伝授事とも云うべき内容の語られるところであるがゆえに、その部分をかれこれ対照してみるのがむしろ早道であろう。

Aワキ　高砂住吉の松に相生の名あり、当所と住吉とは国を隔てたるに、なにとて相生の松とは申し候ふぞ	高砂住吉ノ松モ相生ノ様ニ覚ヘテト云事ニ二義アリ。一ニハ高砂モ松ノ名所也。住江モ松ノ名所也。カレ是ノ松ノ一ツニ生合タルガ如クニ、今此道ノ栄ヘタル事有ト云ヘリ。

B シテ 古今の序に曰はく、高砂住吉の松も相生のやうに覚えとあり（略）

C ワキ 不思議や見れば老人の、夫婦一所にありながら、遠き住吉高砂の、浦山国を隔てて住むと、いふはいかなることやらん

D （略）

E ワキ 謂はれを聞けば面白や、さてさて先に聞こえつる相生の松の物語を、所に言ひ置く謂はれはなきか

シテ 昔の人の申ししは、これはめでたき世の例なり

F ツレ 高砂といふは上代の、万葉集のいにしへの義

G シテ 住吉と申すは、今このみ代に住み給ふ延喜のおんこと

H ツレ 松とは尽きぬ言の葉の

問、高砂ハ播磨、住吉ハ摂津国、其間三日路也。彼松何ゾ生合事有ラン、不審。

答云、実ニハ是実義ニ非ズ。序ノ作リモノトテ家ニ習フコトアリ。

高砂トハ、上古ノ桓武平城等ノ万葉ヲ撰ジ玉ヒテ、哥ノ道ヲ盛ンニセシメ玉フ事ヲ云。

住ノ江トハ今世ニ御座ス延喜ノ御門、躬恒貫之等ヲ召テ、古今ヲ撰ジ、歌道ヲ盛ニシ玉フ事ヲ云也。

松トハ松ノ葉ノ久シキガ如ニ、和歌ノ久シキヲ云。

Ⅰシテ　栄えは古今相同じと
シテ ツレ　み代を崇むるたとへなり

相生ノヤウニ覚ユトハ、彼上代ノ御時ト、今ノ延喜ノ御門ノ御時ト、此道ヲ賞スル事相同ジクオボユルト云義也。

古今注においては、松をそのままの松として説くに対し、謡曲では、松の精としての老人夫婦であり、そこにCにおけるがごとき対応の差があらわれるのであるし、それゆえ、省略したDの部分は「うたての仰せ候や……高砂住吉の松は非情の物だにも、相生の名はあるぞかし、ましてや生ある人として、年久しくも住吉より、通ひ慣れたる尉と姥は、松もろともにこの年まで、相老いの夫婦となるものを」と、極めて巧みなつなぎがみられるのは、さすがに世阿弥と言うべきであろう。そして、それがたとえば《女郎花》や《松虫》にみたごとき『三流抄』からえた構想ながら（「古今注の世界」、本巻所収）、それにべったりとついてしまっている摂取のあり方と一線を画すものであるのだ。かくて、現代のわれわれから見るとき、《高砂》が語りかけるのは、「松寿千年のめでたさ」と、それにかけられた長寿の夫婦の偕老同穴のめでたさでもあろうが、それは、そのように作りなした作者の手腕であって、その底に一貫しているのは、右にもみたごとく、『古今集』の深義であることは疑いない。すでに知られるように、《高砂》が古今仮名序を点綴させるのは、問答に、

古今の序に曰はく、高砂住吉の松も相生のやうに覚えとあり

と明示しており、さらに、

〔サシ〕かかるたよりを松が枝の、言の葉草の露の玉、心を磨く種となりて、生きとし生ける者ごとに、敷

島の蔭に寄るとかや

〔クセ〕まことなり松の葉の、散り失せずして色はなほ、真折の葛永き世の

と、その文をつなぐのであったが、それらの根底にあるものは、秘説として存在した『古今集』の中世的理解であった。だからまた、中入前のロンギにおいて、「土も木もわが大君の国なれば……」という引歌がみられるのであるが、これが古今序注に負うた歌であることは、以前にも述べたところであり（「古今注の世界」、本巻所収）、さらに、クセ冒頭の、

しかるに長能が言葉にも、有情非情のその声、みな歌に洩るることなし、草木土砂、風声水音まで、万物の籠る心あり、春の林の、東風に動き秋の虫の、北露に鳴くも、みな和歌の姿ならずや

と『長能私記』を引用するくだりは、『三流抄』の、

又問、五行具足スル事、有情ノミニ非ズ。草木塵沙、皆五行具足ノ躰詞也。其上長能之私記ニ云、和歌ハ是五行躰、詞ニ書ヲ躰トシ、心ヲ知ルヲ徳トス。春ノ林ノ東風ニ動キ、秋ノ虫ノ北露ニ啼モ、皆、是、歌ト見ヘタリ。和歌ノ躰也ト云。サレバ、有情非情トモニ、其声皆歌ト見ヘタリ。何ゾ、必、生トシイケル者ノ声、皆、歌ト云哉。

がそのもとになっているかも知れない。世阿弥が『長能私記』そのものを見得たかどうかは断定し難いが、かりに見得たとしても、《高砂》の構想にあたって、このような古今注との関連は、多分疑えぬであろう。

およそ古典の解釈という場合、語彙と語史、語法、文学史あるいは文学の背景としての歴史的事実、それらをふまえて、現代のわれわれの古典の理解がある。しかるに、それと同質のものが、中世の場合にもあると考えて

来た無意識の大前提があったのではなかろうか。言い換えると、それぞれの時代における古典享受の相を確かめることなく、現代人と同次元において把え、そのことを疑ってもみなかったのは、思えば不思議なことであった。そのことの反省と、具体的な実証を謡曲の場合にみて来たのが、過去幾篇かの粗稿であったが、それは一方、畏友片桐洋一氏の『伊勢物語』『古今集』の中世注釈書研究に支えられるところが大きかったのである。

その時代の理解――『古今集』でいえば、古今の諸注釈を通じて形成された解釈の世界――があり、それによってのみ窺い知ることの出来たその時代の古典の世界は、それはそれなりにひとつの秩序を保っている。再び《高砂》に立ち戻って考えるならば、それは古今序に云う「高砂住吉の松も相生」であることが、構想上の出発点となっていると考えてよい。だから、そのことから「作者の真意は、尉と姥に万葉集と古今集の化身たる二重の性格を与えて、古今集序の精神を舞台上に演出するところにあった」と指摘する市村宏氏の説（「謡曲高砂考」『日本歌謡研究』三、昭和四十一年三月）もあるけれども、実は右にみて来たごとく、古今仮名序をめぐって形成されている中世的理解――『古今集』の深義を、高砂の松の木蔭に実証し、その奥義を、舞台上、立体的に示すところに《高砂》一曲の眼目があったと考えられるのである。

三　有難の影向や月住吉の神遊び

すでにみたごとく、《高砂》の前半部の骨子が『古今集』の深義を語ることにあるとすれば、そのような歌学の秘密を語り得るのは、まさに歌神としての住吉の神でなければならなかった。《高砂》の上掛り本文に、中入前のロンギにおいて、

これは高砂住の江の、相生の松の精、夫婦と現じ来りたり

と述べ、後段の詠に、

西の海、檍が原の波間より、現はれ出でし神松の

とうたわれる部分が、下掛りでは、

これは高砂住の江の、神ここに相生の、夫婦と現じ来りたり

であり、後も「神松」が「住吉」となっていることは注目すべき異同と云わなければならない。つまり、上掛り本文では松に焦点がかかり、従って後シテは、松の精が神となってあらわれたかたちによみとれるが、下掛り本文では住吉の神であることは疑いない。だから、たとえば日本古典文学大系『謡曲集』（上）補注において、右の詠が「西の海やあをきが原の潮路より現はれ出でし住吉の神」（『続古今』神祇、卜部兼直）に基づくことや、「有難の影向や月住吉の神遊び」というロンギの文などから、下掛りの方が原型であろうと推定されているのであるが、それは正当な指摘と云うべきである。しかも、ただそれだけではなく《高砂》の背後に、和歌の伝授事といった性格があることを見落としてはならないであろう。

伝授事といえば、『伊勢物語』の場合がやはり住吉に関連するものであった。住吉にもうでた時、月の夜、「いまは百歳にも満ちぬらんかとおぼゆるが、鬚、髪白みわたりたるが、白き水干の古びて、赤みはてたるに、葛の袴のここかしこ破れかゝりたるに、立烏帽子耳ぎはに引入れてうそぶきゐた」る老人の物語った話こそ『和歌知顕集』の奥義であった。業平が住吉に詣でた折も「翁のなりあやしき」が出現したことは、『伊勢物語』百十七段（神宮文庫本）にみえるところである。住吉の神は、「赤衣の童子」（『玉伝集和歌最頂』玉伝事、「日本歌学大系」第四巻）であることもあるが、一々の例証は省略してよいであろうが、神は多くの場合白髪の老翁なのであった。

すでに金井清光氏も指摘されるごとく（「作品研究高砂」『能の研究』桜楓社、昭和四十四年）、「住吉明神といえばすぐ老翁を連想する」ことは自然であろう。逆に云えば、《高砂》後シテが住吉の神に構想されたとき、現行所演のごとく若い男神をもって表わすなどは、思いも寄らぬことであったに違いない。住吉明神の影向にあたって、老体の出現はいわば約束事であったろう。かくて「後シテはもと老体の神だった疑いがある」と慎重に発言する日本古典文学大系『謡曲集』（上）の説や、積極的に老体説を主張する前記金井説の驥尾に付し、若干の説を補って賛意を表したいと思うのである。

なおこのことからは、当然世阿弥時代の演出が、現行のそれと大きくへだたることを考えさせるのであるが、前記金井氏は、現行の神舞は「尉にふさわしい荘重典雅な真の序の舞」であると想定されている。

四　相生もなほしひれがあるなり

《高砂》は、世阿弥、禅竹の時代までは、《相生》または《相生松》と称された。世阿弥は「高砂住吉の松も相生」であることによって能に仕立てたのであり、高砂の松をテーマとして作ったのではなく、まして高砂の松に関する縁起伝説によって作られたものでなかったことは右にみてきた通りである。だから《相生》の呼称は当然そうでなければならなかったのであるが、しかし禅竹時代には《高砂》が通称として存在したようで、享徳元年（一四五二）二月十日の薪猿楽における社頭能所演を『春日拝殿方諸日記』は《高砂》と記録している。ここに、《高砂》がもついま一面の性格、松への讃美が高砂の松にからんでクローズアップされて受け止められているすがたの早い例をみるのである。そして、これはまた、詞章における変化としても、前に触れたごとき、中入前のロンギにおいて多分原型と思われる下掛りの神から、上掛りの松の精への変化にあらわれているし、老体から現行のごとき神への演出面での変化も起こってくるのであろう。

たしかに、《高砂》には松に統一されるイメージがある。相生の松から松の徳がつらねられることは、いわば自然でもあるのだが、クセの冒頭、世阿弥としては得意の『長能私記』を引いて、本題の和歌の心を強調しているが、それさえも松の徳を述べるまくら的な位置にみなされるほど、松のイメージが強烈なのである。さらにそこから長寿、繁栄への祝福につながるのであるが、それでいて必ずしも印象散漫でないところに、世阿弥の冴えを痛感するけれども、このように、いくつかのポイントを指摘し得る《高砂》について、自然想い起こされるのが「相生も、なほし、ひれがあるなり」と世阿弥自らが語る『申楽談儀』のことばである。ひれ——尾鰭とは何をさしてそう云ったのか、諸説多岐にわたるようであるが、前記金井氏の整理を拝借すると、演出面から、落葉を掻く型、帆を孕むような型などにそれをみる山崎楽堂氏、田中允氏の説や、老夫婦を登場させて、姥をツレとする点に尾鰭を見る金井清光氏の説があり、形式面から、問答・掛ケ合に二つの想を並べ、待謡を道行にするなどの点を指摘する佐成謙太郎氏、風巻景次郎氏の説がある。また構想上からは、高砂の松に関する縁起伝説の内容だけをそのまま取り入れて作ったのではなく、それに作者の考えによる付加脚色があるとする川瀬一馬氏説と、「手のこみ入りすぎた祝福ぶりが、すぐに下りたることを要件とする脇能としては、玉にきず」であるとする香西精氏説（「高砂―作者と本説―」『観世』昭和三十九年一月）がある。

しかしながら、すでにみて来たごとき《高砂》の本性を考えるとき、「本説のままに書くべき」この能に、自ずと関連して来た寿福の諸要素が、「直ぐに下りたる」ところから逸脱したことを知るであろう。さすがに香西説は的を射当てているというべきである。世阿弥は、『三道』に書の代表として挙げるほどの快心の構成を作り上げながら、やはりその本説にからむ寿福の諸要素という点からみて、「直ぐに下」るところに難点のあるこの曲について、鰭があると自省したのであろう。

もっとも「ひれがある」という自省と、この曲の評価とはおのずから別の問題というべきである。脇能の条件として『花修』が規定するところは、

殊さら、脇の申楽、本説正しくて、開口より、その謂はれと、やがて人の知る如くならんずる来歴を書くべし。さのみに細かなる風体を尽さずとも、大方のかかり、直に下りたらんが、指寄花々とあるやうに、脇の申楽をば書くべし。

というのであるが、「直に下」ることだけをとりあげれば、「ひれがある」ことを認めざるを得ないけれども、その他の条件を十二分に満たすこの曲は、失敗作どころか、世阿弥作を代表するものと評価し得るし、『三道』の書きぶりからは、世阿弥自身もまたそのように考えていたにちがいない。思うに、元来複雑微妙な意味を内包するこの本説をあえてとりあげたとき、むしろ「直に下」るところを犠牲にしても、いまひとつ世阿弥が良き能の条件とした〝面白き〟能を意図したのだとは考えられないであろうか。

五　心をつけて見るべし

誰をかも、知る人にせん高砂の、松も昔の友ならで……心を友と菅莚の、思ひを延ぶるばかりなり

という、シテの一セイにつづくサシの部分に『謡曲拾葉抄』が注していう。

謡の心は、此老人たれをか知人にせん高砂の松によそへ、神主友成を友として古今集の奥義を物語する也。

ここに「神主友成を友として」というのは、それが冒頭サシの部分であり、いわば定型的述懐の部分であるのだから、むしろ考え過ぎた誤解と言うべきであろうが、しかし、「古今集の奥義を物語」るという、一曲の本質はさすがに押さえていると言ってよいであろう。掛ケ合の部分について、「秘説云」として、

高砂とは上古万葉の歌をさす。住江とは当代古今集の歌をさす。合せて一部となれば、相生とて松は千歳をふるためしに祝ひいへる也。……

という、すでにみてきた中世古今集注釈書に一連の所説を引用するのである。中世古今注の実態に目が届かなかったばかりに、近代の諸注釈において、これがそのまま引用されたり、またその場合でも俗説視されて来たのであったが、その不当なることはもはや繰り返すまでもない。『謡曲拾葉抄』の著者は、かかる中世歌学の所説をふまえて、

延喜聖代を称美して、住吉と申は今此御代に住給ふ延喜の御事、といへり。松とはつきぬことの葉、とは、よむうたのつきせぬを云也。栄へは古今あひおなじ、とは、古今より和歌の道専さかんになれるを云也。

此謡は、松の威徳をつゞけ、是によそへて古今の大意を記せり。心をつけて見るべし。

と本文を辿ってその意味を解説し、さて、

と、重ねて注意をうながすのである。そのことがまさに適確な指摘であることは、すでに右にみて来たところである。『謡曲拾葉抄』の著者――それが犬井貞恕の功であるか、または忍鎧がどれほどの部分を増補したかは、いまだ十分明らかではない――が、謡曲の注釈において、まことに適確な典拠の扱いをみせていることについては、かつて《杜若》の場合にみたことがあった（「謡曲《杜若》考」、本巻所収）。それは『伊勢物語』の諸注を参照する場合でも、機械的に旧注、新注などの新説によるというのではなく、謡曲自体がもつ性格をふまえて、

『和歌知顕集』や冷泉家流の注、あるいは『玉伝深秘巻』などの中世文献を押さえているのであった。『謡曲拾葉抄』にみられるこのような方法なり、態度なりは何に起因するであろうか。ひとつには幅広い文献を抱えた博識であろうが、そのことをも含めて気付くのは、この著者の中世的伝統をふまえる歌学的教養ということではなかろうか。いま『謡曲拾葉抄』の、それも《高砂》に限っていえば、その「高砂」なる名義が、和歌の世界で論議喧しいものであることをこの著者は忘れてはいない。

高砂は播州加古郡也。昔より高砂をよめる歌あまたある中に、播磨の高砂に非ずして、法界の山を高砂とよめる歌多し。高砂と云は山の惣名也。

と述べて、地名としての高砂と、山の惣名としての高砂を、『童蒙抄』『古今尭恵抄』『梁塵愚案抄』などを引用しつつ区別する。謡曲そのものからは、播州高砂であることは明らかであるから、山の惣名という一義は捨てて然るべきにも拘わらず、なおそのことに触れるのは、この注釈全体にみられる衒学的な一面につながるとの見方もあろう。しかし、そのことが和歌の知識であり、常識であるとしたら、その中で高砂という語を注するとき、それへの言及はいわば必然だとも云えるのではなかろうか。

いまひとつつけ加えるならば、尾上なる名義についても同様である。すなわち、前シテとツレが登場して上げる一セイに、「高砂の、松の春風吹き暮れて、尾の上の鐘も響くなり」という。その尾の上が山頂の意味であることは言うまでもないことのようでありながら、『古今栄雅抄』に、

惣て山を高砂といひ、おのへを尾上と云には非ず。播州は尾江也。仮字つかひおの江と書よし。

というところを『謡曲拾葉抄』も引用し、尾上は山頂の意、尾江は地名なることを区別し、「但、此所山なし、只尾江の里とて所の名としるべし」と云うのみならず、それによって謡曲本文をも「尾江の鐘もひびくなり」と

文字を改めた校訂本文を示すのである。

『謡曲拾葉抄』が引用する歌学書は、《高砂》の場合、『童蒙抄』『和歌色葉』『綺語抄』『能因抄』『尭孝桂明抄』『家隆卿和歌灌頂』『十口抄』『袖中抄』『八雲御抄』『袋草子』『無名抄』『玄旨抄』『躬恒秘蔵抄』などの他、『仙覚抄』や『詞林采葉抄』あるいは『匠材集』『藻塩草』など、多方面にわたっているが、とりわけ『古今栄雅抄』『古今尭恵抄』などが主体となっており、その辺からの《高砂》本説への接近が注目される。そのことはまた、右に列挙したごとき歌学をふまえた中世的和歌知識が、この注釈の基盤にあるわけで、それなるがゆえに、『謡曲拾葉抄』の注釈上の特徴があるのだと言わなければならない。

ふたたび《高砂》本説への『謡曲拾葉抄』の指摘をみよう。その冒頭、総説的部分において、

古今集仮名序に、高砂住江の松も相生のやうにおぼえと貫之が書し処、是古今集の秘説といふ。此謡は、此序に本付て作るなるべし。……和歌のすなをなるは神の御心也。和歌を託して君をまもり、君は和歌を以て世の政をしろしめす。

と述べている、これはその後に引用する『宝治歌合為家判詞』の、

おほよそ大和歌は、古も今も人の心より出て、世のことはりをあらはし、神のおしへにしたがひて、君のまつりごとたすくるにも、此道いちしるかるべきをや。此故に神代の始より今にたへざるなるべし。

という考え方などに基づくのであろうが、ただし、それが《高砂》の本意であることを看破するのは、中世の和歌的教養を共有するがゆえであろう。

『謡曲拾葉抄』にみられる、かかる中世的歌学の残像は、しかし実はこの著者においてのみある特殊な教養であったわけではない。そのことは、たとえば現在伝存する中世歌学書の近世における書写と流布、伝来、あるい

は刊本のありようなどからも察せられるのであり、格別に不思議はないであろう。時代は近世に及んでも、中世を断絶した上で、新しい時代の文学も学問も生まれたわけではない以上、時代をつないで泌みわたって来ているこのような知識は、とりわけ歌人、俳人達にとって必須のものだったと思われるし、おそらくは当時の文化人達にも共通する教養でもあったであろう。ただ、前時代からうけついだ思潮を濃く淡く底流としてひそませながら、いずれの時代にせよ、新たな思想、文学へのエネルギーに転換し、開花せしめてゆくところに、その時代の文と学があり、それゆえにまた、そう咲かしめた花の土壌の質を吟味するところに文学史の課題があるわけである。

謡曲《富士山》考

——世阿弥と古今注——

はじめにことわっておかねばならないが、本稿は、《富士山》について、能としての作品論を試みるものではない。その詞章としての謡曲について、しかも主として典拠論の角度から、世阿弥の歌学的位置を《富士山》を中心とする謡曲への反映のうちにながめ、むしろ中世文学史の一環としてそれがどう把えられるか、というあたりに、その目標をしぼりたい。

《富士山》は、世阿弥の『五音』上に「抑々此の富士山と申すは」というクリの部分が示されていて、曲付者名を付していない。『五音』の表示の原則に照らして、その曲付は世阿弥のものであり、恐らく作詞も世阿弥によるかと考えられている曲である。

現存する《富士山》詞章の最も古いものは宝山寺蔵延徳三年（一四九一）九月三日禅鳳筆の能本であるが、その奥書の末には、

　此富士之能禅竹之作也　多武峰之為に□をば俄に□をし候也　其憚少からず〳〵

と記されている。損傷部分を「後をば俄に書なをし候也」と判読すれば、世阿弥作《富士山》の後半が改作されたかたちで伝えられたものと考えられる。『五音抜書』「五音上下巻のうたいのかず色」に、前半のクリ・サシ・

クセが抜書されているが、それと対照させても大きな異同を持たない点からも、このことは信じられるであろう。したがって世阿弥作《富士山》は、多武峰の能のために禅鳳によって改作されたものと云えよう。なお宝山寺本の奥書に禅竹作とするのは禅鳳の誤りに属すると思われる。

改作と関連すると考えられるのが、その構成である。現行曲として《富士山》をもつのは、金春・金剛の二流であるが、前半部は、語句の小異を除けば、構成上変わるところはない。簡単に示せば、ほぼ次の通りである。

① ワキ次第・名ノリ・上ゲ歌・着キゼリフ

（ワキは唐土せうめい王に仕えるせうけいと云う士卒。富士山に不死の薬を求めし旧例にならい、富士におもむく由など）

② シテ次第・サシ・下ゲ歌・上ゲ歌

（前シテは海人。富士とその周辺の叙景）

③ 問答・掛ケ合・上ゲ歌

（不死の薬を焼きしより煙立つ富士の名の謂れを、かぐや姫伝説によって語り、時知らぬ山を讃美する）

④ クリ・サシ・クセ

（富士の縁起と、かぐや姫伝説）

⑤ 掛ケ合・歌

（富士・足高が金胎両部をあらわすこと、浅間大菩薩のやがて来現あるべきこと――中入）

右に対し、後半部の構成は、金春・金剛二流の間に大きなちがいを見せており、金春型について云えば、禅鳳筆本に淵源すると思われる。参考のため、両型を対照して示せば、およそ次の通りである。

「金春」型

か丶りければ富士のみたけの雲晴て、金色のひかり天地にみちて、明がたの空はめい〳〵たり

〔日のみこ（シテ）登場〕

抑是は富士山に住で悪魔をはらひ国土をまもる、ひのみことはわが事也

爰に漢朝勅使此所に来り不死の薬を求む、其志ふかきゆへ、不老不死の仙薬を、すなはちかれに与ふべしと

神託あらたに聞えしかば、〳〵、虚空に音楽聞えつ丶、姿も妙なるかぐや姫の、薬を勅使に

「金剛」型

かかりければ富士のみたけの雲晴て、まのあたりなるかぐや姫の神体来現し給へり、実有難や神の代の、〳〵、尽きぬ御影を顕はして、不老不死の仙薬を漢朝の勅使にあたへ給ふ、げにあらたなる奇瑞かな〔天女舞〕

簫笛琴くご孤雲の御こゑ、〳〵、あまねしや〳〵、まことなるかな、富士浅間の、只今の影向、げにも妙なる有様かな〔早笛〕

抑是は富士山に住で悪魔を払ひ国代をまもる、日の御子とはわが事也

和光同塵影はれて、〳〵、結縁の衆生応護の恵み実有難や頼もしや〔働〕

与へ給ふ、有難や〳〵〔かぐや姫(ツレ)登場楽(現行天女舞)〕
簫笛琴くご、孤雲の御声、〳〵、あまねしや、〳〵、まことなるかな、富士浅間の、只今の影向、げにも妙なる、有様かな〔現行楽〕
それ我が朝は、粟散辺里の小国なれども……

粟散辺地の小国なれど……

元禄二年（一六八九）、林和泉掾刊のいわゆる四百番本中に収められているこの曲は、金剛型に一致し、目立った異同と云えばクリの前に「猶々当山湧出したる謂御物語候へ」の一文が挿入されている程度である。しかし、これらのことから、金春型が禅鳳改作に基づくのに対し、金剛型が世阿弥の型を継承していると即断は出来まい。構成上の異同をみるとき、それは主として演出面と関わっており、基本構想という意味では、両型ともに大差はない。即ち、後シテとしての日の御子、後ツレとしての浅間大菩薩（かぐや姫）が登場するのであるが、シテとツレとの登場の前後、あるいはシテの舞方（金春は楽、金剛は働）の相違と関連する異同とも云い得る点で、金剛型が必ずしも金春型に先行するかたちであるとはみられないであろう。むしろ逆の場合があり得るわけで、この見方を支えるのが、さきに基本構想と云った後シテのあり方だと思われる。

前シテ（海人）は、ワキが「さて〳〵浅間大菩薩とは、とりわきいづれの神やらん」と問うのに対して「あふ浅間大菩薩とは、さぬみはいかゞゆふ女の姿、はづかしやいつかさて〳〵、其神体をあらはして、たれにか見えけん神の名を、さぬみにあらはさば浅間の、あさまにやなりなむ、不死の薬をば与ふべし、しばらくこゝにまてしばし、芝山の雲となって、立のぼるふじのねの、ゆきがたしらずなりにけり〳〵（禅鳳筆本による）」とあって中入になるのである。しかして、後段、シテは「富士山に住で悪魔をはらひ国土を守る、ひのみこ」として出現し、その「神託あらたに聞えしかば……姿も妙なるかぐや姫」がツレとして登場し、禅鳳筆本はさらに「□山よりせんげん□して仙薬をもちていで、勅使に薬をあたへ其まゝがくにてまふべし」と演出を指定している。前シテが、後ツレとして登場することの異例はしばらくおくとしても、後シテとしての日の御子とは一体何であろうか。

『本朝神社考』が富士浅間の縁起を要約して記すところによれば、

　貞観五年の秋、白衣の神女出現して双び立ちて、舞遊ぶ。時に火炎揚りて円光有り。即ち之を祭りて火の御子と号す。

という。而して、この部分が都良香の『富士山記』に、

　貞観十七年、十一月五日、吏民仍レ旧致レ祭。日加レ午天甚美晴。仰二観山峰一有二白衣美女二人一。双二舞山巓上一去レ巓一尺余。土人共見。

とある部分に関連があろう。『富士山記』に記された神異は、富士の縁起において、やや脚色を含んで火の御子が祭られる来由を記すに到るのである。『本朝神社考』にみられる富士の縁起は、要約の部分も、また編者林道春が「浮屠氏の誤謬にして……余が取らざる所」とした部分も、ともに『詞林采葉抄』に引く富士の縁起に重なり合うものであって、これらの説が由阿著述の貞治五年（一三六六）以前に遡り得るものであることは確実である。なお『富士山の本地』（『室町時代物語集』二所収）では、富士登拝の道筋の地名を列挙する中に火の御子をあげて、

　その中に、火の御子と申たてまつるは、仁王五十六代、清和天皇の御宇、貞観五年みづのとのひつじの秋、

富士の山頂に白き衣の天人あまくだり、みねをさる事一尺ばかりにして、二人しばらく舞に遊び、光り天にみちて、円光火炎のごとく見えたまふ。それより此所を、火の御子とは申たてまつる。

とあるのは、もと火の御子祭祀の所を江戸初期には地名として残ったということでもあろうか。いま、火の御子について確かめ得るのは以上に尽きているが、少なくとも円光火炎の故をもって祭られた神格がひのみこであって、中世に遡るひとつの信仰であることは確かであろう。かくて、ひのみこが《富士山》における後シテの位置を占めるわけであるが、しかし、神の由来、縁起を語る脇能において、前半部クリ・サシ・クセにひのみこの何物も語られぬ後シテのあり方は、やはり変則と云わねばなるまい。まして本説をこの上もなく重視する世阿弥の作とすれば、あまりにも唐突な後シテの登場に面喰うのである。

おそらく、ひのみこを後シテとする禅鳳筆本以後のかたちは、金剛型をも含めて、改作による新たな設定と考えてよいのではなかろうか。そしてその要因は演出面の趣向と関連するのであろう。かりに一曲の構想の原型を想像するならば、前シテ（海人）の語る富士の縁起とかぐや姫の物語は、すでにみた如く浅間大菩薩の本縁であって、後シテはそのまま浅間大菩薩（かぐや姫）の来現ではなかったであろうか。女体の神としての後シテは、あるいは世阿弥のいう天女の舞（現行ツレ舞としてのそれではない）の舞われた可能性もあろうと思われる。

その当否はさておき、原型を右の如く想定するならば、ひのみこを後シテとする金剛型もまた、金春型演出の変形として、後の改作ということになろうが、その改作者はもちろん明らかでない。『能本作者注文』観世小次郎の部に「富士」をあげているが、彼が改作に関与したと考えるにも、それがいま問題にしている《富士山》であるかどうかを断言し難い。

さて、右にみてきたところに基づき、《富士山》は多分世阿弥作であろうこと、しかし現存するかたちは、その後半が改作されており、原型とは構想的にもへだたりがあるらしいこと、などが推測されるのであるが、ただ前半に限って云えば、世阿弥作原型のままであることを前提してまず差し支えなかろう。もっとも、禅鳳筆本によれば、クセの前のサシにおいて、

頂上は八葉にして、うちに満池をたゝへたり、しんせんにんげのきやうがひにより、四季おり〳〵を一時にあらはし……

という部分は、「しんせんにんげのきやうがひによつて、和光のずいげん世々におほし、是神国のれいざんとして」とあり、「によつて」以下を棒引きに消して「により」以下に改められている。これと世阿弥作原型との関係は明らかではなく、部分的表現に少異をもつ可能性もあるかと思われるけれども、基本的な構想や構成とは関わりないものと信じられる。その前提に立って、冒頭にことわった如く《富士山》前半の基づく構想上の典拠から考察を進めたいと思う。

さしあたり、問答以後、クリ・サシ・クセを中心とする《富士山》一曲について、その本説をたずねるとき、ひとつには富士浅間の縁起があり、いまひとつは、かぐや姫の伝説を指摘するのが至当であろう。富士浅間の縁起については、右に示したサシの部分と、その直前、クリにおいて、

抑此富士山と申は、ぐわつし七だふの大山、天笁よりとび来るゆへに、すなわちにひ山とゆふとかや

と記されている。『詞林采葉抄』第五には、

富士縁起云、此山者月氏七島之第三也。而、天笁列擲三年我朝飛来、故云新山。本号般若山、其形似合蓮華、頂上八葉也。中央有大窪、窪底湛満池水。

とみえており、さきにひのみこについて触れたところでも述べた如く、『本朝神社考』や『富士山の本地』が引

くような、富士縁起なるものがあって、それに基づいた一節であることを確認するであろう。さればこそ、禅鳳が「ぐわつし七だふの大山」と記し、以後「月氏七道の大山」と誤られて来たところが、世阿弥の『五音抜書』中には「月氏七だうの第三」と記されて、正しく原拠に基づいていることをも、あわせて確認するのである。

かつて荒木良雄博士は、「松浦之能」を中心として「世阿弥と歌道」を論じられ、（『観世』昭和三十八年十一月）、「松浦之能」のテーマが『詞林采葉抄』に基づくものであることとともに、この《富士山》にもまた大きな影響を与えていることを指摘された。同書には、右の他にも、

勅使智計をめぐらして富士の嶺に登て此薬を焼あけけりと、仍て此山をは不死山と云けるを、郡の名につきて富士と書る也。或記曰、此山蓬莱也。昔漢朝之方士此山来、求不死薬。古老伝云、秦二世皇帝皇子伴方士、此山隠里来住。

と記されたあたり、たしかにワキの名ノリや問答その他の部分などに重なり合うけれども、「古老伝云……」のかたちは、『本朝神社考』に対照するときは、もともと富士縁起の本文のかたちであるらしい。ただし、シテの「砂長ずる山川や、〳〵、富士の鳴沢なるらむ」という次第の解釈について、

或云、此（鳴）沢、水のあるに非ず。彼（山の）権現の御誓に、此山の砂尽は終日麓へ降り、夜は夙夜嶺へ升り、其砂の声水の如くに鳴る故に、鳴砂を云を鳴沢とは云也。

とある『詞林采葉抄』の記事は参考となろう。かくて、《富士山》の典拠については、富士縁起そのものによったかも知れぬ可能性を残しつつも、「松浦之能」が世阿弥作である可能性の高さのゆえに、「松浦之能」あるいは《富士山》の作能にあたっては、世阿弥が『詞林采葉抄』を拠りどころにしたとする荒木博士の御論は傾聴に価するであろう。

しかし、『詞林采葉抄』が世阿弥の参考書となっていたとしても、そのことから直ちに深く歌道に至った世阿弥を考えようとする場合には、結論的には多分正しいにしても、やはり正当な評価たり得まい。なぜなら、世阿弥の云う歌道が万葉に対する理解と熱意においてあらわれているのか、あるいは万葉にまで及んでいるのかはしばらくおくとして、万葉自体で云えば、正統的な和歌・歌学の主流とはみなし難いからである。すでに世阿弥は「和歌は風月延年の飾りなれば、もつともこれを用うべし」（『風姿花伝』）と云うのをはじめとする歌道尊崇の念があり、「歌道は不知のことなれば」（『遊楽習道風見』）と云いながら、そこに述べられた定家の和歌の鑑賞は正鵠にして味読十分であり、単なる謙辞に過ぎぬことは、あるいは、幼少時の連歌・和歌に対する二条良基の賞歎（書状、『不知記』など）や、世阿弥作の謡曲の文学性などによっても多くの人々の言及されたところである。しかし本当のところ、世阿弥が単に和歌の詠作者であり、鑑賞者であるというだけでなく、当時の和歌の世界とどのように関わり合っているかが確かめられてこそ、世阿弥と和歌というひとつの問題は解決へ向かうであろう。その場合、必ずしも主流的存在とは云えぬ『万葉集』、あるいは『詞林采葉抄』が、その問題を十分には満足させないと思われる。

ここで再び《富士山》に立ち戻り、その本説の一として指摘しておいたかぐや姫の伝説について考えてみたい。問答の部分においては、

むかし鶯の貝子けして少女となりしを、時の御門の皇女にめされしに、時いたりけるかてんにあがり給ひし時、かたみのかゞみに不死やくをそへてをき給ひしを、後日に富士のたけにして其薬をやきしより、ふじのけぶりは立し也

と語られ、またクセにおいて、

ちくりんのあふひとして、くわうじよにそなはりて、かゞみにふしやくをそへつゝ、わかるゝあまのは衣の
雲路にたちかへりて、神となり給へり、御門その、ちかぐや姫の、おしへにしたがひて、富士の高ねのうゐ
にして、不死の薬をやき給へば、けぶりはばんてんにたちのぼりて、うむか、ぎやくふうにくんじつゝ……

とも謡われるのが、《富士山》にみられるかぐや姫伝説なのである。

かぐや姫の物語は、『竹取物語』において最も代表的であるけれども、その説話性、口承性において、ストーリーの単一ならざることもまた言うまでもない。《富士山》に採られた物語で云えば、鶯の卵より生まれたとする点、また昇天にあたっての形見として、不死薬と鏡を添える点は、たとえば『竹取物語』に比してひとつの特徴として指摘し得るであろう。佐成謙太郎氏は『謡曲大観』において、この出典を考証されて、変形伝説としての『臥雲日件録』に求め、「尤も本曲はこの書以前に作られたもののやうであるが、この種の伝説が夙くから行はれてゐて、謡曲はそれに拠つたのであらう」と考えられた。いまあらためてこれを示せば、『臥雲日件録抜尤』（「大日本古記録」による）文安四年（一四四七）二月二十日の条に、

城呂（座頭ナリ）頗能二和歌一、問レ之、歌人例有二富士之烟之語一、来由如何、呂曰、昔天智天皇ノ代、富士山下市、常有二老人一来売レ竹、人怪レ之、一日行尋二其皈処一、富士山中一村翁、家有二処女一、太艶美、翁曰、女初於二鶯巣中一得二一小卵一、々化為二此女一、抚養日久、我毎々売レ竹、以為二家資一、故世名レ我為二竹採翁一云々、此事聞二于朝廷一、勅求二此女一、遂納為二帝妃一、名曰二加久耶妃一、々一日白レ帝曰、妾以レ有二夙縁一、来侍二左右一、今当レ帰二天上一、因出二不死薬、天葉衣、及粧鏡一、奉レ之曰、若見思レ妾、則可レ見二此鏡一、々中必有二妾容一、言畢不レ見、後帝披二天葉衣一飛去、到二富士山頂一、於レ此焼二不死薬与鏡一、其烟徹レ天、凡歌人所レ用、本二於此一也、富士亦曰二不死一、盖由レ此也、

とみえている、佐成氏が『臥雲日件録抜尤』のこの記事を指摘されたのはたしかに適切であったが、それを説話の類似性に求められたために、同様の伝説の流布を推測するに止まったのである。しかし、この記事が説話の類似性以上に注意を引くのは、城呂なる座頭が和歌に堪能であり、彼への質問が、歌人の例としての富士之烟のことばの来由であり、返答の内容が「凡歌人所レ用、本二於此一也」という点にある。つまり、ここに示されたかぐや姫の物語が和歌の世界に属する内容であることを明示しているからである。しかも、それが富士之烟の来由として語られるものであると聞けば、自然想起されるのが『古今集』仮名序の「ふじのけぶりによそへて人をこひ、松虫のねに友をしのび」という、「富士の烟」であろう。そして『古今集為家抄』は次のように記す。

欽明天皇御宇、駿河国浅間郡に竹取の翁と云老人有。竹をそだて、あきなひにしけり。或とき竹中を見れば、金色なる鶯のかひこ有。あやしみて家にをく。七日をへてうつくしき美女と成にけり。是を養てむすめとせり。あたりもかゞやくほどにみえければ、かぐや姫と名付。世の人こふて是をいかにもと心をつくしていひけれども、翁さらにきゝいれず。時の御門此事をきこしめして、乙見丸と云ものを勅使にてめされければ、まいらせけり。美女なればやがて思食てたぐひすくなきほどなり。みとせをへて後、此女云、我は是天女なり。昔君に契りありて今かく妻となれりといへども、ゐん既つきたり。下界にあるべき物ならずとて、御かゞみを奉りてうせぬ。みかど此鏡を御むねにあて、歎き給ひければ、思ひ火と成て鏡につきてもへけり。此火すべて不消、公卿せんぎして本所するがの国ふじのみねにおくりをく。此火けぶりとなるといへり。

これは大阪府立図書館本によって示したが、宮内庁書陵部本も殆ど異同をもたず、またそれらと系統を異にした『毘沙門堂本古今集注』も同様である。『海道記』や『曾我物語』などが引くかぐや姫の物語も、鶯の卵より出生したとするが、形見としての鏡（と不死薬）という点をも満足させるかたちの物語としては、右にみた如き古今序注の説がまず考えられなければなるまい。鎌倉期以降、和歌の世界に採り入れられ、その世界で承け継がれて来た説話のひとつとして、かぐや姫の物語もあったのである。《富士山》にみられるところが、このような歌学の世界とかかわりをもっているらしいことは間違いないと思われる。ただし、それが先に引用した『古今集為家抄』に拠ったものだと云うのではない。この古今序注にみられた説話を、『臥雲日件録抜尤』の記事とくらべ合わせるとき、欽明天皇と天智天皇との時代のちがいもさることながら、形見としての鏡は共通するものの、不死薬（また天羽衣も）の有無のちがいからは、烟の由来を説くにあたっての異説をみるに到っている。しかも、このような説話性の幅について、いま少し古今注をとりあげるならば、『古今和歌集序聞書（三流抄）』は前記『古今集為家抄』に近いものの、その説話を「日本紀に云く」として天武天皇に託して敷衍し、かの乙見丸は乙見大臣として別の説話に分かれており、了誉の『古今序注』では、天皇よりも老翁が主要な位置を占めて、富士山頂から「南無婦人赫奕仙娟」と唱えて内院に飛び込む話となっているのは、多分富士縁起と合わさったかたちらしく、尭恵の『古今集序注聞書』では、長柄の橋の相伝とともに別紙の秘伝となっている。以上は、わずかな例を拾い上げたに止まるが、これを通じてみても、たとえば鶯の卵とか鏡とかの基本的な条件は備えながら、歌学――古今注の世界における説話、または諸説と云ってよいと思われるが、それがさまざまの伝書の事情を反映しながら存在する事実を思うのである。そういう古今注のうちのひとつを世阿弥の場合に想定するとき、《富士山》にみられたかたちが、どちらかと云えば『臥雲日件録抜尤』の記事に近いとしても、それもやはり「歌人所用」ではあったのである。

《富士山》が、古今序注におけるかぐや姫の説話を構想の基礎に置いたものと考えるに対し、それだけならば、世阿弥が直接古今注によらずとも、伝聞としての知識による可能性を問われるかも知れない。いかにも、至徳元年（一三八四）五月、駿河浅間社に法楽の観阿弥（『風姿花伝』『常楽記』）に同行した筈の世阿弥にとって、その縁起を含めて現地での知識の吸収ということは容易に想像もつこうし、さらに、『桂川地蔵記』などにもみえる如き巫女の唱導や、民間説話としての流布・媒介を無視するわけにはゆくまい。にも拘わらず、古今序注がやはり大きく関与しているらしいことを、世阿弥であることの最も確実な《高砂》が示すであろう。具体的に云えば、その前段、シテとシテツレの老夫婦とワキの問答は、「高砂住吉の松に相生の名あり、当所と住吉とは国を隔てたるに、なにとて相生の松とは申し候ふぞ」と尋ねるワキに対し、「古今の序に曰はく、高砂住吉の松も相生のやうに覚えとあり」と語り、さらに夫婦国を隔てて住むことの不審を、「松は非情の物だにも、相生の名はあるぞかし、ましてや生ある人として」相老いの夫婦なることを言い解き、さらに掛ケ合に及んで「相生の松の物語を所に言ひ置く謂はれ」として、「これはめでたき世の例なり、高砂といふは上代の、万葉集のいにしへの義、住吉と申すは、今このみ代に住み給ふ延喜のおんこと」と示すあたり、まさしく古今序注の理解に重なるであろう。手近なところで、『毘沙門堂本古今集注』を引けば、

高砂・住江ノ松モアヒヲヒノ様ニト云ニ二義アリ。一者高砂モ松ノ名所也。住江モ松ノ名所也。彼松此松ヲヒ合ヤウニ、歌ノ道昌タリト云也。又高サゴトハ、ヨロヅノ山ノ高所ヲ云事アリ。今ハ播磨ノタカサゴ也。彼高砂ト住江トハ三日路也。サレバ、松ノ生合べキ事ナシ。実ハ、高砂トハ上代也。聖武・平城等ノ代ニ万葉集ヲ撰ラル、ヲ云也。スミノエトハ、今世ニスミヲハスル延喜御時、古今ヲ撰スル事、万葉ヲ撰スル時ニ相同ジト云也。其ヲ相ヲヒトハ云也。

とみえている。このような説が、どのあたりから古今序注に入り込んでくるのかを知らないが、さきの『古今集為家抄』が、

先、古の字について義あり。神の御代より次第に延喜以前を古今といへる也。今とは当代延喜をさす。などと述べているところが原点にあって、そのあたりから生成された説であるのかも知れない。それはともかくとして、『謡曲拾葉抄』が引く「秘説」なるものも、高砂が上古『万葉集』、住江が当代『古今集』の歌をさすことにおいて、それが特殊な秘説ではなく、古今序注の一形態のうちに属するものであることを知り得よう。さればこそ、『古今尭恵抄』が「口伝に云わく」として「是は文武を高砂の松にたとへ、延喜を住吉の松にたとへ奉る也」などという説なども連なるのであろうが、こうしたひろがりを考えるとき、右に引いた如き古今序注の説が世阿弥に反映し、《高砂》の本説として採られたことは疑いない。かくの如く世阿弥が古今注に通じているとすれば謡曲における本説乃至部分的素材としてのみならず、それが知識につながるものであるが故に伝書への何らかの反映がみられてもよい筈である。たとえば、『風姿花伝』の第四「神儀」の冒頭、天岩戸の故事を引いて「天下常闇に成しに、八百万の神達、天香具山に集り」の部分が、吉田本に「月神の御子島根見尊をはじめてまつりて神達」という異同を持つ点も、あるいは古今序注との関連で考えられるかも知れない。『毘沙門堂本古今集注』にも、同じく天岩戸の故事を引くところに島根見尊の名を見出だすからである。これは、『神代紀』の注などの影響が、歌学の世界に及んでいる一例かと思われ、『太平記』が同様の神話を記すのも、その基づくところが同じ世界に属するのではないかということをも予想させるが、それはさておき、世阿弥の場合に限って云えば、『花伝』の吉田本における異文が、古今注を通じた知識の反映として、世阿弥自身による追加であった可能性を思うのである。

《富士山》の典拠を検討してきて、世阿弥における古今注の存在の大なるものありとすれば、その古今注とは果たしていかなる注かが問われなければなるまい。しかしその前に、古今注はそれ自体として追求されなければならない。その系統や、伝流の間の増補と異伝の問題など、歌学のみならず、それが文学史の諸分野に及ぶところが大きいだけに、その感はいっそう深い。もっとも、それが整理された後に、果たして世阿弥の拠った古今注が明らかになるかどうかは、なお疑問であろう。多分『古今集為家抄』の可能性は殆どあるまいが、たとえばかりに『毘沙門堂本古今集注』に殆ど一致したからと云って、そのことが十分な根拠でもない。そんな事情を物語るかにみえるのが古今注が正面から関係する『六義』である。その拠りどころにつき、従来の『竹園抄』説（能勢朝次博士）、『了誉註』説（川瀬一馬博士）に対し、『古今和歌集序聞書』を提示された三輪正胤氏の新説は傾聴に価する（「鎌倉時代後期成立の古今和歌集序註について（中）」『文車』一七・一八号、昭和四十三年一月）。三輪氏によれば為顕流の書としての特徴を備える『古今和歌集序聞書』は『六義』の内容と表現とを対比するとき、これに依拠することが確実であることを指摘される。六義論に関する限り、この指摘は正当であると思われるが、ただ『古今和歌集序聞書』が、単一の存在であったわけではなく、その作者とされる能基も、奥書の読み方からは伝授者である場合も十分考えられることであって、その意味で、末流を含めてより広い幅を考えてみなければならないのではなかろうか。『古今和歌集序聞書』、あるいはそれにつながる『毘沙門堂本古今集注』などと同じ流れの中に属する古今注が、秘伝としての位置は保ちながらも、かなりの広がりをみせていたと想像される。たとえば、『伊勢物語』の古注の場合もそうであった。

『伊勢物語』の古注が、和歌の世界に属するものであることは云うまでもないが、定家流や冷泉家流の名を冠せた古注類は、その成立と伝授の間に、『古今集』の注などとも相互にかかわり合いながら、種々のかたちの古注を生み、かつ伝播せしめたものと考えられる。世阿弥の場合も、そうした『伊勢物語』の注による理解が、《井筒》という謡曲が作られるにあたっての基盤としてあったことを、「謡曲と『伊勢物語』の秘伝」（本巻所収）

において確かめたことがあったが、世阿弥の拠った『伊勢物語』の注は、鎌倉期には成立していた、いわゆる冷泉家流の注や、『和歌知顕集』といった権威そのものに拠ったのではなく、それらをともに摂り入れた末流の伝書があって、そのような注のひとつが、拠りどころとなっているらしいということであった。世阿弥における『伊勢物語』の注の、このような投影のすがたを中に置いて、古今注の場合を考えてみるとき、同じような事情も予想されるであろう。世阿弥の拠った古今注が、かりに俗流・末流に属するものであったなら、具体的にそれと指摘することは殆ど不可能な場合もあり得よう。にも拘わらず、『伊勢物語』の古注の採り方と、その質的な差のゆえに、《井筒》の場合とは異なった《雲林院》の場合や、《杜若》の場合との比較において、明らかな世阿弥と非世阿弥の方法を切り出すことは出来る（「謡曲《雲林院》考」、「謡曲《杜若》考」、本巻所収）こともあるのであり、とすれば、たとえば《難波》《采女》《白楽天》《女郎花》、等々が古今注と関わり合う上で、作者の方法もおのずと明らめられる期待はあるのである。

《富士山》の典拠をめぐって、ともすれば逸れがちな論旨を整理すれば、古今注のかぐや姫の説話が《富士山》の本説の一として指摘出来ること、に過ぎない。しかし世阿弥の歌道尊重は、古今注を確認することによって、それを中心に据えて考えることの出来る本格的なものであるということであり、この事をふまえてこそ、たとえば『拾玉得花』や《高砂》に引かれる『長能私記』や、『伊勢物語』の古注の理解、あるいは《蟻通》その他にみられる『俊頼髄脳』の依拠などが、断片的でなくつながるのであろう。とともに、世阿弥の拠る古今注と、その拠り方を今後の課題としたいと思う。

三　『伊勢物語』と能

『伊勢物語』と能

『伊勢物語』が業平の物語として享受される過程で、いま見るかたちの物語として成長を遂げてきたことは、『伊勢物語』研究の成果としておそらく周知のことであろう。そのような『伊勢物語』が愛読されるうちに、物語とはジャンルを異にする世界にもその影響が及んでゆく。和歌の本歌・本説としての『伊勢物語』については、あらためて言うまでもないが、その延長上に、鎌倉時代の中頃から、「早歌」と呼ばれる謡物が流行する。そのうちの歌詞五十曲が、まず『宴曲集』全五巻にまとめられたが、その巻四に収められた「伊勢物語」（明空作詞作曲）と題する曲は、その時代の『伊勢物語』の享受の一つの姿を示すものとして参考に足ると思われるので紹介しておこう。

(84)昔男在原の、[84]その身は賤しといひながら、忝くも奈良の葉の、末葉の[6]露の白玉か、何ぞと問ひし人もみな、あだなる契りの仲らひかは、[15]心の奥は陸奥の、しのぶの里の[1]摺衣、思ひ乱るる涙より、[26]袖に湊の騒ぐまで、一方ならぬ迷ひにも、命つれなく長らへて、[1]初冠のそのかみより、五十路にあまる年月を、送り迎ふる春秋の、言葉の花の色々に、しぼめる匂ひを残しつつ、[107]思ひ思はず花形見、目並ぶ人は[47]大幣と、名にこそ立てれ、[63]百年に、一年足らぬつくも髪、立ち寄る老いの波までも、情けを懸くれば[13]武蔵鐙、さすがに誰をか捨て果てし、[4]わが身一つは変らぬに、朧けならぬ春の夜の、[4]月やあらぬと喞ちても、見し面影をや慕ふらん、あだ[1]しみやびのせめて猶、好ける(1)心の[1]いちはやく、[17]都をさへに住み憂かれて、東路遥かに思ひ立ち、[8]浅間の嶽の夕煙、[9]富士の高根は時知らぬ、山路の雪の曙、[9]蔦の下道や打ち払ひ、[9]限りなく遠く来にけりと、来し方を思ひ続けて、いとあはれなる時しもあれ、名もむつまじき鳥の音も、[9]隅田川原の渡し守に、事問ひ侘びし旅の空、物憂き鄙の住ひなれば、この[15]夷心もいざやさは、[14]都の土産にいざと言はん、いつかは忘れん[10]御吉野の、憑むの雁もひたぶるに、わが方にのみ寄ると鳴くものを、久方のあまり隈なき心もて、誰に思ひをかけまくも、[71]賢き神の斎垣をも、つれなき中の隔てとや、[69]狩の使の仮にても、思ひ寄るべき便りかは、[69]子一つばかりの月影に、丑三つまでは語らへど、[69]夢うつつとも分きかねてや、心迷ひに明けにけん、[23]井筒にかけしまろがたけ、[23]振分け髪の戯れ、[58]落穂拾ひし田面の庵、[1]春日の里[123]深草、[58]長岡[82]水無瀬[83]小野の里、[33]莵原の郡[23]高安、[48]里をばかれずや通ひけん、[23]飯匙取りしわざまでも、忘れぬ情けのつまなれや

引用がすこし長くなったが、以上が全文である。傍線の部分が、その横に番号で示した『伊勢物語』の各章段に対応するが、本文のままであったり、それに基づく歌語であったりするほか、業平一代記として読まれた『伊勢物語』の各段をつないで、多くの女人と関わった業平の心情を綴るかたちに構成したのが本曲である。早歌の詞章（宴曲とも称される）は、曲のテーマが題となるのだが、その場合「伊勢物語」は、「源氏」「楽府」（以上『宴曲集』四）、「長恨歌」（『究白集』）とともに古典の作品名を題とする点で異色である。なお「源氏恋」（『宴曲集』三）、「狭衣袖」「狭衣妻」（『宴曲抄』下）、「遊仙歌」（『拾菓集』下）のような命名もあり、それを含めて当時の古典への意識の一面が窺えるとも言えようか。

ともあれ、このような早歌の流行と並行するかたちで、白拍子、曲舞、平家の語り等、新興の芸能の中に、田楽の能、猿楽の能が加わってくる。当然、能に早歌の影響が認められるが、作品の性質が異なるのは言うまでも

ない。演劇的に仕立てられた能の場合、或る典拠に基づくストーリーをもって演じられた内容が、限られた範囲ながら具体的にわかるのは南北朝時代になってからであるが、とはいえ各地で活動していた田楽・猿楽の座で、一般にどんな内容の能が演じられていたかはほとんど分からない。そのような状況の中で、『伊勢物語』に題材をとった古態の能の面影を今に伝えるのが《雲林院》である。

《雲林院》

芦屋の里の公光という者が、若い頃に『伊勢物語』の秘伝を受け、以来日夜に愛読していたところ、ある夜、業平と二条の后が、后の山荘跡の雲林院の花の本に佇み、『伊勢物語』の冊子を読んでいる夢を見て、雲林院を訪れ、老人（業平の化身）に逢う。後場では、「武蔵野は今日はな焼きそ若草のつまも籠れりわれも籠れり」（『伊勢物語』十二段）、「白玉かなにぞと人の問ひしとき露と答へて消えなましものを」（同六段）をめぐる物語を中心として、それが業平と二条の后のことであり、「鬼一口」というのは后をとりもどした基経のことだとするなど、いわゆる『伊勢物語』の秘伝を、鬼形の基経と二条の后が登場して、真相を再現するかたちで示すのである。

《雲林院》は、現行曲においては後半がすっかり改められて、優雅な舞を見せる能に変身してしまっているが、右に記したのは、世阿弥自筆本による。しかし、それが世阿弥作の能だというわけではなく、実は、世阿弥の一世代前にあたる金剛権守の演技について、「基経の、つねなき姿に業平の」と松明を振り上げ、きッと身構えた様子は、堂々たる興福寺南大門にも負けぬ貫禄だったという世阿弥の回想がある（『申楽談儀』）。《雲林院》は元来鬼の能を得意とする大和猿楽のレパートリーに属してはいたのであろうが、金剛権守所演のテキストがどんなかたちであったかは、もはや明らかではない。世阿弥自筆本のかたちは恐らくそれに手を加えた改作であり、それと思しい徴証も一、二には止まらないが、『伊勢物語』の秘伝公開という構想は多分元来のものだったろう。ちなみに、世阿弥自筆本による《雲林院》の復曲試演が昭和五十七年（一九八二）十月、法政大学能楽研究所三十周年記念公演に取り上げられ、以後修正を加えつつ東京・大阪で上演されている。

《右近》

鹿島の神職何某が北野の右近の馬場へ花見に行くと、女車の一行に出逢う。所柄とて「右近の馬場のひをりの日」（『伊勢物語』九十九段）の昔語りに興じ、やがて女は北野の末社の桜葉の神であると素姓を明かす。後場では、女体の桜葉の神が出現して神威をあらわし、桜花の下で舞を舞って天上する。

もともと物真似芸を得意とする大和猿楽に対し、優美な芸風を特色とした近江猿楽のレパートリーのひとつに「天女の舞」があった。それを大和猿楽に取り入れたのが世阿弥である。「天女」とは神格をそなえた女の意で、龍女（《海士》《鵜羽》）、菩薩（《当麻》）、神女（《右近》《呉服》）などが世阿弥によって「天女の舞」の能として作られた。その舞は、はじめ舞事の根源として位置付けられたが、その後の能の展開の中で整備と類型化が進み、「天女の舞」そのものは廃絶してしまった。《右近》は、このように世阿弥が「天女の舞」の能としての素材を求める中で、北野の桜葉の神をとりあげたのであって、『伊勢物語』九十九段がこの曲の中心主題となっているわけではないが、一曲の構想にあって大きなウェイトを持つことは言うまでもない。世阿弥の作能法のひとつのあり方をよく表わしていると思われる。ただし現行の《右近》は、詞章や演技演出法の一部に、観世小次郎信光による改作が加えられている。

《井筒》

業平と紀有常の娘の夫婦の旧跡と伝える荒れ果てた在原寺を訪れた僧の前に、ひとりの女性があらわれて、秋の夜の寂寥感漂う古塚に回向し、昔を偲んで思い出に迷う心を述懐する。不審する僧に、業平と紀有常の娘の夫婦の物語、河内通いや筒井筒の契り（『伊勢物語』二十三段）を語って、自分が井筒の女とも呼ばれた紀有常の娘であることを明かし、井筒の蔭に消える。後場、業平の形見の衣装を着て現われた紀有常の娘は、人待つ女とも呼ばれた業平への一途の思慕をあらわし、薄を掻き分けて井筒の水に姿を映し、業平の面影を懐しむ昂まりの中で、夜明けとともに僧の夢も覚める。

《井筒》は、世阿弥六十歳以後の作で、完成された到達点を示すとともに、能を代表する名作と評価されている。『冷泉家流伊勢物語抄』に代表されるような中世の『伊勢物語』の理解に基づいて、その二十三段を中心に十七段、二十四段をつないで一曲を構成しているが、そのような『伊勢物語』の世界を、単に能というジャンルに再現しているのではない。たとえば、井のもとに出て遊ぶ二人は、井筒に背丈を比べて大きくなったら夫婦になろうと契る物語の叙述をふまえて、《井筒》の前場では、井の水を鏡として互いに姿を映しつつ約束したことを回想する。〝丈比べ〟を〝水鏡〟に転換した《井筒》の意図は、後場、業平の衣装に身を裹んで、いわば一体化した紀有常の娘が井筒にその姿を映すクライマックスと響き合っている。井筒に象徴される永遠の契りを、子供の昔から今現在に到るまで待ち続ける女の物語として描いたとも言える《井筒》は、その意味で、新しい中世の『伊勢物語』として創出されたのである。

《小塩》

下京辺りに住む男が、若者達と連れだって大原山へ花見に行くと、花の枝をかざした老人に出逢う。花に興ずる老人は、その昔まだ春宮の御息所であった二条の后が、此所の氏神へ参詣の折、供奉の業平が詠んだ歌などについて語り、懐旧の情をみせつつ、やがて花に紛れて姿を消す。後場、花見車に乗った業平が現われて、契りを交わした女人への愛恋、とりわけ二条の后への思慕を語り、懐旧の舞のうちに業平の姿は散りまがう花とともに春の夜の夢となる。

《小塩》は、世阿弥の女婿の金春禅竹の作である。『伊勢物語』七十六段の「大原や小塩の山もけふこそは神世のことも思い出づらめ」という業平の二条の后への思慕に想を得ているが、その物語世界を再構築するのではなく、「大原野花見」という古名からも窺えるように、花見に出かけた男たちの前に現われた業平が、物語化された業平の女人遍歴、それは中世の『伊勢物語』の理解に基づくのだが、わけても二条の后への思慕を、所柄の大原野の情景に自らの心象風景を重ねて描くのである。

《杜若》

旅の僧が三河の国に到って、杜若の花の盛りを見るところに、一人の女が呼び掛けつつ現われて、『伊勢物語』に有名な杜若の名所と業平の詠歌のこと、業平の行状に深い意味があることなどを語り、僧をわが家に案内する。女は業平の冠と二条の后の唐衣を着て現われ、杜若の精と名乗り、業平が歌舞の菩薩であること、多くの女人遍歴と二条の后への思慕が陰陽の神としてのわざであったことなどを語って、杜若の精とも歌舞の菩薩とも渾然一体の舞となり、草木成仏とも女人成仏とも渾然一体の歓喜の夏の夜明けとなる。

《杜若》は、『伊勢物語』九段、いわゆる東下りの八橋の段で有名な杜若を擬人化して杜若の精がシテとなるが、それが二条の后であることをはじめ、業平が陰陽の神で、その行状が衆生済度の方便であったことなど、中世の『伊勢物語』の古注釈や秘伝に説かれるところをふまえている。《杜若》に見られる『伊勢物語』の理解のあり方は、《小塩》の場合と同質で、作者が禅竹であることは確実である。形見の衣装を身に着ける発想は《井筒》の影響下にあると思われるが、題材の処理と構成、文辞・表現の特徴など、世阿弥の場合とは別種の世界を開拓した名作と評価できる。

《隅田川》

隅田川の渡守が客を待っていると、都から下ってきた物狂いの女が乗船を乞う。物狂いゆえに拒絶する船頭に対し、都鳥の名をかもめと答えたり、あるいは舟に乗れと言うべき隅田川の渡守（『伊勢物語』九段）に似合わぬ対応をなじる女に、船頭はやりこめられて乗船させる。船中で、人買に拐かされた子供が対岸で死んだこと、その命日にあたって大念仏が行なわれることを聞いた女は、それが我が子であると知って悲嘆に暮れる。念仏に加わった母の前に子の幽霊が現われるが、掻き抱くことも出来ぬまま夜が明ける。

《隅田川》は、世話物的な物狂能の系譜を引く。元来この種の能に古典が主材となることはなかったが、《隅田川》は、その曲名が表わすように業平東下りの隅田川の段が、東下りの女物狂に重ねられて、都鳥や渡守の情景、妻を思う業平と我が子を恋う女の心情が、二重写しに描かれることになる。『伊勢物語』に基づくと言うより、『伊勢物語』を別次元に置き直した能とでも言えようか。それは古典的粧いを以て作りなした世阿弥の物狂能の先例があるにもせよ、やはり天才的作品と評すべきではなかろうか。作者は世阿弥の嫡子にして早世した元雅である。

『伊勢物語』に関係した能は、和歌や連歌の世界などで形成されてきた歌語もしくは修辞句の類の部分的な利用は別にして、以上の六曲が現行曲のすべてである。古作で世阿弥改作と思しい《雲林院》のほか、世阿弥、禅竹、元雅という、この時期の能作者を代表する三人によって『伊勢物語』がとりあげられていること、しかも、それぞれに個性的で優れた能を作り上げていることがとりわけ注目される。というのも、たとえば『源氏物語』とか『平家物語』とかに取材した能の多さに比べるとき、『伊勢物語』が愛読された実態からすると、もっと多くの作者や作品があってしかるべきだと言えるかも知れない。しかし、結果として右の六番に尽きるについては、『伊勢物語』の短編性が能の題材として不向きだなどと言うようなことでなく、問題はもうすこし本質的な能作の方法と関わっているだろう。世阿弥・禅竹・元雅たちの能は、作品としてはそれぞれに個性的ではあっても、能作にあたって共通する姿勢は、古典に拠る場合にも、単に典拠となる古典の世界そのものを芸能として舞台上に再現するのではない。それを読み込み、自らの読みによってイメージされた世界、あるいはさらに踏みこんで、あり得たかもしれぬ古典世界からの新展開を構築するのである。その具体的な例証の一端が右に見てきた諸曲であるが、これら名作が生み出された後の能作者にとって、『伊勢物語』は歯が立たぬ古典となってしまったようである。

謡曲と『伊勢物語』の秘伝

――《井筒》の場合を中心として――

一　「本説」ということ

一、先、種、作、書、三道より出でたり。一に能の種を知る事、二に能を作る事、三に能を書く事也。本説の種をよくよく案得して、序破急の三体を五段に作りなして、さて、詞を集め、曲を付けて書き連ぬる也。

云うまでもなく、これは『三道』(能作書)冒頭の世阿弥のことばである。本説を重視する世阿弥の態度は、はやく『風姿花伝』の時代からあって、「世阿弥」を考えるときの重要な鍵であることは、もう云うまでもない。が、世阿弥個人はしばらくおいて、彼を含めての謡曲作者によって作られた「謡曲」というものが、本説のない、いわゆる作り能を別として、多かれ少なかれ、古典などに基づいて構想されており、たとえば、『伊勢物語』を主題とした謡曲には、《井筒》《右近》《雲林院》《小塩》《杜若》がある、などと云うのが普通である。ところが、そういう本説というものを、もう一歩踏み込んで考えてみると、何となく分かっているようで、実は大へん曖昧なままに過ごして来ているようである。たとえば《屋島》という謡曲について、それを単に『平家物語』を本説とするというだけでは、作者の内にあって凝集され構想されて作品化するに至った本説とは云えないのではなかろうか。もう何年か前になるが、『平家物語』を本説とする謡曲を、一方本系と八坂本系とから突きとめようとする論文が、いくつか発表されたのは、そのこと自体とともに、本説とは何か、何が本説か、ということを考える立場からも、重要な問題提起であったと云えよう。

本説を確かめることは、精密でなければなるまい。本説を、作者の意識・意図の中において把えようとすること、これは作品そのものを考える上で必須であることは云うまでもない。が、それとともに個々の作品についてそれを検証することが、作者をつきとめ、作者の個性、環境、そしてその時代の意識の流れへとつながるであろう。作品も、作者も、時代に孤立するものではない。その意味で、大げさに云えば、文学史の課題への接近でもあろう。

二　『伊勢物語』のよみ方

あまり大上段に振りかぶると引っ込みがつかなくなるが、小稿は、中間報告を、題に示すように、《井筒》を芯にして謡曲と『伊勢物語』の秘伝についてみようとする。が、その前に、『伊勢物語』がその時代、つまり室町期一般にどのように読まれたか、ということを知っておく必要があろう。謡曲《井筒》に関連していえば、その骨子が、『伊勢物語』二十三段にある、いわゆる筒井筒の話であることは、今さららしく云うまでもない。ところで、この稚児同士の恋の物語を、今の我々は業平だとして読んではいない。いや、『伊勢物語』そのものについて、そのすべてが業平の物語だとしては読んでいない。しかし、謡曲《井筒》の場合、平安朝末期以来、むしろそう考えられて来た『伊勢物語』のよみ方の流れの上に立つものであった。いうまでもなく『伊勢物語』は、わが国の古典の中でも最も重要なものの一であり、古来、多くの注釈――『伊勢物語』をいかに読むか――が行なわれたが、その注釈史の上で、鎌倉期のいわゆる古注時代、室町期一条兼良の『愚見抄』にはじまる旧注時代、そして、江戸時代、長流、契沖らよりの新注時代と区分されている。たとえば《井筒》の作者が、《井筒》を構想したとき、その基となった『伊勢物語』の知識は、決して突然入手した『伊勢物語』本文そのものによってではありえない。必ず、その時代の『伊勢物語』の享受のすがたを反映したものである筈である。そのよみ方、うけとり方が、現代の我々からみて、いかに間違いだらけであり、驚くべき牽強付会の説であるかは、いま問題にしてはならない。当時の人々がそう信じて読んでいた事実の上に立って、謡曲もまた作られたのである。

この時代、つまり謡曲《井筒》などが作られた、さきの注釈史の区分で云えば、古注の時代、『伊勢物語』の解釈の上で、大きな位置を占めるものに、『和歌知顕集』という古注釈の書物がある。一方それとは全く異なった系統で、しかも大きな影響力を持った注釈のかなり具体的な姿を学界に紹介されたのは、片桐洋一氏の「伊勢物語古註考」(『国語国文』昭和三十九年四月)においてであった。『和歌知顕集』とは異なり、かつ、古い注の意味での一般的総称でもないこの系統の注釈を、右に従って「古注」と呼ぶ。この両書に代表されるのが、鎌倉期はもちろん、室町時代においてもさまざまのかたちで流布し、影響を与えた、『伊勢物語』のよみ方であった。それらが、どのようなよみ方であるか、具体的なすがたを《井筒》の場合についてたしかめてみたいと思う。それが《井筒》構想の直接の拠り所、本説であろうからである。

三　《井筒》と本説

《井筒》については、あまりにポピュラーであり、構成の概略も不必要であろうから、とりあえず以下の叙述に関連する点だけを要約したい。

① 業平と紀有常の娘が夫婦であって、在原寺が、その旧跡であることが前提となっていること。

② (旅僧が在原寺を訪れ、業平の昔を偲ぶところに、不思議な女性が現われ、「問答」となって業平の昔を語る) 昔語りは、とりわけ「サシ」「クセ」において、『伊勢物語』二十三段がかなり忠実に引用される。

③ 「ロンギ」に至って女は、「紀の有常が娘とも、または井筒の女とも、恥かしながら我なりと」と、身の上をあかす。(有常の娘と、筒井筒の女が同一人であることは「クセ」の終わりにも)

④ 後シテ登場、「サシ」の謡「あだなりと名にこそ立てれ桜花、年にまれなる人も待ちけり、かやうによみしも我なれば、人待つ女とも言はれしなり」と謡われる。

⑤ 右につづいて「我筒井筒の昔より、真弓槻弓年を経て、今はなき世に業平の……」と謡われる。(その後、移り舞となり、「キリ」)

さて、こうした《井筒》の本説は、②においてみられるように、『伊勢物語』二十三段が骨子となっている以上、『伊勢物語』に基づくと考えるのは、一見至極当然の帰結であるが、その立場で《井筒》をみてゆくと、たとえば③におけるように、井筒の女が有常の娘と同一人であり、また、④における人待つ女とも同一人であると述べられている。しかし『伊勢物語』そのものには、その関係については全く触れられてはいない。そこで本説を『伊勢物語』にとってはいるが、それらは作者の仮構であるなどという説明が加えられることになる。（『謡曲大観』など）

《井筒》は世阿弥の作であるとするのが定説のようである。その世阿弥は、小稿冒頭にも触れたように、また『申楽談儀』などにも見られるように、本説ということに対しては、大へん慎重な態度で臨んでいる。だから、《井筒》の場合にしても、本説に仮構を交えることを矛盾だとみることも、逆に作者の手柄だとすることも、一に本説のたしかめにかかることであろう。

まず、この筒井筒の物語を、業平と有常の娘であるとすることは、歴史的事実としては、もちろんありえないことである。業平と紀有常の娘が夫婦であったことは事実としても、有常と業平とがほぼ同年輩なのだから、その娘が、いわゆる筒井筒の間柄ではありえないのである。しかし、『伊勢物語』をすべて業平の物語とみる立場からは、それが信じられる。それがさきの注釈の態度であり、「実録を虚構的に表すのが物語であるとする態度」（前記片桐氏論文）で『伊勢物語』を受け止めるからである。ただしこの場合、『和歌知顕集』は「これは業平の事にはあらず」とするが、「古注」では、まさしく、女は有常の娘とするのである。

さて、前記要約④の場合についてみよう。「サシ」冒頭の「あだなりと名にこそ立てれ」の歌は、『伊勢物語』十七段に「年ごろおとづれざりける人の、桜のさかりに見に来たりければ、あるじ」として、この歌を挙げており、『古今集』は、これを詠み人知らずとするが、『和歌知顕集』「古注」ともに有常の娘の歌と説くのである。

ところで、この「サシ」の後半⑤の「我筒井筒の昔より、真弓槻弓年を経て……」という「真弓槻弓」とは、やはり『伊勢物語』二十四段「梓弓真弓槻弓年を経てわがせしがごとうるはしみせよ」に基づくものであるが、この女主人公をも有常の娘とするのは「古注」である。つまり《井筒》が『伊勢物語』二十三段の他に、十七段と二十四段の歌をも引用しているのは、決して恣意ではないのであって、そこに有常の娘によって一貫される作者の構想が生きるのであり、そしてそれは、「古注」の説をふまえる作者の『伊勢物語』享受の相を反映しているのである。

しかし、《井筒》が全く「古注」によるとは即断出来ない。有常の娘が井筒の女とも、人待つ女とも呼ばれることについて、それを作者の仮構とする説のあることは、さきにも触れた通りであるが、仮構云々は勿論正しくない。「人待つ女」の呼び方は『和歌知顕集』にみえるからである。もっとも「続群書類従」に収める『和歌知顕集』ではなく、別系の、大津有一博士が三条西家本系とされる宮内庁書陵部本『和歌知顕集』による。その巻末に『伊勢物語』中に登場する女性を列挙して、その素姓を明らかにしている中に、「さくらに人まちえたる女有常か女」と記しているのである。また『和歌知顕集』系の末書とみられる彰考館文庫蔵の『伊勢物語次第条々事』には、『伊勢物語』に出てくる女性の呼び名が出ており、そこに「さくらに人まつ女」という云い方がみられる由である。ところが「井筒の女」については、前記『伊勢物語次第条々事』に、「つゝゐつゝの女」との云い方が見られるが、書陵部本『和歌知顕集』では「ゐ中わたらひしける女　これはとをきむかしの事也　名なし」と記されて、井筒の女の呼び方は見られない。「古注」においては、この両方ともに、その名を見出さないのである。このことから、「人待つ女」「井筒の女」という呼び方は、『和歌知顕集』そのものではなく、『和歌知顕集』系の末書――たとえば『伊勢物語次第条々事』に類するような書――によったもの、と考えることが出来るだろうか。または『和歌知顕集』とか「古注」とかの成書には見えなくとも、たとえば講釈の席などにおいて、俗に、あるいは仮に用いられた呼び名だと考えることが出来るだろうか。あるいはまた、もっと別の典拠の存在を予想すべきだろうか。

ここで、さらに、もうひとつの問題点を挙げなければならない。それは、前記要約の②において示したように、《井筒》では、サシ・クセにおいて、『伊勢物語』二十三段の本文を引用しているのであるが、とりわけ和歌については、

(イ)　風吹けば沖つ白波龍田山夜半にや君がひとり行くらん

(ロ)　筒井筒井筒にかけしまろがたけ生ひにけらしな妹見ざるまに

のかたちで引かれていることである。この歌のかたちは、私が調査した、写本、刊本約二十種の謡本について、全く異同はなく、《井筒》成立当時からのかたちであるとみてよい。

さて、(イ)の歌についてであるが、『伊勢物語』本文は「ひとり越ゆらん」「ひとり行くらん」の二つの異同を示している。しかし、続類従本、書陵部本をはじめ『和歌知顕集』系はすべて「行くらん」となっている。また「古注」系の場合、片桐氏の教示によれば、「古注」は語釈中心で歌の本文を挙げていないが、「古注」の末書(たとえば『京大本抄』『懐中抄』など)は「行くらん」とあること、また「古注」の底本となったと考えられる『伊勢物語』の古本系、特に時頼本、最福寺本などが「行くらん」となっていることから、「古注」も「行くらん」とある本文によっていたと推定される、との明快な結論を得た。『和歌知顕集』「古注」、あるいはその系統を引くものが、すべて「行くらん」であったと考えてよいであろう。

(ロ)の歌の場合は、右に比べても簡単でない。何故ならば、『伊勢物語』本文の歌のかたちは、「つゝゐつの井筒にかけしまろがたけ過ぎにけらしな妹見ざるまに」のかたちがいわば普通であって、「つゝゐつゝ」のかたちをとるものは極めて少ない。たとえば前にも挙げた古本系の時頼本、最福寺本ほか一、三本に止まる。ところが、

それらの本も、第四句はすべて「過ぎにけらしな」であって、「おひにけらしな」のかたちをとるものは、塗籠本系の不忍文庫本一本のみである。しかもその場合も、初句は「筒井筒」ではない。つまり「筒井筒……おひにけらしな」のかたちを示す『伊勢物語』本文はないのである。そしてこのことは『和歌知顕集』「古注」において同様である。謡曲引用の「筒井筒……おひにけらしな」は、実は引用ではなくて、作者の錯誤、あるいは改作かと疑わせるくらいである。しかし、本説、ことには名歌・名句をとることに細心であった世阿弥であってみれば、そのような安易な即断は拒否しなければなるまい。

以上の検討から、どういう結論が導き出されるであろうか。『伊勢物語』十七段、二十三段、二十四段を、業平と有常の娘の話として構想し、構成する根拠として「古注」を考えることが出来る。また、「井筒の女」、「人待つ女」の呼称をめぐっては、どちらかというと『和歌知顕集』系の色が濃い。さらに二首の和歌については、一首は「古注」『和歌知顕集』ともに共通するが、他の一首については、その何れとも共通しない。したがって、謡曲《井筒》の構想に根拠を想定する限り、以上の内容を備えた注釈の存在を予想せざるを得ないのである。もし、そのような注釈が実在するとすれば、それは、すでに知られる「古注」あるいは『和歌知顕集』に比肩するものではあるまい。たとえば「古注」は冷泉家の秘伝に属するものであるといった権威を持ち、その講義の聞書として現在にその輪郭を伝えているわけであるが、今その存在を想定する注釈は、勿論それが秘伝であっても正統を継ぐものではなく、いわば末流、俗流の秘伝であろうと思うのである。

そのような伝書について、一つの例を挙げることは出来る。片桐洋一氏が『伊勢物語和歌秘註』と名付けて所蔵する室町期筆の一巻は、『伊勢物語』の歌のみについての注であるが、十七段、二十四段を有常の娘とするし、二十三段の物語を「ふるきことをなりひらとありつねむすめのやうにかきたり」と注し、その歌を「筒井筒……

おひにけらしな」と記している（なお「風吹けば」の歌の場合は「越ゆらん」とある）。片桐氏の御厚意により、ここに紹介することの出来るこの一巻は、右のように、ある部分については「古注」にのみある内容を示しながら、なお同氏によれば『和歌知顕集』系に近づくという。

この書の注釈史上の位置付けは、同氏によってなされるであろうが、当面の問題としては、このような、「古注」や『和歌知顕集』そのものではない、しかしそれらをともに摂り入れたもっと末流の伝書の存在の確認が出来ることであり、そのような伝書が、あるいは考えられているよりはいま少し幅広く流布していたかも知れないということである。《井筒》の作者、つまり世阿弥も、そのような説に拠って『伊勢物語』を読み、あるいは理解し、そして《井筒》を構想したのであろう。

《井筒》は『伊勢物語』を本説とする、という云い方は間違いではなかろう。しかしその『伊勢物語』とは、現在の我々の読み、受けとめる『伊勢物語』ではない。その意味では、《井筒》の本説は、たとえば『伊勢物語和歌秘註』に類する、いわゆる秘伝による、と云うべきかも知れない。

四　《葛の袴》の場合

《井筒》の本説をたずねて、『伊勢物語』の秘伝をめぐってみて来たのであるが、《井筒》の作者が世阿弥であり、だから、それは世阿弥の『伊勢物語』の受容のすがた、さらには、世阿弥の教養の質と幅とについての解明の手がかりであるわけで、それがそのまま、世阿弥の時代、あるいは能作者達の間に共通なものであるかどうかは、もちろん謡曲一般についての個々の検証が必要である。それらを総合する結果がどうか、ということについては、別稿に譲りたいと思うが、右に関連して《葛の袴》の場合をみよう。

《葛の袴》は『五音』下に「亡父曲作書但眼」としてサシ以下を挙げており、これを、観阿弥作曲、但眼作詞と解する香西精氏の説は、従うべきものと考えられる。またこれは『申楽談儀』に「住吉遷宮の能」として引く詞章と一致する。あるいは《葛の袴》は謡物の名として、「住吉遷宮の能」は能の名として区別したのかとも考えられるが、それはともかく、『五音』所収のテキストは、

神勅に従ひて知顕集を開けば、何々、かの内大臣経信の卿、過にし九月十三日に住吉に詣で候

にはじまり、以下『和歌知顕集』巻初の部分による、葛の袴を着けた老翁の『伊勢物語』の奥義伝授のくだりとなり、

いざとよ対面の初に、伊勢物語の奥義をくれぐれと語らんは、かつうはそらおそろしや、かつうは道の聊爾なりとて、左右なく云はざりけりとや

つづいて業平に馴れし十二人の女のことが、ロンギで謡われる。

〽数々ありしその中に、取り分き十二人なり　〽十二人も三人も、我は全く知らぬなり、第一番は誰やらん
〽徒なりと名にこそ立てれ桜花　〽年に稀なる人も待ちけり
〽此歌の主をば人待つ女と書きたりしを　〽紀の有常が娘と現はすは尉が僻事、〽さて其後は逢坂の関の関屋の槇柱　〽立つ名も口惜し思ひ朽ちなんと恋死に死せしをば　〽物病みの女と書きたりしを　〽大納言長谷雄の卿の娘と現はすは尉が僻事か

さて、この《葛の袴》の作者は、その冒頭に記すように『和歌知顕集』を手元に置き、それによって構想した

ものであることは明らかである。しかもその『和歌知顕集』は、続類従本系ではなく、書陵部本系によるらしい。すなわち、人待つ女についてはすでに述べたように両書間の異同はないが、物病みの女について、続類従本系はそれを二条の后とするのに対し、書陵部本では、前記女性一覧の中で、「ものやみになりてしぬる女、はせをの卿のいもうと」と説いているからである。ちなみに、「古注」系はすべて「藤原良相（よしすけ）女、円子（まるこ）の前」とする由で、書陵部本系のみの特徴をあらわしている。ただし、ここに問題がないわけではない。その一は、娘と妹との異同であり、その二は、この《葛の袴》冒頭に、九月十三日とすることである。続類従本系は、「そもそもさんぬる九月十三日、こころざすことありてすみよしにまいりはんべりしに」と記すのに対し、書陵部本では「抑すぎにしなが月の十日あまりのほどかとよ、心ざす事ありて住吉にまうでて、こもり侍しほどに、十一日の月なみぢはるかにすみわたりて」とあって、その点では続類従本系との共通点をあらわしているのである。《葛の袴》の作者が拠ったものを、書陵部本系ながら、なお右の二点を満足させる『和歌知顕集』を想定すべきかどうか、いま、これ以上の推論の根拠を持たない。

さて、直接の典拠はともかく、この《葛の袴》自体が明示する如く、『和歌知顕集』によっていることは疑えないが、さらに『和歌知顕集』の権威のみに拠っているのでないことが注目される。すなわち、「……と現はすは尉が僻事」と記す批判的言辞が付け加わっていることである。『和歌知顕集』は「……と現はす」ことが、一つの本性なのであるから、「僻事」との批判は、作者において、ある拠り所を持ったものと考えてよいであろう。その拠り所とは、何らかの伝書である可能性はほとんどなくて、それよりはむしろ、口授、伝聞によるものと考えてよいのではなかろうか。『和歌知顕集』なり「古注」なりの権威は、全盛の鎌倉時代ならともかく、室町期においては、それらはもはや、初心・入門等の、いわば程度の低いところでのものであったようである。「東常縁ハサシタル人ニテモナキ者ニハ以二古注一よむ。よき門弟ニハ本式ニよむト云々」（『逍談称聴』）、「知顕抄経信卿作と云々。東殿家には先知顕抄之儀をよみて聞人の心を見、真実儀を伝受となり」（北野天満宮『伊勢物語私抄』）。以上二本、大津有一氏『伊勢物語古註釈の研究』石川国文学会、昭和二十九年による）などはこのことを如実に物語るものと云えよう。ここに「本式」とか「真実儀」とか云う、『伊勢物語』のよみ方は、一条兼良の『愚見抄』、宗祇の『山口記』などをはじめとする、注釈史上の旧注時代を形成してゆくものであるが、具体的な書としてかたちづくられるまでの、さまざまの講釈の場と、それに到るまでの短かからざる過程は、想像に難くない。すでに見て来たように「古注」、『和歌知顕集』に基づく末流、俗流の解釈が広く流布する一方では、たとえば古く顕昭などといった人をあげるまでもなく、旧説への反省と批判の態度を示す意見もそれらの間にしみ込んでいったのであろう。《葛の袴》とその作者を、そのような時点で把えることが出来るのではないか、と考えるのである。

五 『和歌知顕集』に関連して

謡曲において『和歌知顕集』の影響の強いことを指摘されたのは、表章氏の日本古典文学大系『謡曲集』であったが、それを、さらに突っ込んで云えば、それは以上述べて来たかたちでの、「古注」、『和歌知顕集』その末流の書、口授、伝聞等による諸説なのであった。が、とりわけ『和歌知顕集』に関してのみで考えるなら、それは、続類従本系ではなく、書陵部本系によると云うべきであろう。同じ『和歌知顕集』であっても、両書は本来別系ではないかと疑わせる節があり、その一証は《葛の袴》の検討でみられる通りであった。それはともかく、謡曲における『和歌知顕集』の関与のしかたをみるとき、それが書陵部本系に基づくものは、ただ《葛の袴》の場合のみではなく、たとえば《舞車》の場合についても云えることである。

《舞車》という謡曲は、『自家伝抄』『いろは作者註文』などの作者付資料にも見られて、室町末期にはその存在の明らかな謡曲であり、そのクセは「美人揃」の別名をも持って独吟曲となっている。少し長くなるが引用しよう。

サシ〽凡そ伊勢物語に見えたるは以上十二人なり、第一は紀の有常が女、第二には忠仁公の御息女、清和天皇の后宮に、染殿の后これなり、クセ〽第五には、長良の卿の御女、第六は、筑紫の染川の里の女なりけり、第十は、増尾卿の妹に恋死の女これなり、十一は周防の守、在原の仲平が女なりけり、十二には大和の守継景が息女に、今の伊勢にてありしが、其名の所を書きかへて、后宮の上童に猿子の前とぞ召されける、住吉の社に参りて、日数を送り祈念する、懇請しきりに隙なくは、感応いかでなからんと、頼を深くかけまくも、畏き神の御前にて静かに法施を参らせ宮人とおぼしき老体に、この物語を尋ぬれば、いさとよ対面のはじめに伊勢物語の奥義を、くれぐれと語らんは、且はそら恐ろし、且は道の、卒爾なりとて左右なくものをも云はざりけり、美人の中にとりてはいづれか劣り勝らん

（『謡曲三百五十番集』による）

以上が、曲舞の詞章であるが、これによって明らかなように、その後半の部分は、《葛の袴》冒頭の部分と同じく『和歌知顕集』によっていることは論をまたない。また十二人の女をあげることについては《葛の袴》と同工であるが、彼の場合、人待つ女、物病みの女の二人についてであったのに対し、《舞車》は、『和歌知顕集』そのものの記述に密着する。と云ってもそれは書陵部本系に拠るのである。即ち、

鳥（とふ）。かの十二人の女はたれたれぞ、はやその名をあげ給へ。

風（こたふ）。第一には雅楽のかみ紀有常がむすめ。第二には忠仁公のむすめ、文徳天皇の后、そめ殿の后也。第三に

は出羽郡司小野よしざねがむすめ、小野小町也。第四には閑院左大臣冬嗣のむすめ、仁明天皇の后、五条后也。第五には中納言ながらのむすめ、清和天皇の后、二条后也。第六には中納言長谷雄卿のいもうと、恋しにの女也。第七には文徳天皇の御むすめ、恬子、伊勢斎宮也。第八にはつくしのそめかはの女、これには名なし。第九には中納言行平のむすめ、清和天皇の更衣、貞数親王の御母也。第十には大納言登卿のむすめ、めづらしのまへ也。第十一には周防守在原仲平のむすめ、やしなひいもうと也。第十二には大和守藤原継蔭がむすめ、いまの妻女伊勢にてありけるを、伊勢ぬきいだして、そのあとには后宮の上童、ましこのまへをいれたる也。この十二人の女の名をかへ、さまをかへて、このものがたりの中に、八十余段にみだれちりたる也。

鳥。抑三千七百三十三人の女の中に……

書陵部本によるこの部分は、書陵部本系のものであって、続類従本系にはないものであるから、繰り返して云えば、《舞車》もまた、書陵部本系に拠るとしなければならない。ただ、《舞車》に第六染川の女とするのが、『和歌知顕集』で第八となっていること、第十に増尾卿とするのは、長谷雄卿の誤りらしいこと、それが第六であること、などの小異がみられるのは、謡曲としての伝承の間の誤りであるのか、もともと拠った『和歌知顕集』が、程度の悪いものであったのかは、いま断定の限りではない。

『和歌知顕集』が書陵部本系であることを、このようにみて来るとき、その表現に関連して付け加えるならば、たとえば《杜若》クセの「然るに此の物語、その品おほき事ながら……契りし人々のかずかずに、名をかへ品をかへて、人待つ女物病み玉すだれの……」などと、さきほど引用の「この十二人の女の名をかへさまをかへて」程度の共通性以上に、《雲林院》の場合、密度が高いように思われる。

《雲林院》のクリは、周知の通り「そもそもこの物語りは、いかなる人の何事によつて、思ひの露を添へけるぞと、言ひけんことも理かな」とあり（《杜若》の場合も末尾は異なるがほぼ同じ）、この部分の表現も『和歌知顕集』によるかと考えられるのであるが、続類従本系が「そもそもこの物がたりは、なにごとをしよせんとして、いかなる人のつくれる物ぞや」とするのに対し、書陵部本系は「そもそもまづこのものがたりは、いかなりける人のなに事を詮としてかきけるものぞ」となっており、この面でも、書陵部本系との近づきをみせているのである。

六　おわりに

謡曲として構想される『伊勢物語』は、素材としてはそうであっても、当時のよみ方、あるいは理解のし方を無視しては、正確な意味でその本説をたしかめたとは云えないであろう。それでは、どのような『伊勢物語』のよまれ方が、謡曲の場合にあらわれ、支えられているのか、を二、三の問題点について見て来たのである。とはいえ『伊勢物語』の解釈――注の実態は極めて複雑であり、それが末流、俗流によるとなれば、その所依を突きとめることは一そう困難である。見方を変えれば、そういう実態こそが、能と作者、その基盤その時代であったとは云えるであろうが、ただそれを逃口上にしてはなるまい。

伊勢物語絵
――《井筒》の場合――

昭和五十九年、大阪の朝日カルチャーセンターで「平家物語の世界」という講座が開かれた時、能の立場からということでその一端に加わったが、絵画に見る享受史に触れて、その枕に次のようなことを話した。速記を活字化して大阪書籍という出版社から刊行され、同名の本に収められているのだが、ここにやや長い引用をお許し頂きたい。

たとえば『伊勢物語』の場合、第二十三段に「筒井づつ井筒にかけしまろがたけ生ひにけらしな妹見ざるまに」という歌を詠んで、井筒に背たけをくらべ、早く大人になって夫婦になろうと約束し合ったという、どなたもご存じの通りの話がありますが、この場面を絵で示す早い例は、現存するものとしては鎌倉時代の『伊勢物語下絵梵字経』で、井筒よりもやや背たけの伸びた二人の子供が描かれています。これは、「筒井筒」の歌が中世では「つつ井筒とは、二人ながら五歳になりし時、井筒に長(たけ)をくらべて、これより高くなりたらん時、夫婦たらんと契りし事也」(『冷泉家流伊勢物語抄』)等と理解されていたことによるのでしょう。ところで、江戸の初期になりますと、「嵯峨本」という豪華本が出版されまして、これには挿絵がつけられているのですが、構図的には鎌倉期の絵とも極めてよく似ています。ただし、こちらの方は二人とも井筒の中をのぞいている形に絵がかわります。なぜそうなるかというに、この物語を本説として作られた能が世阿弥の名曲として名高い《井筒》で、それによると、この歌に基づきながら、「互ひに影を水鏡」という文句が出てまいります。これは後場で業平の形見の衣装を着けた美女が、井筒の水に姿をうつして夫を偲ぶクライマックスの伏線として、謡曲独自の文章として書かれているのです。つまり能の《井筒》の最も印象的な場面として、井筒をのぞき込む形があるわけで、井筒のもとの子供も「互に影を水鏡」と表現されるのですが、その印象が、『伊勢物語』の挿絵にも反映している例であろうと私は思うのです。それ以後江戸時代を通じて各種の『伊勢物語』の絵入本や独立の絵が出ますが、ずっとこののぞき込んでいる構図が踏襲されます。『伊勢物語』本文自体からはこのような構図が導き出される理由はないわけで、こんな絵になるについては、どうも謡曲の影響を考えないわけにはゆかないのです。

今あらためて読み直すと、大筋はともかくとして、『伊勢物語下絵梵字経』と嵯峨本の挿絵だけを例にあげるなど、かなり荒っぽい説明だとの非難は甘受せねばならぬ。今回の展示を機に、せめてもう少し絵の流れの間隙を詰めておきたい。

『伊勢物語下絵梵字経』の場合は、四角い井桁の隣り合う二辺に、井桁よりは背の伸びた子供二人が描かれている。「……過ぎにけらしな」「……振分け髪も肩過ぎぬ」の歌の心が絵画化されていると言えるだろう。この隣り合う位置が、井筒をはさんで相対する図柄となって、かつ背丈が井筒に届きかねる図（室町後期小絵巻三巻、某氏蔵）と、井筒を越えた背丈の図（室町後期小絵巻三巻、穂久邇文庫）とがある。二人は互いに見合っているようだが、後者は井の中をのぞいているようでもある。その絵柄の流れを継いで、嵯峨本挿絵とか光則本（写本）が、明らかに井の中をのぞき込むかたちで描かれるのである。江戸時代にはその影響下にある構図が優勢で、絵入冊子本（鉄心斎文庫）や、伝土佐光起筆色紙絵、伝土佐光芳筆奈良絵本等が、暖簾の見える中庭の井筒に凭れるかたちで井の中をのぞき込んでいる。「互ひに影を水鏡」の心であることは前述の通りであるが、さらに「面を並べ袖を掛け」（《井筒》クセ）をも強調したと思われる絵がスペンサーコレクションの小絵巻（三巻、桃山時代）で、井桁の一辺に二人が寄り添うかたちで井の中をのぞき込んでいるように見える。さらに延享四年（一七四七）刊『伊勢物語』の西川祐信絵がこの構図に等しく、大正六年発行の吉井勇『新訳絵入伊勢物語』における竹久夢二絵も、画風は一新しても基本的構図はこれを継承しているのである。このように見てくると、「互ひに影を水鏡」の絵画化の嚆矢を嵯峨本とは特定し難いけれども、能謡の流行・流布をふまえて、嵯峨本に代表されるその時代のよみのあり様を示しているとは言えるだろう。

ちなみに、伊勢物語絵における筒井筒の絵柄は、「井のもとに出て遊びけるを」という本文に即して、井筒のもとに幼児を配するかたちもある。国学院大学本絵巻（二巻、桃山時代）や、井筒に向き合う二人に裸児二人をも添える大型絵入本（中尾氏本、桃山時代）がある。また『伊勢物語』とは無関係ながら、井筒の水を汲む女のそばに裸児と雷に身を縮める女を描く『扇面法華経冊子絵（無量義経扇）』があり、その応用風とも言うべき宗達派の『扇面屛風』（原美術館）、世尊寺行尹若年の筆痕という異本絵巻（模本、東京国立博物館）などもひとつの流れといえよう。なお、井筒の端に置かれた水桶、井筒のもとの裸児といった絵柄は、やはり『扇面法華経冊子』（『法華経』巻七）にも見えて、これらの構図の源流を窺わしめる。

ともあれ、物語絵は当然物語に即して描かれるわけだが、そこに絵師のよみが、時にはストレートに、あるいはそのよみが仕組まれた謎として示される。その謎解きが、物語を補完し、あるいは増幅するものであることは、信多純一氏に卓抜な論がある（『にせ物語絵』平凡社、平成七年）。伊勢物語絵の筒井筒に限っても、物語によるイメージの多様さが読み取れるが、その物語とは、『伊勢物語』本文だけではなく、能《井筒》の詞章、さらには能舞台上のイメージも加わって、いっそうその世界をふくらませていると読めるのである。

《井筒》と作り物

「井筒の女」とも呼ばれる紀有常の娘が、業平の形見の装束を身にまとい、「さながら見みえし、昔男の、冠直衣は、女とも見えず、男なりけり、業平の面影」と、薄をかき分けて井に写る姿をのぞきこむ《井筒》後場のクライマックスは、前場クセで語られる「互ひに影を水鏡、面を並べ袖をかけ、心の水も底ひなく、うつる月日も重なりて」という幼時の回想に重なっている。井のもとに出て遊び、井筒に背丈を比べたとする、本説としての『伊勢物語』を超えた世界を描き出し、しかも一曲全体にちりばめられた「井」「井筒」の言葉の響きは、それに影を写す水鏡の井に結びついて、井筒の存在は能としての構想の根幹となっている。言い換えれば、《井筒》は、舞台上に井筒の作り物を置くことを前提として書かれた作品であると考えられるが、世阿弥が演じた舞台には、どんな作り物が出されたのだろう。基本的には現在のそれと大きな隔たりはあるまいと思われるものの、作り物図が伝わる江戸時代初期以降においても、必ずしも一様ではない。その組織的精査が必要だと思いつつ未だ果たしていないので手元の資料の中から特徴的な二、三の例を参考までに示しておこう。

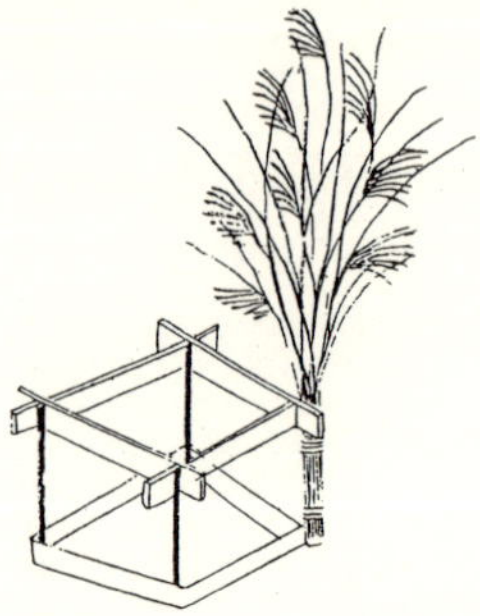

(1)

(1)は江戸後期の彩色写本（家蔵本）で、現行のそれと変わらない。薄を手前右に付けるが、『能作物之図』（井浦芳信博士華甲記念論文集『芸能と文学』

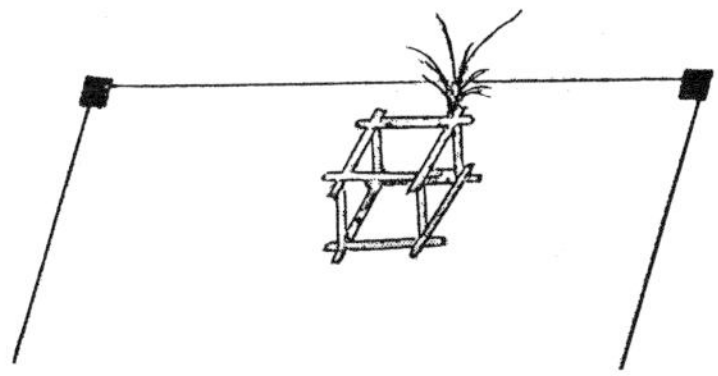
(2)

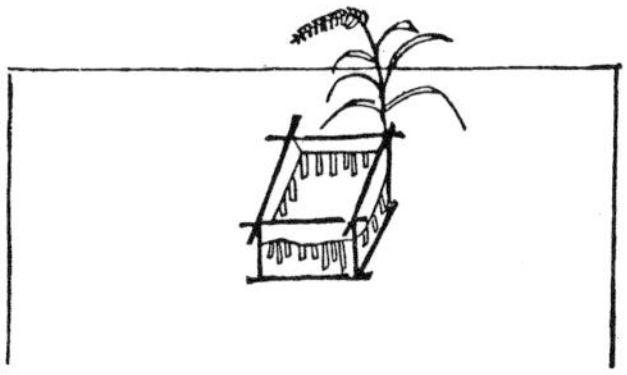
(3)

所収）に「右にても左にても太夫次第に置。常は右可然か」といい、今も同様である。

(2)は慶長元年（一五九六）奥書の『舞台之図』（能楽資料集成『下間少進集』Ⅰ）である。井桁の上面が幅広に描かれているが、はやい頃の画にはこのかたちが多いようである。薄は前方に付けられていて、この場合は、シテが井をのぞきこむ時に薄をかき分ける所作は伴なわないことになる。事実『少進能伝書』（同『下間少進集』Ⅱ）でも、手をかけて井をのぞく型を記すが、薄には言及せず、そのことは『宗節仕舞付』（同『観世流古型付集』）の場合も同様である。しかるに、正保三年（一六四六）奥書の『中村正辰仕舞付』（同『金春安照型付集』）には、少進と同様の型付を記すほか、別項を立てて「扇ひらきながら、井筒のはたのすゝきおしあけ」て井筒の中を見るという。『観世流仕舞付』（書陵部本）では、薄の位置は手前右角、別に先方右角の場合もあると記す。

(3)は正保四年の刊記をもつ『舞台抄』（同『下間少進集』Ⅰ）で、(2)「舞台之図」に基づくが、絵は必ずしも忠実ではない。この場合も、幣つきの注連縄をはりめぐらせているのが(2)と異なる。それについては、彰考館本『能出立之次第』中、「作物之次第」に「井筒ノ前ノ木、右ノ方ニ薄ヲゆいそへ、しめ縄引」とする（注連縄のこと、右『観世流仕舞付』も同様。天野文雄氏の示

(4)

教による)。(3)もまた現実の舞台を反映しているらしい。
(4)は播州福王流伝来と思しい江戸初期の『作り物図』(百済家本)である。井桁は(2)に同様ながら、薄が対角に二箇所に付けられているのが珍しい。これも傍証を得ていないが、もしそういうこともあったのなら、草に埋もれた寺井のイメージを強調したかったのであろうか。ただし、一箇所だけに絞った感覚からすれば、うるささは否めまい。

謡曲《雲林院》考

——改作をめぐる詞章の変遷と主題の転化——

謡曲《雲林院》は、その成立が世阿弥以前に遡る、いわゆる古作の能である。現在、応永三十四年（一四二七）二月の日付をもつ世阿弥自筆の本が遺っているが、そのテキストは、現行形態に異なり、とりわけその後半は、全くちがったかたちとなっていて、自筆本が写された応永三十四年以後の、いつの時期かに大改作が行なわれたことを物語っている。ところで、その改作から、今のかたちに落ち着くまでのユレは、かなりの振幅を持っており、改作、すなわち現行形態というわけではなさそうである。しかも、落ち着いたとみるべき現行諸流の間においても、このような歴史的推移を示す異同をみせている。加うるに、改作——現行形態における筋立ては、何かすっきりしないものを感じさせて、《雲林院》は、問題ある曲と云えるであろう。

小稿では、まずテキストのユレを辿ってみたいと思う。少なくとも、ひとつの流動過程を確かめることは出来よう。その上で、一曲の構想をたしかめ、原型と改作の変化に伴なう、テキストと構想上の関連について検討してみようと思う。

これは、謡曲の個別研究のひとつの試みのつもりである。

一　本文についての考察

(一)

現存するテキストのうち、最も古いものが前記、「世阿弥自筆本」（宝山寺蔵）であることは云うまでもないが、その他、資料としてここに用い得たものを略記すれば、次の通りである。（　）内は本稿における略称を示す。

1　某氏蔵　堀池宗活章句本（宗活本）
2　天理図書館蔵　無署名古写本（天理本）
3　松井家蔵　妙佐本転写本（松井甲本）
4　松井家蔵　無署名古写本（松井乙本）
5　鴻山文庫蔵　菊屋家旧蔵本（菊屋本）
6　鴻山文庫蔵　伝松平伊豆守旧蔵本（伝松平本）
7　能楽研究所蔵　滝川豊前守旧蔵下村識語本（下村本）
8　島原松平文庫蔵　無署名古写本（島原本）
9　能楽研究所蔵　伝光悦自筆本（伝光悦本）
10　能楽研究所蔵　石田少左衛門節付本（石田本）
11　鴻山文庫蔵　大又兵衛本（大又兵衛本）
12　龍門文庫蔵　藤木敦直手写本（藤木本）

13　能楽研究所蔵　下間少進手沢車屋謡本（下間本）
14　能楽研究所蔵　菊屋家旧蔵二番綴本（菊屋二番本）
15　能楽研究所蔵　菊屋家旧蔵五番綴本（菊屋五番本）
16　能楽研究所蔵　廻神甚五郎筆喜多流謡本（廻神本）
17　能楽研究所蔵　上杉家旧蔵下懸謡本（上杉本）
18　鴻山文庫蔵　了随三百番本（了随本）
19　天理図書館蔵　下懸謡本（天理下懸本）

以上のうち1から12まで上掛り謡本、観世流である。室町末期乃至江戸初期の書写、またはその頃の章句を写すものとみられる。

13以下は、16を除き金春流とみられる。また13は、本文のみで節付はない。《雲林院》の場合は、上掛り系のみで本稿の目的に適うと思われるが、参考のため、一往右七本をも掲出した。なお江戸時代の流動を示すものに、鴻山文庫蔵「動塵録」、同「万延元年金春錠次郎筆流外物謡本」、能楽研究所蔵「六徳本系写本」、同「江戸中期写下懸謡本」、同「内外二百番謡本」、等がある。これは版本とともに検討の必要があるが、本稿の目的と直接結びつくものではなく、とりあえず〈第三表〉（一八六頁）にまとめるに止める。

その他に、刊本として、光悦本、古活字玉屋本、黒雪章句仮名印本、元和卯月本、現行四流本（観世、宝生、金剛、喜多）を参考に加えた。

諸本の詳細については、一部を除き、表章氏の『鴻山文庫本の研究』（わんや書店、昭和四十年）及び『能楽研究所蔵書目録解題』が詳しく、ここでは省略に従う。

(二)

稿を進めるにあたり、まず順序として、周知のことながら、《雲林院》の自筆本形態と現行形態の構成を、日本古典文学大系『謡曲集』（上）に従って、対照して示すと、おおむね次の通りである。

自筆本	現行本
① 次第	① 次第
（名ノリ）	（名ノリ）
	サシ
下ゲ歌	下ゲ歌
上ゲ歌	上ゲ歌
② □	② □
③ □	③ □
④ 問答	④ 問答
歌	歌
上ゲ歌	上ゲ歌
⑤ 問答	⑤ 問答
上ゲ歌	上ゲ歌

注（　）は詞章に大きな異同のあることを示す。

⑥　問答
⑨　掛ケ合
⑩　クリ
　　（サシ）
　　下ゲ歌
　　上ノ詠
⑬　サシ
　　一セイ
　　下ノ詠
⑭　掛ケ合
　　歌
⑮　ロンギ

⑥　問答
⑦　上ゲ歌
⑧　下ノ詠
⑨　掛ケ合
⑩　クリ
　　（サシ）
　　クセ
⑪　詠
⑫　ノリ地

右のうち、⑥以下、即ち、中入以後は全く異なった部分であり、比較対照の対象外として、しばらく問題の外に置く。もちろん、①から⑤までにしても、自筆本形態と現行形態とでは語句の異同対照は簡単でなく、そのちがいは極めて大きいのであるが、構成そのものにおいては殆ど一致すること、右にみられる通りである。ただ一箇所、ワキの公光が、夢に、高貴の男女が『伊勢物語』を持ち、かつ、都紫野の雲林院を尋ねるべく示された話を語る部分が、自筆本では①名ノリの中で語られるのに、現行形態は⑤問答の部分に転置されていることが注目される。

具体的にこれを示せば、自筆本①名ノリは、

これは津の国芦屋の里に公光と申す者なり、われ若年のいにしへ、さるおん方より伊勢物語を相伝し明け暮れ玩び候、ある夜の夢にとある花のもとに束帯給へる男、紅の袴召されたる女性、かの伊勢物語の冊子をご覧じて、木蔭に立ち給ふをあたりにありし翁に問へば、これこそ伊勢物語の根本在中将業平、女性は二条の后、所は都紫野の雲の林と語ると思ひて夢覚めぬ、あまりにあらたなりつる夢なれば、急ぎ都に上りかの所をも尋ねばやと思ひつつ

とあって、次の下ゲ歌につづいている。これに対し現行形態は、観世流の場合で云えば、この部分が、

これは津の国芦屋の里に公光と申す者にて候、われいとけなかりし頃よりも、伊勢物語を手馴れ候所に、ある夜不思議なる霊夢を蒙りて候程に、唯今都に上らばやと存じ候

とあってサシにつづき、⑤問答にいたって、この名ノリ前半と同文、但し点線の部分以下が、「或夜の夢にとある花の蔭よりも……」と、夢の有様を物語る構成をとっている。ところで、ここに極めて注目されるのは、現行形態をとる前記諸本のうち、1宗活本、2天理本、3松井甲本、4松井乙本の四本は、この夢の話が、①名ノリと、⑤問答の両方の部分に重複して語られるという特徴を持っていることである。即ち、①名ノリにおいては、

前記点線部分が、「或夜の夢にとある花の蔭より」となって夢の話となり、その終わりが「余りにあらたに候程にただ今都に上り候」とあってサシにつづく。また⑤問答では、現行テキストに殆ど一致する。このことから、夢の話の有無が、もし、〔①アリ⑤ナシ〕→〔①アリ⑤アリ〕→〔①ナシ⑤アリ〕への推移を物語るものとすれば、かかる中間的性格を持つ右の四本は、自筆本形態から現行形態への過渡的段階を示すものとして、極めて注意されるものであろう。

果たしてこの四本は、その他の古本写本間においていかなる位置を占めるのか、また、その他の古写本は、この四本とどう関係するのか。これを検討するについて、まず、さきに掲げた諸本の主たる異同を対照してあらわせば、ほぼ次の表の如くである。

第一表

構成小段	①				
	イ				ロ
	1	2	3	4	1
異同部分	われいとけなかりし頃よりも	……………より	……………ときより も	われ	ある夜不思議なる霊夢を蒙りて候程に
1 宗活本	○				
2 天理本		○			
3 松井甲本		○			
4 松井乙本		○			
5 菊屋本			○		○
6 伝松平本	○				
7 下村本	○				
8 島原本	○				○
9 伝光悦本	○				
10 石田本	○				
11 大又兵衛本	○				
12 藤木本	○				○
13 下間本		○			○
14 菊屋二番本		○			○
15 菊屋五番本		○			○
16 廻神本		○			
17 上杉本				○	
18 了随本				(注)	
19 天理下懸本				(注)	
A 光悦本	○				
B 古活字玉屋本	○				
C 黒雪仮名印本	○				
D 元和卯月本	○				
E 観世流	○				○
F 宝生流	○				○
G 金剛流	○				○
H 喜多流				○	
備考	ヌをも参照。		(注)「われ」以下なく、(ロ3)につづく。六徳系写本も同じ。		

		2	……………の……………	○○ ○○○		○○○○		(注)次に「夢の不審の為」とある。
		3	…………の夢を見て候程に		(注)○		○	
	ハ	1	唯今都に上らばやと存じ候	○○○		○○○○	○○	(注イ)「先々都に上り候」 (注ロ)「都に」が「都へ」となる。
		2	………へ上り候		○○○		○	
		3	此度思ひ立ち都に上り候	(注イ)○○○ ○	○○○(注ロ)		(注ロ)	
②	ニ	1	遥に人家を見て…即ち入るなればと	○(注) ○○○○○ ○	○ ○○○	○	○○ ○	(注)「と」補。
		2	………………入るなれば	○○○ ○	○○○	○○○	○	
③	ホ	1	誰そやう花折るは	○ ○○○ ○○○○	○○	○○○○	○○○○	1には「誰そや」「誰そ、や」を含む。 (注)「を」補。
		2	………花を折るは	(注) ○○○	○○○○○			
④	へ	1	枝ながら手折れば	○○○○○○○	○○○	○○○○	○○○○	(注)「御身は折れば」とあり、脱か。
		2	……折れば	○○○○○	(注) ○○○			
	ト	1	千金にかへじとは	○(注) ○○○○○○	○○○	○○○○	○○ ○	(注)「す」ミセケチ、「し」傍書。
		2	千金にも………		○○○○		○	
		3	千金にかへずとは	○○○○				
	チ	1	げにげにこれは御理花物いはぬ色なれば	○ ○○(注ニ)	○(注ホ)(注ホ)	○○	○○ ○	(注イ)「そ」ミセケチ、「こ」傍書。 (注ロ)「こ」傍書。 (注ハ)「は」傍書。 (注ニ)「色なれど」 (注ホ)「色ながら」
		2	………これも………	○○○○○○ ○○(注ハ)	○○○ ○	○○	○	
		3	………それも………	(注イ)(注ロ)				
	リ	1	人にて花をこひ衣	○ ○○○		○○○○	○○○○	

⑤

	2	…………こひ衣の	○○○○○○○ ○	○○○○○○○			
ヌ	1	稚かりし頃よりも	○ ○○○ ○○ ○○	○○○○○	○○○○	○○○○	イをも参照。
	2	………頃より	○ ○	○○			
	3	…………時よりも	○○				
ル	1	手馴れ候所に	○○○○○ ○○○○○	○○(注ロ)○	○○○○	○○○○	(注イ)「…ゆへに」 (注ロ)「に」ナシ。
	2	………て候所に		○○○			
	3	………候ゆへ	(注イ)○				
ヲ	1	或夜の夢に	○○○○○○ ○○○	○○○○○	○ ○	○○○○	
	2	……霊夢に	○○	○○	○○		
ワ	1	とある花の蔭よりも	○○○	○○○	○ ○○	○○○○	
	2	…………より	○○○○○○○○ ○	○○○○	○		
カ	1	東帯給へるをのこ	○○○ ○ ○	○○ ○○○	○○	○○	
	2	……し給へる……	○○○○○ ○ ○	○○	○○	○○	
ヨ	1	伊勢物語の草紙を持ち佇み給ふを	(注) (注)○○○○○	○○ ○	○○○○	○○	(注)「持ち御覧じ」
	2	………御覧じ……	○○○○○	○			
	3	………御覧じて…		○○○		○○	
タ	1	余りにあらたなる事にて候程に	○○○○○		○○ ○	○○ ○	
	2	…………に候程に	○○○○○○○	○○○○○○○	○	○	

	レ	1	今宵はこゝに臥し給ひ別れし夢を	○ ○○○○(注ロ)	○○ (注ハ) (注ニ)○	○○○○	○○ ○	(注イ)「今夜は」(注ロ)「…給ひて見馴れし夢を」(注ハ)「休み給ひ」(注ニ)「旅居して」
		2	………木蔭に………………	○○○○○(注イ)	(注ハ) ○		○	
	ソ	1	嬉しやさらば…………	○○○○○ ○○○○	○○○○○○○	○○○○	○○○○	
		2	………さては…………	○○ ○				

この異同対照表は、諸本間における異同のすべてを掲出したわけではなく、極端に少ない異同、また、明らかに誤写、もしくは恣意に基づくと思われるものなどについて省略したものがある。もちろんこの表においても、それらが含まれている可能性はあろうが、それにしても、容易には系統を辿り難いほど複雑な出入りを見せているのである。しかしそのうちで、その特徴的な形態のゆえに、現行形態への過渡的形態を示すかと見当づけた1・2・3・4の四本をとりあげることが、解明への手掛りを与えるであろう。

(三)

1宗活本は、今春、三都古典連合会に出品されたものであり、各冊とも巻末に署名花押をもつ。その花押は、鴻山文庫蔵等の宗活章句本に見えるものと一致し、節付は宗活の特徴を全く備えている。但し、その書写は新しいと思われる。堀池宗活は『四座役者目録』に、観世小次郎元頼の弟子という。したがって、そのテキストを、一往は元頼系章句であるとみてよいと思われる。いま一往と限定を加える意味は、7下村本との関係においてである。下村本は、その末に宗巴章句を写す旨の識語（『能研目録解題』のＦ項参照）をもっており、宗巴は同じく元頼の弟子であるから、このテキストもやはり元頼系章句と考えてよいわけであるが、第一表によって見られる通り、この両者にかなりの異同が見出されるのである。何故そうなのかは、いま明らかにし難いが、両者を元頼系とみる限り、その基づくところに、時代的変遷、または補訂等による加筆、あるいはその権威の強弱などが原因するのであろうか。

2天理本は、『天理稀書目録』三の一九八五によって知られる通り、所依を記しているものを数多く含む写本群であり、室町末期の章句の状態を知る好資料である。そのうちでは、弥次郎長俊、小次郎元頼に基づくものが比較的多いが、しかし、大夫系や金春系その他をも含んでいる。ただ惜しむらくは、《雲林院》にはその所依を示していない。したがって、その限りにおいては系統不明としなければならない。

右二本に対し、八代の松井家蔵本は、とりわけ3甲本に記された識語によって、その素姓を知ることが出来る。即ち、本文の後に次のように記しているからである。

慶長三年霜廿三日、以妙佐直之。彼本、大和宮内入道宗恕、宗節御本ニテ被レ直本ニテ被レ直由也。

即ち、大和宮内入道宗恕が、宗節本によって訂正を加えた本によったのが妙佐本であり、それを写したのが松井甲本である。したがって、この本を以て宗節系章句とすることは、まず間違いないところであろう。4松井乙本については、このような素姓を語るものはないが、第一表によってわかる通り、松井甲本と殆ど一致する。

さて、右四本について、その性格を主として外部徴証に求めるとき、以上のように、宗節系と元頼系という、室町末期観世流テキストの二系統を含むものであったが、そのことの確認、およびその特徴を明らかならしめる意味で、四本に関する対照を示せば、おおむね第二表の通りである。

第二表

	第一表との関連	異同部分	3 松井甲本	4 松井乙本	2 天理本	1 宗活本	参考 7 下村本	参考 5 菊屋本
a	イ	われいとけなかりし頃より				よりも	よりも	時よりも
b		とある花の蔭より	よりは					
c		束帯し給へるをのこ				おとこ		
d		伊勢物語の草紙を御覧じ佇み給ふを			ナシ	ナシ		
e		あたりにありつる				ける		
f		在中将	在原在			在原		
g		紫野雲の林				の		
h		見えて夢は覚めぬ				見て		
i	ニ	即ち入るなれば			なればと	なればと	なればと	
j	ホ	花を折るは	ナシ	ナシ	を補	ナシ		ナシ
k		花を散らすは鶯の	ナシ	ハ	ハ補			ナシ
l		松のひゝきか人か	人か	ナシ	人か補			
m		花な惜しみ給ひ候ぞ				ナシ	ナシ	ナシ

n	へ	枝ながら折れば				手折れば		
o		春風は		に				
p	ト	千金にかへずとは			ずし	し	し	
q		折らせ申す事候まじ				事は	事は	
r	チ	これも御理	ぞこ	そこ			これは	
s	リ	こひ衣の				ナシ		
t	ヌ	いとけなかりし頃よりも			ナシ		時よりも	
u		召されたる女性			女房	女房		
v	ヨ	持ち御覧じたたずみ給ふ	ナシ	ナシ	ナシ			ナシ
w		あたりにありつる				ける		
x	レ	今宵は木蔭にふし給ひ				ここ		

第一表・第二表でわかるように、1・2・3・4本に固有の――あるいは、5・6・7・8あたりとも共通のかたちを、一往古形と考えると、1宗活本は、原則的には古形ながら、異同部分にかなり乱れのある点（censtwxなど）が目立つ。しかしながら、一方、1宗活本と2天理本にのみ持つ特徴（diklpru）もまた顕著であり、しかもそれが、7下村本とも共通する特徴である点（ikp）を含んで、両本を同系のテキストであるとみてよいのではなかろうか。とすれば、さきにみたように、宗活か元頼の弟子であること、天理本のうちに元頼系の本に基づくものが比較的多いこと、などから、この系統を元頼系と考えてよいわけである。それとも

に、34松井本が宗節系であるとすれば、これらに極めて近い5菊屋本もまた、同じ系統のテキストと認めてよかろう。

このことを、詞章の上の異同とは別に、役の分担と、その節と詞の交替の面について、特に顕著な部分を、四本を中心に整理すると、ほぼ次の通りである。

(A)　①それ花は乞ふも盗むも心あり　②とても散るべき花な惜しみ給ひそ

①コトバ②コトバ
1・2・6・7・9・10・11・18・19・版・上・剛

①フシ②コトバ
3・4・5・8・14・15・喜

(B)　①何とて素性法師は見てのみや人に語らん桜花　②手毎に折りて　③家苞にせんとは詠みけるぞ

①コトバ②③フシ
3・4・5・8・14・15・18・19・宝・剛

①②コトバ③フシ
1・2・6・7

①②③コトバ
9・10・11・版・観・喜

(C)　①軽漾激して影唇を動せば　②われは申さずとも　③花も惜しきと　④云つべし

①シテコトバ②シテフシ③ワキフシ④シテフシ
　11・14・卯・上・下
①シテコトバ②シテフシ③④ワキフシ
　1・7・8
①シテコトバ②ワキフシ③④シテフシ
　3・4・5・6・9・15・光・玉
①シテコトバ②③ワキフシ④シテフシ
　18・19・黒
①シテフシ②ワキフシ③④シテフシ
　2・10

(D)　①いや　②我が名を何と夕映の　③〱
①②シテ③地
　1・2・3・4・5・7・8・9・14・15・18・19・光・玉・下
①シテ②③地
　3朱・6・10・11・卯・黒・上

(E)　①そも〱この物語は如何なる人の何事によって　②思ひの露を……
①②地
　1・2・3・4・5・6・7・8・9・14・15・19・光・玉・下

①シテ②地
10・11・18・卯・黒・上

(F)
①まづは弘徽殿の細殿に ②人目を深く忍び ③心の下簾の……
①②シテ③地
1・11・18・19・卯・黒・上
①シテ②③地
2・3・4・5・9・14・15
①②③地
6・7・8・光・玉

以上、(A)～(F)の六箇所についてみるとき、宗節系と推定する3・4・5三本は、ともに同形態を示している。これに対し、元頼系の1・2・7三本間に共通するのは、(A)(B)(D)(E)のみであって、(C)と(F)について、いずれかの本のユレを想定せざるを得ないのである。しかし、(D)(E)を除いても、この両系に比較的に一線を画し得る点で、右の推定を一往裏付けることが出来るであろう。

かくて以上の推論から、上記四本を以て、自筆本形態から現行形態へ移る、室町中期から末期にかけての過渡的形態を示す二系統のテキストとして位置づけることが出来るとすれば、次に、その過渡形態から現行形態へ落ち着く時期を絞ることは出来るであろうか。

その場合、3松井甲本の識語に慶長三年（一五九八）の年記を持つことは、ひとつの目安となろう。さらに11

大又兵衛本は、末に「慶長十六年正月日」の日付を持ち、それが本文とは異筆で、書写の日付を示すものではないらしいが、しかし、その時以前に現行形態へ移っていたことを示す日付としての意味をもつものではある。とすれば、慶長三年から十六年までの間が、いま問題とする時期として考えてよいであろうか。

厳密に云えば、わずかな資料、それも観世流テキストについてのみの推論であり、このことを、他のすべてのテキストに及ぼし得るかどうか、また、観世の場合にしても、宗節系、元頼系ともに、この時期と断定し得るかどうかに、なお問題は残ろう。たとえば、金春系テキストの場合についてみるとき、13下間本以前に遡るテキストを持たぬ現在、このような過渡的形態の存在の有無は不明であり、《井筒》の場合のように、室町期金春古写本が、部分的に固有の詞章を持っているような可能性を、ないと断定しがたい事情もからんで来よう。しかし、《雲林院》は、下掛り系においては極めて遠いもののようである。古写本の皆無であること、車屋本は版本系になく、写本もわずかに下間本のみが収めるものの、それも節付等を欠くこと（但し、『謡抄』には入っている）、江戸時代になっても、寛文書上はすべてに欠き、元文、天保の書上にも金春流はこれを欠くこと、また現行曲にも金春流は欠いていることなどが、このことを物語っている。したがって、下掛り系テキストとしては、《雲林院》の場合、最も古い資料としての下間本が、道晰自筆と認められながら、第一表にみられるように、異同の型として、観世系の型を出るもののないことなどをも支えとして、現段階としては、現行形態への移行の時期を、おおよそ右のように見当づけてよいのではないかと思われる。

(四)

以上、詞章の変遷を、仮に過渡形態と名付ける前記四本を中心に検討したわけであるが、それでは現行形態をとってからの場合はどうか。異同の語句、およびその異同の出入りの型を追求して行けば、原理的には変遷を跡づけられそうであるが、実情は必ずしもそのように簡単ではない。それぞれのテキストの権威をどう認定するか、ということと併行して処理しなければならないからである。まして江戸時代には、基礎資料としての版本がチェックされなければならない。また写本群においても、さきに掲出したいくつかの表に関連して、たとえば江戸期下掛り諸本のユレ、それらと現行下掛り流儀との関係、伝光悦本と光悦本、石田本と元和卯月本、あるいは古刊本、さらにそれらと現行観世流との関係、伝松平本、島原本、藤木本などの性格など、単に一曲のみの分析でなく、それを含んだ総合的立場での検討が要求されるであろう。もちろん小稿においては、まだ十分の用意もないし、またそのことを目的とするつもりもなかった。ただ前記資料について、前表にとらなかった異同を、さしあたり関連資料として参考に付すに止めたい。

第三表

構成小段	①	③	④
	a	b	c
異同部分	われいとけなかりし頃よりも　↓ナシ	花を散らすは鶯の羽風に落つるか｜　↓「か」ナシ	おことは　↓御身は
1 宗活本		○	
2 天理本			
3 松井甲本			
4 松井乙本			
8 島原本			○
9 伝光悦本			
11 大又兵衛本			
13 下間本			○
14 菊屋二番本			○
15 菊屋五番本			
16 廻神本			
18 了随本		○	
12 藤木敦直筆本			
六徳本系写本	○		
江戸中期下懸本			
流外謡物			
19 天理下懸			
観世流			
宝生流			
金剛流			
喜多流			
備考			

番号	記号	本文			注
	d	風よりもなほ憂き人よ　↓や		○○○○○	
	e	折らせ申す事は候まじ　↓「は」なし	○○○	○	
	f	げにげにこれは御理花もの云はぬ色なれば　↓ど	○	（注1）○	（注1）廻「共」
		……理也……色ながら		○○	
⑤	g	御身は何方より来り給ふぞ　↓……いづく……	○	○○ （注2）（注3）○○○ （注3）	（注2）「いつくより何方へ御通り候ぞ」 （注3）「いつくより来れる人ぞ」
	h	これは津の国　↓さん候これは……		○ ○○	
	i	あたりにありつる翁に問へば　↓ける	○	○ ○	
	j	これまで参りて候　↓はる〳〵これまで……		○ （注4）○	（注4）「扨是まで」
	k	今宵はここに臥し給ひ別れし夢を↓……休み給ひ……		○	
		↓……旅居して……		○	
		↓……木蔭に休み給ひ……		○	
		↓……ここに臥し給ひて見馴れし夢を……		○	
	l	夕べの空の一かすみ　↓……雲の……		○ ○	
⑬	m	いで〳〵さらば語らんと　↓……とて		○ ○	

《雲林院》が、(P)自筆本形態―(Q)過渡形態―(R)現行形態と推移する段階で、最も大きな変化は、云うまでもなく(P)から(Q)である。この時、①にサシが加わり、⑦⑧が加わり、⑨が改作され、⑩のサシ以下が新たに作り加えられて、後半が全く別の曲になったのである。その時期については、推定の手掛りもないが、世阿弥以後の、し

かもさほどへだたらぬ時期に成立したのではないかと考えられるふしが、改作の態度からうかがえるように思われる。かくて、テキストの変遷の経過に関連して、その変化が内容の面でどうかかわるのか、云い換えると、《雲林院》一曲の内容からみた構想と構成は、自筆本形態と現行形態においてどのように確かめられるか、また、そのことによってこの二形態はどう関連するか、を次節で検討したいと思う。

二　構想についての考察

(一)

《雲林院》の構想を考える上で、重要な手掛りがいくつかあるように思われる。そのうちの主柱をなすものは、いうまでもなく、素材——本説としての『伊勢物語』であろうが、それを後に譲って、はじめにその他の二、三の問題点について触れておきたい。

まず、ワキが芦屋に住む公光なる人物であること。公光を仮託の人物とするのはほぼ定説の観があるが、果たして如何であろう。文献中にも未だその名を見出さないし、郷土史家の云う、公光屋敷の趾とか、子孫に山村姓のあること（芦屋史談会発行『芦屋郷土誌』）などは、もちろんその実在を示すことにはならないが、一般的に云って、ワキが固有名詞であることの意味を、等閑に付してはならないのではないかと考えている。それはともかくとして、住所が芦屋であることは、あるいは業平と芦屋の里との関係（たとえば『伊勢物語』八十七段）をふまえてのこととも考えられよう。そして、公光が業平と二条后を夢み、「所は都紫の雲の林」と示されるについては、自筆本が「雲の林とは雲林院候、これこそ二条の后の御山荘の跡にて候へ」とシテに語らせていることによって脈絡がつながる。作者は雲林院と二条后との関係をこのように把えていたのである。ただこのことがいかなる根拠に基づくのか、今はまだ詳らかならぬことのひとつとして残さざるを得ない。『伊勢物語』関係の諸文献にも、これについて触れるところはないが、あるいは末流の注の俗解を想定する可能性はあろう。これをも作者の仮構とするのはいかがであろうか。

いったい、神仏に祈請を籠め、あるいは夢中に示現される秘伝相承のかたちは、中世における一つの類型でさえあり、それをふまえて、芦屋から雲林院に上った公光が、二条の后・業平を通じて『伊勢物語』の昔を見聞くこととなれば、《雲林院》一曲の構想の骨子は、もはやそれだけで殆どが成ったと云えよう。ところで、雲林院がその場所として設定されれば、骨組に肉付けする段階――世阿弥のことばを借りれば、能を書くにあたって、縁によるべき詩歌の言葉を取りあてがいて書くために、素性法師の歌が用いられたのは極めて当然であった。いうまでもなく、大和石上の良田院に移る以前、雲林院に住んでいたことの縁によるわけであるが、しかも、ここに用いられた素性法師の歌は、単なる引歌に止まらぬ重さを持つのである。試みに《雲林院》前半のうちの引歌を示せば、次の通りである。

(イ)　難波津に咲くやこの花冬ごもり今は春べと咲くやこの花
(ロ)　木伝へばおのが羽風に散る花を誰におほせてこゝら鳴くらん
(ハ)　見てのみや人に語らん桜花手ごとに折りて家苞にせん
(ニ)　春風は花のあたりをよぎて吹け心づからやうつろふとみん
(ホ)　見渡せば柳桜をこきまぜて都ぞ春の錦なりける
(ヘ)　ほのぼのと明石の浦の朝霧に島がくれゆく舟をしぞ思ふ

以上六首のうち、(イ)は、①上ゲ歌の「あたりを問へば難波津に、咲くや木の花冬ごもり、今は現に都路の」と、道行に難波の縁で引かれたものである。また(ヘ)は、中入直前⑤上ゲ歌「わが名を何と夕映えの、〳〵、花をし思ふ心ゆへ」について、自筆本が「何と夕映えの」ではなく、「今は明石潟」であるところから、『古今集』が収める(ヘ)について「明石……舟をしぞ思ふ」から、舟を花にもじったものと、日本古典文学大系『謡曲集』（上）においで指摘されたものである。以上の二例は、その他の例とかなり性格を異にしており、いまこれを考慮の外におくとすれば、花争いについて、(ハ)の歌に対する反証として挙げられた(ニ)の藤原好風の歌以外は、すべて素性の歌が関与していることになる。たとえば、③問答の「花を散らすは、鶯の羽風に落つるか松の響か、それかあらぬか」は、『謡曲拾葉抄』以来諸家の注に、すべて、『千載集』六条顕輔の「梅が枝にふりつむ雪は鶯の羽風に散るも花かとぞ見る」を引歌とするように説明されていたが、自筆本が「枝を木伝ふ鶯の羽風か松の響か人か」とあるによって、前記『謡曲集』（上）に、『古今集』素性の(ロ)を示されたのは、表章氏の適確な指摘であった。

このように、雲林院と花の縁によって、素性の歌が生かされていることは、単なる修辞上の方法というよりは、むしろ花争いの主題そのものを構成する要素となっているというべきであろう。事実、自筆本《雲林院》では、本来の主題たるべき後半への導入という意味合だけではなく、前半のこの花争いが、全体として副主題としての重さを持つと云えるであろう。そして、このことがまた、改作——現行形態への移行に際して、後述するように、現行形態以外のかたちをとらなかったことにつながるのではないかともみられるのである。

なお、改作によって付け加えられた部分のうち、⑦上ゲ歌において「いざさらば、木蔭の月に臥して見ん、〳〵、暮れなばなげの花衣」というところ、やはり素性の「いざさらば木蔭の月に臥して見ん暮れなばなげの花のかげかは」によることは明らかであり、改作部分が、前段に構想上のつながりをもつ唯一のものである点、改作問題を考える点で極めて注目されるところである。

㈡

《雲林院》の構想をみる上で、最も重要な問題点は、とりわけ自筆本において顕著な、『伊勢物語』との関連である。かつて私は、「謡曲と『伊勢物語』の秘伝」（本巻所収）という小稿において、謡曲に引用されている『伊勢物語』の各段は、決して任意なものではなく、《井筒》の場合でいえば、それら各段が、業平と紀有常の娘の話として理解していた「古注」の説に基づいて構想されたものであることを検証した。《雲林院》の場合もまた同様であると云い得る。⑤問答において、「さては志しを感じ、二条后のこの花のもとに現はれ、伊勢物語をなほなほおことに授けんとのおんことにてぞ候ふらん」というワキのことば通り、後段に到っての『伊勢物語』伝授が焦点であることはいうまでもない。が、しかもそれが、業平をめぐる多くの女性の中でも、特に二条后に焦点が合わされている点をあらかじめ注意しつつ、以下、自筆本《雲林院》後段における『伊勢物語』関連部分を、さきに掲げた段構成に対応させて示し、出来るだけ簡単にその拠り所とすべきものについて確かめておこう。

	構成小段	自筆本《雲林院》	関連する『伊勢物語』の段	備考
イ	⑩ クリ	そもそもこの物語りは、いかなる人のなにごとによつて、思ひの露を添へけるぞと、言ひけんことも理かな		現行本にも
ロ	サシ	まづは武蔵野と詠じ、または春日野の草葉の色も若緑……		
ハ		げにげに伊勢や日向のことは、たれかは定めありぬべき		

ニ		下ゲ歌	武蔵塚と申すは、げに春日野のうちなれや……		
ホ		上ノ詠	武蔵野は、けふはな焼きそ若草の、夫も籠もれりわれも籠もれり	十二段	⑭掛ケ合にも ⑬サシにも
へ	⑬	サシ	夫とは業平ご詠は后を、取り返ししはわれ基経が、鬼ひと口の姿を見せんと、形は悪鬼身は基経か	六　段	
ト		下ノ詠	白玉か、何ぞと問ひしいにしへを、思ひ出づやの夜半の暁	〃	
チ	⑭	掛ケ合	海人の刈る、藻に住む虫のわれからと、思へば世をも恨みぬものを	六十五段	
リ	⑮	ロンギ	年を経て、住み来し里を出でて往なば、〳〵、いとゞ深草野とやなりなん……	百二十三段	
ヌ			野とならば、鶉となりて泣き居らん、〳〵、仮にだにやは君が来ざらん……	〃	
ル			げに心から唐衣、着つつ馴れにし妻しあれば、遥々来ぬる	九　段	
ヲ			恋路の坂行くは、苦しや宇津の山、現か夢か	〃	
ワ			行き行きて、隅田川原の都鳥、いざ言問はん	〃	

イ　三条西家本系、書陵部本『和歌知顕集』の表現が最も近い。但し、それが直接の典拠となったかどうかは、なお詳らかでない（前記拙稿参照）。

ロニホ　『伊勢物語』十二段、ホの歌をめぐる冷泉家流古注の説に基づくとみられる。広島大学蔵『千金莫伝』は、「人の娘を盗て武蔵野へ行と云ハ、長良中納言大和守にて奈良に住ける時、二条后のいまだ内裏へも参り給わで、春日の野中、武蔵塚へ行を云なり。其を武蔵野と云。此武蔵野の故事、日本紀に出たり」として、小野美佐吾の武蔵塚説話を記す。『伊勢物語塗籠抄』（片桐洋一氏「伊勢物語古註考」『国語国文』昭和三十九年四月参照）や、『毘沙門堂本古今集注』なども同様。ちなみに、『和歌知顕集』は続類従本系にこれを欠き、書陵部本は、女を二条后、国司を堀河大納言国経として、武蔵塚については触れるところがない。

ハ　冷泉家流の注、『和歌知顕集』ともにこれを載せる。

ヘト　『伊勢物語』六段を、業平と二条后のこととすること、本文の通り。

チ　『伊勢物語』六十五段のこの歌を、冷泉家流の注は二条后の歌とする。これはいうまでもなく『古今集』恋五、典侍藤原直子朝臣の歌であるが、直子と二条后を同一人と考えるのである（前記片桐氏論文参照）。とりわけ、二条后が業平と逢う事が顕われて、兄の昭宣公に預けられた時の歌とする『毘沙門堂本古今集注』などの説は注目される。なお、『和歌知顕集』は書陵部本に触れるところなく、続類従本は、二条后が直子の歌を借用したというふうに説く。

リヌ　『伊勢物語』百二十三段に基づくのは云うまでもないが、『毘沙門堂本古今集注』が二条后の女御にならぬ以前の歌とするのに対し、『書陵部本抄』『神宮文庫本註本』などが、二条后が、清和天皇の歿後、東山深草に御所を作って住んでいた時のこととするのが注目される。なお、この段は冷泉家流の注といっても、異説極めて多く、五条后（内閣文庫本『古今集注』、彰考館本『伊勢物語抄』）、伏見大納言の娘（『難義抄』）、仲平娘（『神風智顕集』）、有常娘（慶大本『伊勢物語注』、『平安文学研究と資料』翻刻本）とがあり、『和歌知顕集』系はこれを欠いている。

ル　以下、いわゆる東下りの段については、その原因を二条后と逢うことありしゆえとするのが冷泉家流の注である。

以上、ごく概略のみを記したわけであるが、これによっても明らかなように、《雲林院》の場合もまた、『伊勢物語』本文そのものの点綴なのではなく、中世の『伊勢物語』注にみられる如き理解の上に成り立っていると云える。具体的に云えば、それは『伊勢物語』にあらわれた業平と二条后のエピソードの集約であり、とりわけ、六段、十二段、六十五段、百二十三段を年次的に順を追って物語る、いわば二条后物語をあらわすのである。

㈢

自筆本《雲林院》の後半が、右にみてきたように、二条后物語によって一貫する構想に基づくものであることが明らかになったとすれば、加えて、それに対応する前半との関連の一そう緊密であることが確認出来るであろう。業平と二条后が公光の夢に現われること（①名ノリ）、雲林院が二条后の山荘跡であるとすること（⑤問答）、前シテが、二条后が現われて『伊勢物語』を授けるであろうと予言すること（⑤問答）などに密着するからである。『伊勢物語』本文が素姓を隠す各段の物語の、何時「いかなる人の、何事によって」をあらわすことが、冷泉家流の注なり、『和歌知顕集』なりの、いわゆる古注の態度であり、方法であって、二条后が『伊勢物語』を授けることであらわそうとする《雲林院》の意味は、もちろんそれらに基づいた二条后物語の劇化に外ならない。

この場合、作者の理解、つまり作者が基づいた直接の典拠が何であったかは明らかでないが、前記拙稿で《井筒》の場合を検討したように、恐らくはもっと末流俗流の注を予想し得ようし、それは、あるいは雲林院を二条后の山荘跡などと記したかも知れない。それはともあれ、前述した諸注において確認しえた通り、自筆本形態における《雲林院》は、構想上極めてはっきりした主題の一貫性を持っており、そこに構成的矛盾は認め難いと云ってよいのではなかろうか。ただひとつ、⑤問答の末から上ゲ歌にかけて、「その様年の古びやう、昔男となど知らぬ、さては業平にてましますか、いや、わが名を今は明石潟」とつづく部分から、前シテは業平の化身と見えるのに、後場には姿を見せないことによって、自筆本形態さえ改作かとも、また、その前後は現行形態の方が原型に近いかとも疑われたのは、日本古典文学大系『謡曲集』（上）であった。たしかに「昔男」という以上、それは業平以外の何物でもないこと、当時の『伊勢物語』理解の約束事であるから、それを、単に昔の男の意味で解することはあり得ないことであり、それだけに、後半において業平の姿の見えぬことは、改作かとの疑いを抱かせるものではある。しかし、すでにみてきた如く、自筆本形態全体における構想上の一貫性は明らかであって、そのことから、かりに自筆本形態以前の、原型の存在をあえて想定するとならば、それは後半部における業平役の存在を仮定することに止まるのではなかろうか。自筆本形態における後シテが、基経であることは明らかであるが、⑬サシ、⑭歌におけるシテ役を除いては、そのままでも業平役であって差し支えないとは云えよう。つまり、原型が、基経・二条后・業平の三人を登場させていたものを、手を加え整理して業平を除いたのが自筆本形態であるともみられるわけである。もちろん、これはかりに原型が存在するならばとの仮定であって、何等根拠のあることではない。『申楽談儀』が金剛所演のさまを、「雲林院の能に『基常の常無き姿に業平の』とて、松明振り上げ、きといなりし様、南大門にもうてざりし也」と記しているのによれば、自筆本形態に一致して、基経がシテであることは明らかである。「昔男」の用法を超えて、筋立ての一貫性のゆえに、大幅に変わる原型の存在は予想し難いように思われるのである。

(四)

さて、自筆本形態からの改作にあたって、右にみて来た諸点との関連で、最も目立つのは、二条后にあてられていた焦点が全く後退したことである。後段は云うまでもないとして、前段においても、⑤問答において「これこそ二条后の御山荘の跡にて候へ、さては志しを感じ、二条后のこの花のもとに現はれ、伊勢物語をなほなほことに授けんとのおんことにてぞ候ふらん」というかたちから、「さては御身の心を感じつつ、伊勢物語を授けんとなり」というかたちに改められたのは、単に、簡略化、類型化へ進んだということではない。雲林院と二条后との由縁をあらわさず、二条后による伝授の予言を除いたことは、つまり、後段への伏線として重要な意味を持つ部分すべてを削除したことは、後段が二条后物語をあらわさぬ以上は当然とも云えようが、同時に、それによって《雲林院》一曲の主題が全く異なるものとなってしまったわけで、その章味では別作とさえ云い得るものとなってしまった。ただそれがかろうじて改作の名につながるのは、極端に云えば、さきに副主題と呼んだ花争いと、それをめぐる素性法師の和歌が、すでに述べたように後半へのわずかな紐帯となっているからである。

もちろん、ワキ公光が、雲林院に上って伊勢の伝授を受ける基本の型まで変更しているわけではない。しかし現行形態における後段において、前段を受けるべき伊勢の伝授の内容が全くない。つまり、後シテを業平とすることを除いては、『伊勢物語』に関連するところが、あるいは第六段の注に基づくかともみられる⑩クセの「そもそも日の本のうちに名所といふことは、わが大内にあり、かの遍照が連らねし、花の散り積もる、芥川をうち渡り、思ひ知らずも迷ひ行く」に限られており、しかもこれが拠り方の不完全さのゆえに、果たして何かに基づいたのかどうか、また、基づくものがあったとしたら何か、を明らかにし得ないのである。まして、⑩サシ「まずは弘徽殿の細殿に」とする場面設定は、「如月やまだ宵ながら月は入り」「忍び出づるや如月の」など、二月の強調とともに、それを二月二十日あまりのこととする『源氏物語』花宴の光源氏と朧月夜の内侍との話に入り交って、業平と光源氏との重なり合った人物が、桜花の縁で現われるに過ぎず、キリに「かく現はせるいにしへの伊勢物語」とは云うものの、その実は、本説を全く欠いてしまっているのである。云いかえれば、伊勢の伝授である筈のものが、主人公としての業平の昔の姿をあらわすことにすり変わったと云ってよい。だから、筋立てとしての焦点は、必然的に前段の花争いにかかり、花にひかれた後シテ――すでに幽玄な人体なれば誰にても良い某が、類型的に序の舞を舞えば、能としての体裁は整うかわりに、筋立ての一貫性は失われて、中途半端な構成とならざるを得なくなったのであろうが、しかしそれが改作に伴なう必然的結果では決してない。たとえば、鬼の能から幽玄能への改作の例としての《融》がある。《雲林院》が、改作なるが故に不統一性を露出したのではなく、やはり改作者の問題に帰するものであろう。

いわゆる業平物のうち、《雲林院》と共通の基盤を持つものに《小塩》があり、《右近》もこれに加え得ようか。単に桜花を背景とするということではなく、そのようなかたちであらわされる幽玄性ということであろう。いかにも粗雑な云い方であるが、世阿弥流の幽玄性志向の原則が、《雲林院》改作にあたっても大きく働いていると考えられるのである。自筆本形態のやま場のうち、前半の④が生かされて、あるいはそれを生かすために、後半の⑬⑭がそれと異質のものであるがゆえに切り捨てられ、作り変えられたとすれば、その改作は、幽玄能を確立した世阿弥以後であって、しかも、世阿弥その人ではない。例えば《井筒》などとは、その方法以前の問題として、態度の次元を異にするからである（前記拙稿参照）。但し、その改作が、幽玄能への統一を志向した結果の所産であるという意味で、いわゆる世阿弥グループにつながる者とだけは云えるのではなかろうか。

いま、右の結論以上に出るものはないわけであるが、ただひとつ付け加えるならば、《雲林院》の改作に関連して、自然想起される《小塩》についてである。《小塩》の後シテが「月やあらぬ」の詠によって登場する業平物の類型的一致もさることながら、二条后をはじめとして、ありし代に契りし人の様々を物語り、序の舞を舞う構成は、その背景にやはり桜を負って、《雲林院》後段に応用することも可能であるし、『伊勢物語』を授ける意味あいからは、現行形態が二条后にかかる重さの殆どなくなったかたちであることを考えるとき、むしろその場合の方に一貫性を認めたい程である。《小塩》が成立していたから《雲林院》がこのようなかたちをとったとも、《雲林院》によって《小塩》が成ったとも、いま云えることではないが、作者が同じという意味ではなくとも、改作についての、ひとつの鍵がひそむのではあるまいかと思われる。

謡曲《杜若》考
——その主題を通して見た中世の『伊勢物語』享受と業平像について——

一

謡曲《杜若》は、『伊勢物語』九段、有名な三河国八橋で、かきつばたの五文字を句のかみにすえて歌を詠んだ物語に基づいて作られたと信じられて、いまだ異説のあることを聞かない。しかし果たしてそう考えてよいのだろうか。

旅の僧（ワキ）が、三河国に着いて今を盛りと咲く沢辺の杜若をながめていると、里の女（シテ）が現われて「これこそ三河の国八橋とて、杜若の名所にて候へ」と教え、さらに、

(A)さすがにこの杜若は、名に負ふ花の名所なれば、色も一入濃紫の、なべての花の由縁とも、思ひ擬へ給はずして、とりわき眺め給へかし、あら心なの旅人やな

と難じ、さらにその謂れを尋ねられて、

(B)伊勢物語に曰く、此処を八橋と云ひけるは、水行く川の蜘蛛手なれば橋を八つ渡せるなり、その沢に杜若のいと面白く咲き乱れたるを、或人かきつばたと云ふ五文字を句の上に置きて、旅の心を詠めと云ひければ、

　唐ころも著つゝ馴れにし妻しあれば、遥々来ぬる旅をしぞ思ふ、これ在原の業平の、この杜若を詠みし歌なり

と語るのであるが、たしかにこの(B)の部分が『伊勢物語』九段の前半に基づくことは疑いない。いわゆる業平東下りに関連しては、本曲後半部のクセにおいても、

(C)然れども世の中の、一度は栄え、一度は、衰ふる理の、真なりける身の行方、住所求むとて、東の方の行く雲の、伊勢や尾張の、海面に立つ波を見て、いとゞしく、過ぎにし方の恋しさに、うらやましくも、帰る波かなとうち詠め行けば信濃なる、浅間の嶽なれや、くゆる煙の夕景色、さてこそ信濃なる、浅間の嶽に立つ煙、遠近人の、見やはとがめぬと口ずさみ、なほ遥々の旅衣、三河の国に着きしかば、此処ぞ名にある八橋の、沢辺に匂ふ杜若、花紫の由縁なれば、妻しあるやと、思ひぞ出づる都人

という部分が、『伊勢物語』七段、八段によるものであることも云うまでもない。だから本曲が『伊勢物語』に基づいているとする従来の考え方が誤りだとは決して言うつもりではないのであるが、しかし(B)なり(C)なりの部分が《杜若》一曲を組みたてる最も肝心な部分かというと、どうもそうとは思われないのである。言い換えると、『伊勢物語』に関連して、しかも『伊勢物語』では語られていないところに、本曲の狙いがあるように思われる。

『伊勢物語』に題材を求めた謡曲は、『伊勢物語』そのものではなく、中世における『伊勢物語』の読み方、たとえば冷泉家流の古注だとか、『和歌知顕集』、あるいはその末流、俗流の伝書にあらわれているような解釈に基づいていることを、かつて具体的に検証したことがあった。たとえば《井筒》では、その曲中に引用されている『伊勢物語』の各段は、すべてそれが業平と紀有常の娘との物語として理解していた中世の解釈に基づくものであった(1)し、《雲林院》の場合でも、世阿弥自筆本詞章は、同じ意味で、業平と二条后の物語で一貫されていた。(2)

それらと同じような事情は、本曲の場合にも見られるようである。しかもただそれだけではなく、右にあげた曲とは、作品の構想、あるいは性格といったものが、かなり大きく異なっているようで、そこに本曲における極めて特徴ある一面を見ることが出来るのである。それがどういう点であるかを、しばらく曲に即して辿ってみよう。

二

旅僧をわが家へ誘ったシテは、冠・唐衣を着してあらわれ、

(D)これこそこの歌に詠まれたる唐衣、高子の后の御衣にて候へ、又この冠は業平の、豊の明の五節の舞の冠なれば、形見の冠唐衣、身に添へ持ちて候なり

といわれを説いている。その昔、業平を偲んでは、サシ――(C)の直前――で、

(E)昔男初冠して奈良の京、春日の里に知るよしして狩に往にけり、仁明天皇の御宇かとよ、いとも畏き勅を受けて、大内山の春霞、立つや弥生の初めつ方、春日の祭の勅使として透額の冠を許さる、君の恵みの深き故、殿上にての元服の事、当時その例まれなる故に、初冠とは申すとかや

とも述べている。このように示された業平の伝記は、もちろん『伊勢物語』の中にみえることではないし、またそれが史実かどうかを探ることも無意味であろう。何故ならば、史料的な裏付けが無意味・不可能だというばかりでなく、史実を離れて仮構されたこのような業平伝が、『伊勢物語』の古注の世界で成立していたのであり、業平が三月の初め春日祭の勅使となること、その為に仁明天皇の内裏において元服したことなども、実は冷泉家

流の『伊勢物語』一段の解釈において説いていることなのである。『謡曲拾葉抄』は、「冷泉流伊勢物語注云」として、

承和十四年三月十三日、業平春日祭の使に行也。かりと云は仮初の儀也。是は五位の検非違使の行使也。業平は親王の子なれば、此使をすべきにはあらね共、時のきらにつきて仮初の使に行也。

とも、また、

業平十一より東寺僧正真雅の弟子にて有けるを、十六の歳、承和十四年三月十一日、仁明天皇の内裏にて元服する也。此時業平は五位無官にて、左近太夫といふ。

とも引用している。『拾葉抄』が拠った注が明らかに冷泉家の注であることは、たとえばその引用を、広島大学蔵『千金莫伝』に引きあてるとき、三月十三日を三月三日、三月十一日を三月二日とするほかは、後に掲げた対照表にみられるように、多少の字句の増減はあるにせよ殆ど一致することで確かめられる。それとともに(D)についても、『拾葉抄』が「五節は女の舞なり。然るを、業平五節をまふ事いぶかし」というにもかかわらず、やはり典拠はあったのである。宮内庁書陵部蔵『伊勢物語難義注』は、「一、五節中将といふ事」として、

むかし、とよのあかりのせちへのとき、なりひらは五せちのまひ人にて、しのぶずりのをみのころもをきて、たんのまひをまいし時、五せちのくしおほく日かたりけるをおとしけるを、きさき御らんじてつけさせ給けるなり。五節は五なり。らう、くしといふもじのつくりなるが故に、五せちの中将とは申也。くしといふもじの木のなきをば、らうとよむなり。さてこそくしをとしの人とは、しうともいひけれ。まひ人とは九ゐ人といふ也。

と記している。テキストが悪く、十分意味を図り難い点が多いが、少なくとも、豊の明の五節の舞を業平が舞っ

たことが、謡曲の作者においては、決してでたらめでなかったことだけは確かめることが出来よう。

ところで、いわゆる古注は、『伊勢物語』に記された各段の物語について、それが何時、如何なる人が、何事によってそうなのかをあきらかにしてゆく態度がある。クセ(C)につづけて、

(F)然るにこの物語、その品多き事ながら、とりわきこの八橋や、三河の水の底ひなく、ちぎりし人々の数々に、名をかへ品をかへて、人待つ女、物病玉簾の、光も乱れて飛ぶ蛍の、雲の上まで往ぬべくは、秋風吹くと、仮に現れ、衆生済度の我ぞとは、知るや否や世の人の……

と云うとき、人待つ女は勢語十七段、物病みになりてしぬる女は勢語三十五段、また玉簾は勢語六十四段の女主人公達の異称とするのであるが[3]、それればかりでなく「とりわきこの八橋や」とわざわざことわるのは、「三河の水」の枕としてだけではない。業平の東下りは、実は真実東国まで出かけたのではなく、もののたとえなのだとする古注の態度からは、八橋もまた、業平と関係のあった女性のうち、とりわき八人を意味すると説く考え方がある。『拾葉抄』が引く冷泉家流の注は「八橋とは、八人をいづれも捨ず思ひ渡す心也。八人といふは、三条町、有常娘、定文妹、伊勢、小町、當純（イ常）妹、染殿内侍、初草女也」というが[4]、「ちぎりし人々の数々に名をかへ品をかへ」た女を列挙する本曲は、やはり、このような古注の理解をふまえているとみなければならぬ。とすれば、冒頭、(A)ならびに(B)に引き続いての「掛ケ合」から「上ゲ歌」にかけて、

(G)〽思ひ渡りし八橋の　〽三河の沢の杜若　〽遥々来ぬる旅をしぞ　〽思ひの色を世に残して　〽主は昔に業平なれども　〽形見の花は　〽今こゝに　〽在原の、跡な隔てそ杜若、跡な隔てそ杜若、沢辺の水の浅からず、契りし人も八橋の、蜘蛛手に物ぞ思はる、、今とても旅人に、昔を語る今日の暮、やがて馴れぬる、心かなやがて馴れぬる心かな

というのも、(F)の伏線とみてよいのであって、ことに「契りし人も八橋の」は、単に「蜘蛛手」の序とみる従来の諸注の如くであってはならないと思われる。

(G)の部分は、さらにいまひとつの問題を投げかけている。即ち、「主は昔に業平なれども形見の花は今こゝに在り」と云う「形見の花」とは、かつて業平が此処で杜若を詠んだからだけのことではない。

(D)につづいて、シテは自らの素姓を明かして云う。

(H)真は我は杜若の精なり、植え置きし昔の宿の杜若と、詠みしも女の杜若に、なりし謂れの言葉なり

『拾葉抄』は「いひそめし昔の宿の杜若色ばかりこそ形見なりけれ」という『後撰集』良岑義方朝臣の歌を典拠として指摘し、また『雲玉集』に、右の歌の返し「紫の色に出ずはそれと見じいとゞへだつる宿の昔を、杜若の精の歌也。是より女をかきつばたと云也云々」を引いて、この謡においては作者を作りあやまったものとする。しかし、『雲玉集』の場合をも含めて、杜若と形見の関係は、冷泉家流の注が記すところに基づくものであろう。たとえば、『千金莫伝』は次のように云う。

杜若とハ、人のかたみと云事なり。されバ、二条の后の御事を、御方見といわん為に杜若と云なり。後撰曰、植置し昔の宿の杜若色計り社形見なりけれ。日本紀曰、民部少輔橘の光久と云人、平城天皇に仕まつりしが、死ける時、妻の許へ云遣りける詞に、我は少きより杜若を愛するなり。されば是を形見とせよとて、杜若を送れり。女是を形見として、暫も目もはなたず。是を始として、人の形見に杜若を読なり。されば、業平も二条の后の御形見の事を思ひ出て、杜若を云なり。

本曲が、『後撰集』所収の歌を、初句「植え置きし」のかたちで引用することとともに、それを「女の杜若になりし謂れの言葉」という背後には、このような冷泉家流の説があることを確かめるならば、(G)における「形見

の花」の意味は今さら云うまでもないが、さらに、そこから杜若の精をみちびき出してくる本曲の場合も、『雲玉集』の場合も、同じ基盤に立った中世人の発想であったとは云えぬであろうか。

さて、『千金莫伝』が記すところ、業平は二条の后を想い出して杜若を詠んだと云う。東下りの原因を二条の后の故とする古注であるから、直接にはそのような考え方にもなろうが、それとともに、八橋に咲く杜若はいずれも捨て難く思いわたる多くの契りをこめた人々の形見であろう。なぜなら、業平のかかるたわむれは、実は好色のわざではなかったと信じられたからである。(F)の末尾、「仮に現れ衆生済度の我ぞとは知るや否や世の人の」につづけて、

(I)〽暗きに行かぬ有明の　〽光普き月やあらぬ、春や昔の春ならぬ我が身一つは、もとの身にして、本覚真如の身を分け陰陽の神と言はれしも、ただ業平の事ぞかし

とも、また「掛ケ合」で、

(J)〽これは末世の奇特かな、正しき非情の草木に、言葉を交はす法の声　〽仏事を為すや業平の、昔男の舞の姿　〽これぞ即ち歌舞の菩薩の　〽仮に衆生と業平の　〽本地寂光の都を出で、　〽普く済度　〽利生の　〽道に〽遥々来ぬる唐衣、はる〴〵来ぬる唐ころも、著つゝや舞を奏づらん

とも語られる業平は、衆生済度のため、仮にこの世に現われた歌舞の菩薩であり、陰陽の神と信じられたのである。書陵部本『和歌知顕集』は、「この人は極楽世界の歌舞の菩薩、馬頭観音と中菩薩なり」という。馬頭観音は、業平が右馬頭であったことからのこじつけ臭いが、和泉式部（《東北》《誓願寺》）や中将姫（《当麻》）と同じように、何時の頃からか歌舞の菩薩と仰がれていたのである。

また、(I)末尾の部分についても、

> 業平者、四海中唯一之聖人也。初則清和帝通二千染殿之后宮一、蔽二其梟悪一、自陥二其身一露二見悪名於世上一也。故称二本覚真如分身、陰陽之神一、可二以知識一焉。(5)（圏点筆者）

に重ね合わせることが出来よう。業平は実はあまねく衆生を済度せんが為にこの世に現われたのであり、多くの女と契ったのも、みな仏果を得させんが為である。

> 元慶四年五月廿七日の夜、よわげに見え給ふ時、有常の息女、枕により面を合せて悲の泪を流して云、君失なん後は思ひの闇にまよひて、罪深き道におもむき、暗きより暗きに至りなんといへるによめる。
>
> 　知や君我になれぬる世の人の暗にゆかぬ便ありとは

というのは(F)から(I)にかけて『拾葉抄』が引く『難義抄』であるが、これはまた「未刊国文古注釈大系」に収める『伊勢物語髄脳』に殆ど一致する。もっとも『玉伝深秘巻』が「入滅記」として記すところ(6)は、初句第二句が「しるらめやわれにあひみし」、第四句が「やみぢにゆかぬ」とあって異同をみせているだけでなく、初七日に陽成院の御夢想に業平が直垂・冠を着して虚空に立ちての歌とするから、説話的にも系統を異にしているけれども、そこからさらに『鴉鷺物語』(7)に「しるらめや我にあふ身の世の人の闇にゆかぬ便ありとは、といひて、我に契る所の女をして皆仏果に至らしめんと也」というような理解もあったのである。おそらくは、増補的な解釈なのだろうけれども、それを成立せしめる理由あるいは根拠は、すでにはやく整えられていたのである。

(I)に関連するいま一つは、「月やあらぬ」の歌である。『拾葉抄』が引く『玉伝深秘抄』に、

> 月やあらぬと云は、我は法身の如来の変化也。衆生化度の為に我国に来れるに、難化衆生のおほきは、昔本覚の月にあらぬやらんと読り。春や昔の春ならんとは、本覚の春、寂光浄土を出、かしこへ帰らんずる道を

忘れて、本覚の春を忘たるかと云也。我身一は本の身にしてとは、只我身のみも本覚の薩埵なるとよめり。というのも、平松家旧蔵本『伊勢物語演義』あるいは神宮文庫蔵『玉伝深秘』に一致することが確認されるから(6)、やはり冷泉家流の古注に基づく解釈であることは云うまでもなく、逆に云えば、このような考え方をふまえるのでなければ、(I)の意味は十分に理解出来ないのである。

このようにみて来るとき、謡曲《杜若》は、『伊勢物語』に基づくというよりは、あるいは『伊勢物語』の古注に基づくというよりは、『伊勢物語』を享受するにあたって拠り所としての古注を通して形成されていた中世の業平像の劇化と云えるのではなかろうか。陰陽の神であり、下化衆生の方便を以て仮にあらわれた業平は、陰陽の道において愚癡の女人を導いた。彼と契るところの女達は、形見の花、杜若に象徴されている。つまり「杜若の花も悟りの心開けて、すはや今こそ草木国土、悉皆成仏の御法を得る」のであるが、この場合、杜若は単なる非情の草木成仏ではなく、女人成仏と重なり合ったイメージを描き出すのである。

非情の草木の精をシテとし、その成仏に至る曲は少なくない。いわゆる謡曲にあらわれた世界観として、はやく桑木厳翼氏などがとりあげられたテーマであるが(8)、そして根底にそのような自然観、成仏観があったことも確かであろうが、本曲がひたすらそれに基づくのではないことは桑木氏も指摘された通りであって、杜若の呪術性(9)ということよりも一そう直接的な構想を、右に述べて来たかたちで把えるべきことはほぼ確実であろう。

三

さきに、中世における業平像といったが、たとえば、この小稿にふれただけの範囲でも史実とは云い難いが、しかしそう信じられた伝記的履歴もある。だからもしまとめようとすれば、すでに確かめられている古注の類を再編集すれば、それは可能であろうが、いま、謡曲《杜若》に関連して、とりわけ神格化された業平が、『伊勢物語』の世界だけではなく、もう少し広い範囲に浸透していたことだけをとりあげてみたいと思う。

「続群書類従」にも収める『鴉鷺物語』(7)は、一条兼良の作かと云われる御伽草子の類であるが、その「第一和歌管絃郢曲の事」には、「三十六人の歌仙、人麿家持遍昭素性業平小野小町躬恒貫之等をはじめて、皆是仏陀の化現也」と云い、さらに、

> 中にも、心たくみに、かたちたぐひなき権者をいはゞ、在原業平、小野小町なるべし。ともに、たはれを、たはれめとなりて、ちかひの道にたよりをあはす。かの中将は、極楽世界の歌舞のぼさつ、まさに観音の化身也。うちにはひそかにちかひの道をまもるといへども、外にはみだりに色をむさぼるに似たり。しかれば三千七百卅三人にちぎりて、ひとりをもおかさずといひ、しるらめやわれにあふ身の世の人のくらきにゆかぬたよりありとは、といひて、われにちぎる所の女をして、皆仏果にいたらしめんと也。住吉の行幸には、大悲の権跡（垂イ）を思ひいでゝ、きしのひめ松いく世へぬらんとながめ、五条のあばらやにては、本地の風光をわすれず、月やあらぬとなげく。化縁かぎりありて、元慶四年五月十八日戌時に、五十六にしてきたにむかひておはり給ひぬと云々。

と記している。ここにあらわされたところは、右にことわった意味でのいわば当時の業平像の要約と云ってもよかろう。とともに、この『鴉鷺物語』が、全体に応仁の乱を激しく批判する心から出た作品(10)であることとともに、作者が一条兼良であるとすれば、かの『愚見抄』著作の態度とも関連して、旧来の『伊勢物語』理解への風刺であったと云えるかも知れない。たとえば、右に続けて、

つぎに三人翁、九章の密伝、十二人の化身、自性論の灌頂、阿古根が浦の口伝、住吉の忘草、金札の伝、星の宮の口伝、玉伝の秘事、千羽破の深義、古今の二字の秘密、同十二の徳義、仁和の中将が二義、人丸の三所の墓、小野小町が時代不同などいふ、かやうのならひ事いく千万の事かぎりなく候よとぞかたりける。

と列挙する秘事にしても、『玉伝深秘巻』等にみられる冷泉家流の古注であることが確かめられているものがほとんどであって、あえてことごとく並べたてるあたりにも、同様の意図をみることが出来るように思われる。

それはともかくとして、ここにもあらわされている業平の基本的な姿は、本覚の薩埵とすることである。それゆえに、たとえば『拾葉抄』が、「見聞抄云、業平は法身大日如来、舎那内証意密也云々。又云、業平は愛染明王、又は天照大神、春日大明神也云々」と引くような、さまざまの付会が試みられるようになるのであるが、しかし、もとはと云えば、やはり住吉明神と業平とを結ぶ考え方が基本となるのではなかろうか。『石見女式』(11)が、その奥書に、

是者住吉大明神御作也。天安元年正月廿八日授二之在五中将一。在五中将奉二太神宮一、太神宮奉レ送二延喜聖帝一云々。此説者、従二高貴大明神一授二在五中将一、以来二条家之重宝也。不レ及二他家一秘伝也。依二宿習深一、得一レ聞此奥義二已。

と記されているのをみるとき、和歌の秘伝におけるひとつの流れとしての、住吉、業平の結びつきを思うのである。さらにこの『石見女式』が二条家の秘伝を称することとともに、諸本の中でも、「昔義并星宮口伝」を併せもつ甲本、さらに『阿古根浦口伝』をも併せる乙本、また、『星宮口伝』『阿古根浦口伝』の他に『深秘口伝集』（龍田川之事、御手洗河之事、斎宮段之事、月ヤアラヌノ事、業平人丸ノ歌ノ末ヲ読事、陽成院之御事）、『深秘口伝』

（人麿三所墓事、仁和中将二義事、日神月神事、小野小町同時代事、無何有郷義事、ミモアラズノ事）などをも含む丙本等の構成内容を考えるとき、これら付加伝書が、すでに見て来たような『冷泉流伊勢物語注』(11)に属するものであることによって、このような考え方が必ずしも二条家、冷泉家の専属秘伝ではなくなってしまっているらしいことを推測させるのである。業平は住吉の分身と考えられた。

天安元年正月二十八日、文徳聖主住吉に行幸し給し時、業平御供にて遥に玉壇にひざまづきし時、恵風心すゞしく感涙袖にあまれり（中略）神の云、我久しく跡を垂て此道を守といへども、いまだ実義を人にあらはさず。汝は則吾道の宗匠、我分身也。汝に我心の中を授くべしとて、三巻の書を取出し給へり。所謂、玉伝、九章、阿古根浦の口伝也。忝くも大明神の御筆、和歌眼也。

と云うのは「日本歌学大系」に収める『玉伝事』の一節であるが、このような考え方が、時代の順を追って出来たかどうかは、もちろん明らかでないけれども、『玉伝深秘巻』が「口中深義」に「昔男ト者我身ヲ云、是ハ住吉ノ化身也。本地観音也」とか、「七月七日絶人事」(6)に「只大明神化現シテ業平ト成リ、サレバシバラク住吉ニカヘラムトテ、其間死タル也」とか記すことに重ね合わせてみるとき、多分、住吉と業平とを結びつけた、かなり広い和歌のフィールドに、自然生まれるべくして生まれた考え方だったと云えるのではなかろうか。いささかくどくなるが、いま一例だけをとりあげたい。それは、さきの『鴉鷺物語』にも記されていた、『古今集』の「三人翁」についてである。

かぞふればとまらぬ物をとしといひてことしはいたくおいぞしにける
をしてるやなにはの水(御津)にやくしほのからくも我はおいにける哉
又はおほとものみつのはまべに

おいらくのこむとしりせばかどさしてなしとこたへてあはざらましを

このみつの歌はむかしありけるみたりのおきなのよめるとなん

（『古今集』雑上）

この左注にみえる「みたりの翁」については、宗祇聞書『六巻抄』にも、「三人ノ翁ナリ。或抄物ニ、ミタリノ翁ノ事ヲサマ〴〵ニ書タルヲ見テ侍シ程ニ、義有ニヤト問聞キタリシカバ、無別義、只三人也。誰トハ不知ト被仰シ也」と云うように、宗祇以前は、実にさまざまの説が付会されていた。数例を挙げれば、『古今集読人不知考』は「忠仁公、諸兄、家持」とし、基俊説という賀茂本『古今秘注抄』には「行平、業平、敏行」とし、書陵部本『古今為家抄』には「良房、長良、黒主」をあげ、一説に「聖武、桓武、平城」とし、また一説に「聖武、人丸、赤人」とし、『古今為相抄』には「良房、南淵、長良」とする如くであった。しかし、こうした諸説の中で、いまとりわけ注目されるのは『毘沙門堂本古今集注』である。これは、まず「忠仁公、橘是公、大伴家持」とした上で、「皆是実ヲカクサム為也。ミタリノ翁ト云事、古今ノ最秘事也。可レ有二口伝一」と記し、「可レ秘」と注して「亡父自筆云、初歌ハ黒主、第二歌ハ言直、第三ハ良房也」とし、さらに「最秘」と注して「身足翁也。則住吉大明神是也。其故ハ、明神弘二此道一、或化二人丸一、或化二業平一、三人一身之故ニ三人翁トモ云、又、身足和道之故、身足翁トモ云リ。為レ隠二此義一、家持、行平、諸兄歌トモ云也」と記している。また、黒川本『古今和歌集秘注』巻十七には、

三足翁とは三公伝と号。身足翁と云也。住吉、住縁と申事ハ、堅固秘伝也。此三人ハ、中納言大伴家持、在原行平、右大臣橘諸兄卿を云也。これハ世間の浅名也。法性の源号有べしと云々。凡今案集の当流相伝に侍るべし。是隠二実儀一のよし也。退事侍るべし。住吉大明神を御身足翁と申たてまつるよし也。神達数万神おハしますといへども、神通神略も御利生も亦神慮も方便竭焉成御事は、日本第一の御神たるべし。しかれば、

この道の惣神にておハします事は、一天無双の御神也。万物満足の御身たる間、身足翁と申奉る事をかくしたてまつる儀に、世上の人論にわざと申成侍る。よつて、明神の人麿と現おハしまして、此道を世にひろめ給也。又人まろ死してなりひらと現じて、此国陰陽両道を世間に弘めたまひし也。しかれば、住吉大明神にて三躰変給よしを以、三公伝と号したてまつる也。以二此三公一、一躰不二三公相対と号也。実深秘と云々。

このようにして、住吉、人丸、業平が一体分身をあらわすとみなされるについて、さらにその根源に伊弉諾命をすえる考え方がある。『拾葉抄』所引の『玉伝秘抄』には、「伊弉諾化して住吉となり、住吉化して業平となる云々」と云う。この考え方をふまえてみるとき、同じく『阿古根浦口伝』の「月やあらぬ」の歌の注に、「伊弉諾尊にて陰陽の二神といはれし神宗化度の都も、我伊弉諾の垂迹と云。業平と云は只本の身也云々」とも、「法性寂光の地を出て、常没之衆生を利益せり。其為に伊弉諾尊と現じて国土を作り、業平と化しては男女のならひを旨として、衆生の縁を結ぶ云々」というところからも、おおよその筋がつながってくるわけで、歌神としての住吉明神に、歌聖人麿とともに業平を結びつけ、また業平は、『伊勢物語』によって陰陽の道を教えしめたのであって、『二字義』[6]にも「人丸ノ業平ト生テ歌道ヲヒロメ、陰陽ノ深義トシテ生類ヲミチビク事ヲ実トセル也」と記されている通りであるが、それを伊弉諾、伊弉冊の二神の陰陽の道の再現であるとみるのであろう。とすれば、本地は何にてもあれ、業平の行実はその道によって仏果を得させる方便でもあるわけである。

このような業平像形成の過程にあって不即不離の関係に立つのは『伊勢物語』そのものの意義付けである。歌書としての性格の上にさらに男女の物語として、さまざまの論義が重ねられ、「伊勢」の二字を陰陽にあてて、さらに金胎両部をあらわすとするような付会が試みられたりもする。このような経過が業平と結び付く以上、業平の神格化が単独に進められて来たのでないことは明らかであるが、本稿ではあえてその一面を切り捨てた。したがって、右に述べたことも、限られた範囲の業平像を、しかも伊勢や日向の物語にも似て、それが形成される経過も事情も次第不同の一素描に過ぎない。しかし、およそ荒唐無稽のこのような考え方が、文学史の底辺として中世の精神と文化に直結するものであることは疑いないところである。さればこそ、謡曲《杜若》にしても、それを基盤とするところで構想されたのであったし、また金春禅竹が、『明宿集』において、《翁》の尊厳を説明するとき、「人の世となりて、歌道の家に生れては、伊勢物語の作者在五中将業平、かたい翁と云われて愚癡の女人を導き、陰陽の道を教えしめ、古今集の歌仙に至ては、三人の翁と名付けて、一体分身をあらはして生老病死の歌を詠ましむ。これみな権化の示現、名は呼ぶに依て応ずるならひ、豈この妙身にてあらざらんや」などと云うのである。もちろんこのような考え方が、当時広く一般のものとなっていたといま云い切るわけにはゆくまいが、しかし和歌につながる世界で云えば、決して特殊ではなかったし、それゆえに、和歌以外の世界でも、さきに挙げた『鴉鷺物語』とか、また当時の知識・教養の集積として事典的な性格さえあると思われる『榻鴫暁筆』が業平、小町等を説くにあたって、『玉伝深秘巻』によりかかった記述となっていることの意味を考えるとき、文学史を支えるものとして、こうした方面にも一段の照明が加えられなければならないのではないかと思うのである。

付　『謡曲拾葉抄』における『伊勢物語』関係の注釈について

『伊勢物語』に関係する謡曲について、その注釈乃至典拠を考えるにあたって、単に『伊勢物語』本文との関係を指摘するのが、従来のほとんどの態度であったが、その中で『謡曲拾葉抄』のみがかなり適確な注釈を加えていると考えられる。いったい『拾葉抄』は、佐成謙太郎氏の『謡曲大観』の原拠として非常に大きな意義を担っているのだけれど、『拾葉抄』自体の意義については、特にとりあげて評価を加えられることがなかったようである。近代においても謡曲注釈の成果が実は驚くほど少ないということもあろうが、そして、『拾葉抄』の誤りがたとえば『謡曲大観』に引きつがれて、結果的にその価値について軽んじられている面があるのかもしれないが、しかしそれにも拘わらず『拾葉抄』は注釈の態度として傑出した点のあることを見逃してはならないと思われる。その全体について検討することは別の機会に譲らざるを得ないが、いま『伊勢物語』に関連する面のみに限って云えば、注として『拾葉抄』が摘する典拠が、謡曲が成立した基盤にふさわしいものを以てすること、すでに本論中において見てきた通りである。すなわち、すでに掲出した如く『冷泉流伊勢物語注』『和歌知顕抄』『玉伝秘抄』『玉伝深秘抄』『阿古根浦口伝』『難義抄』『見聞抄』などの他、『長能私記』(高砂・井筒)、『応山公伊勢物語聞書』(高砂・小塩・鸚鵡小町)、『伊勢物語聞書』(白楽天)、『九条禅閤抄』(小塩・杜若・隅田川)、『実澄公云』(小塩)、『逍遥院尭空抄』(杜若)、『肖柏聞書』(井筒・隅田川)、『肖聞抄』(雲林院・杜若)、『宗祇抄』(雲林院・杜若)、『伊勢物語集註』(井筒・小塩・杜若・富士太鼓・鉄輪)、『愚見抄』(高砂・雲林院・小塩・杜若)、『惟清抄』(高砂・雲林院・杜若・隅田川)、『闕疑抄』(高砂・井筒・雲林院・杜若・隅田川)などが用いられている(この他『難義抄』に都本・不下本などが示されている)。これによってもわかる通り、『伊勢物語』についてまことに多くの注釈書を駆使している『拾葉抄』であるが、しかし機械的に旧・新注の正しきには拠らず、古注に拠るべきところは古注を引くことによって、謡曲の姿を把えているのである。『伊勢物語』の注釈でなく、謡曲の注釈を行なっているのだという態度は、かりに見落としや誤謬があったとしても、謡曲注釈史の上で最も正統的だと云えるのではなかろうか。

ところで『拾葉抄』におけるこれら引用書が、果たして正しく根拠のあるものかどうかについて確認されなければ、右に述べた如き『拾葉抄』の態度もまた十分信頼することは難しいであろう。たとえば『冷泉家流伊勢物語注』といい、『難義抄』といい、それらが如何なる素姓のものであるかは、従来全く不明であって、『謡曲大観』においてもそのまま参考資料として掲出されるのみであった。さしあたり、『拾葉抄』における引用態度が完全に正確かどうか、たとえば、「実澄公云」とか「逍遥院尭空云」などが、何かある直接の拠り所を持つのか、あるいは何かからの引用なのか、また『肖柏聞書』と『肖聞抄』とは意識的に区別したのかどうか、などについて未だ調査を完了していないが、しかし、概して云えば「肖聞云、古注云仁明天皇承和七年業平十六歳に元服云々」というような典拠に忠実な態度があるわけで、あながちに疑問乃至不信を前提することは避けなければならぬと思われる。とともに、いま確認し得る限りの範囲で云えば、『拾葉抄』の引く古注関係諸書は、明らかに正当な拠り所をもつものであり、本稿中において、さきに殆どをあえて『拾葉抄』所引のかたちをもって示したのは、その意味からであった。具体的に云えば、次に対照する如く、『冷泉家流伊勢物語注』は、広島大学蔵『千金莫伝』にほとんど一致し、この系統に属する冷泉家流所伝に基づくものであることは確実である。また、『知顕抄』については、続類従本系と、書陵部本系の二つにまたがっている。この両系本は、以前にも触れたように[1]、異質の解釈を含んでいるから、これらを綜合した一書を想定することはあり得ないと思われ、したがって、両本を備えて適宜引用したものと考えられる。

『謡曲拾葉抄』所引『冷泉家流伊勢物語注』	『千金莫伝』
1河内国高安郡にかよふとは、高安郡の郡司丹波介佐伯忠雄が娘のもとへかよふ也云々。《井筒》	1河内国高安郡に通と云ハ、業平妻に云合せて、高安郡の司丹波介佐伯の忠雄の娘の本へ通なり。
2阿保親王と紀有常と隣なり。大和国春日の南、御吉野の	2阿保親王と紀有常と大和国に住ける時、春日の里に築地

里に住ける也。有常が娘と業平かおさなかりし時の事也。二人なから五歳に成し時、ふうふの約束をして井の筒のさし出たるにたけをくらべて、これよりたかく成たらばと契てあふ事を云也。《同右》

3津国うはらの郡は、有常娘、母のもとより譲得たる所なり云々。《雲林院》

4あくた川と云は、津国あくた川には非ず。内裏にあり。是は常寧殿の下より流れ出て、朝きよめの塵はき入る也。塵の入義をもてあくた川と云。是は堀川をまかせたる川なり云々。《同右》

5承和十四年三月十三日、業平春日祭の使に行也。かりと云は仮初の儀也。是は五位の検非違使の行使也。業平は親王の子なれば、此使をすべきにはあらね共、時のきらにつきて仮初の使に行也云々。《杜若》

6業平十一より東寺僧正真雅の弟子にて有けるを、十六の歳、承和十四年三月十一日、仁明天皇の内裏にて元服する也。此時業平は五位無官にて、左近太夫といふ云々。《同右》

7八橋とは、八人をいづれも捨ず思ひ渡す心也。八人といふは、三条町、有常娘、定文妹、伊勢、小町、當純（イ常）妹、

を弁て住ける時の事なり。（子共と云ハ）有常か娘と業平と幼かりし時の事なり。（井の許に出て遊けると云ハ）二人の子互に五歳にして井筒の指出たる長を比て、是より高く成たらん時ハ夫婦とならんと契けり。

3（この段欠）

4あくた川と云ハ摂津の国のあくたにハあらす。内裏に有、これハ常寧殿の下より流出て朝きよめのちりをはき入るなり。

5承和十四年三月三日の春日祭の勅使に行なり。此使は本五位の検非違使のミめよく代きら有人をするなり。其比然るへき人なかりけれハ、俄ニ二日業平元服をせさせて勅使ニ立つるなり。是ハ親王の子にてましませハ、五位の検非違使すへきにハあらね共、容顔に付て仮ニ給ふ識なるか故ニしるよしして借にいにけりと云なり。

6業平十一歳より東寺の真雅の弟子にて有けるを、十六歳承和十四年三月二日仁明天皇の内裏にて元服するなり（中略）此時業平ハ五位之無官にて只左京大夫と云なり。

7八橋と云ハ八人を何も捨難して思ひ渡るなり。八人とハ、三条町・有常娘・伊勢・小町・定文娘・初草・當能娘・

『謡曲拾葉抄』所引『知顕抄』	現存『和歌知顕集』
染殿内侍、初草女也云々。《同右》	斎宮、此八人なり。
8武蔵国としもつさの国に至と云は、長良中納言武蔵守にて吹田河の北に家をつくりて住けり。それを武蔵下総の中と云也。すみたとは吹田也。いとみと同響なるが故にすみだと云也云々。《隅田川》	8武蔵の国と下総の国との中に至るとハ、長良中納言ハ武蔵の国の守にて吹田川の北に家を作り、国信は下総の守にて南の畠に家を造りて、是を武蔵下総の中と云（中略）隅田川とハ吹田川を云。みとひと五音の同ひゝきか故に、五音同通にて隅田川と云なり。
1あつさ弓ま弓つき弓とは、三張の弓をよめる事は、此女に契りて後、三とせに成たれは三はる過ぬる也。弓をはるといへは、詞のたよりによめり。三のはるは三年也。然るに三とせ迄ちぎりし中に、かくあらたむへき事かは、さは契りもとのことくせよと也。うるはしみせよとは、ちきりたかへそとよめり。此女は有常がむすめ也云々。《井筒》	1をんなはありつねがむすめなり。（中略）あづさゆみまゆみつきゆみとは、三ちやうのゆみをよめることは、このをんなにちぎりてのち、みとせになりたれば、みはるすぎぬるなり。ゆみをばはるといへば、ことばのたよりによめり、三のはるは三ねんなり。しかるにみとせまでちきりし中に、かくあらたむべきことかは。さはそのちぎりもとのごとくせよとなり。かごとはちぎりなり。うるはしみせよとは、ちぎりたがへそとよめり。（続類従本。書陵部本は大いに異なる。）
2大宮川を芥川と云。大宮川の略名也云々。《雲林院》	2大みや川をあくたがわといふ。（続類従本） 2′おほミやかはをあくたかハといふとハしり給はぬか。かの大宮河の異名也。（書陵部本）
3友とする人は紀としさだと云者也。此人は正五位上あわ	3共とする人ハ紀俊貞といふものなり。この人ハ正五位上

のかみになりて、貞観七年四月廿九日に罷下けるにつれたる也云々。《杜若》	あはのかみになりて貞観七年四月廿九日まかりくたりけるにつれたる也。（書陵部本による。続類従本系は欠。）

右の他『拾葉抄』が引く『伊勢物語』関係の注について、以下簡単に触れておこう。『長能私記』は『拾葉抄』に、

1、和歌は是五行の躰也。詞に出すを歌とし、心にしれるを躰とす。春の林の東風に動き、秋の虫の北露に鳴も、皆和歌の躰にもれず、有情非情共に歌の道をはおこす也云々。《高砂》

2、男女会合の道は七歳にして契を始む。業平五歳にてとつぐ事、五行陰陽の徳をあらはせり。されば五歳にてとつぎたりけるにや、是は好色に長ずる故也云々。《井筒》

の二箇所が引用されているが、1については、世阿弥が、謡曲《高砂》のクセに「然るに、長能が言葉にも、有情非情のその声、みな歌にもるることなし、草木土砂風声水音まで、万物をこむる心あり、春の林の東風に動き、秋の虫の北露に鳴くも、みな和歌の姿ならずや」と述べ、『拾玉得花』に「長能云、春林東風動、秋虫北露泣、皆是和歌体也」というところにほぼ一致すると見られる。また2については、大津有一氏蔵『伊勢物語注解』に「長能私記云、男女会合の道は七歳にて契を始む。業平五歳にてとつぐ事、五行陰陽の徳をあらはせり」とあることに一致するから(12)、たしかに『長能私記』の存在を断定出来ると思われる。

『難義抄』については、さきに《杜若》に引かれるところを掲出した通りであり、かつそれが『伊勢物語髄脳』に一致することにも言及した。ただ《雲林院》に「業平東に下ると云は物語の作也。業平あまりにみだりなるゆへ、東山に蟄居せしをあづまと作り、三河国八橋は紀有常が娘二条の后取わきしたしき八人を八橋といひ実は吾

妻に下らずといへり。難義抄都本不下本冷泉流注等に見えたり」とし、《杜若》に「都本及難義抄其外古注に業平吾妻に下りしとは物語の作也」とある点から推察するに、『拾葉抄』が拠った『難義抄』は『伊勢物語髄脳』そのものではないし、書陵部蔵の『伊勢物語難義注』にも一致しない。しかしそれが冷泉家流の注に属するものであることは、これも前掲『玉伝深秘巻』との一致において確かであるが、いま該当するものを見出し得ない。なお《雲林院》の注に記されたところは、『拾葉抄』が《杜若》に引く左記『見聞抄』のうちの1との関連がみられよう。

1、只かけたる橋の八あるに非ず。業平に契りをこめし人々あまたある中に、紀有常が娘、二条の后、取わきしたしき八人を八橋と云也云々。

2、業平は法身大日如来、舎那内証意密也云々。

3、業平は愛染明王又は天照大神、春日大明神也云々。

『玉伝深秘巻』は『拾葉抄』に、『玉伝秘抄』『玉伝深秘抄』の二書の名をあげて引いている。

1、天安元年正月廿八日文徳天皇住吉行幸ありしに、業平供奉し侍りき。業平玉壇に跪てよめる云々。（《高砂》）

2、三条町は惟高の母也。有常娘を若紫女と云、定文娘を欸冬女と云、伊勢を唐衣女と云、小町を千草女と云、常純妹を浮雲女と云、染殿内侍を白雲女と云、初草女は中将の妹也。（《杜若》）

3、我身一は本の身にしてとは、只我身のみも本覚の薩埵なると云々。（《杜若》）

4、伊弉諾化して住吉となり、住吉化して業平となる云々。（《杜若》）

5、花ふみしだくと云は、踏廰義也。或云踪躪義也。蹈躍事也云々。（《雲林院》）

6、月やあらぬと云は、我は法身の如来の変化也。衆生化度の為に此国に来れるに、難化衆生のおほきは、昔本覚の月にあらぬやらんと読り。春や昔の春ならんとは、本覚の春、寂光浄土を出てかしこへ帰らんずる道を忘れて、本覚の春を忘たるかと云也。我身一は本の身にしてとは、只我身のみも本覚の薩埵なるとよめり云々。（《杜若》）

7、小野小町事、小町は大師御入定の時は四歳なり。爰に大師御作の玉造と云ふ小文に、小町衰老の事見えたり。此義如何。答云、此は大師御作の書の中には、現世記、未来記と云あり。今此玉造は未来記の中に入れり。然れば小町が末の事を考見給へる歟。又云、仁海僧正の作共云。然共、大師未来記に入事勿論也。実義には、此書大師之御作也。其故は、仁海之夢に大師見えさせ給へて、其後仁海作り給へり云々。（《卒都婆小町》）

右のうち1～4は『玉伝秘抄』、5～7は『玉伝深秘抄』とする。この引用をながめるとき、『玉伝秘抄』『玉伝深秘抄』と書名が書き分けられているのは、それぞれ別の『玉伝深秘巻』系の書物に拠ったためかもしれない。また、神宮文庫本『玉伝深秘』と対照するとき、『玉伝深秘抄』の方は、神宮文庫本に近いと考えられるが、5が神宮文庫本になく、また、7のうちの後半「又云、仁海僧正の作共云」以下もないところをみると、それらを充足させた本があったと考えてよかろう。一方『玉伝秘抄』は、たとえば1についても「日本歌学大系」所収『玉伝事』に近いが、しかし完全に一致するわけでなく、むしろ4などと共に、ある類型的表現と云えよう。その上に2をも含んだ伝本についていまだ確認し得ていない。

最後に『阿古根浦口伝』については、左の通りである。

1、法性寂光の地を出て、常没之衆生利益せり。其ために伊弉諾尊と現じて国土を造り、業平と化しては男女の習を旨として衆生の縁をむすび云々。（《小塩》《杜若》）

2、伊弉諾の尊にて陰陽の二神とはいはれし神宗化度の都も、我伊弉諾の垂迹と云、業平と云は只本の身也云々。（《杜若》）

3、此歌は、大同二年八月十二日、平城天皇龍田川に行幸侍き。川上に紅葉錦を張たることくにて面白きに、水神水より出て星に向てよめる歌也。それを帝の歌とは申也。実は水神の歌也と云々。（《龍田》）

このうち、3は『古今集』に関する『阿古根浦口伝』と考えられ、『伊勢物語』の口伝は1・2のみであるが、これに一致する伝本も未確認である。

注

（1）拙稿「謡曲と『伊勢物語』の秘伝」（本巻所収）。
（2）拙稿「謡曲《雲林院》考」（本巻所収）。
（3）人待つ女を有常の娘、玉簾を二条后とするのは諸説殆ど一致するが、物病みになりて死ぬ女については、『和歌知顕集』書陵部本系が長谷雄卿の妹、続類従本系が二条后とし、冷泉家流の注は良相娘円子とする。
（4）『千金莫伝』も同様ながら、「定文妹」を「定文娘」とし、「染殿内侍」の代わりに「斎宮」を入れる。また書陵部蔵冷泉家流の注には「染殿内侍」を「有常娘」の注とし、「斎宮」を加えて八人を挙げる（注6参照）。
（5）九州大学国文研究室蔵『伊勢物語評註』付載『伊勢物語髄脳』（大津有一氏『伊勢物語古註釈の研究』石川国文学会、昭和二十九年所収による）。
（6）片桐洋一氏「中世勢語注釈書研究ノオトより」『文林』一号、昭和四十一年十二月。
（7）『続群書類従』巻第九百八十五（三十三輯下）所収。

（8）「謡曲の世界観」『能楽全書』第一巻など。
（9）金井清光氏「作品研究杜若」『観世』昭和四十二年五月。
（10）『群書解題』同項による。
（11）「日本歌学大系」第一巻所収、ならびに同解題による。
（12）大津有一氏『伊勢物語古註釈の研究』（注5参照）所収による。

四　作品研究拾遺

作品研究《定家》

一

《定家》の素材となったのが、式子内親王と定家との激しい恋、定家の執心が葛となった話、時雨の亭の由来、の三つであることを指摘されたのは、日本古典文学大系『謡曲集』(下)《定家》解題であるが、これは異論のないところであろう。ところで、式子内親王と藤原定家との激しい恋、それも果たし得ぬ恋ゆえに、執心は残って蔦葛となって墓石に這い纒わるという妄執の主題は、内親王という高貴かつ高名の歌人と、「此道にて定家をなみせん輩は、冥加も有るべからず、罰をかふむるべき事也」(『正徹物語』)とまで云われて、いわば神格化していた定家であるだけに、一そうショッキングである。つまり、このような主題が劇化されたについては、それが許容される前提、云い換えると、昔あった事としての普遍的な了解があったと思われ、そのような拠り所がなくては、能の作者の創作の埒外なる素材であるように思われる。

もちろん、《定家》に語られるような事実はなかったであろう。式子内親王(建仁元年〈一二〇一〉歿)は後白河天皇の第三皇女として生まれ、平治元年(一一五九)より嘉応元年(一一六九)まで賀茂の斎院であったが、一方、定家は応保二年（一一六二）に生まれており、嘉応元年は八歳にあたる。ということは、「式子内親王始めは賀茂の斎きの院にそなはり給ひ、程なく下り居させ給ひしに定家の卿忍び忍びのおん契り浅からず……」と語らるるごとき内親王との恋は、年齢的にも成り立たないわけで、黒川道祐も「定家卿と式子内親王と密通と云へ共、……内親王は定家卿のわかきときに老婆なり。すれば定家の謡は空ごとと見ゆ」（『遠碧軒記』）と云うのであるが、しかし、さればこそ説話など先蹤する典拠があったろうかと考えられるのである。この点について最も早い指摘は『謡曲拾葉抄』であった。それには次のような『雑文集』を引く。

今は昔、後白河院の皇女式子内親王と申奉るあり。初は加茂の斎宮にそなはり、程なくおり居させ給ふに、定家卿をよばずながら御心ざし浅からざりけり。有時まいり給ひて

歎共恋ふ共あはんみちやなき

君葛城の峰の白雲

と口すさぶやうにて申させ給ふ。此卿は、けしからずみめわろき人なりければ、斎院御返しにも及ばず、その御つらにてやと斗仰られて、打そぶかせ給へば、御こと葉の下より、定家

されば社夜とは契れ葛城の

神も我身も同じ心に

とよみ給ひけるとなん。

この『雑文集』は、成立年代も、また如何なる性格の書であるかもいま明らかでなく、果たして《定家》の典拠として設定し得るかどうかはなはだ疑わしい。さらにこの説話自体で云えば、同じく『拾葉抄』が引用する『正徹物語』にも、同様のことを記しているのである。

一、為重卿、秋夕

一かたに思ひしるべき身のうさの
　それにもあらぬ秋の夕暮

とよめり。為重は以之外眉目わろくわたりしなり。内裏にて女房のありしに、手をとらへて、こよひとちぎり給ひければ、女の返しに、おぬしのかほにてやといひければ、言葉のしたにて、

さればこそ夜とは契れかづらきの
　神も我身も同じ心に

とよめり。

少なくとも正徹はこの話を為重（為冬の息、為家の玄孫）と理解していたのであるが、しかしいま一時代遡ると、今川了俊は『和歌所へ不審条々』において、

……春の節会に……為兼卿……きぬかづきをけさうせられ候けるほどに、夜さりよと被レ仰候ければ、此女見返して、あの顔やうにてと申候けるを、袖をひかへて、

さればこそ夜とは契れかつらきや
　神も我身もおなじ心に

とよみ給ひ候けるを……

と書き載せており、ここでは、為兼の話になっているのは、「さればこそ……」の歌が、歌人の世界でのいわば歌物語の素材として語り伝えられて来た事情があったからに違いない。とすれば、『雑文集』のかたちは、定家と式子内親王の恋愛譚を前提にして変化した話と考えてよかろうから、少なくとも了俊や正徹における理解以前

に遡るものでないこともおそらく確実であろう。

そのこととともに、この話は、女にふられた男の歌の物語であり、《定家》の典拠としてどれほどの意味があるかも疑問である。時代は下るが、中院通茂の『渓雲問答』に次のような話がみえる。

式子内親王と定家の事、世にいひ伝へたり。されど、何にも見えたる事なし。或人云、此の事俊成卿ほの聞き給ひ、よろしからざることにおもひにける。或時、定家卿の常にすみ給へる所を見給へば、玉の緒よ絶えなば絶えねの歌書きたる内親王の手跡有るを見給ひて、定家の心を尽すもことわりなりと思ひ給ひて、終にいさめ申されざりきと語る。何の書にあるぞと問ひたりしに、かやうにかたり伝へたると聞き置きし由申す人ありきと、真静物語なり。

ここにみられるごとき、「玉の緒よ……」の歌をめぐる話が、室町期以前からの伝承としてあったのならば、これこそ《定家》の典拠としてふさわしいかも知れないが、右に「世にいひ伝へたり」というところ、むしろ《定家》に基因するということもあり得よう。したがって、文献的にその典拠をおさえることはいま果たし得ないけれども、《定家》成立の頃、蔦葛の這う墓についての伝説として、口承の物語はあったかと思われる。

現存する《定家》の最も古い謡本は、日本古典文学大系『謡曲集』（下）所収の底本となった、生駒宝山寺蔵・禅鳳自筆本であるが、その奥書には、

此定家かつらと申事は、在所の者いみやう（異名）につけたるやうに、あひ（間）にも申候。

と記されている。いささかわずらわしいが、間狂言が語るところを聞こう。

さる程に式子内親王と申したる御方は……その後賀茂の斎の宮に移り給ふが、程なくおりゐの御身とならせ

られ、歓喜寺と申す所に住ませ給ふが、定家卿と忍び忍びの御契りありたると申すが、恋路の道も絶え〲になり、内親王世を去り給ひし程に、御墓を築き立て、これなるしるしを建て御申し候。又定家卿も程なく空しくなり給ひて候が、それにつき不思議なる事の候、定家卿果て給ひし頃より、式子内親王の御墓に蔦葛の這ひまとひ、形も見え分かず候間、あたりの者どもとりのけ候へば、一夜の内にもとの如くになり候間、人々不審をなし申す処に、このあたりに貴き御方の御座候が、その人の夢に見え給ふは、内親王の御墓へかゝりたる蔦葛を取りのけ候な、あれは定家の執心葛となりて、御墓に這ひまとふ間、この後とり退くるならば、祟りをなさうずるとの御事にて候間、さては恐ろしき事なりとて、その後とり退く者もなく候間、かやうに形も見えず、それより定家葛と申し候

以上は『謡曲大観』所収によったが、在所の者が異名につけたという禅鳳時代の間も、語りの要点に差はないものと信じられる。ということは、定家葛の由来にまつわる定家と式子内親王の物語が、少なくとも伝説としてはあったと考えてよいであろう。『和漢三才図会』九十六、蔓草の条に、

按絡石（和名豆太）俗云定家葛、相伝黄門定家卿之古墳石生、因名之

と記すのも、《定家》を承けた理解ではなく、そのもととなった伝説に由来すると考え得る可能性があるとすれば、さきの『渓雲問答』などとともに、歌人の間に伝えられたゴシップ——いわゆる俗伝なるものがあって、それが《定家》成立の基盤となった可能性が強いと考えられる。

二

《定家》の作者について、『能本作者注文』や『歌謡作者考』は禅竹の作とし、一般に禅竹作とみられている。もっとも、『二百十番謡目録』に世阿弥作とし、『自家伝抄』には禅竹作の部に加えながら「但異作」とすること、さらに『四座役者目録』に、世阿弥が佐渡配流中に七番の謡を作ったが、とりわけ《定家葛》に御感あって、流罪赦免、帰国となったという記事のあること、などから、世阿弥作、禅竹改作という推測もある（川瀬一馬氏『謡曲名作集』中の解題）。しかし、『四座役者目録』のこの記事は信をおき難く、川瀬氏も言われるように、世阿弥作ということは首肯し難い。《定家》はやはり禅竹作であろう。それも、作者付による可能性を別の観点から補って、むしろ禅竹作と断定したいように思うのである。

まず、何よりも注目されるのは、禅竹の歌学的な態度にみられる定家への関心である。禅竹能楽論における歌学の影響については今さららしく言うまでもないことながら、たとえば『歌舞髄脳記』とか、『五音三曲集』とかの禅竹伝書において、『三五記』という歌学書からの引用はかなりの部分を占めている。ところでこの『三五記』は、現在では定家に仮託された偽書であると断定されているけれども、室町期一般には、それが定家作の秘伝書として尊重されていたのであり、禅竹もまたそう信じていたに違いない。禅竹が、いつ、どのような経過から『三五記』を手に入れることが出来たのかは明らかでないけれども、晩年に書かれた『六輪一露秘注』という伝書に到るまで、その引用がつづけられているところからは、座右に置いた参考書であったことは確実である。ところで、その『三五記』は定家の権威を負った貴重な秘伝書であったから、当時なみひととおりの歌人には伝授されなかった筈で、禅竹がそれを引用する場合、「或る和歌の秘書にいわく」というかたちで示しているところにも、そのような意識があらわれているとみられる。

禅竹は、定家の秘書として信じたであろう『三五記』ばかりではなく、定家の家集である『拾遺愚草』をも座右に備えていたと信じられる。前記『歌舞髄脳記』は、歌道尊重を強調し、能の風体を古歌を引いて説明するのであるが、すべて八十首の例歌のうち『三五記』から四十三首、『拾遺愚草』からは十三首という割合をみせている。しかも『歌舞髄脳記』の性格は、『三五記』の歌体を能の場合に適用するところにあるわけで、例歌の引用が、『三五記』から過半数に及ぶのも当然なわけであるが、それだけに『拾遺愚草』から引用するということは、歌数の割合以上に重い位置を占めていると云うべく、選歌の見識ともあいまって、『三五記』や『拾遺愚草』に拠る禅竹は、決してなみの歌人ではなかったのであり、それればかりではなく、「和歌は能の命」という禅竹の姿勢は、単なる歌道尊重に止まるものではなく、その根底に、強い定家への傾倒があったと云わなければならない。

このような事情をふまえて考えるとき、能の素材として定家をとりあげたということも、禅竹なればこそという観が強い。しかもその表現を《定家》にみるとき『拾遺愚草』から、

1　時雨知レ時私家
偽りのなき世なりけり神無月誰がまことより時雨そめけん
2　あはれ知れ霜より霜に朽ち果てて世々に古りぬる山藍の袖
3　嘆くとも恋ふとも逢はん道やなき君葛城の峰の白雲

などの歌が、ほとんどそのままのかたちで引用されていることも、すでにみて来たような禅竹と『拾遺愚草』の

関係からは当然といえよう。しかも、謡曲に引かれた和歌は多種多様であるが、『拾遺愚草』の位置は極めて特殊であり、《定家》以外には《小塩》に引用をみるのみであるということも、これらの作者が禅竹であることの一証として評価し得ると思われる。

三

《定家》の中には、それだけで禅竹作を決定づける材料というわけにはいかないが、少なくとも禅竹好みと思われる詩句のいくつかがみられる、ということもつけ加えておこう。

クセに「人の契りの、色に出でけるぞ悲しき」とあるのは、『拾遺集』の「忍ぶれど色に出でにけりわが恋は物や思ふと人の問ふまで」という、平兼盛の有名な歌に基づくことは云うまでもない。しかし、これを引歌とする謡曲は意外と少なく、現行曲としては他に《山姥》ぐらいであろうか。実は、古く、この歌にはじまる恋慕の謡物があって、謡の曲味を五つに分類して説明する『五音』伝書において、この謡物を「恋慕」の例に挙げるのは、世阿弥と禅竹であった（禅竹以後の五音系伝書は《隅田川》など、別曲をあてる）。さらに禅竹は、『五音十体』においても「恋慕」の例歌に、兼盛のこの歌を挙げており、禅竹にとって非常に身近な歌のひとつであったことは確かなようである。

同じくクセに「雲の通ひ路絶え果てて、少女の姿留め得ぬ……」というのも、あまりにも有名な「天つ風雲の通ひ路吹き閉ぢよ少女の姿しばし留めん」によるものであるが、それだけに、《寝覚》《羽衣》《泰山府君》《吉野天人》《西王母》など、多くの曲に引用されている。周知度の高い歌だけに当然とも云えるし、したがって、これを禅竹好みというのは、当たらないかも知れないが、ただ『歌舞髄脳記』中には、『三五記』の例歌にまじって、女体を説明する歌の筆頭に挙げられている。というところに、この歌に対する禅竹の評価がうかがわれる点で、これを注目しておきたいと思う。

同じ意味で、ロンギの「たれとても、亡き身の果は浅茅生の、霜に朽ちにし名ばかりは……」が、『新古今集』源通光の「浅茅生や袖に朽ちにし秋の霜忘れぬ夢を吹く嵐かな」に拠っていることも見逃せない。この歌も『三五記』にはみえぬ歌ながら、『歌舞髄脳記』をはじめ禅竹の屢々引用するところで、『五音十体』や『五音三曲集』には「哀傷」の例歌として引用しているのである。

このような例は、特に、和歌に限られるわけではない。後段、クリに「朝の雲、夕べの雨と故事も……」というのは、巫山の夢の故事をふまえた表現で、宝玉の高唐賦「妾在二巫山之陽、高丘之岨一、旦為二朝雲一、暮為二行雨一、朝々暮々、陽台之下」を典拠とするが、「朝に行雲となり、夕には行雨となりけん面影」を、女体の能の無上の姿として説くのが『歌舞髄脳記』なのであり、《定家》以外にも、《松山鏡》《船橋》《飛雲》などにこの引用の例はあるけれども、禅竹にとってやはり、縁の深い詩句と云えるのではなかろうか。

草木（国土悉皆）成仏がうたわれる謡曲は数多いが、その場合『法華経薬草喩品』を表面立ててあらわすのは、《定家》とそれに《芭蕉》の二曲である。とすれば、これもまた、禅竹の特徴に数えることは出来よう。以上、禅竹に有縁の詩句の片々を拾い上げてみた。はじめにことわった如く、おそらくはその個々についてみれば、ことさら禅竹専用とは云いかねる引用であっても、その総和を禅竹との関係にみるとき、《定家》が禅竹作であることの支証にはなり得よう。

作品研究《和布刈》

一

境内では数カ所に篝火が焚かれていた。寒い晩のことだし、篝火の周囲には群衆がいくつもの輪を描いていた。境内のすぐ前は、暗い海だった。対岸に灯があるが、これは下関側の壇ノ浦だった。
海峡は狭い。夜目にも潮の流れの速いことがわかった。海というよりも大きな河と錯覚しそうだった。
社は和布刈神社といった。今夜は、本殿にも社務所にも、灯があかあかと点いている。拝殿には、絶えず柏手が起こっていた。神主は、先ほどからしきりと祝詞をあげ、笛と太鼓とが、外の凍ったような空気をふるわせていた。

（中略）

境内の篝火が社の垂木や千木、鰹木を神秘的な荘厳さで照らした。夏の夜だと、こうはゆくまい。骨を刺すような寒夜だから、いっそう森厳なのである。
神事はきまって、旧暦の大晦日の真夜中から元旦の未明にかけて行なわれる。午前二時半ごろが干潮の時間だったが、同時に、この神事の最高潮でもある。

（中略）

境内の灯が次々に消されていった。残っているのは、惟神（かむながら）の篝火だけである。社殿から烏帽子狩衣姿の神主が、大きな竹の束を抱えて降りてきた。ここで篝火の火が竹筒の先に点けられる。竹は弾け火の粉を散らした。

つづいて神官が階段（きざはし）から数人降りてくる。ある者は片手に鎌を持ち、ある者は桶を抱えている。鎌も桶も、古くから伝来のものである。このとき、海面は社殿のすぐ下の石垣から水位を下げていた。日ごろは決して見えない岩礁が露出する。

海面に向かっても鳥居が立っている。そこからは海の下まで石段がついていた。

神主たちは、巨大な竹筒の篝火を先頭に、狩衣の袖をまくり、裾をからげて、石段を降りてゆく。数千人の黒い観衆が、篝火に浮かぶ神主の姿に眼を集めていた。

赤い篝火に浮かんだ禰宜の姿は石段から棚になっている岩礁の上に降りた。海水は神主たちの膝まで没する。見ている者が寒くなるくらいである。

この日は、午前二時四十三分が干潮時だった。

一人の神主が背を屈めて海中の若布を刈る。その刈られた海の幸は、傍に控えている別の神主の捧げた白い桶に納められた。

祝詞が一段と高く奏せられ、声が寒夜に冴えた。

（中略）

竹筒の篝火だけが水面を赤く照らしていた。神官は震えながら海草を刈っている。霙の降りそうな二月初めの真夜中のことだから、十分間も膝まで海に浸かっていると、感覚が痺れてしまう。何千人という黒い人影が、渚のこの神事を凝視していた。

（中略）

刈られた若布は、少しずつ岩の上の白い桶に入れられてゆく。神官の着ている白い装束だけが火を受けて、こよなく清浄に見えた。この瞬間、時間も、空間も、古代に帰ったように思われた。

（中略）

約十分ばかりそれをすると、禰宜たちは若布を入れた桶を捧げて、岩盤から石段の上に昇ってゆく。群衆の間から拍手がひとしきり起こる。社殿から絶えず祝詞が聞こえる。

神官は社殿の階を昇り、いま刈ったばかりの若布を土器に盛り、豊玉姫命、彦火々出見命、阿曇磯良命など五柱の前に奉り、そのほかは和布桶のまま献備する。それに神酒一対に鰹節の類を添えて献ずる。すべて祭典は古式で行なわれる。このときから、ふたたび境内は人工的な照明がともる。社殿の軒に並べて吊られた提灯に灯が点いた。

ふたたび神楽がはじまり、祝詞が奏せられてゆく。このときは三時が過ぎている。夜明けにはまだ早い。


現代の和布刈神社の神事は、その写真によって作られた殺人事件のアリバイを追求する松本清張氏の推理小説『時間の習俗』（光文社、昭和三十七年）において、このように描写されている。

二

謡曲《和布刈》が、北九州の北端に位置する和布刈神社の神事に基づいて構成されていると考えられているのは、その神事がかくも有名になった事も原因しているのであろうか。しかし、謡の本文をいま一度確かめるならば、冒頭、ワキは「抑もこれは長門の国早鞆の明神に仕へ申す神職の者なり」と名乗っているのである。和布刈神社即ち早鞆（隼人）明神とすれば、これはいうまでもなく豊前の国であって長門ではない。『謡曲大観』の注は、「早鞆明神は実は豊前国にあるが、もと長門赤間関にあったという」とするが、和銅三年（七一〇）豊前国隼人（早鞆）の神主がこれを始め奉ったという『李部王記』の記事から見ても信じられない。あるいは『和漢三才図会』に「此地旧属㆓長門国㆒、而神功皇后三韓征伐之後、門司赤間之交成㆑海、門司関及当社属㆓豊前㆒、而赤間関属㆓長門㆒」とみえる長門・豊前陸続き説は、本居宣長の『古事記伝』にも採られており、かなり流布した伝承だったかも知れないが、中世の所産である《和布刈》の場合にも、それをふまえると考えるのは無理である。

ところで、和布刈社が長門国赤間関にあると説くのは、江戸時代の諸書に頗る多い。たとえば、この時代の代表的地誌『国花万葉記』や、延宝版の『節用集』また『神道名目類聚抄』『神社啓蒙』『諸社一覧』といった通俗神道書などがそうである。もっとも、西鶴の『一目玉鉾』などは門司村と並べて正確な記事となっている。これらが単純な誤りであるか、あるいは別の理由があることなのか、性急な判断は避けるが、長門に目を向ければ、昨年十二月号の本誌（『観世』）に、井原清一氏も報告されたように、和布刈の神事は長門の国においても行なわれていたのである。同国豊浦郡、今の下関市に一の宮と呼ばれた住吉神社の神事がそれである。この神社は住吉三神（表筒男命・中筒男命・底筒男命）の荒魂を祀り、同じく三神の和魂を祀る摂津――今の大阪の住吉神社とともに、朝野の尊崇甚深なるものがあった。結構壮大にして「むかしは年中に大小の祭百五十二度あり」という『八幡宮本紀』は、中にも十二月晦日の和布刈神事を詳述しているが、そのさまは、瀬を隔てた住吉・早鞆両社の神人達が沖の海底に到り互いに松明の光も見え、声も聞えるほどであるという。『式外神名考』もほぼ同様の記事を載せているが、さらにまた、この神事を「社人の海底に入といふは甚しき虚説」とやや性急に批難した『西遊雑記』の著者は、「文字が関早友明神は、世に和布刈の神社とも号し、除夜長州住吉の社人」が行なう神事だと理解している。中世においても、今川了俊がこの神事を知ったのは、長門の側においてであった（『道ゆきぶり』）。

かくて、和布刈社が長門国赤間関にあるかの如き前記諸書の記事も、神事との関連で混同し、誤られたものではないかとも考えられるのであるが、豊前の和布刈神社が、神事の淵源を和銅三年とする『李部王記』の記事によるならば、『一目玉鉾』や『諸国里人談』『塩尻』などの江戸時代の記録ともあわせて、やはりながく継承されて来た神事であることを疑うわけにはゆくまいから、これが豊前・和布刈神社の神事であるとともに、長門・住吉神社の神事でもあると解さざるを得まい。とすれば、それは両社において別個の神事が、たまたま、同時に行なわれるということではなく、おそらく両社において一体の神事ということではなかろうかと推測されてくる。その場合、百五十二度の祭事をもつという住吉神社においては、おそらく摂社・末社のそれを合わせた数であろうから、あるいはそれらのうちに早鞆社があったと考える可能性はあろう。その後、社が廃絶に及んで、神事のみは住吉神社に継承されて来たということや、あるいは古くは住吉神社が和布刈神社を管理していたのではないかというようなことも考えられて、「長門の国早鞆の明神に仕へ申す神職の者」というワキのことばは、そのまま生かしてよいと思われるが、事実の当否はいま確認することが出来ない。

三

和布刈社は、『神社考』など、祭神一座、彦火々出見命とするが、『和漢三才図会』や『豊前志』などの引く『隼人祠略記』には、その他に玉依姫・豊玉姫・鵜草葺不合命・阿度目磯良を合わせて五座とする。奉祀について、社伝は、神功皇后三韓征討の際、角鹿より豊浦に到る途次、阿曇磯良より如意珠を得て潮の干満の法を会得し給い、よって三韓を討つことが出来たことによるという。また和布刈神事は、阿曇磯良が海底に入って珠の法を授けた遺風によるともいう。

◇

謡曲《和布刈》の素材として、和布刈神事はいうまでもないが、いまひとつに、クリ・サシ・クセにおいてあらわされるところがある。即ち、彦火々出見命が豊玉姫と契り給い、その御産の時、約諾に背いて産期の姿をかいまみたことから海陸の交通が途絶えたという記・紀の神話がはめこまれていることは、一曲の構成にあたって多分に祭神・社伝と密着するようである。

潮満・潮干の二珠は、謡曲《玉井》で周知の彦火々出見命と豊玉姫の神話につながり、その後日談として、豊玉姫は鵜草葺不合命を産んで、海陸を隔てたのであった。和布刈神事において、「社人海中へ入事を見し人は、忽、目枯潰るるといひ習はし、此辺の民家は、除夜四ツ時頃よりは門戸をとぢて門へ出る者は壱人も無」（『西遊雑記』）というところは、豊玉姫の産期にかいまみを禁じたことと、あるいは後世に関連するところとなったものか。また、阿度目磯良の話は、『太平記』巻三十九「神功皇后攻新羅給事」や『八幡愚童訓』にもみられるところで、海神の末という阿曇氏は、すでに説かれる如く、筑前を本拠として海士を宰領するものであり、和布刈神事もまた、膳部を掌るという阿曇氏の職掌と関連するのであろう。さらにまた、海陸の交通が回復する十二月晦日は、祖神来訪の時を同じうして、このあたり、古代信仰に関連して民俗学的にはいろいろと興味ある問題が拾えそうであるが筆者の任に堪え得ない。

四

謡曲《和布刈》は、なぜ、いつ、誰によって作られたのだろうか。多くの謡曲がそうであるように、《和布刈》の場合もまた、これらの事情を明らかにしない。ただ『自家伝抄』には禅竹とし、「宝生所望」という注記のあるところから、能勢朝次博士は禅竹作とみられたのであったが、それとて『自家伝抄』に全幅の信頼を寄せ得ぬ以上、やはり一説禅竹作という程度にしか評価し得ないであろう。とは云うものの、その一説を手がかりに、その線に沿ってみるとき、いくつかの問題が拾い出されよう。

《和布刈》の能を作るとなれば、それはいかなる契機によってであろう。式内の有名な神社というわけでもなく、縁起・唱導の盛んな神社というわけでもない。しいて神事の珍しさをとりあげても、それが当時畿内にどれほど喧伝されたことか、甚だ心もとない。たとえば宗祇が西国を訪れた折の『筑紫道記』も、豊浦に到って二の宮（忌宮神社）、一の宮（住吉神社）に立ち寄り、早鞆の渡りに「塩のゆきかひ矢のごとくして、音に聞しにかはらず」と記しても、豊前へ渡るまで、和布刈の神事に触れるところはないのは、当時神事が行なわれなかったというのではなく、季節的なこともあったろうし、宗祇の関心もまた別のところにあったのであろう。

しかし、今川了俊が長門をたずねた時は、その珍しい神事を、多分皇后宮（二の宮）の老宮司からであろう、聞いて『道ゆきぶり』に記している。十二月一日より十五日まで、一の宮の神が皇后宮におわしまして祭事のあること、さらに「しはすの晦日は、このはやともの浦のしほさながらひつゝ、わだつみの底もあらはになり侍る時、おきの石にわかめの侍るを一ふさ神主かりとりて帰れば、やがてしほみちき侍とぞ。此わかめをとりて神供にそなへ侍る事、むかしよりいまだ絶侍らずとなん」。そして了俊は「もし其比まで此ところに侍らば、行すゑの物語にもし侍てまし」と深い興味を示しているのである。宗祇が知らず、了俊にして、当地に来てはじめて聞く神事の物語ならば、謡曲《和布刈》の素材としても巷説や文献上の知識ではなく、現地の見聞に基づいたかも知れぬ可能性は大きい。

そして、禅竹にもその可能性はあった。康正二年（一四五六）九月二日、禅竹は彼の伝書『五音十体』を書き上げたが、現存する伝本には、禅竹が西国下向の時、大内殿の所望によって俄かに書いたのだという禅竹の孫禅鳳の識語を載せるものがあって、この伝書の成立事情を物語っている。ここに云う大内殿とは、大内教弘（寛正六年〈一四六五〉、四十歳歿）、和歌を兵部卿師成親王に師事し、その御筆の『李花集』を賜わるほどの熱心さは、やがて能歌のほまれも高く、将軍義教も点を乞い、また連歌も『新撰菟玖波集』に入集をみる文化大名であった。この教弘が、当時冷泉歌壇の大御所正徹に、物詣と和歌指南を兼ねた招待状を送ったのが、同じく康正二年のことであったことは、正徹の歌集『草根集』に記されている。結局、正徹の大内訪問はなかった様子であるが、『五音十体』があたかも同じ年の九月、当時中央の文化に関心を寄せていたらしい教弘の所望によって成ったとすれば、禅竹の場合もまた正徹と同様の事情を推量することは許されるであろう。よしんばそのことが全くの偶然であったとしても、禅竹の西国下向と伝書の大内所望という『五音十体』の禅鳳識語を信ずるならば、この頃周防に滞在していた禅竹が、その前後に守護職として大内氏の勢力下にあった長門まで足をのばしたであろう可能性を思うのである。とすれば、禅竹の場合にも、了俊と同様、和布刈神事について耳にする機会はあったとみてよかろう。

《和布刈》に関連して、あえて云うならば、この頃の禅竹には、〝みるめかりの海士〟ということが、頭の隅にひっかかっていたかも知れないと思われる。というのは、禅竹伝書のひとつに、やはり同じ年の康正二年正月に成った『歌舞髄脳記』があるが、その一節に、幽玄至上を説いて俗なる風体を戒しめるうちに、「みるめかりの海士の風体は、俗に似て、又ひいでたる所ある哉」と述べている。これは俗として嫌うべき「親子のあはれ」をテーマとした《海士》ではあるが、なおそこに俗ならぬ長所を指摘しているのであって、《海士》が祖父金春権守以来の、金春がかりの能であったことをふまえているのではあろうが、同時にまた、〝みるめかりの海士〟の風体そのものに関心があったことをうかがわせる記事でもある。

以上は、しかし、『自家伝抄』に禅竹作とする線に沿って見るならば、禅竹にも作者としての可能性がないわけではないという程度のことである。作品自体のうちに禅竹作を徴すべき点はみあたらない。

むしろ、右に述べた如き程度ならば、禅竹以外にもその可能性をもつ者はあった筈である。たとえば、禅竹の孫の禅鳳などは、永正・大永（一五〇四―一五二八）の戦乱を避け、大内氏を頼って西国へ下向したと考えられ、九州へも下って、あるいはその地で歿したかも知れないのであるから、現地との関係ということになれば、禅竹よりも一そう可能性は高いと考えられる。さらに後述の如く、ワキの所作に特異性をもつ《和布刈》の演出は小次郎・宮増などとならんで、新演出を試みた禅鳳の可能性は、禅竹の場合よりは大きいとも考えられよう。《和布刈》を、禅竹、あるいはもう少し範囲をひろげて、金春の中で作られた能とみるのは、何度も云うように『自家伝抄』を唯一の手がかりにするからのことである。その可能性は拾い得ても、断定はもとより、推定さえも、現段階では躊躇せざるを得まい。

五

《和布刈》の能が、室町末期までで上演された記録ははなはだ乏しい。能勢博士の調査を拝借すれば、天文八年（一五三九）十二月三日将軍細川邸御成能と、天文十二年二月二十四日石山本願寺での観世大夫所演を拾うのみである。ところで、この頃の《和布刈》が現行のものに異なる唯一の点は、ワキ冒頭の次第を持たないということであろう。現行四流（金春流のみは《和布刈》を欠く）のうちでも、宝生流は次第がなく、能では《白楽天》や《玉井》に同じく、半開口の演出をとるが、少なくとも、ワキの次第のないのが古いかたちであることを、多くの古謡本が示している。このこと以外には、諸本とも本文には殆ど異同をもたない。《和布刈》が他の脇能にくらべて注目される特異性は、能の後段においてワキの所作事を加えている点であろう。型やぶりなのが面白く、したがってワキ方に興味ある口伝などもあろうかと思われるが、おおむねは技術的なことが中心のようである。ただ、能楽研究所所蔵の『能之秘書』と題する小型折本の仕舞付には、

ほこを持ならば、かまをこしにさし、右にほこを持、めをかる時、ほこを下に置、かまをぬき、かりて、かまをこしにさし、右へたいまつをとり、左にほこさきをうしろへなし、かへる。

とあって、江戸初期の頃、鎌と松明を持つ常の型のほかに、矛をも持つ演出のあったことがうかがえるが、それ以上の詳細は、まだ明らかでない。

作品研究《芭蕉》

一　はじめに　――《芭蕉》の作者――

《芭蕉》の作者については、『能本作者注文』その他の作者付資料に禅竹作とし、曲趣また禅竹好みとして、その作が承認されて来ている。この曲について、禅竹自身の言及はないけれど、孫の禅鳳は「芭蕉は禅竹若き時書き候ひて、観世へ遣はされ候ふ能にて候」（『禅鳳雑談』）と語っており、そのことは、『自家伝抄』禅竹作の部に「芭蕉　観世又三郎所望」と見えることと符合する。ただし、禅竹と音阿弥の子の又三郎政盛とは二十三歳の隔たりがあり、「若き時」と云っても早くて三十歳代の終わり、世阿弥歿年を嘉吉三年（一四四三）と考えると禅竹は三十九歳であるが、世阿弥と音阿弥の関係を勘案すれば、多分それ以後の作ということになろうか。ちなみに、禅竹が六輪一露説を志玉に示し、その注を得たのは四十歳の時である。

二　『湖海新聞』について

《芭蕉》のワキは「唐(もろこし)楚国の傍(かたはら)小水(シヨオスイ)と申す所に山居する僧」であり、そこに芭蕉の精が女人となって現われる。そのようなモチーフの典拠について『湖海新聞』を指摘したのは、最古の謡曲注釈書たる『謡抄』であり、以後の注釈書に承け継がれている。その梗概を『謡抄』によって示せば、次の通りである。

安成(アンセイ)ノ彭元功(ハウゲンコウ)ト云フ者、山中ニ庵ヲ結ンデ居タリシニ、アル日ノ暮レ方ニ、女来タリテ宿ヲ借ル。何者ゾト問ヘバ、コレハ小水人(セウスイヒト)ナリト答フ。彭元功ガ奴(シモベ)、コノ女ヲ呼ビ入レザリシニ、婦人奴ノ臥戸ニ入リテ去ラズ。奴コレヲ押シ出ダセドモ女去ラズ。奴ガ心ニ、コレハ化物(バケモノ)ナリト思ヒテ寝所(ネドコロ)ヘモ寄セザリシニ、夜マタ奴ノ寝タル処ヘ上ガル。奴コレヲ投ゲヤリタレバ、ソノ軽キ事一葉ガ如クナリ。ソノ時奴恐ロシク思ヒテ、印ヲ結ビ咒ヲ誦ヘナドシタレバ、彼ノ女、サヤウニ経ヲ読ムトモ恐ルベカラズト云フ。夜明ケ方ニナリテソノ庵ノ鐘ヲ撞キタレバ、鐘バシ撞クナ、頭(カウベ)砕クルト云ヒテ、イヤガリテ遂ニ去リタリ。奴門ヲ出テ見送リタレバ、松ノ林ニ入ルト見エテソノ女ヲ見失フ。ソノアタリニ芭蕉群ラガリ生ヒタリ。庵ニ帰リテ見レバ、庵ノ壁ニ五言長篇ノ詩ヲ書キ付ケテ置ク。ソノ詩ノ心ヲヨク見レバ、コノ女ハ芭蕉ノ精ナリト聞コユ。ソノ詩ニ、
妾(セウハ)住(ヂウス)㆓小水辺(ニ)㆒トアリ。

『謡抄』は右につづけて「コレヲ以テ見レバ、小水ハカナラズ処ノ名ニアラズ。水ノスコシ流ル、ホトリト云心也。此故事ヲフマヘテ作レルトミエタリ」と考証している。現行謡本に「湘水」とするが根拠はない。『謡抄』所引の『湖海新聞』がいかなるテキストであるかは明らかでないが、『謡曲拾葉抄』も『謡抄』に拠って引用し

ている。一方、『謡言粗志』は直接『湖海新聞』を引用したもののごとく、『謡抄』が省略した五言詩を含めて全文を載せている。そのテキストの素姓は未確認ながら、『謡抄』と同系らしい。なお『適園叢書』（民国五年〈一九一六〉序刊）第十二集、『重刊湖海新聞夷堅続志』後集巻二には、古刻本に基づく増補系本文が収められている。必ずしも見易い資料ではないので、以下全文を掲出しておこう。

芭蕉精

安成彭元功、築二庵山中一、使二一奴守一レ之、一日暮時、有二婦人一求レ宿、自称二小水人一、奴固把レ之不得、婦人径二入奴臥室中一不レ肯レ去、奴推レ之、婦人云、只見二船泊一レ岸、不レ見二岸泊一レ船、何無レ情如レ此、因近二奴身一、自解二下裙一、奴以為怪物、遂与相榻而寝、夜中又登二奴榻一、奴挙而擲レ之、軽如二一葉一、奴懼、起取二仏経一執レ之、婦人笑云、経雖下従二仏口一出上、仏豈真在レ経、汝謂二我誠畏一レ経耶、天将レ明、庵有二神鐘一、起撃レ之、婦人云、莫レ打莫レ打、打得人心砕、取二頭上牙梳一掠レ頭畢、遂去、奴出趁レ門観レ所レ向、入二松林間一、因忽不レ見、蓋林中芭蕉叢生故也、奴帰見レ壁、有二五言詩一、意婦人芭蕉精也、詩云、妾住二小水辺一、君住二青山下一、青年不レ可レ再、白石(日)坐成レ夜、只見二船泊一レ岸、不レ見二岸泊一レ船豈能深谷裏、風雨誤二芳年一、薄情君抛棄、咫尺万里遠、一夜月空明、芭蕉心不レ展　解下緑羅裙、無情対二有情一那知妾(意)身重、只道妾身軽、経従二仏口一出、仏不レ在二経裏一、即在二妾(郎)心頭一、妾(郎)身隔万里、月色照二羅衣一、永夜不レ能レ寝、莫レ打五更鐘、打得人心砕、

芭蕉の精の話は怪異談である。『謡言粗志』は別に『庚巳編』を紹介しているが、芭蕉の精が女となってあらわれ、色を以て人間に迫る怪異談であることは同様である。しかるに謡曲《芭蕉》の場合は、本来の怪異談を本説とするわけではなく、唐土小水において芭蕉の精が女に化して現われたことが、一つの素材としてとりあげられているに過ぎない。その意味で『湖海新聞』のこの話は、いわばヒントの役割を果たしているが、間接的に話

を聞いただけでも成り立ち得る程度の拠り方で、本説としての重さはないと云えるだろう。もっとも、中入直前、ロンギ終末部の「まことを見ればいかならんと、思へば鐘の声、諸行無常となりにけり」は、右芭蕉精譚の神鐘をふまえ、『平家物語』の冒頭の「諸行無常の鐘の声」をとり合わせて、頗る凝った表現であり、作者においては芭蕉精譚の十分な理解はあった筈である。

このようにみて来ると、芭蕉精譚をふまえつつも、それには拠らないで、《芭蕉》のかたちに作り上げた作者の主題的関心が問題となろう。その鍵となるのが法華経説である。

三　法華経説について

『謡曲拾葉抄』が「謡の文句は法華経に依てつゝけたり」と指摘する通り、《芭蕉》全体を一貫するのは法華経説であり、しかもそれは、単に法華経の文句を借りて綴るというようなことばかりではなく、より深くその経説と関わっている。そもそも天台本覚思想下の法華経説は、禅竹の思想と理論形成の上に大きな位置を占めるもののひとつである。彼の能楽理論の根幹をなす六輪一露説の形成にも、それが大きく関わっているとひそかに考えているのであるが、その点については別の機会に譲る。ともあれ多くの禅竹伝書が法華経説の影響下にあるのは、それが唯一でないにしても、禅竹の思想形成の上に深い関わりを示していると考えられる。

ところで、薬草喩品が説く草木成仏は、後述するように、法華経説の中でもとりわけやかましく論義されており、それを承けて、禅竹もまたひとつの関心事であったらしい。禅竹作品に違いないと思われる《定家》の場合においても、執心によって定家葛と化したシテの成仏に、薬草喩品が関わっている。而して、この草木成仏説を真正面からとりあげたのが、ほかならぬ《芭蕉》であり、云い換えれば、《芭蕉》は草木成仏を中心とする『法華経』釈世界の思想が、芭蕉における仏性というかたちで具体的に示されていると云えるであろう。

　このことを《芭蕉》本文に即して辿ってみよう。まずワキの僧は「法華持経の身」（下掛りでは「読経の身」）で、「寂莫とある柴の戸にこの御経を読誦」している。「独在二空閑処一、寂莫無二人声一、読二誦此経典一」（法師品）の心である。前シテ登場の上ゲ歌に「見ぬ色の、深きや法の花心」と謡うのも、法華を云うに外ならぬ。それに続けて「染めずはいかがいたづらに」とあるによれば、「見ぬ色」もまた無色彩の白色に譬える法華経の心をふまえるかも知れない。「蓮華……山門通途義、白色云也。白色諸色根本、法華又諸教根源也。本理無染真如故白色」（『鷲林拾葉鈔』）とみえるごとくである。

　問答に到って「この御経を聴聞申せばわれらごときの女人非情草木の類ひまでも頼もしうこそ候へ」、「さてさて草木成仏の謂はれをなほも示し給へ」とあるについては、『法華経』の中でも、とりわけ薬草喩品が「三草二木一地所生、一雨所潤ノ旨」を説くのであり、一地（真如大地）よりは毒草も薬草も生ずるが、一雨（妙法の雨）によって同じく皆薬草となるという。『法華経』にあって「上ノ諸品ハ皆有情ノ成仏ヲ説クトモ、未ダ非情成仏ヲ顕ハサズ、此品ニ至テ非情草木ノ成仏ヲ明ス」（『法華経直談抄』）のであるから、「草木成仏極二此品一」るのである。さればこそ、問答の末に、「薬草喩品あらはれて、草木国土有情非情も、みなこれ諸法実相の……」と謡われるのであるが、「薬草喩品あらはれて」とは、右の理解をふまえて、まさしく〝薬草喩品が顕示されて〟の意に外なるまい。

　一地所生が不変真如、三草二木が随縁真如として説かれること、「実相ノ一地者、不変真如也。此大地上二三草二木森羅万象然ナルハ、随縁真如也」（『鷲林拾葉鈔』）ということである。この両種の真如が二にして不二、即ち

一法二義なることを、

　ヲノヅカラ一味ノ雨ハソソゲドモ柳ハ緑花ハ紅

の古歌を以て示すことも『鷲林拾葉鈔』に見られる。《芭蕉》前段上ゲ歌にも用いられている「柳ハ緑花ハ紅」とは、もともと「柳緑花紅真面目」なる蘇軾の詩句ではあるが、『法華経』釈にあっても「千草万木ガ色々ニ分テ、柳ハ緑花ハ紅ト、己々ノ振舞ニテ成シ居タル」（『直談抄』）あるがままの相の譬喩として、好んで用いられている。「一地所生、一雨所潤」は薬草喩品の肝要である。だから、《芭蕉》の後段にあっても、「御法の雨も豊かなる、露の恵みを受くる身の」（サシ）、「土も草木も天より下る、雨露の恵みを受けながら」（掛ケ合）などとみえるのであるが、就中、「それ非情草木と云つぱまことは無相真如の体　一塵法界の心地の上に　雨露霜雪のかたちを見す」（クリ）については、

　一地者真如法性ノ大地也。草木必地ヨリ生、以レ地為二所依一也。真如者万法能生ノ根源、十界三千ノ所依也。所詮真如云ヲ外ニ非レ可レ求。我等ガ一念心性也。一心ノ源ヨリ森羅三千ノ諸法ニ出生故、一地所生云也。此所生ノ諸法、終一念ノ心性ニ立還ル処ヲ、皆悉到於一切智地ト説也。此内証ヲ法華一部ノ始終ニ説顕ヲ、一雨所潤云。

（『鷲林拾葉鈔』）

などと説くところをふまえると、〝非情草木トイウノハ、実ハ差別ヲ超越シタ無相真如ノ姿デアリ、一塵ガソノマ、法界デアルト知ッテイルカラ、雨露霜雪折々ノ草木ノカタチヲ見セテイル〟の意と思われる。「一塵法界」は禅宗好みの文句ではあるが、「天台心ハ、挙二一法一摂二一切法一也。挙レ草則万法皆草ノ一法也。挙レ木万法皆挙二木一法一也。一塵含二法界一、一法摂二切法一也」のような用法もある。しかしもしこれが「一真法界」なら、諸法実相と同義で、禅竹にも「コノ色心二法ニ万法ソナワリ、一シンホウカイノ功徳トナル」（『六輪灌頂秘記』）という用

例もある。ただし古写謡本諸本が「一ぢん」であるのが「一真」を否定するが、いつの時点かでの改訂の可能性もないわけではない。サシに諸法実相を云う対構成からは「一塵法界」でよいとも思われるが、しばらく疑いを残しておく。

それはさておき、草木成仏と言っても、《芭蕉》の場合、ワキ僧が芭蕉の精を成仏せしめるのではない。非情草木たる芭蕉が、草木のままに無相真如（絶対真理）の姿であることをワキ僧に説くかたちである。このような、あるがままの姿が絶対真理だとみる思想はいわゆる天台本覚論に立脚するものであろう。たとえば、『三十四箇事書』（日本思想大系『天台本覚論』所収による）に「草木成仏の事」を説いて「実に草木不成仏と習ふ事、深義なり」とし、

草木成仏は巧に似るとも、返つて浅に似たり。余もこれに例す。地獄の成仏、餓鬼の成仏乃至菩薩の成仏、皆しかなり。その体を捨てずして己心所具の法を施説する故に、法界に施すなり。もし当体を改めば、ただ仏界なり。常住の十界全く改むるなく、草木も常住なり。衆生も常住なり。五陰も常住なり。よくよくこれを思ふべし。

と説く（禅竹の幽玄論はこのような論の影響下にあると考えられるが、今はその点には触れない）。同書はさらに「草木非情といへども、非情ながら有情の徳を施す。非情を改めて有情と云ふにはあらず。故に成仏と云へば、人々、非情を転じて有情と成ると思ふ。全くしからず。ただ非情ながら、しかも有情なり」というのであるが、このような草木成仏説が《芭蕉》の根底にあることは疑いあるまい。その立場からの草木成仏説をクリ・サシまでで語ってしまうと、クセでは自在無碍に、諸法実相をあるいは叙景的に、あるいは抒情的に謡い上げているのである。そして、その底に一貫する冷えた清澄感は、まさしく禅竹の幽玄観の具現化であると云えよう。《芭蕉》の

このような主題は、だから決して単なる無常観などではないと思われるのであるが、しかし一方、伝統的な破れやすき芭蕉のイメージ（後述）が強く重なり合って来るとき、「芭蕉に作り物出したき由、くれ〴〵申され候。又長絹に青ばみたるに長露を置き、ところ〴〵引き裂き候ひて着たき由、申され候」（『禅鳳雑談』）という背後には、この曲を無常観的にみる意識が、はやくもはたらいているかも知れない。

以上の私見は、もとより仏教学にうとく、『法華経』説の世界は広大で、時代不同のわずかの所説に拠るのみの推論であるから、恐らく見当はずれもあろうかと思われる。御批正を乞いたい。

四　『断腸集』について

《芭蕉》中に引用された漢詩句のうち、とりわけ注目されるのが、

(A)風破窓（ハソウ）を射て燈（トモシビ）消え易く、月疎屋（ソオク）を穿ちて夢成り難し（シテ・サシ）

(B)水に近き楼台は先づ月を得るなり、陽に向かへる花木は春に逢ふこと易し（クセ）

の二首の詩である。この出典については、すでに『謡抄』が、(A)を『百聯鈔解』、(B)を「蘇鱗ガ作タル詩」だと指摘している。後者について、江戸時代の儒者清田儋叟は「宋人蘇林が作ル所ゾ。清夜録ニ出ヅ」（『孔雀楼筆記』）と出典を示しているが、『謡抄』の場合は『事文類聚』に拠った筈である。一方、(A)の『百聯鈔解』については、『謡抄』自身が「百聯鈔解ハ文禄四年迄ハ三十三年ニナル書ナレドモ、印本ナル間書レ之」と断り書きを付けているように、わが国の永禄六年（一五六三）にあたる嘉靖四十二年の朝鮮刊本であり、謡曲の成立時期よりはかなりおくれる時期の刊本である。したがって、謡曲作者が直接何に拠って引用したかは不明のままであった。

しかるに、ここに極めて注目すべき一資料がある。尊経閣文庫蔵の『細川六郎殿御他界時常桓様御詠歌并諸家之送歌』が鶴崎裕雄氏によって紹介された（「管領細川高国の哀歌」『帝塚山学院短大研究年報』二四、昭和五十一年）が、その巻末に『断腸集之抜書』が付載されている。重要な資料と思われるので、それだけをあらためて紹介しておこう。

断腸集之抜書

※花笑檻前声未聴　鳥啼林下涙難乾（西行桜・雲雀山）
※花前酌酒呑紅色　月下烹茶飲白光
※花因雨過紅将老　柳被風欺緑漸低（関寺小町）
※花前蝶舞紛々雪　柳上鶯飛片々金（杜若・熊野・胡蝶）
花随流水香来速　鐘隔閑雲声到遅（熊野）
※山頭夜戴孤輪月　洞口朝噴一片雲（三輪）
※山影入門推不出　月光鋪地掃還生（三輪）
※山外有山々不尽　路中多路々無窮（熊野）
※山青山白雲来去　人楽人愁酒有無（熊野）
※風射破窓燈易滅　月穿疎屋夢成難（芭蕉）
※春前有雨花開早　秋後無霜葉落遅（熊野）
猿抱子帰青嶂後　鳥銜花落碧巌前
近水楼台先得月　対陽花木易逢春（芭蕉）

汲水僧帰林下寺　待舟人立渡頭沙
千江有水千江月　万里無雲万里天
詩篇落処風雲動　筆力偏時造化閑
万里山川分暁夢　四隣歌管送春愁　（東北・融）
鳥宿池中樹　僧敲月下門
僧帰夜船月　龍出暁堂雲
独対山中月　猶听石上泉

此断腸集といふ双帋、金春家にもちたる物也。禅鳳持参候て、今中日向守ニ見せけるを、拙者書抜申候。但辰の年の奈良乱以前にてある間、定乱ニ可レ失と覚え候。金春かゝりの歌ゐニ不審なる儀共相見分、此時昔より歌ゐつけたる所を皆禅鳳なをす者也。返々世上の者しらざる事也。

（『百聯鈔解』に見える詩句には※印を付した。また謡曲中に引用されている詩句は、末尾に、その曲名を示した。）

右識語によれば、『断腸集之抜書』は今中氏より借覧の時点で抜書が作られたが、禅鳳所持本は『断腸集』完本であった。辰の年の奈良の乱とは、天文元年（一五三二）の大和一向宗徒と興福寺衆徒との戦いのことであろうから、その時までは存在したらしいが、禅鳳はその年末に歿している。『断腸集』については他に所見がなく、その成立等も不明である。禅鳳時代の編集成立が考えられないわけではないが、それを「金春家にもちたる物」と云うからには、禅鳳が継承した伝来の書であると考える方が自然であろう。そこに収められた詩句には、謡曲中に引用されぬものもあり、謡曲をもとに編集したものではあり得まい。とすれば、その伝来を禅竹の時代まで遡らせて考えることも、あながち無理な想像ではあるまい。さらに憶測をたくましくすれば、その詩句を用いた謡曲中に世阿弥作（《西行桜》《融》など）を含むところからは、禅竹が世阿弥から承け伝えたものであることをも考え得よう。ともあれ『断腸集』なる漢詩のアンソロジーが、謡曲作者の手元にあって、作詞上の参考書として存在したらしいことを、この資料は物語っているのである。

当面の問題に立ち戻ると、《芭蕉》中の(A)(B)の二首の詩句は、この抜書中に収められている。とりわけ(B)が「対ㇾ陽花木易ㇾ逢ㇾ春」のかたちに一致し、『事文類聚』所掲の「向陽花木易ㇾ為ㇾ春」に異なっていることが注目されよう。それが右識語に云うごとく、『断腸集』によって禅鳳が訂正を加えた結果でないとは云えぬが、それよりも、拠り所未詳の二首の詩句がともに『断腸集』に見出だせることからは、それが作者の拠り所であった可能性の方が高いと思われるのである。とすれば、さらに前段上ゲ歌に引く「神（タマシイハ）傷（イタマシム）二山行深（ノキニ）一愁（ウレイハ）破（ル）二崖寺（ノ）古（フルニ）一」の杜甫の詩なども、完本『断腸集』には含まれていた可能性もあるだろう。『百聯鈔解』が引用する詩句は「風吹二枯木一晴天雨、月照二平沙一夏夜霜」（《経正》）の一首を除いてすべて抜書中に見える。この一首も完本中にはあったかも知れない。かたがたその散逸が惜しまれるが、抜書だけでもその持つ意義は貴重である。ごく単純な一例としては《熊野》の場合、従来典拠不明であった「花は流水に随って香の来たること疾し、鐘は寒雲を隔てて声の至ること遅し」（サシ）が、『百聯鈔解』中にも見られた他の詩句とともに、ここに収められていることを知るとともに、『謡抄』以来「寒雲」の文字を宛てていたのを、「閑雲」と訂正すべきことも知り得るのである。

ちなみに、宋の女流詩人・朱淑真に、『断腸詩集』十巻、『後集』七巻、『断腸詞』一巻があり、『詩詞雑俎』や『武林往哲遺著』に収められているが、金春家本『断腸集』はそれとは全く無関係である。書名の一致は偶然のことらしく、腸を断つほどの名句佳句集とでも云う命名でもあろう。

五　芭蕉のイメージについて

芭蕉ということばが喚起するのはどのようなイメージだろうか。何よりもまず、はかなさや無常の譬えとして、「人間の不定、芭蕉泡沫の世のならひ」（《葵上》サシ）などの文句が思い起こされるであろう。宴曲にも「芭蕉泡沫電光朝露」（『真曲抄』「無常」）とも云うごとくである。それについては、「是身如レ泡、不レ得二久立一、是身如二芭蕉一、中無レ有レ堅」と説く『維摩経』の文句が原核をなすであろう。だから、

　　維摩経に此身は芭蕉のごとしといへるこゝろを

風吹けばまづ破れぬる草の名によそふるからに袖ぞ露けき（『後拾遺集』釈教歌、公任）

と詠まれて、〝風吹けばまづ破る〟る芭蕉のイメージが作り出されている。同じ趣の歌には、

秋風にあふ芭蕉葉の砕けつゝあるにもあらぬ世とは知らずや（『久安百首』、教長）

風吹けばあだに破れゆく芭蕉葉のあはれと身をも頼むべき世か（西行『家集』）

いかゞするやがて枯れ行く芭蕉葉に心して吹く秋風もなし（『百首歌』為家）

などが、そのような芭蕉観をふまえて詠まれている。この三首は、『夫木和歌抄』に収められた四首中の歌であるが、残る一首の、

きりぎりす間近き壁におとづれて宵の雨降る庭の芭蕉葉（『正治二年百首』、寂蓮）

という歌については、

早蟄啼復歇、残燈滅又明、隔レ牖知二夜雨一、芭蕉先有レ声（白楽天「夜雨」『白氏文集』巻九）

という詩が背後にあると思われる。「芭蕉に窓の雨と付は、芭蕉窓外雨と云事あり」（未刊国文資料『連歌寄合』による）という連歌の寄合も、このあたりに基づくであろう。芭蕉と雨のイメージは、このほかにも、

　芭蕉得レ雨便欣然　終夜作レ声清更研（『宋詩別裁集』「芭蕉雨」）

などもあり、『連歌寄合』はまた、

　　惣じて芭蕉には雨を聞をかんと云。

　かたりなばそのさびしさやなからまし芭蕉に過る秋の村雨

　　　詞にはいはれぬさびしさと也。

と心敬の『ささめごと』（類従本、末句「夜の村雨」）にみえる和歌を引いている。

かの国の故事については、まず『列子』周穆王篇を挙げなければならぬ。原文引用を省略して『謡抄』の要約によれば、

　鄭国ニ薪トル者、野ニテ鹿ニアヒテ、其鹿ヲ殺シテ人ニ見付ラレジトテ、溝ノ中ニカクシテ、芭蕉ヲオホヒニシテ置ヲ、余リウレシクテ其置処ヲ忘レテ、夢カト思ヒシ事アリ。此故事ニ、此後モ又夢ニ見タル事ドモアリ。トカク夢ノ故事也。

というごとくであり、「芭蕉葉の夢」とか「蕉鹿の夢」などと称されている。

芭蕉のイメージの形成に関わるいまひとつの故事は、『謡抄』が指摘し、『謡曲拾葉抄』が引く『筆談画評』に、

　王摩詰画、多不レ問二四時一、以二桃李芙蓉蓮一同画、袁安臥雪図、有二雪中芭蕉一、得レ心応レ手、意到便成（『謡曲拾葉抄』による）。

と見える話である。「王摩詰（王維）ト云画カキ、画ニ妙ヲ得タルニヨツテ、手ニ任テ意ヲエテ、不レ論二時節一シ

テ、雪ノ内ニ芭蕉ヲカキタルコト」（『謡抄』）で、はやく七賢時代の連歌にあって、

　　いつはりながらたのみてやみん
　ゑにかける雪のばせをば枯れやらで（『行助句集』）

と詠まれているのは、この故事をふまえている。この句について、宗祇の『竹林抄之注』には、

　心は、昔唐に絵師之上手なる人、ばせをに雪を書る。是はまことにはあるまじき事に云ならはせど、絵の面白ければ、哀とや見んと也（「たのみてやみん」が、本注では「哀れとや見ん」とある）。

と、王摩詰の名前にまでは触れていないが、『連歌寄合』では、

　（芭蕉に）雪の内と付は、摩詰と云人、雪中に芭蕉の青きを絵にかけり。誠ならぬ事に云也。

とあり、「雪のうちの偽れる姿」が、はやく連歌の世界にとり入れられていることを知るのである。

かくて芭蕉のイメージは、和歌より連歌時代に入って、その世界を大きく広げていったと云えるだろう。『連歌作法』（「未刊国文資料」による）には、

　雨、鹿、古寺、文（葉のしぼめるを画巻と詩にもつくれる歟）、扇、やぶるゝ。

などが、芭蕉の寄合として掲げられている。右のうち、「文」については、唐の僧、懐素が家の貧しいため、芭蕉万株を植え、その葉を紙の代わりに供した故事（『海録砕事』『清異録』）、また「扇」については、「芭蕉開㆓昼扇㆒、菡萏薦㆓紅衣㆒」（『李義山詩集』巻下「如有」）などによるのであろう。

なお『藻塩草』には、さらに「無㆑耳聞㆑雷と云り。蕉心不㆑展待㆓時雨㆒、芭蕉不㆑耐㆑秋」の三項が加わっている。

それぞれの典拠を左に記しておく。

　芭蕉無㆑耳聞㆑雷開　葵花無㆑眼随㆑日転（禅林の詩句）

蕉心不レ展待二時雨一、葵葉為レ誰傾二夕陽一（『蘇東坡詩集』巻四十八「題二浄因壁一」）

籬外涓涓澗水流、槿花半照夕陽収、欲下題二名字一知中相訪上、又恐芭蕉不レ耐レ穐

（『三体詩』竇鞏「訪二隠者一不レ遇詩」）

このようにみて来るとき、謡曲《芭蕉》の詞章中にあらわされた「芭蕉の偽れる姿」「芭蕉葉の御法の雨」「芭蕉葉の脆くも」「芭蕉葉の夢のうち」「芭蕉の扇の風茫々と」「芭蕉は破れて残りけり」などが、漢詩や和歌、とりわけ、それらをふまえた連歌の世界で形成された芭蕉のイメージの中にあることが知られるのである。

六　間狂言について

《芭蕉》の間語りは、右に見て来た芭蕉のイメージ形成の原拠となった漢詩句・故事の集大成の観がある。貞享松井本（日本古典文学大系『謡曲集』所収本）によれば、

A、王摩詰が雪中の芭蕉を画くこと。（前出）

B、「雪中芭蕉摩詰画、炎天梅蘂簡斎詩」（『簡斎集』巻十五「題趙少尹青白堂三首」のうち）の詩句。

C、奏者草の異名のこと。（典拠未詳）

D、『列子』周穆王篇の芭蕉葉の夢の故事。（前出）

E、「芭蕉無耳聞雷開」の詩句。（前出）

F、「冷燭無烟緑蠟乾、芳心猶巻怯二春寒一」（唐・銭珝「未展芭蕉詩」）の詩句。

などの詩句・故事を連ねて語られている。しかし、このかたちが当初から固定化して伝えられたわけではあるま

い。大蔵虎明本では大略ＡＢＥＣＤの順で語られ、『謡曲大観』所載本ではＡＢＣの後に、

Ｇ、「籬外涓涓澗水流、槿花半照夕陽収、欲下題二名字一知中相訪上、又恐芭蕉不レ耐レ穐」の詩句。（前出）

を加えるかたちである。また『狂言集成』本はＤＡＧに加えて、

Ｈ、芭蕉和尚のこと、ならびに「杖過二断橋水一、伴皈二無月村一」の句。（『無門関』）

が見える。台本ではないが、寛永九年中野市右衛門刊『間の本』は、芭蕉に雨を聞くこと、およびＥＡが、それぞれ変型し簡略化されたかたちで見え、貞享三年刊『間仕舞付』は、ＡＥＣＤＨとなっている。以上はたまたま手元で見られる資料によって間語りのかたちを見たに過ぎぬが、それによれば、基本的には《芭蕉》本文に関係あるＡと、それに関連するＢあるいはＤが核になっていると考えてよいだろう。《芭蕉》本文について、「芭蕉葉の夢や雪の中の芭蕉のことを説明なしに使っているのが問題で、もしアイの説明を前提に書いたのなら、アイの発展史上の大きなポイントであるし、そうでないのなら、観客史上の問題として考えねばならない」（日本古典文学大系『謡曲集』（下））という問題提起があるが、それについての当面の答案としては、さきに見たごとき芭蕉についてのイメージが連歌世界を中心に形成されており、時代的に共通普遍のものとまでは云わぬにしても、少なくとも特殊な知識ではない以上、必ずしも間語りによる説明を前提にして書いたとも、特殊な知識の理解を前提とする観客史上の問題とも、格別に考える必要はあるまいと思われる。

なお、当初の間語りのかたちがどんなであったかはもとより明らかではないが、その内容はＡのほかＢＤ程度のことが語られたら、それで十分だとは云えるだろう。その点からみても、Ａ～Ｈの内容の多くは、芭蕉に関する故事が考証的に訛伝を修正しつつ漸次増補されたものと考えられ、多分近世に入ってからの所為と思われる。たとえば虎明の間語りの注（『古本能狂言』四所収）に、間語り本文と関係するＡＢＣＤＥの他、ＧＨその他を含

む多くの詩歌や故事を書きつけているのは、狂言側自身による考証の一例であるが、この場合をも含めて、周辺知識人の参加寄与が想像されるところである。

七　詞章について

《芭蕉》の詞章上の特徴については、いわゆる重韻が目立ち、それが秀句的に展開し、あるいは尻取り式に文をつなげてゆくかたちが注目される。

1 あだにや風の破るらん――風破窓を射て（次第―サシ）
2 秋の夜すがら所から（サシ）
3 古り行く末ぞあはれなる――あはれ馴るるも（サシ―下ゲ歌）
4 染めずはいかがいたずらに（上ゲ歌）
5 さりながらなべてならざる（問答）
6 かくばかり法の理り白糸の解くばかりなる心かな（ロンギ）
7 なかなかになに疑ひか（ロンギ）
8 さなきだにあだなるに……花染めならぬに（歌）
9 一枝の花を捧げ……一花開けて（サシ）
10 まづそよぎそよかかる秋と（クセ）

《芭蕉》中から右十例を抜き出してみたが、２４９などのかたちのみをとりあげれば、ことさら《芭蕉》の特徴的修辞とは云えないかも知れぬ。7の場合も一見右に同類とも見える。しかし「なかなかになに」のかたちは《芭蕉》と《玉鬘》のみであり、さらに同型を見渡すと、「なになかなかに」は《唐船》《楊貴妃》、「なになかなかの」は《千手》《定家》《忠度》と、《唐船》《忠度》を別にすると禅竹作らしい曲に集中していることも注目される。さらに578のごとき、かなり念入りな重ね方や、136のごとき秀句的合わせ方などの中で、右の諸例を全体的に捉えるときは、やはり頗る特徴的な方法だとは云えるだろう。だからこそ5810のごとき、文章がやや拮屈し、文意のなめらかさが失われているとも云えるが、それを犠牲にしてまでも意図的に施された修辞であると思われる。それが《芭蕉》作者禅竹の文体的特徴であるとすれば、逆にそこから他の禅竹作を測る物差たり得るかも知れぬ。たとえば《定家》の場合、「げに定めなや定家の」「それとなくあれのみまさる」「霜より霜に朽ち果てて……加茂の斎きの宮にしも」「徒し世の徒なる中」「よしぞなき、よしや草葉の」「なになかなかの草の陰」「つたなや葛の葉の」「恥しやよしなやよる契りの」などの諸例を見出すのである。もっとも、これについては禅竹の時期的な傾向もあろう。また技巧的には特殊なものでもないから、必ずしも個々の例について格別の独自性を指摘し難い点はあるけれども、その総体の中で験算をしてみる必要はありそうである。今は《芭蕉》の特徴のみを指摘して、より精緻な検証を今後に期したい。

八　おわりに　——《芭蕉》の意図——

禅竹作の謡曲については、その伝書に与えられたと同様、「観念的神秘的、曖昧模糊、幽暗晦渋」と批評され、それが容認されているかに思われる。そのような性格を今カッコ付きで示したのは塚本康彦氏の文章を借りたからで、氏は禅竹に対するそのような評価に対し、「これは決して特異で偏奇な毛色の物に非ず、その時代における普遍的な美と思想の確乎たる結晶」と見ようとされた（「禅竹能覚書―芭蕉に則して―」『日本文学』昭和四十九年十一月）のであるが、たしかに、作者の個性と時代性とは密接に関わり合う面がある。優艶佳麗を基調とする世阿弥の幽玄と、仏性即幽玄とみる禅竹とでは、同じき幽玄志向といっても、作り出される作品の世界が異なるのは当然であるが、そのような時代性の中での禅竹の個性が、《芭蕉》を作り上げたという点を注目したいと思うのである。

《芭蕉》の場合、その文章は凡庸ではない。草木成仏に焦点をあてた主題は前述の通りであって、決して曖昧とは云えまい。さらに芭蕉精譚をふまえつつも、それに拠らぬ《芭蕉》の世界を構築した点は、本説準拠主義を脱した作能法の新開拓とも云えるであろう。その構成においても、草木成仏を語るクリ・サシから一転して多分に抒情的文章となるクセは、たとえば輪廻妄執の《江口》の曲舞や、勢至観を説く《姨捨》の曲舞などの、その中に仏教教理をまとめこんだクセの逆手をゆくかたちと云えるのではあるまいか。少なくともクリ・サシ・クセに主題・本説をもり込む伝統的手法を避けた意図的処置と思われるし、かりにもしクセが法華経説を展開したとすれば、さなきだに理屈の勝った内容は、能として破綻を来たすこと必定と思われる。そのぎりぎりのところで、宗教的とも云うべき冷えた幽玄の具現化としての舞事から終結部へ導く位置を、このクセは占めていると考えられる。そして、そのような主題をあえて選択した《芭蕉》の目的は、その作品世界に、詩的世界とともに思想的内容を融合せんとした、禅竹の考える幽玄世界の構築という新境地の実現にあったと思われるのである。かくて《芭蕉》は、まさしく禅竹的発想の下、「若き時」の意欲作と云うばかりではなく、禅竹作品を代表するとともに、伝存曲中の優品と評価し得るであろう。

作品研究《東北》

一

《東北》は、古く「軒端の梅」と呼ばれた。『世手跡能本卅五番目録』に記された、いわゆる『能本目録』の内容は、世阿弥から金春太夫氏信（禅竹）に相伝した能本の目録と認められているが、その中に「ノキバノムメ」の名が見られ、世阿弥在世当時、すでにこの曲の存在したことが知られる。なお、世阿弥も、またその相伝を受けた禅竹も、この曲について一言も触れるところがない。もちろん、『能本目録』に見える曲で、その伝書中に触れられるところのない曲は他にも多いのだから、あえて問題視するには当たらないとも云えるが、《東北》が祝言物として、後の人気曲であるだけに、まずはその事実のみを指摘しておく。

ともあれ、当初の曲名としての「ノキバノムメ」は、基本的には継承されつつも、いくつかの異称を生んだ。とくにこの曲を好んだかに思われるのが金春禅鳳で、その伝書中にはいろいろと触れられることが多いが、その呼称も、「軒端の梅」の他、「好文木」あるいは「東北院」の名で記されている。そのうち「東北院」は、天文三年（一五三四）の『謡之心得様之事』などに引き継がれ、その省略形としての「東北」が、やがて現行曲名として定着するのであるが、その時期を定めることは困難である。謡本における曲名としては、室町末期頃から「東北」が顔を見せており、たとえば堀池宗活本では「軒端梅」でありながら、堀池忠清忠継節付本は「東北」とするなどの混在を見せている。とは云え、刊本の時代に入っても、車屋本・光悦本・卯月本など、観世・金春両系ともに「軒端梅」もしくは「軒端」であるのは、やはりこれが正式の曲名であるといった意識であるらしく、明和改正本において「軒端梅」であることも、その反映と云い得よう。このことは『能本作者注文』をはじめとする、いわゆる作者付資料のすべてにわたって同様である。ところで、江戸初期・中期の観世流謡本の場合、万治二年衣更着山長本・寛文十年恵賢本・延宝五年山長本・貞享三年孟春寺田本などが「軒端梅」を採用する一方、寛文七年仲夏吉野屋本・延宝二年野田本・貞享二年五月山長本・元禄九年正月川勝本などは「東北」を採ってお り、元禄十四年孟春古藤本などは、外題「軒端梅」、内題「東北」として二つの名を併存させている有様である。この点から云えば、下掛り謡本の方が、車屋本でこそ「軒端梅」であるが、金春喜勝節付本（般若窟文庫）をはじめ、刊本でも七太夫仕舞付・六徳本・元禄二年利倉屋本・須原屋本などが「東北」であって、やはり「東北」の名で掲げる江戸期仕舞付諸刊本が下掛り系であることとあわせて、「東北」の呼称は下掛りにおいて優勢であり、観世では併存のかたちがかなり続いたとみてよいようである。

二

《東北》の梗概は、いまさらここに記すまでもなかろうが、ただその構成についてはやや問題もあり、ついて左に要約しておこう。

1 次第　ワキ・ワキツレ登場
2 名ノリ　ワキの名ノリ
3 上ゲ歌　道行
4 着キゼリフ
5 〈問答〉　アイ、ワキに梅の名を和泉式部と教う
6 問答　シテ登場　和泉式部の軒端の梅を賞すること
7 上ゲ歌
8 ロンギ　シテ中入
9 〈問答・語り〉　間語り
10 上ゲ歌　ワキ待謡
11 掛ケ合　後シテ登場　上東門院時代の回想
12 上ゲ歌　和泉式部が成等正覚を得ること
13 クリ　和歌が法身説法の妙文たること
14 サシ　和歌の徳
15 クセ　東北院の状景
16 ワカ
17 〔序ノ舞〕
18 ワカ

19　ノリ地
20　歌

以上は、観世・宝生など、いわゆる上掛りのかたちを示したが、金春・喜多などの下掛りにあっては、1920がロンギとなり、その詞章も大幅に異なっている。すなわち、18ワカの後、

地〽げにや色よりも、〱、香こそあはれにおもほゆれ、誰が袖ふれし梅の花

して〽袖ふれて、舞人の返すは小忌衣、春鶯囀といふ楽は、これ春の鶯

地〽鶯宿梅はいかにや

して〽これ鶯のやどりなり

地〽好文木はさていかに

して〽これ文を好む木なるべし

地〽唐のみかどの御時は、国に文学さかんなれば　花の色もますます匂ひ、常よりみちみち、梅風四方に薫ずなり

とあり、ついで地が「これまでなりや花は根に……」とつづける。右は金春喜勝節付本によったが、下掛り系の異同は、車屋本において「小忌衣」を「花衣」に改めるのみである。ただし、下掛りとは云え、金剛流においては、1920の小段がロンギではなく、上掛りと同様ノリ地型であることが注目される。このような金剛流詞章は、この曲について上掛り系を採ったというようにも考えられようが、実は決してそうでない。というのも、6問答、11掛ケ合などは、上掛り系本文と下掛り系のそれとの間に、とりわけ多くの異同を持つ部分であるが、金剛流詞章は、まさに紛れもない下掛り系のそれであり、ただ1920の小段構成においてのみ上掛り的なのである。

いったい、いま云うところの上掛り（ノリ地型）、下掛り（ロンギ型）のちがいは、どのあたりで分かれてくるのか、が問題であるが、禅鳳の『反古裏の書』三には、「一、ろんぎのうたひやうの事」の一項を立て、「好文木はさていかに、此心」と記されている。これが右に示したロンギの一節であるところからも、禅鳳時代の《東北》が、すでにいわゆる下掛り系ロンギ型詞章であったことは疑いない。それが、例の『能本目録』にいう「ノキバノムメ」のかたちに同じかどうかは断言し難いが、しかしその可能性は高いのではなかろうか。上掛り・下掛り両系の詞章を読みくらべるとき、１４５６８11の各小段詞章における上掛りのそれは、いかにも下掛り本文を刈り込んで整理したという印象が強いからである。

それはともかく、『舞芸六輪』によると、

> 軒ばの梅には、面によりて、きりをかへてうたひて、さまよきやうにと可レ用。金春小面は、年廿三程也。是はろんぎになして用べし。
> ふかいめんは、とし四十ばかりなるほどなれば、例しきのきりにうたひて用べきといふ。

とみえる。これによれば、キリをロンギにするかノリ地にするかは、着用する面が、小面か深井かによって変わることを説いており、いわゆる流儀の差ではなく、演出上の問題として、両者が併立していたらしい事情をうかがわせる。ただ「例式のきり」というところからは、ノリ地型を基本と考えたようであるが、必ずしも一般的にそうだったとは断定し難い。たとえば偶目した下掛り二百八十九番謡本（昭和五十年十一月、東京古典会出品）に《東北》のとして掲げる詞章はロンギ型であり、それにつづけて19ノリ地・20歌の部分のみを付け加えて記しているのは、ノリ地型が異式であることを意味しよう。かくて室町末期には、下掛りにあってロンギ型とノリ地型を併存させていたのだとすれば、金剛流は、金春流とは異なって、ノリ地型を採択したのだということになるだろう。それはあくまで下掛りのものであって、金剛流の《東北》が観世的だということではないのである。

三

《東北》の構想は、6問答に「この寺に上東門院の住ませ給ひし時、和泉式部はあの方丈の西のつまを休み所と定め、この梅を植ゑ置き、軒端の梅と名付け、目離れせず眺めける」(下掛り詞章による)こと、および、11掛ケ合に「この寺に上東門院の住ませ給ひし時、御堂の関白この門前を通り給ひしに、御車の内にて法華経の譬喩品を高らかに読誦し給ひしを、折節式部この御経の声を聞いて、門の外法の車の音聞けばわれも火宅を出でぬべきかな」(同前)と詠んだこと、が二本の柱となっている。いずれも「この寺いまだ上東門院の御時」の話として語られているが、もとより史実としての和泉式部事蹟とみるわけにはゆかない。しかし和泉式部は、史実を離れて極めて多彩な説話圏を形成しており、とりわけ誓願寺の唱導と関連して説かれる柳田国男説は、その著『女性と民間伝承』に詳しいから、ついて御参看頂きたい。いま《東北》に限って云えば、かつて田中允氏が指摘された資料(「和泉式部と謡曲」『国語と国文学』昭和二十一年四月)に付け加えるものを持たない。田中氏は、まず第一の「軒端の梅」に関連するものとして、

(A)例二公方様御尋一、自二毘沙門谷瑞心院一被レ贈二泉式部云梅花一、其艶色尤美也。集梅(梅恐栴)上坐就二大雅西堂一而習二楞厳頭仏母一之次、語レ予曰、梅曰二泉式部一、其謂問二如何一。答曰、東北院者、泉式部旧跡也。有レ梅自二禁裏一被レ召。仍献二一首一、歌曰、

チヨクナレハイトモカシコシ鶯ノ宿ハト、ハ、イカ、コタヘン

依二此歌一得二此名一也。（『蔭凉軒日録』文正元年二月十八日ノ条）

(B)東北院、是ハ上東門院ヲリ居玉フ寺ナレバ、和泉式部ガ軒端ノ梅アリ。（『応仁記』三）

の二つを指摘され、これらが「謡曲と平行して流布していた巷説」であり、《東北》がその巷説に基づくものであろうと述べられた。もちろん(A)(B)ともに謡曲以前に遡るものではないが、(A)は禅竹在世中の時代でもあり、《東北》が必ずしも流布流行していたとは思われぬ頃の話であるから、その推測はあるいは当たっているかもしれない。ただ一言付け加えるなら、(A)において「勅なればいともかしこし」の歌をあげて、いわゆる鶯宿梅説話（『大鏡』などにみえる話）をつないでいるのは、さして根拠があるわけではなく、話者の誤解である可能性が高い。(A)においては、〝東北院ハ和泉式部ノ旧跡ダ〟という理解、〝梅ヲ和泉式部トイウ〟もしくは〝和泉式部トイウ梅花〟があったという事実を確かめ得ることだけである。なお、その梅は東北院の梅に由来すると考えられてはいるが、東北院の梅だけを云うのではなく、毘沙門谷瑞心院より贈られている。毘沙門谷は東福寺の北、泉涌寺の山の南で、当時梅の名所として有名であったらしく、『応仁記』にも「毘沙門谷ニ梅ノ坊、百梅ヲ尽シテ、木密ニキリ、山ヲ作リテ色々ニ谷嶺ヲコソ通シケル」と記されている。

(B)には「和泉式部ガ軒端ノ梅」ということがはっきり示されているのだが、そのような呼称が《東北》成立以前からあり、それに基づいて曲名となったかどうかは、軽々に即断し難い。和泉式部の梅という言い伝えがあったとしても、それが軒端の梅というような文学的表現で呼ばれるためには、そこに何等かの文学的形象化が行なわれるのが通例であり、和歌世界にその徴を見出だせぬからは、唱導あたりでそのように云ったものか、さならずば謡曲化の過程での命名ということが、確率として最も高かろうとは思われる。

さて、第二の「門の外」云々の歌について、田中氏が指摘されるのは左の二資料である。

(C)或時、道命、車ニノリテ、保昌ノ家ノ門ノ前ヲ過ケル時、法華経ヲヨミ、貴ク読ケル声ウチアゲテ、車ノ中ニテ読テ過ケルヲ聞テ、（和泉式部）云ヤリケル、

門ノ外車ニノリノ声キケバワレモ火宅ヲイデヌベキ哉（広本『沙石集』）

(D)又、御堂関白道長、東北院ノ門ノマヘヲ、法華経譬喩品イトドフトクヨミテ、車ヲシヅカニ通リ給フ。式部コレヲキ、テ、深ク感歎シテ、詠ニ云、

門ノ外法ノ車ノヲトスレバワレモ火宅ヲ出ヌベキカナ（『月刈藻集』下）

これも、当時巷間に相当に流布していたものと思われる旨、田中氏の説であるが、軒端の梅のごとき口碑に属するものでないだけに、その可能性は少なかろうと思われる。しかも誓願寺唱導とも関係はなさそうで、いきおい(C)の資料との関連が注目されるところとなろう。

道命阿闍梨は藤原道綱の子、天台慈恵大師に師事して、『法華経』を誦するに、その声微妙にして聞く人皆、首を傾け、貴ばずということなく、その読誦を聴聞せんとて、諸神・諸仏が参集した話をはじめ、奇瑞の数々が『今昔物語』にみえる。道命はまた好色をもって名高く、おなじく好色の和泉式部と結びつけられた。『宇治拾遺物語』では、道命が和泉式部の許に通っていた一夜のこと、目覚めて『法華経』を誦すると、ふだんならば梵天・帝釈が聴聞されるところ、その夜は身を清めぬままの読誦ゆえに来り給わず、ためにかえって五条の道祖神が聴聞出来て喜んだ話を載せている。『法華経』と道命と和泉式部とは、三題噺ではないが、いわば切り離し難い関係で結びつき得るのであり、とすれば、(D)の原型が(C)であろうことは、ほとんど疑いないと思われる。それはそれとして、(D)と同内容の話が謡曲以前に形成され、それが《東北》の素材となったとするなら、それは単に(C)(D)のみの独立説話の範囲内で変わるものではなく、道命から道長へ変えられる必然性を伴なった条件が整えら

れていなければなるまい。しかし、そのような条件は、恐らく《東北》の構想の中においてこそあり得るのではあるまいか。巷説の説を斥けて、謡曲化の過程での形成とみるゆえんである。

なお、「門の外」云々の和歌は、その下句が、上掛りにおいては「われも火宅を出でにけるかな」であるが、下掛りが「われも火宅を出でぬべきかな」であり、そのかたちが(C)に同じであるのは、あるいは前述した下掛り詞章原型の推定を支える一証たり得ようか。また、この和歌もとより和泉式部の詠ではないが、『拾玉集』にみえる「今ぞ知る今日の車にのりの道は門より外にありけるものを」の歌が、あるいは原核となったかも知れない。

四

《東北》の作者については、『能本作者注文』『自家伝抄』などをはじめ、いわゆる作者付資料には世阿弥作として異説はないが、これを世阿弥作とみることは頗る疑問である。すでに見て来たごとき本説――素材の扱い方は、いかにも世阿弥らしくない。さらに、13クリ・14サシにおいて和歌が法身説法の妙文たること（《杜若》にも）や、古今序に触れながら、15クセにおいて、一転して東北院の叙景に移るあたり、世阿弥の方法とはますます遠ざかると云えよう。そして、一曲の主題が梅でありながら、和泉式部とも重なり合うがごときは、たとえそれがねらいであるとしても、曖昧さの非難は避け難いのである。しかもクセが、その主題にそぐわぬ硬い調子であるのは、非世阿弥作を決定的ならしめる点と云わなければならぬ。実は、すでに早く、この曲を好んだらしい禅鳳にしてなお、

好文木の曲舞、儀ごわにてわろく候。東北院の庭の森、其体を優にやさしく歌いてよく候べく候。

と指摘しているのであった。（『禅鳳雑談』）

「東北」とも「軒端の梅」とも、長らく落ち着かなかった曲名や、あるいはノリ地型・ロンギ型の併存などにもこの曲の主題の曖昧さが反映しているとも云えるのであるが、ともあれこの曲が、世阿弥の手になるものでないことはほぼ確実であろう。とすれば誰か、ということになると、今は何の手がかりもない。その幽玄性によって世阿弥作が容認されていたのと同様のレベルで、世阿弥ではないがそのグループに属する者とも云い得ようが、もとより根拠のあるべくもない話である。それよりも、主題の曖昧さを作詞に凝り過ぎた結果とみるとき、演技者の立場からは思いも及ばぬ能作りだとは云えぬであろうか。比較的古い作品に属するとならばなおさらのことで、そこで、かりに能役者周辺の知識人の作だと考えるとしたら、さきにもみた素材の扱いと云い、クセの文章と云い、あるいはロンギの調子と云い、いかにもそれならかくありそうだという感はなきにしもあらず、全くの臆測ではあるが、あえてひとつの試案として検討の材料に供したい。

五

《東北》の間狂言は、古版本には見えないが、貞享三年（一六八六）刊の『間仕舞付』に到って、はじめて収められた。それは『狂言集成』所収の和泉流詞章と同系であるが、その間語りの要点はおおむね次の通りである。

1、東北院は、その所在が都の鬼門ゆえの命名であること。

2、もとは上東門院の住まいであったが、長元三年（一〇三〇）八月二十一日に寺とすること。

3、和泉式部の生国は因幡国で、越前守大江政助の息女であること。
4、藤原保昌と丹後に赴き住むこと。
5、播州書写山の性空上人に、暗きより暗き道にぞ入りぬべき遥かに照らせ山の端の月、の歌を献じたこと。
6、夫の死後都に上り、上東門院に仕え、軒端の梅を賞したこと。
7、誓願寺に参詣し、ここで往生したこと。

以上は、和泉式部の略伝とも云うべきものであるが、これを、現在の和泉式部研究の通説によると、生年は貞元（九七六―九七八）の頃か、父は越前守大江雅致。和泉守橘道貞と結婚して和泉式部と呼ばれる。やがて夫と離れ、為尊親王・敦道親王との恋愛、親王の死後、寛弘六年（一〇〇九）頃中宮彰子（上東門院）の許に出仕、その後藤原保昌と結婚して丹後に下ったこともあるが、晩年・歿年など未詳ということで、右３４６あたりとの喰い違いから、それを誤伝ときめつける前に、いわゆる和泉式部理解ということについての、多くの問題点を見出だすことが出来るのである。ただいまそのすべてについて述べる余裕はなく、さしあたり《東北》の名が由来する１２の点に関連してのみ、簡単に触れるに止めたい。

東北院の所在については、『拾芥抄』に「東北院、一条南、京極東、上東門院御所、元法成寺内、東北角也」とみえ、法成寺西北院に相対する東北の位置にあった。「かの東北院は、この院（上東門院）の御願にて、父大臣（道長）の御堂法成寺のかたはらに作らせ給へり」（『今鏡』）というようなわけで、長元三年八月二十一日は東北院の供養が行なわれた。願文の一節には、「因レ茲、聊捨二信心之浄財一、将レ構二方丈之梵宇一、……建二立常行常一宇一、奉レ造二金色阿弥陀如来像、観音、勢至、地蔵、龍樹菩薩像等各一体一、奉レ書二写妙法蓮華経百部一、又置二十二口之神像一」（『扶桑略記』）とみえる。また『栄花物語』によれば、「築地（ついひぢ）つきわたし籠めて、いみじくめでたく造らせ給へり。沈・紫檀を高欄にし、蒔絵・螺鈿、櫛の笆などの様にせさせ給へり。柱絵なども世の常ならず、釘打つ所には瑠璃を釘のかたに伏せなど、よろづを尽したり」と、いかにも女性的華麗さがうかがえる。しかし、この東北院は、天喜六年（康平元年〈一〇五八〉）二月二十三日、法成寺ともども全焼した。「同じ二月廿三日の夜、御堂焼けぬ。さばかりめでたくおはします百体の釈迦・百体の観音・阿弥陀・七仏薬師など丈六の御仏達、火の中にきらめきてたゝせ給へる。あさましく悲し。女院（上東門院）の御仏なども、めでたくいみじかりつるも、夜の程の煙にて上らせ給ひぬる、なほ〳〵いみじく悲し」と『栄花物語』は記すのであるが、『康平記』（『謡曲拾葉抄』所引）によると、「而去康平元年為二灰燼一、仏纔免二烟炎一、仍此地如レ旧建二立堂舎一、安二置本仏一也」と云うから、本尊は辛くも助け奉ったもののごとくである。ともあれ東北院再建の供養は康平四年七月二十一日に行なわれた。上東門院晩年の御所となった東北院とは、すなわちこれである。それからおよそ百年余、承安元年（一一七一）七月十一日再び焼亡、上東門院の旧跡は消滅した。もっとも、東北院はまたまた建て替えられ、位置も近くながら、今出川京極へ移されたが、法成寺ともども衰微の途を辿ったもののごとく、兼好法師は『徒然草』に法成寺の荒廃を歎き、応永六年（一三九九）『相国寺塔供養記』には「上東門院の東北院も、千手堂ばかりぞ残りたる」と記されたが、それももはや往時の東北院ではなかったのである。《東北》が作られたのはこの時期であり、それは、辛うじて遺る跡に往時を偲ぶ挽歌であったとも云えようか。応仁の兵火は、遂にそれさえも滅してしまうのである。

上東門院の東北院はなくなったが、しかし和泉式部と軒端の梅は生きつづけた。近世、京極三条の誓願寺の南に隣りして、誠心院は和泉式部寺とも称し、また、洛東真如堂の西に東北院を称するは、弁才天を本尊とする時宗の寺にして、ともに和泉式部の塔と、軒端の梅を伝えている。それが、とりわけ謡曲《東北》の力であることは言うまでもない。

作品研究《卒都婆小町》

一　《卒都婆小町》古今

現在演じられる《卒都婆小町》の能の構成は次の通りである（日本古典文学大系『謡曲集』に準拠する）。

1、ワキの登場〔次第・名ノリ・サシ・上ゲ歌・着キゼリフ〕　高野山の僧が都への途中阿倍野（又は鳥羽）に到る。

2、シテの登場〔次第・サシ・下ゲ歌・上ゲ歌・（着キゼリフ）〕　百歳の姥が都を出てさすらい、朽木（卒都婆）に腰かけて休む。

3、ワキ・シテの応待〔問答・問答・掛ケ合・歌・上ゲ歌・下ノ詠・歌〕卒都婆問答で僧を言い負かした老女は戯れの歌を詠む。

4、シテの告白〔問答・名ノリグリ・サシ・上ゲ歌・下ゲ歌・ロンギ〕　老女は小野小町と名のり、昔に変わる現在の境涯を語る。

5、シテの狂乱〔問答・歌・上ゲ歌〕　小町に四位少将の霊が憑く。

6、シテの狂乱〔歌・□・歌〕四位少将の百夜通い。

7、結末〔キリ〕成仏祈願。

このような現行《卒都婆小町》に対し、その古型はかなり違ったかたちであったことが『申楽談儀』によって知られている。「小町、昔は長き能也。過ぎゆく人はたれやらん、と云て、なを〳〵謡ひし也。後は、その辺りに玉津島の御座ありとて、幣帛を捧げければ、みさきとなつて出現ある体なり。これを良くせしとて、日吉の鳥太夫といはれしなり。当世、之を略す」という一文がそれで、ここに言う「過ぎゆく人はたれやらん」が、現行第二段〔上ゲ歌〕の「漕ぎゆく人はたれやらん」に一致すると見做し、この「小町」の能を《卒都婆小町》の古型と考えるとき、古今のかたちの違いはまことに大きいものがある。この点につき、すでに多くの研究者による見解が示されてはいるが、いささか異なった私見を提示して御批正を乞いたいと思う。

二　中世の小町像

かつては嬌慢を誇った小町が百歳の姥となって路頭にさすらうという、中世普遍の小町のイメージの原点にあるのが『玉造小町壮衰書』である。この書が中世における小町像の形成にいかに大きく作用しているかということについては、片桐洋一氏『小野小町追跡』（笠間書院、昭和五十年）に詳しいが、たとえば同書に掲載の陽明文庫蔵貞治六年（一三六七）画の「小野小町像」もその一例で、大きな袋を背負った醜怪な老婆の姿にも当時の小町観が窺える。延宝九年（一六八一）、京都市原の小町寺（補陀落寺）を訪れた黒川道祐は「四位少将画像、小野小町ガ影二幅、少壮ノ日ト老衰ノ体トヲ写セリ」という絵を見て、「小町老衰乞食ノ体ヲ画ケル図トテ、織田信長公御所持アリ。是ハ御生害ノ時、近江安土城ニテ滅ス。今一幅近衛殿ニアリ。又高野山文珠院立詮所持。此ノ二幅ハ今現ニアリ」と記して陽明文庫本にも言及し、またこれらを「必ズ小町ガ像トハ難決」と考証している（『近畿歴覧記』）けれども、それを小町と見る伝統下に、『九相詩絵巻』（中央公論社版『日本絵巻物全集』）をも小町と伝えるような拡大化もみられて、「小野小町がなれる果て」のイメージの強さが窺える。ともあれ『壮衰書』の世界を背負う限り、小町は盛時の嬌慢とは対蹠的な、老残醜陋の百歳の姥でなければならないのである。《卒都婆小町》もまたその例外ではない以上、古能として演じられる小町にも、そのようなイメージは要求されたであろう。金春禅鳳の『反古裏の書』一に「卒都婆小町などの出立ちも、なへなへとして色のなき物を着るなり。さのみ汚なき出立ちすべからず。当流の心得也」と言うのも、衰態をリアルに表現した扮装法の古態をふまえた発言と見ることが出来よう。それにしても、たとえ汚なからぬ扮装を心がけるにもせよ、かかる伝統的小町像には、世阿弥の幽玄観にはそぐわぬ本性があると言うべきではなかろうか。とすれば、古《卒都婆》と現《卒都婆》との間にこの点を隔絶する何があるのか、そしてそれに世阿弥はいかに関わっているのか、という点もまた、改作の問題を考える場合の課題とならねばならぬ。

ちなみに、いま老醜の小町を伝統的小町像と考えるのであるが、世阿弥の場合、小町を遊女としても把えている。そして、それもまた中世小町像の伝統の中にある。『三道』には女体を例示して「伊勢・小町・祇女・静・百万、如レ此遊女」という。そのように記す世阿弥にどんな能が具体的に前提されていたかは後に譲るが、小町を遊女と把える根拠は、やはり『壮衰書』にある。「吾ハ是倡家ノ子、良室ノ女焉」と記されており、それを「倡家とは歌舞をわざとする家なり。良室とは富み栄へたる家なり」（京大本『壮衰書註』）と理解するのである。《卒都婆》第四段で小町が名のると、ワキ僧は「いたはしやな小町は、さもいにしへは遊女にて」というのも、もちろんこのことをふまえるわけである。

三　小町と空海

『壮衰書』には「沙門空海撰」と記されている。はやくは清輔（『袋草子』）や兼好（『徒然草』）等も指摘しているように、この書を小野小町とか空海とかに結びつけることは実は正しくないけれども、しかし中世以降、空海が著わした小町の話として信じられて来た享受史があるのである。したがって『壮衰書』の冒頭に「予、行路之次、歩道之間、径辺途傍、有二一女人一」とあって、「予」を「大師みづから我身をさして宣ふなり」（京大本『壮衰書註』）と理解するのであるが、空海が路傍で老小町に出逢うというこの書の設定は、そのまま《卒都婆小町》の構想に重なって来ると思われる。

《卒都婆小町》のワキは「これは高野山より出でたる僧にて候、われこのたび都に上らばやと存じ候」と名のる。このワキを高野山出身の僧ということからか、高野聖だと前提する見解もあるが、いささか短絡的だと思われる。たとえば下掛り系では「高野住山の沙門」と名乗るのだが、宮増親賢の画像を描いた窪田統泰の謡本を転写した松井家蔵妙庵手沢本によれば、「かやうに候ふ者は高野山より出でたる僧にて候、われこのたび都に上り、只今わが山に帰り候」とする。もしこのかたちがより古型を残すとするならば、そのように名のるワキの目的地が高野山であることは頗る重要なことと言わねばならぬ。現行のワキの〔着キゼリフ〕は、到着点を鳥羽（福王流）、もしくは阿倍野（下掛り宝生流・高安流）とするが、鳥羽とするのはシテの道行（第二段〔上ゲ歌〕）に「鳥羽の恋塚秋の山」と地名を出すことに基づくのであろう。阿倍野の場合、確かな理由は明らかでなく、そこに玉津島明神が勧請されていたという見解もあるが、その事実は多分あるまい。『申楽談儀』には前掲のごとく「過ぎゆく人は誰やらん、と言ひてなほなほ謡ひし也」と見え、さらに謡が続いて聞かせ所となっていた。それが恐らく目的地の高野山まで続く道行だと仮定すると、街道筋にあたる阿倍野の地名も点出していたかと思われる。鳥羽の地名にならって、阿倍野の場合もその名残りであるかもしれないと推測しておく。

いま、ワキが高野山に帰り、シテが高野山へ上ってゆくと仮定したが、それは単なる推測だけではない。シテが朽ち木と思って腰をかけた卒都婆とは、高野山における重要な景物であった。現在多くの人が思い浮かべる卒都婆とは、あるいは墳墓に立てられた薄く細い板状の卒都婆であるかも知れぬ。しかしそれは、朽ち木と誤認して腰をかけるほどの卒都婆とは大きなへ距たりがあろう。高野山から直ちに想到される卒都婆とは、和歌山県九度山町の慈尊院から山上伽藍まで百八十町、それより奥院までの三十六町に、伽藍を起点とする一町ごとの里程を刻んで建てられた町卒都婆（町石卒都婆とも）である。「弘仁之聖暦起立之濫觴」（「町卒都婆勧進状」『続弘法大師年譜』巻七所引）という町卒都婆は、愛甲昇寛氏『高野山町石の研究』（高野山大学内密教文化研究所、昭和四十八年）によれば、史料的には『寛治二年白河上皇高野御幸記』に「路頭立卒都婆札等、注町数」と見えるのがはやく、さらに天治元年（一一二四）鳥羽天皇『高野御幸記』には三十六町に一本を加えて三十七本を金剛界三十七尊に宛てている。もちろん百八十町は胎蔵界に宛てるわけで、高野関係諸書に見えるこのような意義付けは、この頃に始まるらしい。平安時代には木造であった町卒都婆は、鎌倉時代に石造となり、その多くを現在に伝える。町卒都婆は高野山のみに特徴的なわけでなく、愛甲氏の著書にも、叡山の「阿古也の聖が立てたりし千本の卒都婆」（『梁塵秘抄』）をはじめ、各地の実例が指摘されているが、いま《卒都婆小町》の背景を考えるとき、このような町卒都婆があるからこそ、小町時代の木造——朽木にとりなした説話的修飾の中で、それに腰をかけるという発想もあり得たのであろう。なお、《卒都婆小町》の卒都婆が必ず町卒都婆だということを言うのではない。もとより高野山には、町卒都婆以外にも垣卒都婆や笠卒都婆の林立している様子は、たとえば『一遍聖絵』にも見える通りであるが、しかも高野山の卒都婆のイメージを代表するものとして町卒都婆があり、それが《卒都婆小町》一曲のイメージにつながってゆくことを重視したいと思うのである。かくて、空海と小町の間に、「女の行かぬ高野山」（世阿弥自筆本《タダツノサヱモン》に見える曲舞の名）における卒都婆が配されてこそ、最もふさわしい舞台条件が設定されると思われるのである。

古《卒都婆小町》の設定をこのように考えてみると、ワキ登場の第一段は、〔名ノリ〕のみならず、〔サシ〕〔上ゲ歌〕〔着キゼリフ〕と続く現行詞章は、全面的に改められているものと思われる。〔上ゲ歌〕は《花月》からの転用でもあろうか。もしそうだとすれば、この〔上ゲ歌〕に親子の絆が謡われているところに、それを断絶した空海の影を認めた処置であるかも知れない。もっとも、《卒都婆小町》の改作・補訂が一度限りとは言えまいから、それがいつの時点の処置であるかは明らかにし難い。なお、〔次第〕だけは原型のままであるかも知れない。「山は浅きに隠れがの、深きや心なるらん」は高野山中における修行を表わす文章で矛盾が認められないからである。とともに高野山を「隠れが」とする例は、『五音』下に収める「高野節曲舞」（元雅曲。《高野物狂》のクセ）に「抑々このタカノサンと申すは……然れば来世の隠所として、結界清浄の道場たり」というところに通じるであろう。

四　卒都婆問答

《卒都婆小町》の眼目はいわゆる卒都婆問答であり、さらに「極楽の内ならばこそ悪しからめそとは何かは苦しかるべき」の一首を詠むことにある。この歌の出所がわかれば自然解決する問題もいろいろあると思われるが、遂にいまだ見出だすことが出来ない。今後ともの宿題にしておきたい。

朽木に腰をかけている、それが実は卒都婆で、そこから卒都婆の功徳を教化するという構想は、卒都婆への関心を喚起する話法としてまことに巧妙であると言えよう。そんなところに説経・唱導の一つの姿が浮かんで来るように思われるのであるが、と言うのも、卒都婆は仏教世界で教義的に重視されているのみならず、唱導世界でも同様で、『言泉集』『普通唱導集』『金玉要集』等の唱導資料に収められるところであり、『雑談集』『因縁抄』『三国伝記』等には説話的なものも合わせている。もちろん建立が珍しからぬ卒都婆供養に関しては、表白や講式等を伴なっており、卒都婆への関心が身近なものであったことも《卒都婆小町》の背景をなすであろう。さて、卒都婆問答を便宜上次のようにまとめてみたい。

A。仏体色相の卒都婆にてはなきか
　。仏体色相の忝きとは宣へども……ただ朽木とこそ見えたれ
B。たとひ深山の朽木なりとも、花咲きし木は隠れなし、いはんや仏体に刻める木、などかしるしのなかるべき
　。われも卑しき埋れ木なれども、心の花のまだあれば、手向けになどかならざらん
C。さて仏体たるべき謂はれはいかに

。卒都婆は金剛薩埵、仮に出化して三摩耶形を行ひ給ふ

D。行ひなせる形はいかに

。地水火風空（五大五輪）

E。五大五輪は人の体、なにしに隔てあるべきぞ

。形はそれに違はずとも、心功徳は変るべし

F。卒都婆の功徳はいかに

。一見卒都婆永離三悪道

G。一念発起菩提心、それもいかでか劣るべき

。菩提心あらば、など憂き世をば厭はぬぞ

H。姿が世をも厭はばこそ、心こそ厭へ

。心なき身なればこそ、仏体をば知らざるらめ

。仏体と知ればこそ、卒都婆には近づきたれ

。さらばなど礼をばなさで敷きたるぞ

。とても臥したるこの卒都婆、われも休むは苦しいか

I。それは順縁にはづれたり

。逆縁なりと浮かむべし

J。提婆が悪も、観音の慈悲……煩悩といふも、菩提なり

。菩提もと、植ゑ樹にあらず、明鏡また、台になし、げに本来一物なき時は、仏も衆生も隔てなし

右A～Jのうち、A・C・D・Fは卒都婆の意義を説く。Eもそれに準ずると見てよかろう。最も基本的な内容で、普遍的類型的なものであるから、特に直接的典拠といったものを求め得まい。たとえば『言泉集』塔婆尺にも「次、密教意者、塔婆者大日如来三摩耶形也。此宗意者、仏有三種形相、種子尊形三摩耶也。以塔婆為大日一身、……又五輪種子者、即五部諸尊之種子也……高野大師尺云、塔名功徳聚云々。此尺意者、毗盧遮那万徳所集成也。故立一基塔婆者、即造諸仏形像也」とみえるほか、新旧諸注釈にも関連資料は種々引かれる通りである。もっとも、Cについては「五輪の塔婆は大日如来及虚空蔵菩薩の三摩耶形にして、金剛薩埵の三形は金剛杵なること通法なれば、……大日如来としたるかた善からむと思はる。……出仮といふ語も甚だ妥ならず。三摩耶形は行ふものにはあらで、現じ給ふといふべきなり」という疑問（『芸文』明治三十五年六月、卒都婆小町合評）もある。

右『言泉集』に見るごとく、Fでも卒都婆の功徳を云々するのは常套であるが、その文は《知章》に「一見卒都婆、永離三悪道、何況造立者、必生安楽国」の完形で見え、《善知鳥》では「一見卒都婆永離三悪道、この文のごとくんばたとひ拝し申したりとも永く三悪道をば遁るべし、いかにいはんやこの身のため造立供養に預からんをや」のかたちで表わされていることは周知の通りである。この文については『謡抄』に「経論ニカクノ如クツヾキタル文ハ無キ歟」という通り、文献上の所依は未詳のままである。しかるに、前掲『高野山町石の研究』によれば、鎌倉期建立の町石卒都婆のうち、第八十七町石（高野町花坂字ウケフミ）の右側面には「一見卒都婆、永離三悪道、何況造立者、必生安楽国」の文字が二行に刻まれているとともに、同様の例は、鎌倉市材木座五所神社板碑（弘長二年〈一二六二〉）、奈良柳生街道円成寺苑池中央板碑（元亀二年〈一五七一〉）があり、また熊野湯の峰温泉近くの車塚横の自然石板碑（永和二年〈一三七六〉）には「必生安楽国」の代わりに「決定成菩提」と刻まれているという。このようなバリエーションはあるにしても、(1)この文が卒都婆造立供養のいわばスタンダードな文句として、遅くとも鎌倉時代以降には普ねく知られていたから、『私聚百因縁集』にも「一見卒都婆永離三悪之文、滅罪ノ証拠ナリ」（巻四、離提女事）という省略形だけで通用した事情が窺われるのである。ちなみに、『普通唱導集』塔供養の項に「是以一拝見之人、永免悪趣之苦報、纔結縁之輩定詣浄刹之楽邦、况於造立之功、言語心量近覃者歟」とも見えている。

Gにおいては、この「一見卒都婆……」に対して「一念発起菩提心」が逆比されている。日本古典文学大系『謡曲集』（上）補注に指摘するように、『宝物集』に「一念菩提心を起せば、百千万の塔を造るには勝れたり。况や永く道心を起して仏道を求めんに於てをや」と見えており、「漢文の語勢に非ず、必ず吾朝古徳の作」（織田得能『仏教大辞典』）と思われるものの、『万法甚深最頂仏心法要』などにも見られ、「諸大乗経、殊ニ法華、此意」（『謡抄』）であると言う。『菩提心論』には見えないが、そう信じられて中世の『太子伝』などにも引かれ、(2)広く知られていた文句であった。

このような卒都婆問答について、その内容は格別深遠な教理を説くのではなく、むしろやりとりの面白さに主眼点があるとする見解がある。それはその通りであるが、その面白さは、根底に最もポピュラーな卒都婆観をふまえるからこそ、その背反的かけ合いの面白さとなり、さらにそれからはみだしたHを包みこんで、儀理の面白さを作り出している。いうまでもなく《自然居士》のそれに共通するものがあるが、その面白さを増幅させているのがBとJであり、かつその部分が卒都婆問答全体の中で異質である点が注目されよう。Bの場合、「深山木のその梢とも見えざりし桜は花に現はれにけり」という、『詞花集』や『平家物語』に見える源頼政の歌をふまえている。A—Cと直結するかたちの問答の間に挿みこまれたこの部分が、かなり凝った和歌的修辞による文章であることは、とりもなおさず世阿弥的手法を想起させるのであるが、さらにこの和歌が、《春栄》《実盛》という世阿弥関係の能に用いられている（他には《二人静》にも）ことからも、この部分が世阿弥による増補であるらしいことを窺わせる。また「われも……埋れ木なれども、心の花のまだあれば」は「埋れ木の人知れぬこと」（『古今集』仮名序）をそのままふまえた《志賀》《江口》《関寺小町》や「埋れ木の人知れぬ身」に変型させた《鵜》《錦木》があり、とりわけ「埋れ木の人知れぬ身と沈めども心の花は残りけるぞや」という《西行桜》はBに全く同じ手法であると云えよう。「埋れ木の人知れぬ身と沈めども心の池のいひがたき」という《実盛》は「心の花」を変型させた例であるが、この「心の花」もまた《志賀》《忠度》《西行桜》《井筒》《采女》《関寺小町》等の世阿弥作品に頻出し、「埋れ木の……」同様の世阿弥語――世阿弥が好んで用い、世阿弥作を特徴づける語――であって、こんなところにも、Bが世阿弥増補と見ることを支証すると思われる。

Jの場合、「菩提もと植ゑ樹にあらず……」が中国禅宗第六祖慧能の偈に基づくことは『謡抄』以下諸注釈に指摘する通りである。『六祖法宝壇経』によれば、五祖弘忍が門下に、悟心を問うたところ、高弟の神秀が「身是菩提樹、心如明鏡台、時時勤払拭、莫使有塵埃」の偈を壁面に掲げた。米搗きの下僕がこれを聞き、その傍に「菩提本無樹、明鏡亦無台、本来無一物、何処有塵埃」（諸本により本文少異あり）と記し、人々を驚かせた。それが慧能で、弘忍は法嗣を継がせたが、危害の及ぶことを慮って逃れさせたという。中国禅宗が南宋の慧能、北宋の神秀と分かれるに到る一挿話であるが、慧能の偈から直ちに想起されるのは、世阿弥が『風姿花伝』問答条々で花の理を説くにあたり、その真髄を「心地含諸種、普雨悉皆萌、頓悟花情已、菩提果自成」という慧能の偈を以て示していることである。世阿弥の禅的教養については今更言うまでもないが、Jにおいても、善悪不二（邪正一如）・煩悩即菩提という観念を慧能の偈につなげてゆくあたりに世阿弥の作為があると見てよいであろう。

これを卒都婆問答の全体から見るときは、「忽ち禅書の出典を雑へ来りて……高野の真言僧の口吻に似つかはしからざる難ありて、蕪雑の評は免れず」（『芸文』卒都婆小町合評）と言う通りであるが、それは原型を改めた結果に外ならない。それでは手を加えたことが改悪となったかと言えば、それは当たるまい。世阿弥の関心は真言密教の立場を一貫させる点にあるのではなく、その点を犠牲にしてもこの問答の儀理の面を磨き上げることにあり、さらに、文章的彫琢を加えることにあったと言えよう。卒都婆問答がこのようなかたちで練り上げられたとすると、B・Jを加えるためにも、問答の全体にわたって手が加えられたことが当然考えられる。したがって、いま見る卒都婆問答とその面白さを、そのまま観阿弥のものとすることは出来ないのだということは、十分留意しておく必要があるだろう。

五　四位少将百夜通い

《卒都婆小町》の後半は、四位少将の百夜通いの怨念による憑き物の能であるが、それは《通小町》のテーマと共通の関係にある。ともに観阿弥が関与するこの二曲に同じテーマを共有しているのは、果たして原型のままかどうかを考えてみる必要があろう。それにつき、《通小町》もまた現行形態へ到るまでに複雑な過程が推量されるのであるが、まずその問題点を簡単に述べておきたい。

周知のごとく、『申楽談儀』には《四位少将》を観阿弥作とするが、それは《通小町》の古作と考えられている。また同書は「四位少将は、根本山とに唱導の有りしが書きて、金春権守、多武峰にてせしを、後、書き直されし也」と見え、原作が大和の唱導師の手になり、(3) 金春権守によって演じられたのが初めてらしい。「書き直されし也」とは観阿弥改作の意と考えられるが、世阿弥もまたさらに手を加えていることが確実である。『五音』上に「忝なきおん譬へなれども」というツレのサシ（上掛りなし）を曲付者名なしに挙げているのが、その部分の世阿弥作曲であることを示すからである。もっとも『平家物語』大原御幸の花摘みの女院を下敷きにしたらしいその部分の作詞が世阿弥かどうか、「市原野べに住む姥」として登場する小町が中入するのは世阿弥の改作かどうか、「あなめあなめ」の和歌を配する文飾は世阿弥の処置かどうかなど、《通小町》前場についても問題は多いのであるが、それはさておくとして、後場の百夜通いについても、改作上の問題がからむ事情は同様である。懺悔を勧めるワキ僧の言葉に従い、「さらばおこと（小町）は車の榻に百夜待ちし所を申させ給へ、われ（四位少将）はまた百夜通ひし所をまなうで見せ参らせ候ふべし」（「日本古典文学大系」本による。現行本は省略型）というかたちで演じられる二人の物真似が眼目となる筈であるのに、現行のかたちでは、百夜目の歓喜と成仏はいかにも唐突かつ曖昧と言わざるを得ない。ここは《卒都婆小町》のような、あと一夜を残した怨念を綴るのが本来のかたちで、《通小町》の場合も、原型はそのようなかたちで演じられる、大和猿楽の伝統的物真似芸であったに違いない。

さて、百夜通いの説話は、元来『古今集』恋五「暁の鴫の羽かき百羽かき君が来ぬ夜はわれぞ数かく」の歌について、「鴫の羽掻き」か「榻の端書き」かが古来解釈上の問題となり、「榻の端書き」説の例証として百夜通いの説話が示されているのである。但し、その男女が誰であるかについては諸書に種々の名が宛てられているが、[4]にも拘わらず和歌世界にあって深草の四位少将と小町のこととする説は見出だせない。恐らく和歌世界とは異なったところで創出されたかと思われるが、その意味でも《四位少将》の原作が大和の唱導師であったと証言する『申楽談儀』の記事は示唆的である。もちろん唱導世界でそれが語られた確証がない以上は、《四位少将》成立の時点での創出の可能性も否定出来ないが、ともあれ百夜通いを四位少将と小町のこととするのは、文献的には《通小町》を遡り得ないのである。これを要するに、能の世界では《四位少将》がはじめてこの素材をとりあげたことは確実であろう。とすれば、《卒都婆小町》がこの素材を共有するのは《四位少将》のそれを摂り入れたからと考えるのが自然であろう。但し、観阿弥が《卒都婆小町》を作るにあたって、その当初から卒都婆のテーマと、既に能として存在していた百夜通いのテーマとを併せて構想したとは考え難い。《卒都婆小町》が百夜通いのテーマを摂り入れたのは、原《卒都婆小町》を大幅に改作するにあたっての処置であり、それは世阿弥の手になる可能性が大きいと思われるのであるが、このことは《卒都婆小町》の原型とはどんなかたちであったかということとも関わるであろう。そこでまず、その点についての推測を試みておきたい。

六　玉津島明神とみさきの烏

《卒都婆小町》の原型については、本稿冒頭にも引用した通り、「後は、その辺りに玉津島の御座ありとて幣帛を捧げければ、みさきとなつて出現ある体なり。これを良くせしとて、日吉の鳥太夫といはれしなり。当世、之を略す」（『申楽談儀』）と言うのが、具体的かつ唯一の手がかりである。まず小町の玉津島奉幣については、「小町は衣通姫の流なり」（『古今集』仮名序）とされ、和歌の浦に鎮座の玉津島神社がその衣通姫を祀ると信じられて和歌三神の一となっていることを前提として、小町と玉津島とが結び付けられているのであろう。しかし《卒都婆小町》において、小町がワキと出会うのが阿倍野や鳥羽とする現行のかたちに拠る限り、そこに玉津島との関わりは求め得ない。その地に玉津島明神が勧請されていたとする推測もあるが、そのような事実はあるまい。

また小町が高野山への途中に玉津島へ立ち寄ったとする推測もあるが、それでは「後は」という『談儀』の文章に矛盾するだけではなく、みさきの烏の出現を説明し得ない。卒都婆に休む小町と空海の邂逅が高野山であろうことについては前述の通りであるが、とすれば、玉津島への奉幣もまた高野山においてでなければならないであろう。

そもそも、空海が高野山霊場草創にあたり、大師を山に導き、その地を献じたのが高野山神であったことは縁起を語る諸書に見えるが、承和元年（八三四）十一月十五日の『遺告諸弟子等』（『弘法大師全集』七）に、「去弘仁七年、表二請紀伊国南山一、殊為テ二入定処一作二一両草庵一、……厥峰絶遥遠阻リ二人気ヲ一、吾住時頻在ニ二明神衛護一……彼山裏路辺ニ有レ神、名曰二丹生高野一」と記す。この丹生・高野大明神については、大山公淳氏『神仏交渉史』（高野山大学、昭和十九年）に詳論があるが、いま同書に拠りつつ当面の問題点を絞れば、丹生明神は伊勢同体説など異説種々の中にも、稚日女尊・天照太神妹なりとし、高野明神をその子とする説が最も普遍的である。『紀伊続風土記』巻四十八に「丹生津比咩は伊弉諾伊弉冊二尊の御児、天照大御神の御妹にて稚日女尊と申し、神世より本国和歌浦玉津島に鎮まり坐せり。神功皇后新羅を征伐し給ひし時、此神赤土をもつて功勲を顕はし給ひし故、皇后凱還の後、伊都郡丹生の川上、管川藤代峰に鎮め奉れる」由を記す。また神輿が玉津島に渡御し、『続弘法大師年譜』巻七（『真言宗全書』）には、「天野にては浜降の神事と称す……其後……渡御の式止みけるが、文保二年……復古すれども、又応仁の比に至り廃弛せり。然るに今も毎歳九月十六日……遺式をなす。此等の縁に就て天野・玉津島は共に稚日女におはします」とみえている。ついでに『諸社一覧』第八に記すところを参考までに付け加えておこう。

丹生高野の二神は、即母子にておはしますと申伝へり。或は夫婦とも。高野の大明神は大神宮の御弟なり。

又玉津島の衣通姫を思ひ人にて、御馬にて忍びて通ひ給ひけるを、丹生明神やすからぬことに思召けり。彼玉津島へ神馬を奉られし時は、明神の御前にてくつばみの音をならさぬ事にて侍となん。今此所を尋るに、牛窟とて玉津島山の南の江のほとりにあり。昔は高野明神の神輿、此窟へ渡御の事毎年有しかども、今断たり。窟の内に小社有。委は公任卿家集にみえたり。

あま人の乗渡しけんしるしにや岩屋をと丶め置けん　公任

ともあれ、高野の地主神たる丹生明神が玉津島と同体であるからこそ、『申楽談儀』に言うごとく、小町はゆかりの明神への奉幣となるのだと思われるが、それを嘉納した明神がみさきの烏を使わしたのも、それが高野山なればこそであろう。紀伊・熊野の山中はもとより、高野山にあっても烏は霊鳥であった。『高野山秘記』(5)（天理図書館本）は「大江道綱外記云」として「高野奥院之一双烏鳥事」を次のように記す。

眼金色、足爪青色、天鳥ト云也。匪真也鳥云々。

内道云、御入定今三日トテ、納涼房之辺ニ飛ヒ来リ、烏鳥鳴ヲ聞テ、真然師言ク、若有諸衆生、知此法教者、世人応供養、猶如敬制底文。

高祖、真然師ニ仰曰、御返事ニ云、

一生補処菩薩、住仏地三昧道、離於造作知世間相、住於道地、堅住仏地文。

御返答成了。烏聞之、飛ヒ去テ経三ケ日。其後、還テ入定砌ノ木ニ居云々。件ノ烏音、後僧正真然一人聞之、余人不聞処也。伊勢大神宮之御使者、為守護奉補。中院無空律師御房ニサ、ヤキ御坐ケリト習ヒ来也。二ツノ烏ト云ハ、不動・愛染、人鳥通理云々。

本書の内容は平安以来の切紙を整理編集して鎌倉初期には成立していたと考えられる。(6)建長三年（一二五一）

成立の『遍明院大師明神御託宣記』(7)には「於奥院在種々事」として「一、二烏ハ天照大神之御使。又両所権現。又、大師恵果、又不動愛染王也。有此外之説者、随聞可信云々(ナリ)」ともみえている。このような所説は高野の山深く秘説として伝えられたわけではないらしい。『一遍聖絵』に高野山奥院を描くにあたり烏を配しているのも、「高野の古き謡」に「深山烏」を謡い込んでいる(後述)のも恐らくこれに関連するであろう。応永二十七年(一四二〇)良遍述の『日本書紀第二聞書』に「一、伊勢国ノ御前ノ一双烏ト云事アリ。紀伊国高野山奥院ノ烏ト云、是也。伊勢ヨリ高野へ通イテ、子ヲ一双生ミソタテ、伊勢へ帰ル事、深秘ノ習在之」と説くのも、これに無関係ではない。高野天野明神が玉津島と同体であることは前述の通りであるが、天照大神の御使たる烏がまた伊勢同体説をふまえ、あるいは「両所権現」に結びついているわけで、『申楽談儀』に言うごとく、玉津島のみさきとして烏が出現することは決して故なきことではなかったのである。

古《卒都婆小町》は「その辺りに玉津島の御座あり」とて、小町が幣帛を捧げると、みさきの烏が出現し、その幣帛を取り上げて神託を告げるかたちであったに違いあるまい。それはいわば護法型の能と言えようが、しかし後ツレ的〝出物〟が護法童子もしくはそれに準ずる神格ではなく、動物の使霊である点で、もう少し古態であるといってよいのだろう。そのようなみさきの演技は、現在の能からは想像もつかないが、たとえば有名な桟敷崩れの勧進田楽における一例を参考することは出来よう。『太平記』巻二十七によれば、

日吉山王ノ示現利生ノ新タナル猿楽ヲ、肝ニ染ミテゾシ出ダシタル。斯ル処ニ新座ノ楽屋、八九歳ノ小童ニ猿ノ面ヲキセ、御幣ヲ差上ゲテ、赤地ノ金襴ノ打懸ニ虎皮ノ連貫ヲ蹴開キ、小拍子ニ懸ツテ、紅縁ノソリ橋ヲ斜ニ踏テ出デタリケルガ、高欄ニ飛上リ、左へ回リ右へ回リ、抛返テハ上リタルアリサマ、誠ニ此世ノ者トハ見エズ、忽ニ山王神託シテ此奇瑞ヲ示サルルカト、感興身ニゾ余リケル。

と描写され、「百余間ノ桟敷ドモコラエカネテ座ニモタマラズ、アラ面白ヤ堪エガタヤ」とおめき叫ぶ有様が語られている。ここに表わされている猿が、山王のみさきとして演じられていることは疑いあるまいから、文学的誇張はあるにしても、見物一同を面白がらせたその演技に、「これを良くせしとて日吉の烏太夫といはれし」ほどの、古《卒都婆小町》の烏の演技に重ね合わせてみることは許されるであろう。

好演によって「日吉の烏太夫」との異名をとった役者を狂言役者とするのが通説である。他に所見もなく伝不明で、確かな根拠が示されているわけではないが、槌大夫とか鷺とかに通ずる命名である点が、推定の理由として首肯される。もしそうだとすれば、その役柄はいわば後ツレ風演技に属し、間狂言として演じられているのではないから、みさきが必ず狂言役者の担当と決まっていたわけではなく、たとえば《翁》における千歳がシテ方（上掛り）、狂言方（下掛り）によって担当されるような、シテ・ワキ・アイ等の職能が未分化な時代の狂言役者のあり方を示していると考えてよいのではあるまいか。なお、現行《卒都婆小町》にアイは登場せず、またその存在の徴証は認め得ないが、原《卒都婆小町》に、ワキに随従するアイを伴なっていたことも考えられないことではない。

七　昔は長き能なり

『申楽談儀』の記事を手がかりとして、古態の《卒都婆小町》の復元化を試みて来た。いまあらためて要約すれば、

(1) ワキは空海であるらしいこと。

(2)シテ小町の道行はもっと長く、高野山まで続くらしいこと。
(3)小町が高野山の卒都婆に腰を掛けたことから卒都婆問答となること。
(4)玉津島明神と高野天野明神とは同体であり、それへの奉幣によってみさきの烏が出現し、芸を尽くすこと。

ということになろう。一方、『申楽談儀』には「昔は長き能也。過ぎゆく人はたれやらん、と云て、なを〳〵謡ひし也」と述べられていて、道行部分がもっと長く高野まで続くらしいと推定する根拠でもあるのだが、しかし「なを〳〵謡ひし也」とはただそれだけのことであるのか、また「長き能」と言うのも、みさきの烏の出現の部分を伴なうことだけを言うのか、なお疑問は残るのである。この点について全く根拠を伴なわぬ推量を、あえてつけ加えてみたい。『五音』上に「高野亡父曲」として「キキシニコエテ」の一節が掲げられている。また『申楽談儀』に「高野(かうや)の古き謡に、春秋を待つにかひなき別れかな」の引用があり、それが謡物として伝わる《高野巻》に一致することは、はやく田中允氏によって指摘されるところである（国語国文学研究史大成『謡曲・狂言』三省堂、昭和五十二年）。

〔サシ〕聞シニコヘテタツトク有難カリケル霊地哉、真如平等ノ松ノ風ハ、八葉ノ峰ヲ静ニ渡リ、法性随縁ノ月ノ光ハ、八ノ谷迄曇ナケレバ、今モ三会ノ暁カトウタガハル、ダン上ノ花サンコノ松、昔ノ春ニカハラネドモ、大塔再興シ給ヒシ、清盛ト哉覧モ名ノミ残リ、見シモ聞シモ人ノ身ノ、花ヤ紅葉トチリシカドモ、春秋ヲ、待ニ甲斐ナキ心カナ

〔上ゲ歌〕真言秘密ノ窓、〳〵、入定座禅ノ床、念仏三昧ノ墨染ノ袖、捨ツルウキ身ノオクノ院、シン〳〵トシテ幽ナル、深山烏ノ声迄モ、心アルカヤ物サビテ、ゲニ閑ナル霊地哉

『未刊謡曲集』五に完曲《高野巻》を翻刻された田中允氏は、その解題において右謡物は「高野の古き謡」で

あること、完曲《高野巻》はそれに基づく室町末期以前の作であること、右謡物が《高野巻》と称されたのは完曲成立以後であること、を述べられている。おおむねは従うべきであろうが、「高野の古き謡」に「清盛とやらんも名のみ残り」「待つに甲斐なき別れ（心）かな」「……墨染の袖捨つる憂き身のおくの院」などの詞章が存在する以上、『平家物語』高野巻に語られる滝口入道と横笛の物語がふまえられていると見るべく、現存《高野巻》とは同曲でないにしても、単なる高野霊場の謡物ではなかったのではないかと疑われる。それはそれとして、完曲の一部であったかも知れぬ謡物「高野の古き謡」が《高野の能》（《高野物狂》。曲舞は元雅作曲）へ影響を与えていることは、これも田中氏の指摘の通りであるが、そこに高野霊場を謡い上げる一典型としての位置を「高野の古き謡」が持っているとすれば、古《卒都婆小町》において、ほぼ同趣の謡物を含んでいたと想像することも可能なのではなかろうか。

現行のかたちでは、シテの道行のあと〔（着キゼリフ）〕となり、ついで直ちに卒都婆問答となるのであるが、ここで想起されるのは古態の能の面影を持つ《女郎花》の場合である。同曲ではワキに案内されて山上したシテは、「聞きしに超えて尊く有難かりし霊地かな」と神徳を讃え、〔下ゲ歌〕〔上ゲ歌〕と続く謡物の中に縁起を含み、霊域を詠歎する。古《卒都婆小町》の場合も、高野山に登ってきたシテは卒都婆に腰を下ろす前に（あるいは休息しながら）、縁起に関連した霊域を讃美する謡物が用意されていたと考えて差支えないとすれば、それは「古き高野の謡」や《女郎花》と同類の謡ではなかったかと想像してみるのである。

八　毛越寺延年《卒都婆小町》

平泉の毛越寺延年詞章は、早く本田安次氏により紹介されているが、その中では《卒都婆小町》《伯母捨山》《女良花》の三曲が能とも共通する。もっとも素材・構成とも能とは大きい隔たりがあり、たとえば《女良花》の場合は『和漢朗詠集私註』に基づくらしい漢だねを以て作られているが、にも拘わらず謡曲の表現との関わりが認められることは別に述べたことがある（「女郎花雑記」『かんのう』昭和五十六年）。能と毛越寺延年との間に何かの影響関係があることは疑えないが、延年の成立時期等が不明で、その性格を明らかにし得ず、したがって能楽研究の資料としても簡単には利用し得ぬ憾みがあった。《卒都婆小町》の場合も能とは密接な関わりが認められるが、そのことをどう捉えるべきかが問題である。以下簡単にその梗概を示す。

1、深草の少将（シテ）小町（ワキ）が登場し、路頭にさまよう衰老の姿を嘆き合う。
2、少将は百夜通いの昔を物語り、恨みを晴らさんと小町を追い立てて高野山へ登る。
3、新発意が登場し、卒都婆に腰かけた小町を見付け、空海に報せる。
4、空海は卒都婆の三摩耶形を説き、小町は「極楽の内にも腰をかけばこそそとは何かは苦しかるべし」と答え、歌を狂言綺語とて非難する空海に、三十一字の歌が仏の三十二相を象る由を反論する。空海は小町をさいなみ追い立てる。
5、小町は空海の打擲を少将が打つ前世の宿業と思う。少将は小町の手をとり都へ帰ろうとする。
6、少将の幽霊と知った新発意は、呼び戻して空海の力を得て成仏せしめる。

7、高野山霊場の縁起を讃嘆。

毛越寺延年《卒都婆小町》を右のように要約するとき、舞台が高野山で空海が登場するかたちは、前に推定したような古型の《卒都婆小町》に共通し、そこで延年が古《卒都婆小町》と何らかの関連があるかと考えられそうであるが、これは遽に即断し難い。『玉造小町壮衰書』に基づく伝統的小町観に立てば、小町と空海が結びつくのはむしろ必然的でさえある。そこから高野山が配せられるのもまた自然であろう。延年《卒都婆小町》が能の古型とは無縁であることを証するかに思われるのは、玉津島とみさきの烏の出現が反映していないことも指摘し得ようが、さらに《卒都婆小町》の主題名にも拘わらずシテ役としての四位少将により重点がかけられたかたちで、かつ「あら闇の御夜や」など、《通小町》をも参照したらしい表現がみられることも、その成立を示唆するかと思われる。四位少将の百夜通いは《卒都婆小町》改作にあたって補ったかも知れないのであるが、それが構想上の大きい位置を占めている延年《卒都婆小町》は、改作後の《卒都婆小町》と《通小町》に基づくものと考えてよいのではあるまいか。

ちなみに、小町の「極楽の……」の戯歌を狂言綺語と難じ、さらに仏の三十二相にあてて反論する構想は頗る巧妙と言えようが、そのような考え方自体は、中世にあっては普遍的にみられるところである。

九　小町の能

世阿弥の伝書中には、《卒都婆小町》の曲名は見られず、《小町》と称される能が見えるだけである。応永三十年（一四二三）二月奥書の『三道』には、「大よそ三体の能懸り、近来押し出だして見えつる世上の風体の数々」

として二十九の曲名を挙げるが、女体の能の例として、《箱崎》《鵜羽》《盲打》《静》《松風村雨》《百万》《浮舟》《檜垣の女》《小町》の九曲があり、《小町》が含まれている。この『三道』掲出曲について作者別に分類したのが『申楽談儀』の第十六条で、「小町・自然居士・四位少将、以上観阿弥作」とする。また同書第十四条にみえる「小町、昔は長き能也……」という記事はすでに屢々引用して来たが、それが《卒都婆小町》であるところから、右三例の《小町》をすべて同一曲と認定するわけである。ところが、世阿弥伝書中にはもう一つの《小町》が見える。応永二十六年六月の奥書を持つ『音曲口伝』巻末に、「ばうをく」の例曲として掲げる《小町》はその詞章が《関寺小町》であるから、『三道』や『申楽談儀』が書かれる以前に《関寺小町》が成立していたことになる。従って、《小町》の名で呼ばれる別種の二曲が共存していたと考えざるを得ないのであるが、それに全く疑問の余地がないわけではない。

『三道』に例示された曲は「新作の本体」とすべき規範を示したものであるが、前掲のごとき女体の例曲は、《小町》と《盲打》（散佚曲）を別にすれば、《箱崎》や《鵜羽》の女体神能（天女舞の能）を含めて、すべてが世阿弥の希求する歌舞能ということになる。いまもし応永二十六年（『音曲口伝』奥書）の時点で、《関寺小町》が成立していたとすれば、『三道』の《小町》は《卒都婆》ならぬ《関寺》の方がふさわしいと言えるのではあるまいか。さらにまた、『音曲口伝』に祝言、ばうをくの例曲として掲出するもののうち、《小町》を除く《足引山》と《塩釜》は、後に『五音』中にも例曲として掲出するにも拘わらず、《小町》を除外していることは、『五音』が網羅的採用方式ではないにしても、やはり気にかかる点といえよう。

《関寺小町》は、世阿弥伝書中には『音曲口伝』に見えるだけである。それも、祝言、ばうをくの声の分目を説く第五条と関連せしめた巻末付載のかたちで示されている。『音曲口伝』の諸伝本中にはこの例曲を欠くものもあり、本来のかたちについて説が分かれるが、例曲を備えたかたちが本来のものとする表章氏の説（日本思想大系『世阿弥 禅竹』補注）が説得的である。しかしその例示は、祝言の例曲として《祝言》（《足引山》とも称される祝言小謡）、ばうをくの例曲として《塩釜》（現行《融》）が示されればそれでよかった筈である。にも拘わらず『音曲口伝』には、さらに「ばうをく　小町」が加えられている。《祝言》《塩釜》の二曲を並べて、祝言・ばうをくを例示すれば十分であるのに、形態的にも不整なこのような処理は、《祝言》を曲名でなく、「ばうをく」に対する名目と考えた後人が、「ばうをく　小町」を補ったと考えれば一往の説明はつこう。もっとも節譜法は他曲と異なるところはないから、時代的には大きく距たることはあるまい。『音曲口伝』の内容と成立についてはかなり複雑で、問題点の多くは表章氏によって指摘されているが、今後の検討を通して右の諸問題も解明されるべきであろう。今は《関寺小町》が『音曲口伝』に見えるとしても後補の疑いがあり、その時点では未だ成立していなかったと仮定すれば、『三道』に見える《小町》を観阿弥作のそれとする『申楽談儀』の作者付とも符合することを指摘するに止めておきたい。

『三道』の《小町》が《卒都婆小町》であるとする通説に従うべきであるとなると、「新作の本体」に加えられるべき風体を、その時点で獲得していたことになる。つまり古《卒都婆小町》から現《卒都婆小町》の改作が完了していたわけであるが、それはいかなる点で新風たり得たのであろうか。

古《卒都婆小町》における小野小町は、百歳の姥という中世の小町像を承け継いだ人体であった筈だから、たとえ往年の美女とは云え、世阿弥の幽玄観に照らして見れば、女体の能としてはそのままには受け入れ難いものであったのではなかろうか。それにつき、いま特に問題にしたいのは、四位少将百夜通いの場面が、果たして原型に存在したかどうかという点である。さきに試みた復元推定のかたちにあっては、いわゆる見風を主眼とする段がみさきの烏の演出にあったと思われるのであるが、だとすれば《四位少将》の主題が古《卒都婆小町》の原作に用いられる必然性はほとんどあるまいと考えられる。そして、改作にあたりみさきの烏の出現を削除したとき、それに替わる見風の段として《四位少将》の主題を転用したとみるのが自然なのではあるまいか。しかも、《四位少将》においては、百夜通いは純粋な物真似として意図されていたであろうが、《卒都婆小町》においては、四位少将の霊が小町に憑くかたちの、いわゆる憑き物の能に仕立て変えられている。それは物着という手段を介し、憑き物の本意を狂うことによって、乞食の老女に新たな装いを付与し、面白尽くの狂女に変身せしめ得たと言えるのではなかろうか。〔イロエ〕（室町期古写本においては〔カケリ〕又は〔ハタラキ〕と指定されている）という舞事を伴ない得るかたちへの改変にも、『花伝』物学条々以来の世阿弥の能の原理が反映していると考えられる。このような変身を遂げた《卒都婆小町》であるからこそ、「近来押し出だして見えつる」風体として『三道』にとりあげられたのではなかろうか。

古作の能が世阿弥によって改められた場合、それはもはや世阿弥作と同じだという姿勢が世阿弥にはある。それほど大幅な変容が想像されるが、ひとり観阿弥の場合だけは、たとえ他の場合と同様に変改されているとしても、観阿弥作として尊重するのもまた世阿弥の姿勢であると言えよう。従来、観阿弥を論ずるにあたって、その意味での観阿弥作を、そのまま現行形態を通して説かれることが多かったが、そのような方法では正しい観阿弥作品の像は浮かび上がって来ないであろう。その好例が《卒都婆小町》であるが、たとえば《江口》にしても事情は同じことであろう。いわゆる観阿弥作品の徹底的な解体吟味の中で、観阿弥と世阿弥の姿が捉えられるべきではなかろうか。

注

（1）「一度見常灯、永離三悪道、何況持香油、決定生極楽」（『善光寺縁起』第三）、「一見於女人、能断仏種字、何況於一犯、必無間嶽」（内閣文庫本『太子伝』、六歳の条）等とみえるのは換骨奪胎の例である。

（2）文保本『太子伝』にも、十九歳の条に「一念発起菩提心、勝於造立百千塔、宝塔破壊成微塵、菩提心熟成仏道」を「菩提心経」として引く。

（3）「山と」を「山徒」と解するのが通説であるが、『申楽談儀』別本聞書に、天女を「山トニ於キテ舞ヰ初メラル」と記すかたちに照らして「大和」と考えておく。

（4）『袖中抄』所引「歌論義」には名前を示さないが、古今集序注の類は、たとえば藤原鳥養と永手大臣の娘（『三流抄』）とか、応神天皇と唐より渡来の姫（『頓阿注』）などの説がある。

（5）みさきの鳥については「社頭ニ居シテ祢宜神主ノ上ヲ踏ミ、鷩（ミサキ）ニ仰ガレテハ大恠災厄ノ慎ミヲ告グ」（『鴉鷺記』）とみえる。

（6）ここともほぼ同文が『高野山巡礼記』（「続群書類従」にも収められ、また『高野山通念集』にも用いられている（注7参照）。

（7）阿部泰郎氏の示教による（『中世高野山縁起の研究』元興寺文化財研究所、昭和五十八年）。

禅竹の能と『平家物語』

金春禅竹自筆の『五音之次第』『五音三曲集』『六輪一露之記』『歌舞髄脳記』の出現は、かつて『金春古伝書集成』を編んだ私としては、ひとしお感慨深いものがあった。なかんずく『歌舞髄脳記』は、既知の本文とは大幅に異なる草稿本で、それまでの知見を一新せしめたのであり、影印本に付された樹下文隆氏の解説や、樹下好美氏による禅竹の能についての新研究が提示されていることは周知の通りである。その驥尾に付して私も少しく思うところを述べてみたい。

草稿本『歌舞髄脳記』に掲出する曲名のうち、ただ一箇所欠損部があって、それが《小河》（《小督》）であろうことは、すでに樹下好美氏の論文（「禅竹自筆『歌舞髄脳記』草稿の新出記事をめぐって」『中世文学』四三号、平成十年）に触れられている。氏は《小河》の表記が『平家物語』の長門本系諸本に見えることを指摘されており、それはそのとおりではあるが、そこから直ちに禅竹がこの曲を作るにあたって長門本『平家物語』を拠りどころとしたとするわけにはゆかぬ。いうまでもなく能《小督》は、勅命を受けたシテ弾正大弼仲国が、帝寵愛のツレ小督の局の行方を尋ね求める『平家物語』の一挿話に基づいているのだが、「平家物の通例として本曲も大体原文に従つてゐる」（『謡曲大観』）とはいえ、いま少し子細に注意を払っておくべき点はあるのである。まず、われわれが常識的に理解している《小督》という曲名表記が、作者自身によって《小河》のかたちで示されていることは、おのずから作者が依拠した物語の表記と無関係ではないと考えるのが自然であろう。それについては、いわゆる語り本の系統が「小督」もしくは「こかう」であるのに対し、いわゆる読み本系では「小川」（延慶本）、「小河」（長門本）のほか、『源平盛衰記』にあっては古活字本が「小督」であるのに対し、蓬左文庫本（早大書込本も）が「小河」であることが注目される（四部合戦状本はこの記事がない）。さらに、長門本は「小河」という表記ではあっても、「仲国」にあたる人物を「高兼」とする点でこの曲の典拠から外れるが、その仲国を、古活字本『源平盛衰記』が「弾正小弼」とするに対し、蓬左文庫本では「弾正大弼」とすることも、この曲が依拠した本の素姓を窺わせているように思われる。ちなみに、この曲では小督を「小督の局」と呼んでいるのだが、覚一本系は「小督の殿」のかたちで統一しており、両者を混在させる八坂本系や読み本系と大きな違いをみせている。ただ、『源平盛衰記』の場合は、目録題と仲国復命後の記事一箇所に「局」とするほかはすべて「殿」である。このことは、『平家物語』の本文形成の過程にあって、なお整備や分化に向かう流動的状況を物語るものと捉えてよいだろうか。

ともあれ、一曲の作られ方を検討するにあたって、ある典拠に深く関わっている場合には、その文辞・表現の取り込みを緻密に押さえておくことが、単に本説との関わりを検証するというだけではなく、一曲の組み立てに及んで必要な手続きとなる。それについては、曲自体も、彫琢の加えられた後世のテキストではなく、できるだけ作者に近い本に拠るべきであることはいうまでもない。今はそれを具体的に示すことを省略せざるを得ないが、すでに述べてきたところからは、この曲の典拠としては蓬左文庫本『源平盛衰記』が浮かび上がっている。しかし、「こがうの局」の用い方からも特定がためらわれるほか、尋ね当てた仲国に対し、小督は「門違へにてましますか」というところ、『源平盛衰記』は「人違カ所違カ」とある。「門違へ」は『平家物語』諸本で普通であり、この曲が拠った本もまたそうであっただろう。かくてこのような事例を積み重ねてみると、この曲の典拠は、蓬左文庫本そのものではないが、それに近接した物語の存在が想定できる。実は世阿弥の作品にも、『源平盛衰記』に近接した『平家物語』の存在が予想されることも思い合わされるのである。

ところで、禅竹が《小河》という表記を用いたことは、おのずから依拠した物語の素姓を絞ることになった。とすれば、やはり『歌舞髄脳記』に《遊屋》と記す曲にも同じことが言えるのではないか、さらに同書には取り上げられてはいないけれども、下掛り古謡本に《千寿》と記されている曲もまた同様なのではなかろうか。いうまでもなく遊屋と千寿のことは、『平家物語』巻十の中、重衡海道下りの一連の話の中で語られている。それをとりあげた能の作者が同一人なら、素材的には同じ物語から取材したと考えるのが自然であろう。しかるに新潮日本古典集成『謡曲集』は、《能野》解説で百廿句本（ひらがな本）に注目しながら特定できないとし、《千手》解説では便宜的に一方系流布本を用いるなど、不徹底な処置であった。

あらためてこの二曲を見直すと、とりあえずは国会図書館本百廿句本（ひらがな本）が共に浮かび上がる。しかし《熊野》の場合、百廿句本は「（熊野が）老母のいたはりとてしきりに暇申しけれども」ゆるされなかったとするのに対し、八坂本系諸本のうちには、「古郷に一人の老母あり。ある時かれがいたはることの候ひて、都へ使者を遣はしたりしに」許しが得られなかったとする本がある（中院本・城方本等）。この記事は《熊野》がツレ朝顔を設定する根拠と考えられるが、これらの本では《千手》にあっては手越の長者の女ではなく、木瀬川の長者の女とする点で、二曲間に共通を求めることはできない。しかし八坂本系の中には、南都本のように使者の記事を持ち、手越の長者の女とするような本も存在するのである。さらに八坂本系諸本を視野に入れつつ一曲の文辞・表現を探ってみると、明らかにその範囲での物語に基づいていると思われるところを絞ることができるのである。その具体的な作業は今は省略するけれども、たとえば《千手》の場合ならそれが拠った物語の文辞・表現に基づいて綴った輪郭をなぞることができる、逆に言えば、謡曲が基づく物語の輪郭を浮かび上がらせることになる、ということであろう。

謡曲研究の側からは、現存する『平家物語』諸本の中でどの本が用いられているか、が関心の中心であったように思われるが、実はその立場から突き止められるのは部分的でしかなく、おおむね直接の典拠は不明とせざるを得ないままであった。しかしそれも当然で、室町初中期の『平家物語』の本文事情は、精緻を極める平家研究にあってなお明らかにしえぬ問題であろう。そしてそれは現存本が研究対象であるかぎり一定の限界はやむを得まい。もし謡曲研究の側から、以上に述べてきたようなかたちで物語の輪郭をたどることができるなら、それは今に伝わらぬ当時の本文の様相を示すものとして、逆に『平家物語』研究の中に生かすことができるのではないだろうか。

能二題

――《安達原》と《咸陽宮》――

一

能《安達原》は、その謡の中でも謡われる『拾遺集』の、平兼盛の歌、

みちのくの安達の原の黒塚に鬼こもれりといふはまことか

が主題となっている。ただし、『拾遺集』の歌では、みちのくの名取の郡黒塚と云う所に源重之の妹達が住んでいることを聞いて、そこへ詠み遣わした歌で、鬼と云うのは実は美女を反語的に表現した戯れであった。しかしみちのくという言葉には、都の者にとって、想像を絶する辺境のイメージがあるだろう。そこに栖む鬼の恐ろしさが、《安達原》の鬼女を生み出したと思われる。ただし、能以前に、どのようなかたちで作りなされていたかは明らかでない。

能《安達原》の舞台は、およそ次のようなかたちで展開する。

(1)　熊野那智の東光坊の阿闍梨祐慶なる山伏（ワキ）が、同行（ツレ）と共に回国修行に出、安達原に到って日が暮れたので、一夜の宿を借ろうとする。

(2) 人里離れた一軒家に、賤の女（シテ）が一人、身の上を侘びつつ住んでいる。
(3) 山伏は一夜の宿を乞う。女はみすぼらしいあばらやゆえにことわるが、是非にと頼みこむ。
(4) 女は糸繰りのわざを見せ、糸尽くしの歌をうたう。
(5) 女は夜寒のもてなしに山に焚木を取りに行く。その間、閨の内をのぞくなと念を押し、約束する。
(6) 従者（狂言方）は閨の内を見ようとするが、山伏に止められる。山伏の寝入りを見すました従者が、閨の内をのぞくと死骸白骨山の如くで肝をつぶし、山伏に報告する。
(7) 山伏達は閨の内を見てこれこそ鬼の住家と知る。
(8) 鬼女（後シテ）が姿をあらわし、違約を責めて山伏達にせまる。
(9) 山伏達は呪を唱え、数珠をもって祈る。
(10) 祈り伏せられた鬼女は弱り果て、執心を残しつつ消え失せる。

なお、普通、前シテの賤の女は中年女性で深井（又は近江女）の面をかけるのが、「白頭」の小書（異式演出）になると老女になり後シテの鬼女も、通常の長髪が白頭にかわる。

前半の終わり、(5)で「わらはが帰らんまでこの閨の内ばし御覧じ候な」と云うシテは、一度ならず二度ならず、同行の山伏の一人一人に「御覧じ候な」と念を押し、橋懸りへ出てもなお、一度立ち止まって思い入れがある。見るなと云われると一そう見たくなるのが人間の常で、見るなの部屋をのぞき見たために事情が一変する昔話の型はご存じの通りである。橋掛りでの思い入れは、人間心理を利用して罠をしかけた鬼女の不気味な期待であるのか、それとも、堅い約束にようやく安堵感を覚えてか、またはなお隠し切れぬ不安感をあらわすのか、このあたり演者の曲の解釈の見せ所でもあるだろう。

ところで、このような解釈の幅が生じるところに、《安達原》のシテの性格の曖昧性があると云えるだろう。⑺の部分で、人に見せぬ閨の内に「人の死骸は数知らず、軒と等しく積み置けり」というシテの本性は、疑いもなく人間ではない。しかし、⑵では「わび人の習ひほど悲しきものはよもあらじ」と「定めなの生涯」を嘆き、⑸では枠桛輪に糸を繰る世渡りの業のつらさと、そのような憂き世に生を受けた輪廻の身に仏道を願う心をも告白する女である。閨をのぞき見られるまでのシテは人間の心であり、《紅葉狩》の鬼女がはじめから人をとり殺す目的で美女の姿に化してあらわれるのとは全く異なるのである。だから鬼女となっても、《紅葉狩》では非人間としての顰見の面をつけるのに対し、《安達原》で般若の面を用いるのは《葵上》や《道成寺》などに同じく、人間の本性を備えているとみるからであろう。

ともあれ、《安達原》の鬼女が、賤の女として山伏の前にあらわれるとき、何ら害意は抱いていない。それなのに、一方的に約束を破った人間側の非道にも拘わらず、鬼女なるが故に法力の前に敗退せざるを得ない。それも弱り果てて姿を消すのみであって、成仏得脱するわけではない。その後ろ姿には、鬼一口の恐怖よりは、人たらんとして人たり得ない安達原の鬼女の悲しみが漂っているようである。

二

《安達原》では、鬼女が約束を破られた恨みを「胸を焦がす炎、咸陽宮の煙、紛々たり」と謡い、《紅葉狩》では、鬼女が本性をあらわしたとき「あるいは巌に火災を放し、または虚空に炎を降らし、咸陽宮の煙の中に、七尺の屏風の上になほ、余りてその丈一丈の鬼神の……」と表現している。ともに火炎の猛烈なさまを、秦の始皇帝の咸陽宮が、項羽に焼かれて三箇月間燃え続けたという故事にたとえたものであるが、そのことをただ「咸陽宮の煙」とだけであらわし、かつそれだけで了解されるほどの、よく知られた故事であったと云えるだろう。能《咸陽宮》も同様で、もともとは『史記』などにみえる話であるが、もちろん、皆がそれを読んで知っていたわけではない。実はこの話、『平家物語』巻五にとり入れられており、琵琶法師によって語られていたことが、幅広い人々の間に親しまれ、浸透してゆく結果となったのである。そして能《咸陽宮》は、その『平家物語』に基づき、舞台化したものと云えるだろう。

(1)　はじめに狂言方が秦の始皇帝に仕える官人として登場し、燕国が秦国を侵略せんとしているので、燕の地図と、もとは秦の将軍で燕に亡命した樊於期の首を持参した者に褒美を与えるとの触れを伝える。

(2)　秦の始皇帝（シテ）、花陽夫人および侍女数人（シテツレ）、大臣および侍臣数人（ワキツレ）が登場し、それぞれ着座して、壮大華麗な咸陽宮の様子を謡い上げる。

(3)　荊軻（ワキ）と秦舞陽（ワキツレ）が始皇帝暗殺の目的で登場し、咸陽宮に到着する。

(4)　荊軻は地図と首を持って参内したことを奏問する。官人がこれを取りつぎ、太刀を預かる。秦舞陽は心臆するが、荊軻にはげまされて宮殿に入る。

(5)　皇帝に謁見した二人は首と地図を上覧に供し、その箱の底に剣影を見て逃げんとする皇帝の袖を捉えて、剣を胸にあてる。

(7)　花陽夫人は秘曲を奏し、琴の音のうちに、「七尺の屏風は躍らば越えつべし」、さすれば群臣は君を助けるであろうと知らせるが、二人の刺客はただ琴の音に酔い伏すのみである。

(8)　時を見計らい、袖を引っ切って逃れた皇帝は、剣を抜いて逆に二人の刺客を斬る。

能《咸陽宮》は、江戸初期の観世流のレパートリーには加えられていないようであるが（謡本には入る）、その上演は世阿弥在世時代に遡る。永享元年（一四二九）五月三日、室町殿の笠懸馬場における演能に、《秦始皇》の名で演じられた能は、恐らく《咸陽宮》とみてよいだろう。この時は、足利義教の将軍職就任後、はじめての能で、世阿弥の子元雅と音阿弥が一組となり、宝生、十二五郎の組と競演したのであるが、観世方二人は《一谷先陣》（廃曲《二度の掛》らしい）の能を、多武峰様といわれる、馬場を舞台に本物の馬や甲冑を用いての大がかりな野外劇として演じている。同時に演じられた《秦始皇（咸陽宮）》も観世方所演であり、これが多武峰様であったかどうかは明らかでないが、そうであってもなくても、多勢の登場人物と云い、唐事の派手さと云い、いかにも野外劇として演ずるにふさわしいとは云えるだろう。

春藤流《張良》二題

上方における能楽史料は、近代の場合にも、もっと注意を集めなければならないと思うところから、先年『芸能史研究』九八号には、山村規子氏の協力を得て皆見桂三編『月次狂言稽古会番組』を紹介した。明治十四年十月より同十七年三月九日に至る九十六回分の番組集であるが、それとは別に、同十七年一月二十日より五月十一日に至る十八回分の番組写（家蔵）がある。いま調製者に因んで上河番組と仮称しておくが、皆見番組とは四回分の重複があるものの、それに略された囃子方の名前を記す点に両者相補うところがある。

上河番組によれば、その年の四月六日、観世舎において、春藤万作による追善能があった。浅井織之丞の《張良夢之流》にはじまり、以下、片山九郎右衛門の《野々宮合掌留》、大西鑑一郎・西東太郎《乱双之舞》の三番は万作がワキ、《安宅延年之舞》は西東太郎でワキは岡千五郎、アイ貝立は古沢廓之介、《海人床机之形》は高岡鵜三郎でワキ田中耕吉となっている。番組の後には次のような一文を添える。

張良流之義ハ、春藤之孫、道覚六右衛門、加州ニ於テ死去之時、京都ヨリセガレ迎ヒニ参リ、遺骸ヲ護リ帰京之際、道中細呂木ノ宿ニテ夢中ニ亡父来リ、張良流ノ内、今一ト通リ不伝トテ伝授セラレタリト見テ夢覚メケル。夜中ナガラ棺ノ前ニテ数度稽古有タルヲ今ニ伝ヘテ、是ヲ夢ノ流ト云。即、本年、道覚六右衛門二百六十年、実父万右衛門五十年ニ当リ、為㆓追福㆒、先祖及ビ父ノ教ヲ受、老体ミじくナガラ初テ相勤申候間、

当日賑々敷被仰合、御来車之程奉待入候。且、御場所之御入用ノ御方様ハ、観世舎及補助之者へ御申越被下度、奉頼上候也。

明治十七年三月

木屋町綾小路下ル九番露路

会主　十三世　春藤　万作

柳馬場二条上ル

補助　観世舎

麩屋町錦小路上ル

補助　古沢事　河村治兵衛

右に見える「夢之流」の由来は、春藤第五世源七休意の弟子、藤田豊高の『豊高日記』に記すところに合致し、春藤家の所伝であったが、それを小書として演じた先例は未調査未確認である。ちなみに、《張良》は「春藤流ニ而は一子相伝之習ひ事ト申伝候程之儀」（後出『御用留』天明三年八月十五日宮城甚兵衛加増願）というが、福王流では寛政五年（一七九三）に盛充が示す相伝目録に、「脇侍三大事」として、秘語八番と《道成寺》および《張良》を掲げ、「脇侍極密之大事」に「張良次第之大事」を含む六大事を立てて「六大事者、不許門人、然、当道達人、於勅命台命主命者、臨時誓紙書之上、一事許之」と、すこぶるものものしい。

ところで、江戸時代後期の春藤流における《張良》伝授の一事例を、金春安住の記録『御用留』（般若窟文庫）に記された、尾張藩お抱えの脇師・宮城甚兵衛（春藤流弟子家）の場合に窺う事ができる。これは神戸で毎月行なわれている「六麓会」の輪読資料でもあるのだが、天明三年（一七八三）五月の記事は次のごとくである。

宮城甚兵衛、長良相済候ニ付、師家江御挨拶被レ成相願候処、相済候由吹意聴旁、願書案文等、名古屋差越候付、為二後例一干レ爰留。

奉願上候口上之覚

私儀、安永五申年奉レ願、家芸為二修業一、江戸表江罷下リ、其後も追々罷下、修行仕候処、御当金当被二下置一、去秋下向之節より江戸御扶持方をも被二下置一、御蔭を以、猶更修行仕、重キ伝授事をも相済シ、既、去年於二尾州一、三ヶ日御能之節、道成寺被二仰付一、無二指支一相勤、重畳難レ有仕合奉レ存候。就レ夫、師家春藤六右衛門申聞候ハ、追々出精相励、修行仕候義、右ニ付、今般長良伝授仕呉可レ申旨、申聞候。然ル処、長郎之儀、脇方ニ而ハ、至而重キ免之事ニ付、師家ハ勿論、其外ヘ、謝礼之格も御座候事処、元来勝手困窮仕罷在中候上、是迄修行仕、習ひ事相済候ニ付而も、彼是過分の物入有レ之、必至ト困窮仕、中々自力ニ難レ及奉レ存候付、何卒御蔭を以、相伝授リ申度、御手当之儀、先達而奉レ願候処、六右衛門重而申聞候ハ、私困窮差迫居申候段、相察候間、右伝授ニ付、謝礼之義曽而不レ及候。謝礼ノ外、指定リ候入用筋ハ、師家手前ニ而何れ共調達相済セ呉可レ申と申聞、既ニ此間長郎伝授ハ相済、全、御威光故と、冥加至極難レ有仕合奉レ存候。然共、是迄も段々師家世話相成申候上、猶又、右之通世話懸ケ申候段、誠面皮難二合立一程ニ奉レ存、再往辞退仕候得共、今般長郎相済候付、御用之節、家業差支不二相見一、於二師家一も大慶之筋ニ候間、曽而左様之心遣ひ不レ及儀ニ候と申聞候。併、先達而奉レ願置候趣も御座候付、恐多奉レ存候処、右之通、段々実意を以申聞候趣、其上、六右衛門義、次第ニ老体ニも相成候義ニ付、片時も早く伝授相済之、安堵仕度、旁任二其意一、前顕之仕合御座候得者、父甚兵衛長郎伝授相済候節之御振を以、何卒、師家六右衛門ヘ御会釈品被レ為二仰付一被二下置一候様仕度、再奉レ願候。右之趣、御支配様迄、何分可レ然様、御願上被レ下様、奉レ願候。以上

卯五月　　　　　　　　　　　宮城　甚兵衛

田中覚阿弥殿

同卯、七月二日、願相済、師家へ白銀五枚被㆓下置㆒候。父甚兵衛長郎伝授相済年号、宝暦九卯年三月相済、

白銀五枚、師家へ被㆓下置㆒候。

右は、師家春藤六右衛門が必要経費を負担して伝授事が済んだ実績を申し立てて、藩よりの謝礼金交付を願い出たもの。一見うるわしい師弟物語の中に、伝授事をめぐる師家の、たてまえとしての芸道保持の義務感の裏側に、有資格弟子家に対する伝授強要の有効性への狙いもあろうか。あるいは、それを受けた弟子家において、格付けの昇級をアッピールして雇用者（お抱え藩）への義務遂行の有用性を強調し、いわば公費による伝授を獲得するなど、慣習を制度化に導く戦略が窺えるように思われる。

《土蜘蛛》

――蜘蛛の糸・剣・胡蝶の素姓など――

《土蜘蛛》の能は、『平家物語』剣の巻に語られる、源頼光の土蜘蛛退治と蜘蛛切の剣の由来を主題として能に仕立てたものであるが、それはまた、『太平記』や物語絵巻などにも見えて、随分とよく知られた題材だったと思われる。まずは舞台上の展開を辿って、その概略を見ておこう。

①後見が一畳台を舞台に置き、源頼光（ツレ）が出てその上に座し、葛桶に手をかけ、肩に衣をかける。病床に伏した体である。従者（トモ）が刀を持って登場し、ツレの前に置く。

②頼光に仕える侍女胡蝶（ツレ）が登場。典薬頭よりの薬を持参する。

③病の身をかこつ頼光は、胡蝶と対面し、なおも心身のわずらいを歎く。その地謡の途中から、胡蝶とトモは切戸口に消える。

④胡蝶が消えるとともに、一人の僧（シテ）が登場。頼光に語りかけつつ近付き、蜘蛛の巣を投げかける。化生の者と知った頼光は、太刀（膝丸）を抜いて切り組み、シテは巣を投げかけつつ中入する。

⑤独武者（ワキ）が急を聞きつけて登場。頼光は事の次第を語り、剣の威徳に膝丸を蜘蛛切と改名することを述べる。ワキは化生の者を退治せんと言い、二人とも中入する。小書「入違之伝」では、中入するシテと登場するワキとが橋掛りですれ違いざまに、蜘蛛の巣をワキにも投げかける。

⑥狂言早打登場。独武者に仕える者と名乗り、これまでの経過を述べて、主人とともに退治に出かけ、手柄を立てんと言う。
⑦後見が塚の作り物を持って出、舞台に置く。独武者（後ワキ）、従者（ワキツレ）が登場し、塚を崩して鬼神を滅ぼさんとする。
⑧作り物の引廻しを下ろすと、塚には蜘蛛の巣を掛け、中に土蜘蛛（後シテ）が坐っている。ワキは頼光の命をとらんとする土蜘蛛を退治しようとするが、シテの投げかける巣に難渋する。
⑨闘い（舞働）の後、遂に土蜘蛛の首を打ち落として都へ帰る。シテは殺された体で切戸口より入る。

能《土蜘蛛》は、このように構成的にも演出的にもユニークな特徴を多々持っているのであるが、わけても、舞台一面に投げかけられる蜘蛛の巣の糸筋は、見物の目を喜ばせ、薪能などの野外能にはうってつけと考えられて、屢々演じられている。しかし、このように多くの糸筋が乱舞する演出は、幕末から明治にかけて活躍した金剛氏成（唯一）の工夫になるという。「千筋之伝」と名付けられるが、以来、諸流すべてそれにならった演出となっている。それまでの《土蜘蛛》は、蜘蛛の巣は前シテには使用せず、後シテのみ、しかもせいぜい五筋程度を、太い糸で投げかけただけというから、かなりイメージの違った《土蜘蛛》といってよいだろう。まことに千筋の糸は卓抜な趣向であり、そのことによって《土蜘蛛》が人気曲に加わり、見物を楽しませ、喜ばせるのだが、反面、それが《土蜘蛛》のすべてであるかのごとくに思われかねない。千筋の糸にのみ目を奪われないで《土蜘蛛》の能全体を眺めるとき、焦点のひとつが剣にあることが注目される。頼光は病床に呻吟している（①）。名刀膝丸が護り刀として傍にある。弱り果てた頼光は、いかに武勇なりとも土蜘蛛にとり殺される筈であった（④）。その危機を救ったのは、ひとえに膝丸の威徳による。「今日より膝丸を蜘蛛切りと名づくべし。なんぼう奇特なる事にてはなきか」とワキに語るのは、舞台効果の適否はさておき、主題としては必然のことであったと思われる。

いまひとつ注目されるのは、素姓定かならざる胡蝶の存在である。『平家物語』には見えぬ女性で、この能の作者が配したものと思われるが、単なる侍女ではなく、蜘蛛の変化、頼光の病いの根元とみる説がある。いかにも、頼光の弱りを確認すると、しすましたりと忽然と消える（③）。胡蝶が消えるやいなやシテが登場する（④）。胡蝶がその変身あるいは分身であったとみると、その役どころはまことに重大なツレということになろう。

《土蜘蛛》については、また、①から⑤にかけてのユニークな構成にも注目されるのであるが、その成立についても、作者についても、今のところ不明である。さほど古い能ではなく、室町末期から江戸初期にかけての頃の成立かという推定もある。

《安宅》延年の舞の構想

「蘭の会」第八回として《高砂》《杜若》《安宅》の三番が演じられるという。いずれも名にし負う名曲だが、名曲なるがゆえに理解が行き届いているとは言い難い。能の脚本としての謡曲には、まだまだ分からぬことが多いのである。

《高砂》が『古今和歌集』の秘伝、《杜若》が『伊勢物語』の秘伝を、それぞれ舞台上に立体化した能だということについては、かつて意見を述べたことがある。このたびは《安宅》について、延年の舞の意味を考えてみたい。

いうまでもなく《安宅》は、シテ弁慶が義経をかばいつつ安宅の関を越えるところがテーマであるが、ヤマの第一はもちろん勧進帳読み上げを中心とする段である。第二のヤマは、クリ・サシ・クセで、辛うじて関を越えた一行が現在の境遇を嘆く段といえよう。

さて、第三のヤマは、ワキ富樫が追い付き非礼を詫びて酒宴となる、そこでの弁慶の延年の舞ということになるだろう。いったい、ここでシテが舞うのはどんな意図があるのだろうか。たとえば酒宴に興を添えるためだとか、弁慶が三塔の遊僧であった往事の回想の舞だとかの解説はあるけれども、それまでの劇的緊迫に引きかえて、やや異質のヤマだとも思われるところから、一曲のいろどりとして舞を加えたものと見なし、能としての結末をつけるためだと考えたり、あるいはこの能を風流能的にみる考え方も出て来るわけである。

弁慶は富樫の来訪によって全く思いもかけず舞を舞う羽目となった。それも富樫の目的が謝罪であるのか再吟味なのかは不明のままであるから、心許して酒に酔い、座興の舞を舞うわけにはゆかぬのである。緊張の中で、弁慶の胸中は義経の無事を祈り、この場を切り抜けることにある。そのような状況下で舞われる延年とは、中世寺院芸能としての舞の名であるが、それが、原義の齢を延ばす意と一体で用いられるのは普通のことで、世阿弥にも用例がある。いま弁慶が延年の舞を舞うのは、もとより「三塔の遊僧」であるからだが、単にそれだけではなく、主君義経が行く末はかり難い苦境に立っているがゆえに、「絶えずとうたり」とその延年を祈念して舞うのでなければなるまい。

このように考えて来ると、さきにみた《安宅》の三つのヤマは、それぞれにかたちを変えつつ、しかも一貫して、弁慶の義経に対する忠誠の活躍を劇的に表現していると云えるのである。あらためて作者のなみなみならぬ構想上の手腕に感嘆を禁じ得ない。

私の選んだこの一曲《邯鄲》

《邯鄲》という能をはじめて見たのがいつか、その後どれほどの《邯鄲》を見たか、記憶は定かでないが、後藤得三所演のそれは、「傘之出」という小書のせいもあって印象に残る一番となっている。『沼艸雨能評集』によれば、昭和三十八年十一月八日、大槻能楽堂における芸術院賞受賞記念の会であった。手揃いのアンサンブルは見事で、シテの皮肉な演じぶりもいまだに忘れがたいが、始めと終わりの間狂言の応対がいろいろあって、特殊演出の面白さはさることながら、沼氏が「一曲の構成からいって余分のことで、常の方がずっと余韻がある」と評された通りの感想を私もその時抱いたのだが、それほどに隙のない《邯鄲》一曲の構成において、昔は「ユメノマイ」と呼ばれ、今は「舞童」などと称されている子方がいったい何者なのかという疑問も、その時以来、長らく残ったままになっている。

周知の通り、《邯鄲》においては、夢中に王位に就いたシテの前に子方と廷臣（ワキツレ）が登場、荘厳の宮殿、都城の繁栄、一身の栄華を尽くした在位五十年の祝宴のうちに子方がシテに酌をし、歓楽歓喜を歌い上げる中で「夢の舞」を舞い、引き続いてシテは「楽」を舞う。

かくて時過ぎ、頃去れば、かくて時過ぎ、頃去れば、五十年の、栄華も尽きて、まことは夢の、うちなれば（女御更衣、百官卿相、千戸万戸、従類眷属、宮殿楼閣）みな消え消えと、失せ果てて、ありつる邯鄲の、

　枕の上に、眠りの夢は、覚めにけり

という謡のうちに子方と廷臣は足早に退場し、シテは宮の作り物に置かれた枕に、飛び上がりざまに横臥する。このような舞台経過の中では、子方は文字通り「舞童」であるが、それはなぜ必要なのか。ただ単にシテの栄華歓楽を盛り上げるための点景として、楽人が設定されているに過ぎないのか。あるいは、《枕慈童》などの説話が示す、王位の象徴としての寵愛の稚児を点出せしめたのか。それにしては、極めて凝縮されたストーリーを緊密に構成した《邯鄲》の子方設定の必然性を説明しにくいように思われる。

そもそも《邯鄲》の原拠としては、はやくより唐代小説『枕中記』や、わが国の『太平記』巻二十五「自伊勢進宝剣事、付黄梁夢事」などが知られており、『枕中記』以降のかの国における影響史の一端や、『太平記』所収説話と同根の『和漢朗詠集和談抄』の記事については、『かんのう』誌（『謡曲雑記』和泉書院、平成元年）で触れたことがある。いますこしそれに補うならば、『沙石集』巻一の第九話「和光ノ方便ニヨリテ妄念ヲ止事」には、上総の国高滝の地頭が娘を伴なって熊野に詣でたところ、若い僧が懸想の心押さえがたく、上総まで下る途中の相模・六浦で便船を待つ間の夢に、高滝へ到って逗留し、娘と懇ろになって子を儲け、その子が十三歳となって元服のため鎌倉へ上る船中より誤って海に落ちる。アレアレと周章狼狽の騒ぎに夢が覚める。僧は片時の眠りに人生を観じて熊野に帰るというのがあらすじで、ほぼ同様の話柄は『類聚既験抄』（真福寺本。「続群書類従」）にも見えるが、こちらは子が十一歳の時、筑紫の所領へ赴く船中のこととする。

『太平記』（『和談抄』も）によれば、夢が覚めるきっかけを次のように述べる。

　王子已ニ三歳ニ成リ給ヒケル時、洞庭ノ波上ニ三千余艘ノ舟ヲ双べ、数百万人ノ好客ヲ集メテ、三年三月ノ遊ヲシ給フ。紫髯ノ老将ハ錦ノ纜ヲ解キ、青蛾ノ女御ハ棹ノ歌ヲ唱フ。……三年三月ノ歓娯已ニ終リケル時、夫人カノ三歳ノ太子ヲ懐テ、舷ニ立給ヒタルガ、踏ハヅシテ太子夫人諸共ニ、海底ニ落入リ給ヒテゲリ。数万ノ侍臣周章テ一同ニ「アラヤアラヤ」ト云声ニ、客ノ夢忽ニ覚テゲリ。

『沙石集』などにも見えるような、我が子が舟から落ち、周囲の者の周章狼狽を契機として夢からの覚醒となる一話型が、邯鄲譚の日本における説話的変容の中に取り込まれるとき、たとえば右の『太平記』のようなかたちとなったと考えてよいのであろう。そしてかりに「太平記型」とでも称すべきこの邯鄲譚が、《邯鄲》の典拠となっているとしても不都合はないだろう。もちろん「客」が「盧生」と宛てられているような資料がないとは言えないが、そうでなくとも、「客」が「盧生」であるとの知識が取り合わせられることは十分ありうるであろう。楚国の「客」としての盧生、盧生の子の王位継承という邯鄲譚を踏まえつつ、直ちに盧生の王位継承となる《邯鄲》のかたちは、作者の能作上の処置であり、そのような構想と構成に《邯鄲》の特色を見るべきであろう。とりわけ、宮殿の華麗、都城の繁栄、仙家の歓楽、登仙の実現と畳み上げる栄耀栄華の絶頂での夢の覚醒は、いわゆる邯鄲譚の新たなる創造と評価されるべきであろう。その意味で、はじめに引用した《邯鄲》の一節の中、カッコで括った下掛りに残された一文は、《邯鄲》が拠った邯鄲譚の世界を覗かせているとともに、その部分を削った上掛りの見識もまたなかなかのものと思われるのである。

それはそれとして、《邯鄲》の背後に、わが子が希望と絶望の間に介在している説話・唱導資料があったことを想定しうる以上は、《邯鄲》の子方は、次代の王位を継承するはずの盧生の子として不可欠だと考えられたのであろう。《邯鄲》では夢の覚醒に子が関わるかたちをとらず、枕上に飛び臥す離れ業を演技上の見せ場とする舞台処理に転換している。その結果、いわば自明のことであったはずの「ユメノマイ」の性格は曖昧化したかも知れないが、このように見てくると、子方が登場する意味は、夢の舞と、それに引き続くシテの「楽」の舞事に、親子揃っての子孫繁栄、王家長久の歓喜がこめられていると読めるのである。

能の素材は、常にストレートに能に摂取されるわけではない。もし能の中に埋没している素材があるとすれば、それをも含めて能との距離を計ることが作品論の課題となるだろうが、果たして《邯鄲》はその一例であろうか。

《泰山木》存疑

平成十二年十月、現行曲としては金剛流だけにある《泰山府君》が観世流で復曲上演されるにあたって、曲名も新たに《泰山木》と名付けられた。それについては、世阿弥伝書（『三道』『申楽談儀』）に、「たいさんもく」とあること、『日葡辞書』に「タイサンボク」の項を立てて「桜の木の一種」とすること、が主たる理由である。しかし、はたしてそう考えてよいだろうか。

すでにわれわれは、謡曲中に「糸桜・樺桜・雲珠桜」などの名が出ることを知っているが、山田孝雄『桜史』によれば、近世初め「那波道円の『桜譜』は桜の専書の魁をなすに止まらず、桜の品種の記載として甚だ貴重」で、十五種目をあげる中に、楊貴妃・塩釜・普賢象・泰山府君などの名が見える。ちなみにほぼ同時代の『毛吹草』には十種を載せるが、そこにもこの四種はあげられている。中世にあってナニ桜と呼ばれた桜の呼称は、近世の初めにはすでに栽培品種としての名が与えられているのである。下って山崎闇斎門の松岡玄達（恕庵・怡顔斎）は、『桜品』一巻に六十九種の桜を図とともに示し、『和漢三才図会』は五十三種を掲げる。松岡恕庵の弟子、本草学の小野蘭山は、宝暦三年（一七五三）『花鑑』に花の名を二十一首の和歌に綴り、また蘭山の同門浅井図南は、三十三種を百三句の長歌に詠んで『花錦』という。その中に、以下のようにある。

直ならぬえだ　ながきくき　これぞ府君よ　……夫と名を得しそのたねも　うゆればいづれ　変るとをしれ

（以上、『毛吹草』をのぞき『桜史』による）

桜に寄せる古人の深い思い入れはさておき、ここで改めて『日葡辞書』を検するに、その邦訳には「Taisan-bocu（大山木）」を「桜の木の一種」とし、Sacuraは Cereijeirasと記して、〝サクランボのなる桜であるが、日本の桜をさす語として用いる〟と注する。とすれば、「桜の木の一種」とは〝ヨーロッパ種の桜とは別種の日本の桜〟の意ではなく、桜の一品種の意であるはずである。このことは果たして同じ辞書にFugenzo（普賢象）を立項して「桜の一品種」とし、またXiuogama（塩釜）を「…またある種の桜の花」と記すところからも明らかである。『桜譜』や『毛吹草』よりも早く、『日葡辞書』成立の一六〇三年の時点でこれらの桜の品種名が確認できることは、桜史にとって重要な資料を加えることにはなるけれども、このような命名法が世阿弥時代に遡るとは考えがたい。大永（一五二一―一五二八）の頃、連歌師宗碩の『藻塩草』には六種の桜名を掲げるが、すべてナニ桜の形である。ましてそれ以前の時代にタイサンモクの名でよばれる桜の木、ないし桜の品種が存在したわけではなかったであろう。しかし、『日葡辞書』成立の頃には、泰山府君の名称が桜町中納言の説話を踏まえた桜の品種の名として用いられ、それ以来、近世を通して伝えられてきた。もっとも、その過程にあって命名の由来を理解している知識人ばかりではなかったろうし、一般には『日葡辞書』のようにタイサンボクと呼んでいたかも知れない。元禄八年（一六九五）刊の『花壇地錦抄』三には、「桜のるい」に先述の四品種をも含めて記すが、泰山府君のことは「たいさんぼく」と仮名書きであり、寛文年間（一六六一―一六七三）成立の『花壇綱目』下には「大山木」の字を宛てている（この二書、「古事類苑」による）。原義（泰山府君）と呼称（タイサンボク）とがだんだん結び付かなくなってきているのであろう。再び『桜史』によれば、明治十八年荒川堤の改修にあたって桜を植え東京の花の名所となった顛末を記した「栽桜記」があり、大正十四年には石に刻んで堤上に建てたが、前記四種を含む桜の種類は七十八種、「俗その詳かなるを知らねば、荒川の五色桜といひて珍重せり」という。江戸初期以来の例の桜の品種は健在であった。しかし泰山府君がタイサンボクという呼称で伝わっているのかどうかは明らかでない。今日言うところの泰山木は北米中南原産のもくれん科の植物で、明治六年に我が国に入ってきたという。その時タイサンボクの名のみは伝わっていても実体は不明となっていて、そのため輸入種の和名として復活したというような事情も想像される。

　ともあれ、『邦訳日葡辞書』はタイサンボクに「大山木」と漢字を宛てる。それは翻訳の一部ではあるが、「桜の木の一種」と説明される内容に対応する文字ではない。発音のままにローマ字表記されたタイサンボクに文字を宛てるとすれば、桜の品種名であっても原義を存する以上、「泰山府君」とあるべきであろう。世阿弥伝書の「たいさんもく」も同じ事情にあるのではないか。漢字で表記される語が字音の通りに発音されるとは限らない。例えば、漢音ならばワウテキ（オオテキ）と読むべき「横笛」が、ヤウデウ（ヨオジョオ）と読まれることは、よく知られている。あるいは、楊梅桃李（ヨオバイトウリ）と記される語が、実は桜梅桃李が原形であることも世阿弥伝書（『拾玉得花』）だけの例ではないが、塚原鉄雄氏の言及（『解釈』二九一）以上にはいわゆる読みくせに属する語の多くは、明確な音韻的説明はたぶんまだないのだろう。タイサンブクンは謡曲中にあっても「五道の冥官泰山府君」（《泰山府君》）と言うのが正格であるが、「泰山府君に申さく」（《花筐》クセ）のかたちもある。『日本国語大辞典』は「たいさんぶくん」の項を立て「（「たいざんぶくん」「たいさんぷくん」とも。「たいざんふくん」の撥音の無表記）」と注して、『今鏡』『とはずがたり』『曾我物語』の例を掲出する。撥音の無表記というより、ンの脱落か消滅か、ともあれ、タイサンブクンーブクーボクーモクの音韻現象についての専門家の説明を期待したい。

世阿弥の能研究の課題

伊藤でございます。「世阿弥の能を読む」というテーマで司会を仰せつかったのでありますが、ついでになにか基調報告をせよということになり、それではと、「世阿弥の能研究の課題」という題になりましたが、思うに、ここにお集まりの皆さんはそれぞれに課題をお持ちなわけでありまして、私が皆様にこういう課題があるのだ、と申してみても仕方がない。私なりの課題と申しますと、もうすでに何度か謡曲本文の問題であるとか、謡曲の表現の問題であるとか、或いは典拠・素材の問題だとか、謡曲の形態的な変遷・展開の問題、解釈としての型付の問題、ということについて書いたことがありまして、お読みいただいたことがあるかも知れません。そういうわけで、今日もやはり私なりに考えていることをお話することにしたいと思います。

謡曲の文章が、同時代的に歌われていた早歌、つまり宴曲でありますけれども、言葉・文章にその影響があるんだ、ということはすでに指摘されていることではありますが、いったい早歌は能謡にとってどんな位置を占めるのか、それはどのような形で対応しているのか、あるいはそれぞれにどう特徴的であるのかということを押さえておく必要があるのではないだろうか、そういう課題を私なりにお話しようと思うわけです。

まず宴曲は、歌謡として歌われるとき、早歌と呼ばれるのですが、ジャンルの名称としては、謡を謡曲と呼ぶのと同じように宴曲と言っていいと思いますが、その宴曲が開拓した表現世界がどんなふうに読めるのかということについて、実は「宴曲を読む」と題して五回ほど雑誌（『神女大国文』）に載せたことがあります。今日用意したプリントは『宴曲集』一に収められている「春野遊」という曲ですが、これもその第二回目（平成五年）に書きました。『宴曲集』は宴曲の中でも最も早く、弘安（一二七八―一二八八）末頃には成立していたと私は考えているのですが、その時点でどれくらいの表現の世界を作り上げているのか、ということを見るために、あえてこの曲を取り上げた次第です。時間のこともあり、逐一の問題は雑誌の方をご覧頂くとして、今日はいくつかの点をサンプル風にとりあげたいと思います。

「春野遊」という曲の冒頭は、

①上陽の春の野遊の曲、②紅錦を曝す春日かげ、のどけき風にや匂らむ、霞に漏る花の香、③花に鳴ては木伝鶯は
この誰が家の軒端にか、珠簾いまだ巻ざるに、夢の枕に音信て、入来と客を呼ぶとかや

までが、春暁の花（梅）と鶯を叙して、春の野遊の序となっていますが、①の部分、「上陽」と言い、「野遊」と言うのも、「上陽子日、野遊厭老」（「扈従雲林院、不勝感歎、聊叙所観并序」『菅家文草』巻六。『本朝文粋』九にも）と、それに続く、

倚松樹以摩腰、習風霜之難犯也、和菜羹而啜口、期気味之克調也（『和漢朗詠集』春・子日）

という語句をふまえているので、以下が子の日の野遊すなわち若菜摘みを歌い上げてゆくことになるのです。

②の部分は、『和漢朗詠集』春興詩の、

山桃復野桃、日曝紅錦之幅、門柳復岸柳、風宛麹塵之糸（紀斉名）

という「紅錦」に一首の詩意を代表させて、「春日かげ」という中世歌語と合体させています。もう少し手の込んだかたちが③の部分で、同じく『和漢朗詠集』春・鶯、謝観の「暁賦」に、

誰家碧樹、鶯鳴而羅幕猶垂、幾処華堂、夢覚而珠簾未巻

とあるのをベースにして、「碧樹」を「軒端（の梅）」に転換し、「夢覚而」を「夢の枕に音信て」という和歌表現に差し換えている。それについては、

梅の花袖に匂ひの風こえて夢の枕に来ゐる鶯

百千鳥たが袖ふれし古郷の軒端の梅の香を慕ふらむ

という『千五百番歌合』の百十番（左公経卿、右家隆朝臣〈勝〉）の番いが背景にあるとみてよいでしょう。つまり、朗詠句の一部を和歌表現と融合させて、その漢詩句を和文脈風に和らげているといってよいでしょう。宴曲はさらに次のように続きます。

④台頭に酒有て酔をすゝむるみぎりに、⑤炉下に羹を和するは、野沢に求めしゑぐの若菜、折手にたまる早蕨、土筆と書るは土筆、長安の羹の青色、田中の井戸にひくたなぎ、あこめよいかにとめこかし、形見に袖をつらねつゝ、つみしらせばやとぞおもふ

このところは、野遊を具体的な若菜摘みのさまを述べることであらわしているのですが、④は、

台頭有酒鶯呼客、水面無塵風洗池（鶯、白）

花下忘帰因美景、樽前勧酔是春風（春興、白）

という二首の朗詠句を合成するかたちであり、⑤は、

野中芼菜、世事推之蕙心、炉下和羹、俗人属之荑指（『和漢朗詠集』春・若菜、菅丞相）

という詩句の一部を出して、美女を意味する蕙心・荑指を、次の和歌によって具体的にするという手法です。

女どもの沢に若菜摘むを見てよめる　　　源俊頼朝臣

賤の女がゑぐ摘む沢の薄氷いつまでふべき我身なるらむ（『詞花集』雑下）

さらに、その下に続く若菜・早蕨・土筆は、若菜尽くしにつながると共に、『源氏物語』の巻名、ないしその記事をふまえた物語享受の一面をあらわしています。宴曲には他曲においても『源氏物語』の享受相があらわれていて、注意しておくべき問題だと思います。

本曲の後半は次の通りです。

うつろふ情の色しあらば、花の下に、帰らん事をや忘らん、遊糸繚乱の色々、碧羅の、天になびくなり、糸を宛ては打解る、花の下紐永日も、あかでぞ暮らす山鳥の、尾上の桜さきしより、⑥一木がもとはあやなくて、見きとかたらむ都人に、いざうちむれて、御芳野や、大泊瀬志賀の山ごえ、交野のみの、桜がりきゞす鳴野の夕煙、龍田の奥のいくかすみ、霞をわけて、誰くるす野にやどりとらん、尋入野のつぼすみれ、つみてやきなむ今夜ねて、名残の袖はしほとるとも、小野の芝生の露わけごろも日も夕暮のかへるさ

この直前、「あこめよいかにとめこかし」あたりから、多分に恋のテーマが裏打ちされて来るかたちでつながって来るのですが、たとえば⑥の部分にしても、特定の一首がふまえられているというより、

わりなしないづくも花のなくはこそ一木がもとに日をも暮らさめ（『治承三十六人歌合』顕昭）

武隈の松は二木を都人いかゞと問はばみきと答へむ（『後拾遺集』雑四、橘季通）

山の井の二木の松は咲きにけり／みきと語らむ見ぬ人のため（『俊頼髄脳』所引の連歌、赤染衛門）

みずもあらずみもせぬ人の恋しくはあやなくけふやながめくらさん
（『伊勢物語』九十九段、『古今』恋一、業平）

などの和歌表現が、複合的にこの部分の表現にからんでおり、さらにここから、以下に『伊勢物語』の世界——

「交野のみ野の桜狩り」（八十二段）が導き出されて、野遊の諸相、具体的には「桜狩」「狩」が綴られるのですが、特にこの『伊勢物語』のなかの歌の唱和を文の展開のなかにかくして、「誰くるす野にやどりとらん」——「尋入野のつぼすみれ」というふうなつながりになってくるわけです。それについても、またその他にもいろいろなしかけがあるのですけれども割愛させて頂きます。雑誌の方を参照して頂ければ有難いと思います。要するに宴曲においては『和漢朗詠集』をそのまま持ってくるだけではなくて、部分を取って和歌と言外に重ね合わせたり、和歌表現と重ね合わせて別の世界を作ったり、宴曲の題のテーマに基づいたイメージの重ね合わせによるかなり複合的な世界というものを作り上げていって、それが単なる物尽くしだけではなくて、或る種のストーリー性に裏打ちされていた文章になっている。もうこの時代には、長編韻文において和漢に融合させた表現技法が、こんなかたちで成立しているのだということを、ひとつ押さえておきたいと思うのです。もっとも、文章的には往々にして凝りすぎることによる難解さは否めないと思います。

さて、宴曲の場合に対して、能の場合はどうか、ということなのですが、ここでひとつ取り上げたいのは、クセの文章であります。宴曲に「海道」というのがあります。京から鎌倉までの道行を多くの歌枕・非歌枕の地名を織り込み、かなり長い文章で綴っております。一方、『平家物語』でも重衡の「海道下り」が作られましたが、この方は地名の採用はわずかで、むしろ熊野とのエピソードが主体となっています。義満時代、玉林が「海道下」（東国下）を作詞、藤若が謡ったことは御承知の通りですが、この玉林作の節曲舞は早歌の「海道」と大変似通っています。ただし重要な点は、玉林の「海道下」は『平家物語』の重衡の道行を盛久に転換して、その道行には早歌を意識するところがあるだろう。要するに「海道下」は、早歌と『平家』のふたつの換骨奪胎の趣向が玉林の手柄であり、南阿弥作曲の新音曲と、藤若の謡が合わさって時宜に叶った、ということになるのだと考えられます。初期の節曲舞は、縁起（「白髭」）であれ、唱導（「地獄」）であれ、謡物として調えればよいので、独自の文章（文体）が要求されるわけではなかったのです。しかし、作能法の発達過程で、能の一つの構成要素としてのクセの導入という中で、独立した内容のクセから、一曲の展開の中に位置付けられるクセへと変化し、それとともに作詞法も変わってきた、というふうに捉えられるでしょう。そこで文章的にも本質的な差が出て来ます。最近、三宅晶子氏が『中世文学』に書かれた「舞曲舞の成立」で、舞曲舞という立場から作詞法へ言及されていますが、そこでも指摘されております通り、謡曲は演技を前提として書かれた文章であるという、至極当然なことなんですが、謡物としての早歌や節曲舞などとの本質的な差というのはそこにあるのだ、ということです。

謡曲の文章は、能の台本としてストーリーが会話体（問答・掛ケ合）により進行し、抒情詠嘆がフシ（歌の類）となるのが基本といえましょう。一曲中へのクセの導入は、情趣性の強化につながって来ますが、聞かせ所のクセである限り、情趣性を強調する詩的表現の基盤は早歌などと共通する一面があります。しかし、クセを含む情趣的叙述部が演技を前提とする作詞法を要求されることになるとき、すでに見て来たように宴曲において、和漢を融合させた詩的表現の手法は、高いレベルで開拓されており、かつ和歌表現の利用にあたっても、単なる一首の引歌だけでなく、同時代的和歌表現をトータルに反映する手法が見られます。謡曲がとりこんだ素材や表現の世界というのは、すこぶる多様なものがありますが、同時に能の演技を前提として、見聞一致を十分に配慮した世阿弥の作詞法が新たな表現世界を拓き、さらに世阿弥の曲をも古典化して次代の作者達に引き継がれてゆくのです。それは必ずしもプラスにのみ展開してゆくわけではないでしょうが、その辺の意味をもはかりつつ、作者の個性的な文章法を見据えることも重要な課題となるでしょう。このことはまた謡曲の文章を考えるとき、注釈的な検証を加えるにあたって、たとえばその典拠は勅撰集のどの歌によるというようなレベルではなく、より直接的には同時代に存在する詩的表現の状況との関わりを見極めることが大切なのだと思っているのです。以上で私の基調報告を終わらせていただきます。

〈座談会〉

観阿弥の能への新しい視座

伊藤正義
竹本幹夫
小田幸子
（司会）表章

表　今年は観阿弥の六百年忌ということで、能界でも観世流で何か催しが企画されているようです。これはもちろん観阿弥が至徳元年（一三八四）に死んだという『常楽記』の説に基づいての計算で、今年が六百年忌、来年が満六百年になるわけですが、実は五百年忌が明治三十八年（一九〇五）に行なわれています。観阿弥は応永十三年（一四〇六）に死んだという観世家の伝承に基づいて五百年忌の諸行事が行なわれたわけで、五百年忌から六百年忌まで八十年くらいしか経ってないことになります。これは、この間に観阿弥の正しい歿年が能界でも通用するようになったことの現われといっていいのでしょう。

けれど、五百年忌の時の催しのほうが今年よりも盛大だったようです。古い番組を見てみたら、東京と京都で二日、それに大阪・神戸でも記念能があった。主催は観世流だけれど、他流の人も出演してシテを舞っています。昔のほうが観阿弥の業績を讃える意識が強かったみたいです。今は各流別々になっちゃって、観阿弥は観世の先祖だということなのか、他流は何もしないみたいです。秋に発足する国立能楽堂の催しには企画があるとか聞いてますけれど。

そうした能界の冷淡さを補うためでもないんでしょうが、こんど『文学』が観阿弥六百年忌を記念する意味の特集を編むということで、今日はそのための座談会です。主として観阿弥、それに世阿弥・元雅を含めた観世三代の能について、最近はどういう観点からの研究が多いのか、また今後はどういった目で彼等の作品をみていくべきか、というようなことを話していただければと思います。

僕は以前に、最近は新しい世代の進出が著しくて、われわれは旧派に属するようになった、と書いたんだけれども、伊藤さんも旧派だろうね。（笑）竹本君や小田さんは新しい世代になるんで、新旧で論を交わしましょうや。どうしても作品研究的なことが中心になると思いますので、先に観阿弥の経歴の面にふれておきましょうか。

一　観阿弥の経歴と芸風

表　観阿弥の伝記的な面をまともに取り上げた論文というのは、近年あまりないんじゃないだろうか。

竹本　そうですね、むしろ今は歴史的資料の中で観阿弥が関与していることが確実視されるような事例を一つ一つ確認していくという段階でしょうか。香西（精）先生の「伊賀小波多」（『続世阿弥新考』わんや書店、昭和四十五年）と「観阿弥生国論再検」（『能楽研究』一号、昭和四十九年）以後のものでは、表先生の「大和猿楽の長の性格の変遷」（『能楽研究』二〜四号、昭和五十一—五十三年）だけみたいです。この論文で、観阿弥時代の結崎座がどういうものだったのか、また観阿弥がそこでなした役割は何であったのか、そうしたことが資料に即してかなり明らかにされたように思います。それがひとつの観阿弥像をつくりあげるまでには至らないけれども、観阿弥時代直前の猿楽座のあり方はあの論文を通じてかなりわかるようになった。その前提をなすのは、たぶん香西先生の論文、『申楽談儀』の正確な読みからはじまったあの二つの論文なんだろうと思います。

表　そうね。僕の「長（おさ）」の論も『談儀』の結崎座規の解釈が基だし、『談儀』の一言一句をどう理解するかで能楽史が書き変えられるみたいだね。香西さんの論文で観阿弥伊賀出身説は完全に否定されたといえるし、幼名観世説とか、観阿弥に関する従来の通説はかなり修正されてきているね。

竹本　観阿弥の時代には、宝生大夫や金春権守や金剛権守など、後に座名に名を残すような役者が大和猿楽に輩出していますが、彼らは観阿弥の出世に刺激されて浮上した役者たちなんでしょうか。世阿弥は『談儀』で「田舎の風体」だと言ってあまり評価してませんけれど。

伊藤　いや、その場合の「田舎の風体」というのは、世阿弥流の新風を尺度にした表現だろうと思うんですね。世間一般はそう低く見ていたわけではなく、金剛も金春も、大和猿楽を代表する役者ではあったでしょう。

表　「金春、京の勧進、一二日して下る」と、勧進能をやっても成功しなかったように『談儀』には書いてあるけれど、京都で勧進能をやること自体が、大きな出来事なんで、金春権守は相当の役者だったんじゃないのかな。金剛権守だって、かなりの達者だったように『談儀』の記事からは受け取れるよ。そりゃあ今熊野の猿楽が観阿弥以外の猿楽の出世の引金になったことは確かだろうね。犬王だってその恩恵に感謝している。将軍が猿楽を見たということの影響は、非常に大きかったようだからね。けれども、今熊野以前にすでに、金春権守や金剛権守は観阿弥の競争相手で、大和で相当激烈な競争していたんじゃないの。

竹本　突然そういうスター的な役者が輩出するような条件が、観阿弥の時代にあったんですかね。歴史資料をみると、大和猿楽の四座の祖先的な人物は、ほとんど記録に出てきません。法隆寺の坂戸座の名は鎌倉末期に出ますけれど、春日興福寺の猿楽で一番古いらしい円満井座の名前も出てこないわけですね。だから、興福寺なり多武峰と結びついていた猿楽の座からいわゆる演能グループが分離して活動するようになったのがいつ頃からなのかもまだよくわからないんで、観阿弥以前の能界の状況は混沌としています。このような混沌とした状況を今熊野猿楽で一気にぶちやぶったのが観阿弥だったのかな、という気がするんですけれどもね。

表　観阿弥のこともそうだけれども、それ以前のことも、世阿弥の書き物を通してしかほとんどわからないというのが実情だからね。ただ、今熊野猿楽以前に、醍醐寺で七日の猿楽を観阿弥が演じていたことを示す記事が『醍醐寺新要録』にあるね。少年時代の世阿弥も出ていたというから年代もある程度限定できるので、年表などには応安五年（一三七二）頃にするんだけれど。その醍醐寺の猿楽以来京洛で観世の名が上がったと書いてあるから、今熊野猿楽以前に京都へ進出していたみたいだね。けれど、七日間も連続して猿楽やるようなことが、観阿弥時代にあったのかしら。『常楽記』も醍醐寺の坊さんの書いた過去帳らしいし、確かに醍醐寺と観阿弥とは関係あったようだけれども、醍醐寺で七日間もやったというのはどこまで信用できるんだろう。薪猿楽だって当時は六日間なんだ。醍醐寺三宝院は聖護院と並ぶ山伏修験道の本山格だし、今熊野社と縁があったことも確かなんで、ひょっとしたら、醍醐寺猿楽は、今熊野の猿楽とイコールじゃないかと、ひそかに疑ったりしてるんだけどね。

竹本　すると最初の大規模な興行で将軍の目にとまったということになるんですか。

伊藤　いや、海老名の南阿弥陀仏とか京極の道誉とかとの関わりは今熊野以前からあるわけだから、大規模かどうかはともかく、観阿弥の京都での活動はそれ以前からのはずだよ。

表　もう一つ、貞治三年（一三六四）に京都の薬王寺（若王子？）で大和猿楽が勧進能をやった記録が『師守記』にあるね。大和猿楽と言うだけなんで、能勢（朝次）先生は当時三十二歳の観阿弥と見るのに消極的なんだけれども、観阿弥以外に京都に進出して勧進能をやれる役者がいただろうかということで、僕は観阿弥じゃないかと思っている。それもあるんで、京都で先に観阿弥の名声があがって、そのために新しく結崎座に所属して、観阿弥が薪能などにも出るようになったケースだって考えられるんじゃないかと、以前何かに書いたことあるんだ。今は意見を変えているけれど。

小田　観阿弥に関する第三者の当時の記録というのは、結局のところ、『不知記』の「観世之垂髪」云々の記事と、『後愚昧記』の例の義満が観世の子に盃を与えたと言う記事、どちらも永和四年（一三七八）です。あとは『常楽記』だけのようです。

伊藤　そう。あとは世阿弥伝書の記事で肉付けしていくほかないんだけれど、その世阿弥の発言は親父を顕彰する姿勢が強いものだから、文字通りには受け止められない点もあるしね。世阿弥の新風というのも結局は観阿弥を継承してるんだ、というんだって、これは世阿弥の側から言うわけなんでね。

表　観阿弥の芸風がどうだったかということも、やはり世阿弥の言葉から推定するよりしようがないけれども、大男だったと言うし、強い系統の能が主体だった演者のような気がするね。

伊藤　大和猿楽は、世阿弥の言うところによれば鬼が看板芸だしね。

小田　『花伝』には鬼を「ことさら大和の物なり」と言ってますし、円満井座の光太郎も『談儀』によれば鬼が得意だったようですけれど、貞和五年（一三四九）の勧進田楽にも鬼が登場したみたいですし、『落書露顕』の祇園の勧進田楽にも「四頭八足の鬼」の能が演じられていて、古記録に見える能は田楽能でも鬼能が主体のようです。

竹本　だから、猿楽能でも田楽能でも鬼能が多く演じられていたけれども、特に観阿弥が鬼能の名演で名声を博したので、「ことさら大和のものなり」という言いかたになったという可能性があるのではありませんか。

表　貞和五年の春日臨時祭の四番の能で見ると、鬼能が主体という印象はあんまりないがね。

竹本　〈廉承武〉に龍神は出ています。

伊藤　〈斑足太子の能〉に出る五大力なんかは強い人体のようだし、〈和泉式部ノ病〉も『小式部』の物語と同じ趣向なら、鬼の出た可能性もありますね。

竹本　世阿弥のいう冥途の鬼と亡霊の鬼と、その両風体が最初からあったのかどうかもはっきりしませんし、どの程度までが鬼なのかも不明確です。獄卒が罪人を呵責するような能が古くからあって、観阿弥がそれを得意としていたという程度なら、そうかなという気もするんですけれど。

表　観阿弥の得意曲として世阿弥が名を上げているのは、〈自然居士〉とか、〈嵯峨の大念仏の女物狂〉とかで、鬼系統ではないけれど、『談儀』に見える具体的な記事からは、大男という肉体的条件を生かした強い系統の能が主体だった印象をぬぐえないね。

二　観阿弥作品論の概況

表　このあたりで作品論に移りましょうか。小田さんは「研究展望」など書かされて一番多く最近の論考読んでると思うけど、観阿弥に関する近年の研究の動向についてどんな感じを持ってますか。

小田　能の作品研究全般に著しい進展があったと思うんですけれど、観阿弥で言いますと、従来は『五音』に「亡父曲」とある分も含めて、観阿弥作の可能性が強いと言われていた曲なども、『五音』所引の一連の部分のみが観阿弥の作や作曲で、全体的には世阿弥の手が大きく入っているのではないか、という見解が強くなってきています。その結果〈卒都婆小町〉と〈四位少将〉と〈自然居士〉の、『申楽談儀』が観阿作という三曲だけが厳密には観阿弥の作品で、その三つにしても世阿弥の手が入っているというふうに、観阿弥の作を非常に厳密に考えるようになってきている、ということが言えると思います。

表　それはたしかに顕著な傾向のようだね。一昔前には多少とも観阿弥が関係したと考えられる曲はみんな観阿弥作にして論じていたのが、今では厳密になって、だんだん観阿弥作が減らされているという感じだね。

伊藤　そうですね、たとえばいま言われた三曲にしても、観阿弥が関与したのはどれだけなのか、観阿弥が作った時の形がどれだけ残されているかはもちろんわからない部分の方が多いけれども、そうした吟味なしで、今演じられているその能全体を観阿弥作であるというのは、もう、ちょっと工合が悪いでしょうね。

竹本　ある作品を観阿弥作とか作曲と考える根拠となっていた世阿弥伝書の記事の再評価がきちんと行なわれたということが、そうした動向の根底にあると思います。その代表的な仕事が、日本思想大系『世阿弥・禅竹』の補注における『五音』の作曲者名注記の性格についての表先生の新説だろうと思うんです。そういうような資料評価を踏まえて、観阿弥作が従来よりも限定されてきたということではありませんか。それは必ずしも、観阿弥の作品についての研究が進んだということではなくて、よりその扱い方が厳密になったということだけであって、観阿弥の作品研究はむしろやりにくくなっていると思いますね。かつては観阿弥の仕事だと思われていたものの多くが世阿弥の仕事であるということが明らかになったりして、観阿弥以外の作者、とくに世阿弥をより大きくクローズアップする結果に今のところはなっている、という気が私にはするんです。

小田　どの曲が観阿弥の作品であるかを考える場合に、後代の『能本作者注文』とか『自家伝抄』はまるで信用できないし、結局世阿弥の発言が唯一・最大の資料ですが、その世阿弥の発言、『談儀』とか『五音』の記事を、どう理解し、どのように利用するかの態度の違いが、昔と今の研究の違いを生んでいるように思います。

伊藤　そうですね。観阿作とか亡父作書と世阿弥が言っている曲でも、そのまま無条件には認めがたい点がいろいろありますからね。『五音』が「亡父作書」という曲だって、〈布留〉と〈白髭の曲舞〉と〈由良の湊の曲舞〉の三曲だけやけど、そのうちの〈布留〉は以前に表さんが指摘したような注記の位置などの疑点がある。〈白髭〉は基づくところが比較的はっきりしていて、観阿弥作詞とするには問題がある。そうすると、観阿弥作詞と考えられるのは〈由良の湊〉だけになってしまうのよね。

小田　作詞も完全に担当した書き下ろしの曲としてはですね。

表　とくに反証がないのが〈由良の湊〉だけだということね。これだって、他の観阿弥関係の曲のほとんどがどうも観阿弥の文章じゃないらしいとなると、これも怪しいんじゃないか、という感じがなきにしも非ずだね。クリの文句なんかかなりむつかしい。

伊藤　ただ、この曲の場合は、曲舞ではあるけれども、わりとすらすら書いてるのよね。〈白髭〉のような、ああいう縁起に則った文章とは全く違う。そういう点が観阿弥の、あるいはこの時代の謡曲の文章を考える時の手掛りになるんじゃないかな。

竹本　〈白髭〉の場合は、伊藤先生がおっしゃったように、『神道雑々集』とか『太平記』に見える縁起の説を踏まえて作詞されているらしくて、観阿弥のオリジナルな文体とは言えませんから、比較は無理なのかもしれませんが、もし〈由良の湊の曲舞〉が観阿弥の作詞であるとすれば、非常に優れた作詞技法を観阿弥自身持っていたということになりますね。曲舞の第一作が〈白髭〉で、第二作が〈由良の湊〉ですね。その二曲の文体がまったく違うことをどう評価するかが問題で、観阿弥の作詞技法の進展のあり方をそこから読み取っていいのかどうか、ちょっと迷いますね。

伊藤　二曲だけでは材料が少な過ぎてちょっと難しいな。

表　どちらも謡物で、能として作ったものではないという制約もあるね。

小田　その二曲のほかにも〈李夫人の曲舞〉とか〈淡路〉とか、観阿弥作曲の謡物がいろいろあるんですから、謡物の作者・作曲者としての観阿弥の評価はまた別に、きちんとしなければならないですね。

伊藤　謡物だけでなく能も作ったはずだけれど、ただしそれは、〈卒都婆小町〉にしても〈四位少将〉にしても〈自然居士〉にしても、原作は観阿弥だとしても、世阿弥を通ってきているので、今の形が観阿弥作のそのままとは考えにくい、そこを区別して考えよう、というわけでね。しかも文句が観阿弥自身によって書かれたのか、彼の周辺の人たちがかかわっているのかという問題もあるんで、ますますむつかしくなるわけやね。

竹本　観阿弥自身が書き下ろした曲はどの程度あったんでしょう。他人に作詞してもらった曲が多い感じですが。

表　〈葛の袴〉などはよほどの知識人でなければ書けない難解な文章だね。田口（和夫）君が『文選』が出典であることを指摘するまで誰も理解できなかった文句があるくらいだものね。謡を聞いただけでは絶対わからないな。

伊藤　能役者でない人が書くから聞いてわからん漢語多用の文体になってしまうんですね。「自作の能を持て」とか、世阿弥の能作論は、その批判として書かれたと言えますすね。

小田　〈自然居士〉などは対話のところが多いので観阿弥自身の作詞した部分が主体かと思いますけれど、曲舞のところや例の『五音』の謡などは知識人の作詞みたいですし、〈卒都婆小町〉も、とても全体が観阿弥作詞とは考えられませんね。世阿弥に言わせると喜阿弥は「もんまうの者」だったと言いますし、観阿弥だけではなく、同時代の能役者が能を作るときには、文句は知識人に書いてもらうのが普通だったみたいですね。

表　観阿弥が謡曲の文章を自身で書いたわけではあるまいというのは、ほぼ共通認識に近いね、今は。

竹本　結局、観阿弥作品の特定の作業が、『申楽談儀』以外では、『五音』に基づいて行なわれるということが大きな限界になってると思うんです。というのは、『五音』は音曲伝書ですし、しかも観阿弥は曲舞の導入に代表されるように音曲面で非常に大きな業績を残しているわけですね。そうした観阿弥の業績が『五音』では最大限に評価されていて、下巻の付載記事に観阿弥作曲の曲舞三曲の全文が引用されているほどです。それが普通だったらわかるはずのない観阿弥の仕事の一端を垣間見させてくれているわけですが、そうした性質の資料であるため、『五音』からは作曲者としての観阿弥がどうしてもクローズアップされてしまう。ですからそのへんはある程度修正して、音曲伝書なるがゆえに表には出ていない作者としての観阿弥の仕事をも『五音』から読み取って、観阿弥作というのを考え直していかなければならないだろうと思うんです。

それにしても、日本古典文学大系の『謡曲集』が「観阿弥作の能」としている曲の幾つかは、表先生の『五音』の再評価が出て以来、観阿弥作からは除くべきもののようですね。

表　「観阿弥作の能」ではなくて、「観阿弥関係の能」としてあるんだ。あの当時だって、作と決められないことはわかっていたからね。それにしてもそこから除きたい曲があるのは事実だね。〈求塚〉もその一つだろうな。少し前に「〈求塚〉作者観阿弥説を疑う」という短い文章（『能楽鑑賞の栞』四一号、昭和五十七年十一月）を書いたけど、あれは、『五音』所引の亡父曲の部分が〈求塚〉の中で浮き上がっているということのほかに、夢幻能形態はまだ観阿弥時代に出来てなかったろうという考え方からのものなんだ。夢幻能という言葉は人によって使い方が非常にちがうけれど、「夢幻となりにけり」となければ夢幻能じゃないという狭い用法ではなく、後シテが昔の姿なり地獄や修羅道に落ちた姿なりで再登場する形の能を夢幻能と考えた場合でも、観阿弥時代には、鬼能形式まではあったろうけれど、夢幻能形態はまだ成立していないんじゃないかな。『五音』が「亡父曲」としている曲は、そういったいろんな観点からの考察と合わせて作か否かを判定すべきだろうね。昔流に言うと、〈江口〉も〈求塚〉も観阿弥作で、観阿弥時代にすでに夢幻能は成立していたということになるんだけれど。

竹本　〈江口〉〈求塚〉などは、観阿弥作ではないと考えるのが、今は通説じゃないかと僕は思うんですけれどもね。

表　そうかね……。（笑）

小田　小西甚一先生の「観阿弥の作風」（『喜多流声名曲集』筑摩書房、昭和四十九年）は〈江口〉や〈求塚〉は観阿弥の作品に入れない立場で書かれています。〈布留〉は入れていらっしゃいます。『五音』の分は「亡父作書」とある分だけを認め、「亡父曲」は作曲だけだから加えないという方針のようですから、やっぱり通説としていいんじゃないでしょうか。

表　いや、小西さんの説はね、あまりに機械的に分けちゃって、作詞もそうである可能性を一切否定する結果になったり、一部だけが作書らしい〈布留〉を観阿弥作と認定するような欠陥もあって、君たちの認識とは立場がちがうはずだ。小西先生がそうだからといって通説とは言えないと思うよ。同じ頃に八嶌（正治）君が書いた論文「観阿弥と世阿弥の間―〈求塚〉の意味するもの―」（『能　研究と評論』四号、昭和四十九年七月）なんかは作者観阿弥説ですよ。その説の方がまだ多いんじゃない。

竹本　『五音』所引の部分が〈求塚〉本来のものじゃなくて、別曲の一部を後に〈求塚〉に転用したものであろう、というようなことを、表先生は以前からおっしゃっていたようですが。

表　今の〈求塚〉の中であそこだけがどうも異質だという感じでね。現在はちょっとちがってるんだ。求塚という素材そのものは観阿弥時代から能に作られていた可能性もあるんじゃないか、その古曲の上ゲ歌を使ってるんじゃないか、とね。というのは、問題の上ゲ歌の「あまの帝のおん時より」とか「後の堀河の御宇」という文句が、求塚が和歌に詠まれるようになったことと関係があるような気がするんだよ。それと、「いはんやわれら」とある点から、〈求塚〉の古態として、チヌノマスラオ、ササダヲノコの両人が登場してウナイ乙女を引っ張り合うような、そういう種類の能を想定したりしている。これは空想に近いけど……。

伊藤　〈求塚〉の後半が男同士の争いを演じるか、女への恋のほむらに青き鬼となるパターンの恋の堕地獄の能か、いずれにしても現行後シテの苦患の特異性は、元来、男の苦患を示したものではなかったかと、これも空想の域を出ませんが、もしそうなら、『五音』所引の部分も観阿弥曲としていいかもしれない。それが〈求塚〉かどうかは別としてね。要するに『五音』をどう読むかですね。

表　僕なんかも、『五音』については、はじめは能勢先生と大体同じ使い方をしていたのが、だんだんきびしくなってきた。ことに決定的だったのは、『五音』の節付が下掛りの節付だということ。金春かなんか下掛りを経由した写本で、相当後の改変も加わってる本だと考えたことから、無条件には信頼しないようになった。相当誤説なんかもあるようだし、後代の曲名に変えたりもしているらしい。そんなことで、利用のしかたを変えてきている。

伊藤　『五音』の利用には慎重な吟味が必要で、作者考定資料に直結させて使うのは問題だ、ということですね。

竹本　そのつもりで執筆されたものでもないでしょうから。

小田　『五音』の記事を手掛りにして、あとは曲の構成や文句など内容面から詰めていくしかないのでしょうね。

表　作曲者名の注記のない曲は世阿弥作曲と考えるのが能勢先生以来の通説で、それはその通りなんだろうが、転写する際に作曲者注記の落ちてしまった曲もあるんじゃないかな、〈葵上〉なんか。〈葵上〉も注記なしで世阿弥作曲になってしまうんだけれど、あれは犬王作曲じゃないのかな。「犬王曲」というのが『五音』に一つもないんだよね。

竹本　そうなんですね。序文に作曲の名手として犬王の名前が出てくるのに、一つもないというのはおかしいですね。ただ『申楽談儀』には、犬王は「音曲は中上ばかりか」とありますけれど……。

表　観阿弥と犬王はほぼ同時代で、好敵手だったようだけれど、どうも傾向は大分違うようだから、犬王の芸風を参照にして観阿弥の作品を考えるというわけにはいかないみたいな感じだね。

伊藤　そうですね。世阿弥なら別ですけれども。観阿弥の場合、犬王を意識してやったということはないんじゃないかな。

竹本　犬王が観阿弥を意識している可能性ならあるかもしれませんけれどもね。〈四位少将〉をやりたいけれどもできない、というようなことを言ってたり。

伊藤　もっともあれは、やりたいという意味かどうかはわからんね。はじめからなんか拒否してるような感じもあるから。

竹本　あれはたぶん、観阿弥の〈四位少将〉が絶大な人気を博している一方で、犬王がそれに対して、独自性を主張したような言葉のように思います。

三　〈自然居士〉をめぐって

表　話が〈四位少将〉のことになったけど、このへんで観阿弥の作の個々の曲のことに入りましょうか。

小田　一昨年は〈自然居士〉についての研究が集中的

に発表されています。小山（弘志）先生の「能と狂言―能における狂言の要素―」（『国語と国文学』昭和五十六年二月）は〈自然居士〉が主たる対象ですし、竹本さんの「『三道』の改作例曲をめぐる諸問題」（『実践国文』一九号、昭和五十六年三月）、田口（和夫）さんの「作品研究〈自然居士〉」（『観世』昭和五十六年十一月）などで、これだけ一曲について論文が集中したのはめずらしいことですね。

竹本　そうでしたね。その前年の十二月付で徳田（和夫）さんの「中世歌謡の論、三題」（『学習院女子短大紀要』一八号）が出た。この論文は自然居士という人体のイメージを具体化する点で僕らには非常に役に立つものだったんですが、僕が論文書いていた頃にはまだ出てなくて、それを見ないで書いたんです。ですから、昔徳江（元正）先生が紹介なさった資料までしか知らないで書いているわけです。僕が問題にしたのは、世阿弥は『談儀』に〈自然居士〉を観阿弥作としているものの、『三道』で「自然居士、古今あり」と言っている。いったい何が古い〈自然居士〉で、何が新しい〈自然居士〉なのか、ということです。三通りほど考えられて、僕はどれも断定はしなかったんですけれど、観阿弥以前は古い〈自然居士〉があったのか、それとも、『五音』所引の謡を除いた現行の〈自然居士〉が新しい形で、それを一曲中に含み込む〈自然居士〉が古い形であるのか。そういう問題なんだろうと思うんですけれどもね。

表　これまではなんとなしに、『五音』所収の謡を入れた形が観阿弥作の古い〈自然居士〉、それを除いたのはたぶん世阿弥で、それが新しい〈自然居士〉だ、というごく単純な考え方しかしてなかった。そこに竹本君が提起した問題は非常に大きな問題だったんで、大変に面白かった。観阿弥以前に古い〈自然居士〉が存在した可能性は十分考えられるね。となると、古作から観阿弥作を経由し、さらに世阿弥の手も入っている今の〈自然居士〉のどこが観阿弥の作った部分なのかが問題になる。

伊藤　そうなんだ。たとえば後半の芸尽くしなど、観阿弥作のままかどうかわからへんと思うのよね。あれだけいろいろと芸尽くしをするのは、世阿弥がいろいろ加えたのかもしれないと思う。

竹本　ただ、簓だとかは……。

伊藤　簓はあっただろうけれども、それをぐっとふくらまして、遊狂の能に仕立てたのは世阿弥ではないかな。

小田　それと関連して、田口さんの「作品研究〈自然居士〉」が、やっぱり〈自然居士〉の船の曲舞は後に世阿弥が入れたものというふうに考えています。

竹本　伊藤先生も、あの曲舞は世阿弥が入れたとお考えですか。

伊藤　僕はそうだろうと思うけどもな。

竹本　なぜそのように……。

伊藤　あの曲舞が独立の謡物として作られて、〈自然居士〉改作にあって利用したと考えるのが、あの能の流れからも一番説明がつきやすいんじゃない。田口説を支持するね。

竹本　その可能性もあるとは思いますけれども、ただ、〈自然居士〉の曲舞が観阿弥原作になかったとすると、曲舞という芸能を能のレパートリーの一つとして、まず謡物として観阿弥が取り入れたわけですが、一曲の能の中に最初に曲舞を取り入れたのは誰なのかという問題とかかわってきますね。

伊藤　僕は世阿弥ではないかと思うんやけどね、最初に取り入れたのは。〈葵上〉や〈鵜飼〉など鬼型の能には世阿弥が改作しても曲舞を入れてないし、逆に物狂能には入れている。天女の能も曲舞は有無両様だし、世阿弥が歌舞能を意識したところで曲中への曲舞の摂取があったのではないか。そしてその早い時期には独立の曲舞を他曲と共用したり、かなり流動的なところがあったもので、遊狂に仕立てた〈自然居士〉もその一例だと考えたいんだけれどね。

表　〈船の曲舞〉はあれは『曾我物語』にも同文が出てくるし、はじめは独立の謡物であったことは確かでしょうね。それを〈藤栄〉でも使い、〈自然居士〉でも使っているんだろうけれど、一曲の中でのクセの役割などから、僕は観阿弥と思っていたけれどもね。

竹本　そのくらい考えないと、観阿弥の能の中でした

仕事というのが、なくなってしまいますね。(笑)

伊藤　結局、曲舞を一曲の中に取り入れたのが誰であるかを考える場合は、〈自然居士〉がうんと早い例になるから、〈船の曲舞〉を加えたのが誰かが大きな問題になるわけやね。

竹本　確実な観阿弥作品に曲舞がないもんですから、〈自然居士〉のクセも別人が入れたと考えたくなるんでしょうけれど。〈葛の袴〉にはクセがあります。

表　〈百万〉の曲舞は世阿弥が新しく作って〈地獄の曲舞〉と入れ変えたんだけれども、あの〈百万〉の中の曲舞の扱い方と〈自然居士〉の中での〈船の曲舞〉の扱い方とはまるで違うんじゃない。そういう点から僕は観阿弥が入れたと考えたいな。

小田　〈自然居士〉についての論文の中では田口さんのが一番最後だけに、一番まとまった形なんですが、それがまた新しい説をいろいろ出して今後に問題を残していいます。その点いかがですか。

表　田口君は一休の詩に基づいて今とはかなりちがう〈自然居士〉の演出を想定して、金春と観世で異なる演出が採用されていたと推定しているけど、一休が見た〈自然居士〉は金春宗筠のでしょう。宗筠時代に観世と金春で違う演出だったのなら、その後にも必ず痕跡を残しているはずだというのが、僕の考え方なんだけれどね。

竹本　それはそうだと思いますね。田口さんの論文では、日本思想大系『中世禅家の思想』所収の『塩山和泥合水集』の記事を見つけてきたのが大きな収穫だと私は思うんです。あれは『五音』所引の〈自然居士〉の解釈を前進させる、たいへん優れた資料ですね。

表　そう、あれはいい資料だ。安居院流唱導の『法則集』の作法を基準にして〈自然居士〉の構成を考えていくのは、無理のような気がするけれど。

竹本　そこまで唱導の作法に従わなければならないことはないだろうと思いますね。

伊藤　作法をふまえた面白さということは考えられるけれどもね。ただ、山伏の修法だって必ずしもその通りにはならないんで。

小田　ある程度パロディで、どっか抜いちゃうことは十分あり得るわけでしょうね。

表　『五音』所引の文句が、高座の上での説法の段でなくて登場の段の文句ではないかという論は、僕も昔そう考えてたんだ。只詞や歌の文句は出てくる時にふさわしいからね。山崎楽堂さんだったかな、昔の誰かも同じ見方だったはずなんだ。けれども、『申楽談儀』の記事をひと続きの文章として読むと、「高座の上にて」となるわけよね。横道（萬里雄）さんなどが協力して観世寿夫がはじめて古い形で演じた時には、高座の上の説法にしたけれども、それを見た時あんまり抵抗感なかったんだ。だからこの形も十分考えられると思ったけれどもね。

小田　後半はかなり名乗り的な内容、前半が説法的な内容で、どちらにもとれるわけですね。

竹本　〈大会〉のワキが床几でこのサシを謡いますね。

表　そう。ところが廃曲の〈豊干〉では寒山と拾得の登場に歌のところを歌うんだ。

竹本　登場の段にこれを置く場合に、今の登場の部分の謡を差し替えるのか、それとも、差し替えずにいくのかが問題だと思うんですけれど。

表　もちろんそれは、今の登場のところはなくなるんじゃないの。アイ狂言が呼び出すくらいのことはするかもしれないけれども。

ほんと、〈自然居士〉については、今までの簡単な見方がかげをひそめてしまわざるをえないほど異論続出、今まで気が付かなかったところが問題になってきたんで、これは大きな成果だと思うね。

四　〈卒都婆小町〉と〈四位少将〉

小田　同じことが〈卒都婆小町〉や〈四位少将〉についても言えるようですね。

表　伊藤さんの〈卒都婆小町〉の論（「作品研究〈卒都婆小町〉」、『観世』昭和五十七年九月）は、読んでて大いに興奮したね。一つ一つの論には賛成できない面もあるんだけれども、とにかく〈卒都婆小町〉についてよくもまあこれだけ問題を見つけ出したものだという感じで、驚いたな。一番面白かったのは、〈通小町〉

〈四位少将〉の影響でつきものの段を取り入れたろうというところ。なるほどそうじゃないかなと思った。

伊藤　推論ですからね。いろいろ叩き台にしてもらえればいいんです。だからあの論文、もっと挑発的に書くべきだったと思っているんです。

表　一つ一つの論は相当異論があると思うね。

小田　つきものが後に入れたものだとすると、ミサキの鳥が出現したところで終わっているということですか。狂乱の場面は全然なくて。そうすると、まず一つは、非常に短か過ぎるということ……。

伊藤　それはそうとも言えないですよ。前半の謡も道行だけとは限らないし。

表　僕は短いとは思わないな。もちろん、卒都婆問答や『玉造小町壮衰書』に基づく謡などいろいろあって、最後がミサキになって終わるんだろうからね。今のつきものの段の代わりにミサキの登場の段があると考えれば、ちっとも短くならないんじゃないの。

小田　世阿弥がつきものの段を入れたとすると、『花伝』第六花修で姥が狂うのはよくないと言っているのと矛盾するのではありませんか。

竹本　同じ百夜通いの趣向が両曲にあるわけで、どっちかがまねしている可能性は大いにあるんですけれど、特に〈通小町〉が先でなければならないという積極的な理由はどうでしょうか。

表　ただ〈四位少将〉のほうは百夜通いの物まねが眼目の能だし、歴史の古い曲だよね、『談儀』によると、山徒か大和かの唱導の書いた、田能楽以前からの昔能なんでね。そういう意味で僕は、〈四位少将〉のほうが先行している可能性が強いと思うんだ。

しかしあれだね、深草の少将と小町の百夜通いの説話が能以前に見つからないというのは不思議ね。もっと古いものがあってよさそうな気がするんだけれどもね。

伊藤　原作が唱導師というから、恐らくその世界で語られていたのでしょうね。ちょっと証拠が見付からないんですが。

小田　能は何かの典拠を当然踏まえているはずだというようなことは、片桐洋一さんも『小野小町追跡』

（笠間書院、昭和五十年）でおっしゃっていて、確かにそうだろうと思います。

竹本　百夜通いの説話自体には、別に固有名詞必要ないんですけれども、劇化する段階では、固有名詞がどうしても必要になる。そこで、小町と四位の少将というのが考えつかれた可能性もあるんじゃないでしょうか。

表　唱導の世界なんかで、固有名詞くっつけて話しそうな気がするよ。

竹本　唱導は民衆相手でしょうから、そうかもわかりませんね。

伊藤　だから、いろんな固有名詞を当てはめている和歌関係のものよりも、四位の少将と小町にした点は非常に面白いわけよね。それが今のところ、能以前のものがわかっていない。

竹本　ワキが空海だったとか、場所が高野山だったとかいう、かなり大胆な説も伊藤先生の説に含まれてますけれども、それは別にそう考えなくてもいいいんじゃないかと思うんです。空海であったほうが確かに面白くはなるでしょうが。

伊藤　というよりも、『玉造小町壮衰書』をふまえれば当然空海ということになるし、そこで高野山と結び付いてくる。それが中世の理解だったと思うんやね。

表　昔から〈卒都婆〉のワキは空海だという解釈はあるのね。

竹本　だったら、はじめから空海と書けばいいわけで……。

表　いや、〈鵜飼〉なんかでも、「安房の清澄より出でたる僧」と言ってね、日蓮とは言わないでしょう。何かやっぱり憚られる面もあったのと違うかな。遊行上人ぐらいはかまわないようだけれど。

小田　場所が高野山というのは、私は説得的だなと思いました。以前に、田口さんも「〈卒都婆小町〉推量」（『銕仙』昭和五十六年二月）で高野山を比定していました。

表　けれど、ちょっと遠過ぎるんだな、高野山は、「過ぎ行く人は誰やらん……」の道行のあと「なほなほ謡ひしなり」と世阿弥は言うんだが、もう一謡くらい続いて行く場所とすると、阿倍野あたりがちょうどいい感じがする。

伊藤　「なほなほ謡ひしなり」というのは道行という形だけだとは限らないと思うんです。おそらく高野山の縁起をふまえた霊場賛美の謡もあったと推測しているんですがね。

表　毛越寺延年の〈卒都婆小町〉も高野山まで行く形だし、そういう意味では高野山ということは考えられる。

竹本　毛越寺の延年が古い形で、そこからの類推で能の〈卒都婆〉も昔は高野山まで行ったんだろう、というのならわかるんですが、伊藤先生は毛越寺のものはむしろ後というお考えですね。

伊藤　延年の曲が先行すれば都合はいいけれども、別に先行しなくてもいいんです。ミサキの鳥の出現は高野山だからこそ必然なんだから。かりに延年の〈卒都婆小町〉が先行していたとしても、ぼくの説は、実証は不可能でしょう。ただ、あの仮説全体で支えあっている論証が、どのくらい説得的かということですね。

表　僕は毛越寺延年のほうが古いかなと前に思っていた。あれは百とせの姥じゃなくて、たしか六十の姥なんだ。原典たる『玉造小町壮衰書』には別に百とせとないけれど、能の〈卒都婆小町〉以後はもう百とせの姥というのが定着しているのではないか。だとすると延年の曲は能の影響で作られたわけではないという気がしてね。

伊藤　百とせの姥というのも、小町のイメージとしてはわりと早いんで、『伊勢物語知顕集（和歌知顕集）』は「百とせにひととせ足らぬつくも髪」の歌を小町にしているんです。

表　〈卒都婆小町〉は、「古今あり」とは世阿弥も言ってないね。『談儀』に書いてなかったね、「昔は長き能なり」というだけで。

竹本　世阿弥が「古今あり」などというのがどの程度までの改作についてなのか、はっきりしないんです。

小田　仮に伊藤先生の推論に従えば、観阿弥作の〈卒都婆小町〉はすっかり変わってしまったことになりますね。ほとんどは世阿弥による改作と伊藤先生はお考えのようですが……。

竹本　そういう場合には〈卒都婆小町〉を観阿作と世阿弥が言わないと僕は思うんです。世阿弥が『申楽談儀』で誰それの作と明言しているのは、かなり信用していいんじゃないか。観阿作と言っているのは、その作品の形成に観阿弥が一番大きく関与していることを証明している言葉なんだろうと思うわけです。原作の面影をまったくとどめないような大規模な改作が行なわれた場合には、世阿弥は、その改作者のほうを作者と指定するんじゃないでしょうか。たとえば〈静〉などは、その原曲はたぶん観阿弥の得意の能であった〈静が舞の能〉だろうと思いますし、『五音』に「静亡父曲」とあることからも、そう考えていいんだろうと思うんですけれども、世阿弥は井阿作にしている。それはたぶん観阿弥原作の〈静〉を、井阿弥が大規模に改訂して、まったく新しいものに換骨奪胎してしまったという現実を踏まえての作者説なんだろうと思うんですね。ですから、観阿作という三曲はたぶん、世阿弥が多少の手を加えたとしても、なお観阿弥作の面影を色濃く伝えている、と考えていいんじゃないかと私は思います。

伊藤　その面影をどの程度に判定するかだけれども、卒都婆のテーマは変わらないからね。その上でかなりに改作された場合でも、父親の原作についてはそれを尊重するという姿勢が基本的にあると思うんですがね。

竹本　でも、観阿弥原作のものを井阿弥が改作した場合でも、父に対してあれほど畏敬の念を持った世阿弥が、すんなりと井阿弥作と認めるということ自体に、世阿弥の言う「誰それ作」の基本姿勢が反映してるんじゃないでしょうか。

伊藤　観阿弥の〈静〉と井阿弥の〈静〉の関係がもう一つはっきりしないし、原作者と改作者が親子であるという条件も加わるし、そこのところはちょっと決めにくいように思うな。

表　世阿弥が観阿作と明記している〈小町〉〈卒都婆小町〉だって、まったくの創作かどうかわからないよね。古い原作があって、それに基づいて観阿弥がある程度今のに近い形に変えて、またさらに世阿弥が手を加えた、というケースも考えられるでしょう。『談儀』の「小町の能、昔は長き能なり」という文句を、世阿弥が短くしたといままでは考えてきたけれども、実はわかんないいんだ。

古い形の〈卒都婆〉が演じられた時代を推定させる唯一の資料が、『談儀』の、ミサキの烏を演じて「日吉の烏大夫と言はれし」という記事だけど、その烏大夫というのが、いったいいつ頃の人なのかね。以前に烏大夫に狂言役者かと注つけたことあるけれど、狂言である必然性は何もない。

伊藤　そうです。烏をやったから烏大夫と言う仇名がついたんで、狂言役者でもよいが、そう考える必要もない。

小田　ミサキの出現は必ずしもアイの段ではないわけですね。

伊藤　後ツレなんやろうね。

小田　『太平記』の「日吉山王の利生あらたなる猿楽」の猿にあたる役で、ミサキの点も共通してますね。

表　もと日吉座の役者が、もう観世座に入り込んでやっていたのか、日吉猿楽で早くから古態の〈卒都婆〉を演じていたのか、ということになるわけ。

竹本　日吉姓の役者というのは、室町中期には、金春座に入り込んでますから、世阿弥時代も大和猿楽に加入していた可能性はあるわけですね。

表　当時の座の人員構成はほとんどわからないけれども、将軍の後援を受けた観阿弥の座にいい役者が各地から集まってくる、というふうになっていた可能性は十分考えられるんで、日吉猿楽のほうで〈卒都婆〉をやってたんだ、とはきめられないだろうな。なんとなく、仇名とは言え日吉姓の役者が出ている以上は近江猿楽日吉座での演能と解するのがすなおなような気はするけれども、日吉の烏大夫というのも、年代限定の種にはならないんだな。

それはともかく、竹本君がさっき言った「作」についての説には僕も基本的に賛成なんで、その立場からすれば、伊藤説の如く古態の〈卒都婆〉を世阿弥が今の形に改めたということには大きな抵抗を感じるけれど、作者・改作者を別にして、古態の〈卒都婆〉に関する推測としてはかなり魅力的でね。

だから、伊藤さんの推測のかなりの部分を観阿弥の改作と考えることもできるんじゃないかと思ってるんだ。〈古き卒都婆小町〉を想像してね。延年の〈卒都婆小町〉に近い印象の作品があっても少しもおかしくないからね。

竹本　でも別にそう想像する根拠はないはずですし、伊藤先生も観阿弥以前の〈卒都婆小町〉までは想定していらっしゃらないんじゃないですか。

伊藤　そう。『申楽談儀』に書いてある範囲で組み立てた仮説やからね。あえて観阿弥以前の〈卒都婆小町〉の存在を想定しなければならない理由はないと思うね。

竹本　〈自然居士〉みたいに「古今あり」とはっきり書いてあっても、なおかつ現存の〈自然居士〉に『五音』の謡を加えた形以前のものがあったかどうか言えないような状態ですからね。〈卒都婆小町〉についてはなお無理じゃないかという気がするんですけれど。

表　君はすごく慎重で、〈自然居士〉の論でも断定しなかったけれど、観阿弥以前の〈古き自然居士〉だって十分考えられるでしょう。どちらも素材が非常にポピュラーなもので、古くに能に作られてもおかしくないと思うな。

竹本　〈四位少将〉なんかはそうなんでしょうがね。

伊藤　能では〈草紙洗〉が後の例外で、小町というと老体、それも百とせの姥で、〈通小町〉にしても「市原野辺に住む姥ぞ」と中入前に言ってるんだから、やっぱり姥なんですね。

小田　後場もずーっと姥だったんでしょうか。

竹本　姥だったら面白くもなんともないね。（笑）

表　前場が姥で後場を若い女にするのは、物着で若い姿にちょっと変えればいいんだもの。そうむつかしくはないよ。百夜通いのところがおばあさん相手じゃ確かに面白くないんで、前場の文句は姥でも、後場は若い女で登場したんじゃないかな。

伊藤　とにかく、それくらい年をとった小町というイメージは固定していたと思うのよね。

竹本　「市原野辺に住む姥」という言葉で、小町を想像出来るわけですから、その小町が実際姥の格好かどうかにかかわりなく、そういう詞章が用いられる可能性はありませんか。

小田　〈通盛〉の前ツレも本来は姥なのを、今は若い女でやってますね。それから類推しても、後代の改変と考えておかしくないと思いますけれど。

伊藤　後場の百夜通いの時に若い女になるかどうかはちょっとわからないけれども、前場は昔は姥だったと考えてよいのじゃないかな。今の能とはかなり違ったイメージになるけどね。

表　今の〈通小町〉はツレ女が中入しないのが普通だけれど、前後とも若い女で装束を変える必要がないからその演出にするんで、本来は当然中入がある曲だね。中入して姥から若い女に姿を変えたんでしょう。

竹本　中入がないとちょっと苦しい感じですね。だいたいあの前場がもともとあったのかどうかもわかんないですよね。

伊藤　細かにみれば全体に変わっている感じですね。後場の結末部もおかしい。ただ、「あなめあなめ」の歌は『三国伝記』にも見えて、唱導師の原作にもあった可能性はあるんですね。だからあの歌の扱い方が観阿弥のままか世阿弥かはちょっと問題ですね。

表　世阿弥が手を入れる以前の前場がもっと複雑なものだったことも想像できる。『談儀』によれば〈四位少将〉の原曲は「山と」の唱導が作者で、金春権守が大和の多武峰で初演している。それを観阿弥が改作した曲だね。竹本流に解すれば大規模な改作だったから世阿弥は観阿作にしたことになるけど、ワキが「あなめあなめ」の歌のことをツレが姿を消したあとで言うあたり、かなり異風なんで、原形はもっとドロドロした長い前場だったんじゃないかな。その原作者の「山と」の唱導を、昔はみんな「大和」と読んでいたのに、ぼくは「山徒」の唱導説を採ったんだけれど、賛成しない人が多いね。

伊藤　僕も大和説なんだけれども、この頃ちょっと迷っている。

表　恐らく反対意見の根拠は、同じ『談儀』に「世子、（天女を）山トニヲキテマキソメラル」と、大和を

「山ト」と書いた例があるから、「山と」の唱導も大和と解していいじゃないか、ということなんだと思うんだ。けれど、そこは別本聞書の部分で、片仮名書きの堀本が底本のところなんだな。『談儀』は八割までは平仮名書きの種彦本、末尾の二割ほどは堀本を底本にせざるを得ないわけだけど、種彦本系は大和は全部「やまと」と仮名書きなんだ。だから僕は、種彦本の「山と」はサントと読んで山徒と解するのが自然だと思ったのと、もう一つは、唱導は天台系が優勢でしょう。山徒というのは叡山の衆徒のことでその条件に合うし、初演の場である多武峰が天台系の寺であることも工合がいいんで、「山ト」の用例も承知の上で「山徒」にしたんだけれど、意外に賛成してもらえないね。しかしまあ、大和にも唱導はいたんで、これはどっちでなければならないということではないけれど。

五　観阿弥関係の諸曲

小田　代表的な作品である〈自然居士〉と〈卒都婆小町〉について、これまでに話が出たような大きな問題を提起されて、そこを解決しないと、どこが観阿弥作の部分なのかもはっきりしませんし、今は観阿弥の作品論・作風論をやるのがたいへんむつかしい状態になっています。

竹本　そうね。僕らが考えている以上に、観阿弥の後継者である世阿弥の仕事というのは非常に大きいのかもしれない。世阿弥を通して観阿弥を見る限り、観阿弥の仕事はかなり大きそうに見えるけれども、それは世阿弥の観阿弥に対する尊敬の気持ちがそう書かせたんであって、実はその多くは世阿弥の仕事である可能性だってあるみたいですね。

伊藤　そういう印象は強いけれどもね。結局、観阿弥もしくは観阿弥時代の能が世阿弥を通りぬけて来る間に、世阿弥が変形したり、塗りつぶしてしまったみたいなところがあって、観阿弥の実態がなかなかわかりにくいということやね。

竹本　ですから世阿弥のことをやれば、観阿弥のことが、その結果として引算でわかってくるという面もあるかと思うんですけれどもね。

伊藤　そのためにはもっと、個々の曲に関する研究を徹底的にやらないとね。それをやれば観阿弥の作風がすぐわかるという性質のことでもないんだろうけれども……。

竹本　たぶんそういうやり方しかないんだろうと思うんです。たとえば、世阿弥の新風の歌舞能形態の作品はいつごろから出てくるのか、ということを考えた時に、それは応永年代になってからではないかと、『三道』の記事などから私は想定しているんですけれども、その場合、歌舞能形式を編み出す以前に世阿弥の作っていた能は、観阿弥がやっていたのと基本的には変わっていなかったんじゃないか。世阿弥の初期の風体を想定することができれば、それを通じて観阿弥の作品の実態を想像することも出来るのではないか。非常に迂遠なやり方ですけれども、そんな可能性をいま考えてます。

伊藤　そういう場合に、世阿弥の初期の作品としてはたとえばどういうものを考えているの。

竹本　たとえば〈百万〉。観阿弥の得意曲であった〈嵯峨の大念仏の女物狂〉に基づくのが〈百万〉でしょうが、自分の作と『談儀』ではしていますから、世阿弥が大幅に改作しているはずです。〈松風〉なども応永十年代にはできた能のようですし、〈泰山府君〉も初期の作かと思います。そのほか観阿弥所演曲で世阿弥が手を加えた可能性があるようなものを幾つか想定できるんじゃないでしょうか。

だから、世阿弥の全作品を時期的に区分するという作業がまずあって、もう一方で、伝書の中に出てくる断片的な記事から古い時代のことを想定する。その二つを合わせることによって、曖昧な形ながらも観阿弥時代の能というものを想定していく、ということになるんじゃないかと思ってます。そういう観点からすれば、現存作品の痕跡から古い時代の能を見るということが、〈自然居士〉〈卒都婆小町〉だけでなく必要になると思いますね。方法論的にそれが可能かどうかわかりませんけれども。たとえば〈百万〉を材料にして〈嵯峨の大念仏の女物狂〉がどういう能だったかを考えていく。そういう形になるんだろうと思います。それをやる時に一番都合がいいのは、たぶん、世阿弥が関与していることがほぼ確実視されるような観阿弥上演作品でしょうね。

表　観阿弥作曲の小謡や曲舞を採り入れて世阿弥が作ったらしい曲、とくに全体の構造が全く世阿弥と同じ曲、たとえば〈伏見・淡路・布留〉とか〈江口〉とかいう能は、観阿弥の作風の研究にあんまり使えないような気がするな。

竹本　あと、観阿弥の個性的な作風なのかどうかということもありますね。もしかしたら古い能の一般的な傾向だったかもしれない。

表　観阿弥作かどうかはわからないけれども彼が演じたことのはっきりしている曲、そして観阿弥と同代の別人が演じたことのある曲、そういうので今も残っている作品が、それを認定するのに役立つはずだけど、意外に残ってないのよね。〈住吉の遷宮の能〉なども、観阿弥の得意曲の一つだったようだけれど、今の乱曲に近い形の謡物〈葛の袴〉として残すだけで能としては捨ててしまっている。〈少将の能〉などは『談儀』の記事からは観阿弥作と考えていい曲で、世阿弥も父と共演している能なのに、今は謡曲としても伝わっていないね。題材から言っても、残ってよさそうな感じの曲なんだけれど散佚しちゃったようだな。

竹本　どんな内容だったか想像不可能でしたか。

表　いや、「丹波の少将、帰洛ありて、思ひしほどはの歌よみたる所の能なり」とあるから、『平家物語』に取材していることは確かだ。丹波少将成経が平判官康頼と一緒に鬼界ヶ島から帰って来て、都で父の大納言成親を偲ぶ曲らしいから、現在能として面白そうだし、そこで、父親の幽霊でも出せば幽霊能にだってなるしね。結構面白い能だったはずなのに、なぜか謡曲としても残っていない。倅にわざわざ筋を説明しているところを見ると、世阿弥晩年には廃曲になってた感じだね。〈朝長〉のね、「悲しきかなや形を求むれば」の有名な小謡、あそこが『平家』の成経が父の墓に行ったところの文句に基づいているんで、ひょっとしたら〈少将の能〉からの転用かもしれないね。

小田　堂本正樹さんが「番外曲水脈」（『能楽タイムズ』昭和五十六年二月）で幽霊能の形を想定しておられました。

表　〈たうらうの能〉も『談儀』の記事によれば観阿弥作のはずだし、観阿弥がワキ、世阿弥がシテの形で共演した能なのに、鬼能であること以外はなんにもわかんない。天野（文雄）君は『新猿楽記』の「蟷螂舞」と結びつけていたと思うけど、傍証に何をあげていたんだったろう。

小田　それは『観世』昭和五十五年十二月号の「〈たうらうの能〉と蟷螂の舞」という論文で、『続教訓抄』に「イボウジリ舞」という名があるのと、慶長八年（一六〇三）に、土佐で「蟷螂の真似」という芸能をやった記録があること、それから現在でも静岡県森町山名神社の八段舞楽に「蟷螂の舞」が伝わっていることなどに基づいて、カマキリの物真似の芸が『新猿楽記』時代から脈々と伝わっていたのが能に作られたのではないかと推定しています。

伊藤　だけど、カマキリの物真似と鬼とがね……つながらないと思うんだがな。

小田　〈土蜘蛛〉のような能を考えれば、その点もいいんじゃないか、という説ですね。

表　『談儀』の本文は二例とも「たうらう」だけれども、「た」は「と」の誤写で、「とうろうの能」なんじゃないか、と疑ってみたりしてるんだけれどもね。

竹本　〈燈台鬼〉ですか。

表　そこまでは言えないけど、「とうろ（う）」という能ならば、散佚曲ではあるけれど演能記録が二回あるんだ。一つは天文十九年（一五五〇）に江州守山の手猿楽が春日社頭で演じたもので「トヲロ」とあるんだが、これは「トヲル（融）」の誤写なのかもしれない。もう一つは文禄三年（一五九四）に毛利輝元が三原で見た三郎という大夫の能で、これは「とうろう」と記録されている。それが名寄類に見える〈燈台鬼〉と同一曲かどうかは別として、古曲が地方猿楽に残っていた可能性はあるんじゃなかろうか。『談儀』の本文は開音と合音とを間違えてないけれども、変体仮名の「た」と「と」は間違えやすい字なんでね、誤写を考えたりしている。しかしそれも散佚しているし、カマキリだとしても、能の内容はわからないな。

小田　「うせていできたる風情をせし」とあるのは、複式能の形態とみるべきかと思うんですけれど、観阿弥時代にもその形態はできてたんでしょうか。

表　複式能はあったと思うよ。〈恋重荷〉風の鬼能の形などは。

竹本　「失せて」というのは必ずしも死んでしまうことではなくて、舞台上から姿を消すことなんでしょう。

表　〈融の大臣の能〉だって、観阿弥の得意曲だったようだし、榎並の馬の四郎の鬼をまねて彼が作った可能性も考えられる曲だけれど、これは解体されちゃって、今の〈融〉と関係があるとしても面影くらいと考えるのが無難でしょうし、まあ散佚曲の一つだね。

小田　その〈融の大臣の能〉の後場の鬼を移したのが〈鵜飼〉の鬼ですから、そこから観阿弥の鬼を想定することはある程度まで可能なんでしょうが、移すときに大分やわらげてるみたいですね。

表　それから〈静が舞の能〉、これも観阿弥の得意曲で、『花伝』には「幽玄無上の風体」だったなんて激賞してるけれど、厳密に言えば散佚曲だ。『五音』に「亡父曲」として次第の文句が引用されているから、世阿弥の晩年までは生きていたらしいけど、観阿弥の〈静〉も井阿弥の〈静〉も、今のどの曲なのかはよくわからない。

竹本　〈静〉については表先生が〈吉野静〉ではないんではないかという説を研究会で話されましたね。〈二人静〉の可能性も考えていいということでしたか。

表　いやいや、〈静が舞の能〉に普通は〝〈吉野静〉の原曲か〟といった注をつけるけれど、それはさほど根拠のある推測ではない、〈吉野静〉は時代的には世阿弥よりもう一時期あとの疑いが濃いということ。もちろん〈二人静〉だろうなどと言ったわけではないんだ。

竹本　そうすると、観阿弥の〈静〉を改作して井阿弥が別の〈静〉を作ったという見方は否定なさるんですか。

表　そんなことはない。井阿弥作の〈静〉の本風はやはり観阿の〈静〉だろうが、その観阿弥の〈静〉〈静が舞の能)、『五音』所引の「花のあと訪ふ松風は……」の次第を持つ〈静〉と、今の〈吉野静〉は別じゃないかということ。観阿弥の〈静〉が今の〈二人静〉であるとはちょっと考えられないけれど、〈二人静〉が井阿の〈静〉である可能性はありそうだね。『世阿弥・禅竹』では井阿の〈静〉に〈吉野静〉を比定しちゃって、後悔してるんだ。『三道』に模範曲としてあげられるにふさわしいのは〈二人静〉のほうだね。いずれにしても、〈静が舞の能〉は散佚曲といっていいだろうな。

伊藤　〈盲打〉も散佚曲やね。世阿弥は『談儀』で自分の作や言うてるけど、『五音』によればその一部は観阿弥作曲だし、題名から考えても世阿弥のオリジナルではなさそうでね。『三道』の模範曲で散佚したのはこの曲だけでしょう。

表　僕は以前に〈盲打〉の改作された形が今の〈望月〉ではないかと推測したことがありますが、それも、『三道』の模範曲がなくなるのはおかしいという考えからなんです。けれどまあ、これは推測の域を出ないね。

小田　そうしますと、『申楽談儀』に観阿作とされている〈小町(卒都婆小町)・自然居士・四位少将(通小町)〉の三曲だけが今も通行曲として残っているだけで、そのほかの観阿弥関係の能はほとんどみな廃曲になってしまってるわけですね。

表　そうなんですよ。中にはもっと後代に廃曲になった曲も含まれているかもしれないけれど、ほとんどは世阿弥の時代に姿を消しているんだ。世阿弥があまり評価せず、演じもしなかったから姿を消したんだろうね。それだけ当時の能の質的変動がはげしかったからだろうけれど、能楽論書の中では口を極めて観阿弥を礼讃していながら、作品の面では世阿弥は結果的には親父を否定しているみたいだね。

かろうじて残ったのが〈草刈の能〉(横山)か。

伊藤　〈横山〉は今は廃曲だけれど、矢田猿楽が永享四年(一四三二)にやってるし、金春禅鳳も永正二年(一五〇五)の粟田口勧進能でやってるね。室町末期までは通行曲やったんやな。

表　この能は観阿弥が名演技を見せた話が『談儀』にあるものの、観阿弥作とは言っていない。しかし筋立てなどはいかにも観阿弥好みの感じがするな。

伊藤　一種の儀理能だしね。武士気質、夫婦愛、遊女の気質などからませて、しかも「夏刈り」なんかの言葉遊びが一つの眼目になっている。〈草刈の能〉の基本を伝えているという印象はあるね。

表　〈横山〉はたしかに観阿弥時代の能の一つの流れを代表する曲のような気がしますね。そういう傾向の曲を世阿弥は好まなかったのか、あまり作らなかったみたいだけれど、このくらいは継承して欲しかったような気がする。

伊藤　そういう点でいえば、〈春栄〉がどういう位置を占める曲なのかな。『五音』によれば曲舞のところが世阿弥作曲と考えられるけれど。

表　世阿弥だってやっぱり、観阿弥時代からの傾向の作品、劇的な能をやってたし、少しは作っていたでしょうね。〈春栄〉がそうした流れの能であることは確かだね。

竹本　『観世』の「作品研究〈春栄〉」（昭和五十七年七月、三宅晶子氏）では、世阿弥作の独立の曲舞を利用して一曲にしたものとして、作者については断定を避けていますが。

表　曲舞の部分だけこった文章だから、ぼくはそこだけ世阿弥が作ったもので、古作を改作したと見ている。

小田　例の世阿弥生誕六百年記念の『観世』の座談会（香西精著『能謡新考』〈檜書店、昭和四十七年〉所収）では、横道先生が世阿弥改作説ですし、香西先生は世阿弥もこうした能を作ったと考えたいという御意見です。

表　内容的にはいかにも古い能の流れだね。犬王が演じた「こは子にてなきといふ猿楽」の系統だな。

小田　そういう意味では観阿弥時代の能を考えるための一つの資料になりますね。同じ性質をもつ曲が検討すれば〈春栄〉以外にもまだありそうです。

六　新しい視座をめぐって

表　そのほかに観阿弥と同時代または世阿弥の初期と考えられる能は何と何があるだろう。「こは子にてなき」猿楽のほかに。

小田　そうですね、今までに話に出た曲を除き、増阿弥や井阿弥の分も入れますと、なんらかの形で詞章のわかる曲が〈綾の太鼓（綾鼓）・熱田（源大夫）・海人・鵜飼・雲林院・笠間（安犬）・柏崎・禿高野（苅萱）・こうや上人（空也）・佐野船橋（船橋）・柴船（兼平）・昭君・丹後物狂・藤栄・笛物狂・通盛・守屋〉などです。別に散佚した曲に〈源氏屋島に下るといふこと・塩汲・尺八の能・炭焼の能・天神の能・念仏の猿楽・初瀬の女猿楽・初若の能・もりかたの猿楽〉などがあります。散佚曲についてはいろいろ推測はされていますが、はっきりしたことはわかりません。

伊藤　〈柴船の能〉は散佚曲に入れるべきで、僕は〈兼平〉ではないと思うけど、それでもこうみると結構あるもんね。

小田　これだけあるんですから、こうした古作の能についての研究を深め、観阿弥の作品とくらべてみることによって、まだまだ観阿弥の作品研究は進展できるはずです。

竹本　観阿弥自身が作詞した曲は多くなかったろうし、他の作者も同じように知識人に作詞を依頼する例が多かったろう、と考えられるわけですね。そうした立場に立つ限り、観阿弥の個人的な作風というよりは、観阿弥時代の能の傾向を考えたほうが早いだろうし、そのためには、小田さんがさっき言ったように、古作能を一つ一つ見ていくほかはないだろうと思いますね。

表　観阿弥の作品なり芸風なりの特色を浮き上がらせるのにもそれは有効だろうね。観阿弥作の数少ない曲の範囲内で考えるのには限度があるから。

竹本　今や、ある作品の作者を具体的な一人に特定しようとする考え方ははやらなくなりつつあるんじゃないでしょうか。ぼくなんかは、作者個人にあまり拘泥しない。その作品の時代性みたいなものをまず考える。

小田　わたしもあまりこだわりません。上掛り系か下掛り系か、四座以外の曲かなど、系統を考える必要はあるでしょうが。

表　それは研究の対象や目的によって当然ちがってくるんじゃないの。たとえば個々の曲を対象にした場合は、当然作者は誰かを考えるはずだし、特定できる曲も多いんだから。

伊藤　そういう場合の基準としても、やはり作者ごとに何か物差がほしいし、その物差がどれくらい精密なものになるかどうかは別として、作る努力をする必要はあると思うんやけれど。

竹本　最近の観阿弥の作品研究が、結果的には観阿弥作を減らしてきているということも、一見消極的な方向に進んできてるように見えますけれど、伊藤先生の言われる物差を正確なものにしようという態度の現われなんですね。

小田　ちょっと前までは、〈江口〉や〈求塚〉も、原型は観阿弥が作ったろうということで観阿弥作にしていたのが、〈江口〉は曲舞だけが観阿弥作曲で、作者は世阿弥だろうというふうになり、〈求塚〉も観阿弥作曲の小謡を採り入れて世阿弥が作ったろうということになりますと、観阿弥の物差が変わるだけでなくて、夢幻能の成立の過程だとか、いろんな面に大きく影響してきますね。

表　そうね。〈松風〉も、以前は、田楽能〈塩汲〉や古作の〈藤栄〉のロンギを採り入れて観阿弥が作った能を世阿弥が改作したんだろう、前場はほぼ観阿弥の作品の形のままで、後場は世阿弥が変えた形だろう、と見るのが通説だったけれど、竹本君の論文だと前場のいい文句は大半が世阿弥の改訂したところだという、そうだとすると、観阿弥作から〈松風〉が除かれるというだけじゃあなくて、世阿弥の研究にも大きく影響するからね。

竹本　今まではそれらの能が観阿弥作であるという認識のもとに、それらの能の持っている特色を、古態の能が持っている特色であると考えることが比較的多かったんですけれども、必ずしもそうじゃないという面も多いんじゃないでしょうか。男女の出物やシテとツレが出て掛ケ合で何かやるのは古態の能の特色である、と言われていたけれども、実はそういう構想を持つ能のすべてが古作というわけではなくて、その多くが、世阿弥の作である可能性が強くなっている。〈船橋〉だとか〈松風〉だとか。

小田　シテとツレのからみ合いの構想自体は古態の能の特色と見てもいいんじゃないですか。それを世阿弥も継承して、とくに初期の能や改作した能で使っていたと見れば。

竹本　でもそれが古態であるという根拠がなくなってるんじゃないの。

伊藤　だんだん単純化してツレははたらかせない方向に移っているんだから、その逆のものは古いだろう、ということは大雑把には言えるね。

表　そうした趣向が古作の能には全くなくて、世阿弥の能だけにあると言うんなら別だけど、犬王の演じた〈葵上〉だって、ツレの青女房がうわなり打ちをとめてみたり手助けしてみたりで、シテにからんでいるでしょう。

それにね、観阿弥作の能がへらされていると言ったって、そういう学説が発表されたというだけのことで、それが学界で認められて通説になっているわけではないんだ。現に田口君の〈自然居士〉論や伊藤さんの〈卒都婆小町〉論には竹本君や僕に批判的な意見があるし、竹本君の論の根底にある世阿弥の「作」の解釈には伊藤さんが賛成していない。僕の〈江口・求塚〉作者非観阿弥説だって、横道さんや八嶌君にはおそらく異論があると思うよ。内容・構造などに他の世阿弥の作品とちがうところがあるんだから。しばらく相互批判の期間を置いてからでないと、誰の説のどこの部分が通説化するかはわからないね。

小田　〈江口〉なんかは作曲の面に類型からはずれている所が多いようですし、それらを古態と見る立場から、作者世阿弥説には異論の出ることが予想されますね。

竹本　どういうところが古態かということが、実はもう非常に相対的になっていると思うんですがね。

伊藤　表さんも言われたけれど、新説には対立する面もあるんでね、第三者をも含めた活発な論議がほしいね。最近期せずして多くの説が観阿弥の作品について出てきたわけだけど、個々の曲の研究なりその方法なりにもまだまだ未開拓の面があることはたしかなんで、いろんな視点から、多くの人がどんどん取り組んでほしいね。さっき話の出た、古作の能全般について調べることで観阿弥の作風なり特色なりを浮きぼりにするという方法も有効だろうし、そのほかにもいろんな視座があり得ると思うね。

七　世阿弥の能をめぐって

表　観阿弥の後継者である世阿弥や元雅の作品についての話に移りましょうか。

さっき、観阿弥所演の能をほとんど捨てているんだから、世阿弥は父の仕事を否定したことになるだろうなんて言ったけれど、父の作品以上に魅力ある能を世阿弥はたくさん作っているんで、別に非難するにはあたらないよね。そうした世阿弥の能についての研究の最近の動向について話してもらいましょうか。個々の曲についてこまかく話し合うだけの時間はないと思いますので。

伊藤　どれとどれが世阿弥作の能であるかという問題は、表さんが「世阿弥作能考」(『能楽史新考(一)』〈わんや書店、昭和五十四年〉所収)で、世阿弥当時の文献、主として彼の伝書の記事に基づいてなさった。けれどそれは、当時の文献を資料としてのものなんで、世阿弥の作者付などには出てこないけれど世阿弥作である能がたくさんあるはずなんで、そこらへんが一つの研究課題なんやけれど、まとまったものはその後出てないようですね。

表　おっしゃるとおりでね。僕自身は若い人に怒られるくらい、「世阿弥作能考」より拡げて世阿弥作を考えているけれど、別にまとめてはいない。

竹本　全時代にわたる能の作品研究がバランスよく進展しているわけではないんで、世阿弥の能についても、最晩年に属する頃の作品になるとあまり研究されていない。作者考定についてはほとんどないに等しいというのが現状ですね。これからは、世阿弥とか観阿弥の作品についてやってきたような考察を、世阿弥の晩年から禅竹時代にかけての作品群に当てはめてやっていくということが一つの流れになるかと思います。

小田　八嶌さんや西野（春雄）さんが世阿弥の晩年の作品について書かれた論文はあります。

伊藤　表さんの「世阿弥作能考」や『世阿弥・禅竹』での『五音』に関する説が出たおかげで、資料性がはっきりして来ただけ作者考定に厳密さが要求されるんでやりにくくなったな。

表　僕自身もやりにくくてしようがないという感じを持ってるんだな、正直言うと。（笑）

竹本　作者考定の仕事などよりは、ある作品の持っている時代的な意義を考えるという方向に研究が移っているということでしょうか。世阿弥が能の中に何をしたかということを考える時でも、それが世阿弥作かどうかに一々かかわらないで、世阿弥的な傾向を持った作品については、世阿弥風とみて考えていく。そんな作品も対象にして考察することによって、世阿弥時代の能の歴史的な意味を考える、という工合に。

伊藤　それはそれでいいと思いますけれども、世阿弥時代の個々の能の作品研究にも世阿弥作かどうかということは避けて通れない課題だろうし、どれだけが世阿弥の作品かということも、まだよくわかっていないわけでしょう。だから作品の分析を通して作風や傾向などを総合した作者研究は不可欠じゃないかな。

表　最近は、どれが世阿弥作であるかではなくて、どれとどれが世阿弥時代の作品である、という把握で十分だという感じが強いの……。

竹本　今の私はそういう考えです。厳密な作者考定の仕事はたしかに必要だと思うんですけれども、簡単に、これは世阿弥作、これは禅竹作、元雅作と言ってしまうんだったら、何も言わないのと同じだろう、むしろそれよりは、その曲が確実に世阿弥時代に存在した証拠を挙げて、その能がはっきり世阿弥作と言える能などの作風とかかわり合うんだったら、そのかかわりの中で作品論を論じていく、という形でいいんじゃないかと思うんですけれどもね。

小田　軍体能とか、女物狂能とか、ある風体内で個々の曲の特色をさぐるといった方法がふえてきてますが、各風体の作風の変遷を検討することで、作者や成立年代に手がかりが与えられるように思います。

表　対象が世阿弥時代から存在した可能性のある曲である場合、僕なんかはこの作品は世阿弥であるか否かを考えるところから、作品研究がはじまるという感じだけどね。

伊藤　世阿弥作の能がどれだけあるかという問題だって、個々の作品研究が綿密に行なわれないと進展は望めないんだけれど、特定の曲の作品研究は出るけれど、全般的にはまだ少ないね。

竹本　観阿弥の能もそうですが、確実にその人の作と言える曲が少ない場合には、その作者の作風も把握しにくいわけですから、そんな作者の作品であると指定しようとすれば、どうしても無理が生じるんじゃありませんか。

伊藤　観阿弥の場合はそう言えるかもしれない。だけれども、世阿弥の場合は違うわね。

表　世阿弥の場合は、基準になる曲、確実に世阿弥作と言える能がかなりあるからね。文献的な根拠がなくても、内容を細かく調べていけば、もっと作であるとか、そうでないということが言えそうな感じするけれども、あまりそういう方面には関心を持ってもらえないかな。

竹本　いや、関心がないわけではなくて、作者考定により厳密な根拠が要求されるべきだといいたいのです。

小田　私の感じでは、個々の作品を成り立たしめている背景・説話のほうから能を見るとか、典拠との関わりで能という劇の特殊性を論じるような研究が増えてきていると思います。

竹本　説話や軍記関係の研究者で能にも関心を持つ人がふえましたからね。

表　伊藤さんなどの研究のおかげで、『伊勢物語』の古注をはじめ中世の古注の類が謡曲と密接に関係していることがだんだん明らかになってきて、そういう面をも調べた上でなければ典拠なんて言えなくなっているからね。たしかに謡曲の典拠の研究は、非常に厳密になってきたね、このところ。

小田　厳密なだけでなく、能の素材となった説話の広がりや享受の中で能を位置づける方法が生まれてきたようですね。

伊藤　典拠ということに関連して言うと、世阿弥は本説ということを言ってるが、本説にはいろんな形があるわけよね。「平家の物語のままに書くべし」と言っているけれども、それは謡曲が依拠した『平家物語』の本文関係の忠実度というようなことではなくて、物語には述べられていない奥を読んで、しかもその範囲を逸脱しないという意味もあるしね。出典と謡曲との関わりかたはすこぶる多様なんで、僕はこのごろ本説ということばをどう考え、どう使うべきかを問題にしてみたいと思っているんだけど、まず本説という言葉の定義をはっきりさしていかなければいかんのじゃないのかな。

表　世阿弥の「本説正しい」というのはよくわからないね。いままでの理解の仕方だと、伊藤さんたちの仕事の成果をつき合わせると、ちっとも正しくない本説に基づいている能が多くなっちゃうという印象でしょう。

伊藤　いやそうでもないんですよ。たとえば〈井筒〉の本説は『伊勢物語』だ、と言っていいわけなんですね。

竹本　そうなんですね。『伊勢』の古注は出典であって本説ではないと考えられますから。

伊藤　出典というか、物語の理解の仕方ですね。また『伊勢物語』に基づいてはいるけれども、その曲の主題とはかかわりのない場合もある。そういうのは本説と言えるかどうかが問題でね。

表　〈隅田川〉と『伊勢物語』の関係などね。僕はいままで〈隅田川〉の本説は『伊勢物語』という理解で本説という言葉を考えてたんだけれど、それではいけなくなってきつつあるのかな。

竹本　いや、みんなが曖昧に使っているだけで、誰も「本説」について研究していないということではないでしょうかね。

伊藤　〈右近〉でも、『伊勢物語』が前半の構想にはかかわっているけれども、主題とはあんまり関係ないんで、こんどの本（新潮日本古典集成『謡曲集』）では脇本説なんていうような言葉を使ってみたんですがね。そういう場合もあるし、二重本説だってある。〈江口〉の場合など、これは二つの柱があって、それが実にうまく一体化している。そういう本説処理はやっぱり世阿弥がとび切りうまいと思いますね。

それから、〈邯鄲〉とか〈芭蕉〉とか、曲の構想と縁はあるけれども、曲全体はさほどかかわらないという場合もある。それは本説とは別の言葉で表現したいね。

竹本　世阿弥以外の作者の本説と世阿弥の本説とは分けるべきだと思うんです。本説という言葉を使って能の制作論を説いているのは世阿弥だけなわけですから。だから世阿弥の作品に限定して使うのが正しいんでしょうね。

伊藤　世阿弥以後でも同じ方法の場合は別ですけど、それより、本説もしくは典拠の拠り方に、時代なり作風なりを考える方向もありますね。

八　元雅の能

表　世阿弥は能作の仕事の面ではあまり観阿弥の作風を継承しているとは言えないけれど、世阿弥の子の観世十郎元雅はまた世阿弥とは違う方向を目ざした能を作ってるね。〈隅田川・弱法師・盛久・歌占・吉野山〉の五番が『五音』から少なくとも一部は元雅作曲であることが知られる曲で、恐らくは作者も元雅と見ていいとするのがほぼ通説だね。ほかに〈松ケ崎〉という能があったらしいが、これは散佚している。

小田　西野さんが「元雅の能」（『文学』昭和四十八年七月）で、元雅は作劇法では父を否定し、祖父観阿弥に回帰したと言っています。

竹本　元雅の場合は、残っている作品が確実な観阿弥作ほどではないにせよ、少ないのと、そこには世阿弥の手がある程度入っていることが難点ですね。

表　けれど、世阿弥が手を入れているといったって、元雅作と考えることをさまたげるほどの改作とは考えられないだろう。それに観阿弥とは逆に、元雅作の能は西野君の論文などではむしろふやしていく傾向だね。西野君は『能本三十五番目録』の中から〈朝長・維盛・経盛〉の三番を元雅作と推定している。あの目録は、筆者が禅竹か否かなどの問題はあるが、『三道』以後に世阿弥周辺で成立した能のうちで世阿弥が禅竹に相伝した能本の目録であることは確実だし、その中には当然元雅の作品も入っていると考えられるんで、僕は西野説にかなり賛同している。

小田　〈朝長〉などは世阿弥以後の作風として捉えていったほうがいいような気もするんですけれども。

竹本　元雅の作品をも含めて世阿弥以後の作風として把握する立場でね。〈朝長〉なんかを元雅作というにはもっと有力な根拠がほしいというのが、一般的な見方ではないですか。

表　そうかね。文献的な証拠はないにしても、他の元雅作と共通する特色はあるし、共通の個性の認められる曲と思うがな。そんな能まで世阿弥以後の作品として一括して扱うというのは、堅実なように見えるけど、建設的とは言えないんじゃあないの。〈朝長〉などを元雅作と考えるのがなぜいけないのか、論証した上でそう言うんなら納得するけど。

小田　元雅が世阿弥を否定したと言うのはどうでしょうか。

竹本　いやむしろ世阿弥をかなり受け入れて、世阿弥の仕事に基づいて能を作っているわけですからね。世阿弥を否定すれば、自分を否定することになるんじゃないですかね、元雅の場合は。

伊藤　もちろん世阿弥を継承しているけれども、かなり主張は違っていたようだな。〈隅田川〉論争にしてもそうでね。

表　世阿弥による能の大成後に、世阿弥の後継者の立場で能を作ったんだから、父の作劇法から多くを学んでいるのは当然なんだけれど、元雅作の作品の内容を見る限り、アンチ世阿弥と言ったっていいくらいに、別の方向を出してきているんじゃないかな。

竹本　三宅晶子さんが「元雅の作詞法」（『国語国文』昭和五十五年四月）などで、世阿弥の継承者としての元雅の独創性という視点から元雅論を展開していますが、元雅の作風は、世阿弥の作り方を基準にしながらも意識的にそれを崩したり、作品構造は踏まえながらその機能を全然違うものにするとか、かなり大胆な作り方をしているという意見だったと思います。つまり元雅の能の方法には、世阿弥の仕事があって可能になっている面が多いので、単純に否定したとは言えないと思うんですけれどもね。

伊藤　父から継承している点、父と違っている点のどちらを重視するかというより、その両面に元雅の能の個性があるからね。

表　西野君が「元雅は父を否定した」と言うのも、単純に全体的に否定したという意味であるはずはないんで、世阿弥の舞歌幽玄能偏重、劇能軽視の傾向を否定したということですよ。同様に、「観阿弥に回帰した」と言うんだって、劇能重視の方向に回帰したということでしょう。観阿弥の能と元雅の能が同質だなんて誰も考えないもの。「祖父の能と父の能とを止揚する能を目ざした」とでも言えば無難なのかな。

とにかく、元雅が世阿弥の能とは違う方向を目ざしたことは確かだろうね。それを、元雅個人の好みなどより、世阿弥の能の行きづまりの反映と僕は見たいな、世阿弥風の歌舞能は、義満・義持の時代に高く評価されて、その後にも演じ続けられたけれど、義教時代には、あきられたというか、少なくとも新作する能は世阿弥とは違う傾向の能であることが望ましかった。そうした段階で元雅が重視したのが劇的要素の強化で、手本にしたのは世阿弥時代にも結構勢力のあった劇能系統の作品ではないのかな。別に観阿弥の能を意識的に重視したわけではないだろうな。

伊藤　元雅は観阿弥を見てないしね。観阿弥時代からの物まね能・劇的な能は世阿弥時代だって演じていたはずだからね。観阿弥の能がとくに影響を与えたというより、祖父や父の時代の演能史をふまえた元雅の選択と自立というべきかな。

表　しかも元雅は、世阿弥の能の長所もちゃんと生かしている。宮増の作と言われる類の能と比較すればそれは明らかだよね。〈隅田川〉の語りの絶大な効果など見ると、彼の創作能力というか、能を構成する手腕は観阿弥や世阿弥より上だったような気もする。

竹本　三十そこそこで元雅は亡くなってしまって、彼の可能性が絶たれてしまいましたね。彼が長生きしてたら、能は少し違う方向へ発展していたかもしれませんね。

伊藤　どれだけの作品を元雅作と考えるかという点などでは、もっと詰める余地があるようやけれども、元雅の才能を高く評価する点では世阿弥以来変わらないというわけやね。

九　近年の能楽研究の動向

表　そろそろまとめの話にしなければならない時間のようですが、観阿弥研究をも含めた近年の能楽研究全般の動向について、何か言い残したことありませんか。

伊藤　表さんが「研究展望」に書いておられたけど、能の研究に取り組む若い人がふえてきたし、発表される論文の多様さと、その論の緻密さ、もっとも緻密さという点は例外も多いけれど、それらは僕らが研究に取り組みはじめた頃に比べると段違いになっている感じだね。ある意味では急速に進歩してると思うな。

竹本　多様になったのは、演出研究とか技法研究の可能性が開けてきたことと、出典研究に新しい成果が多いことの反映でしょうか。緻密になったという点は、世阿弥の能楽論書の読みの深まりをはじめ、表先生や伊藤先生など、いわゆる旧派の人のなさった仕事の上にたってやる以上、緻密でないと水準を超えられませんし、緻密な仕事のできる土壌がすでに用意されているからなんでしょうね。

伊藤　昔にくらべて研究者の層が厚くなってきたという感じが強いですね。若手研究者が増えるとともに、それ自体がやっぱりお互いの刺激になっているようやね。

小田　多様化した研究の成果を一貫させて総合的な研究に仕立てあげるような仕事はまだ出ていませんし、当分個別的な研究が続いていくような気がします。

竹本　そのほうがいいんだろうとも思います。へんにまとめてかえって研究がそこでストップするよりはね。

表　個々の曲の若い人の作品研究には、横道さんの小段理論を活用したものが多くなってるね。『文学』昭和四十八年七月号の座談会「能楽研究の展望」で、僕は横道理論の影響がぼつぼつ出はじめてきている、ということを話した覚えがあるけれども、今は主流になりつつある感じだね。

小田　横道小段理論の英訳が出ましたので、外国の研究者も使い出しています。大学院クラスの人たちも小段理論の勉強してます。

竹本　理論全体を理解するのに時間がかかりますし、小段理論を使わずに作品研究やることも出来るんで、使ってない人もいますね。

小田　ただ作品研究に非常に役に立つことは確かですね。

伊藤　個々の役者の研究などは着実に進んでいるみたいやけれど、まだ能の歴史についての研究が少ない感じがするね。昔は歴史畑の人の研究も多かったけれど。

小田　われわれの世代は、いやこれ私だけかもしれませんけれど、歴史的な視野が狭いというか、しっかりした視点を設定して能の流れを巨視的に把握するなんていうには、まだ力が足りないんですね。表先生の「長」の研究なんか、ワアーすごい大きな問題が放置されていたんだなあと、びっくりするばかりで、まだまだ私たちの世代からはあんな仕事は出ないみたいです。

竹本　僕らのやっている作品研究なども、作品なり作者なりを通して能の発達過程を明らかにしようとしているわけですから、広い意味では歴史的な研究だろうという気がするんですけれども、たとえば観阿弥の能の研究でも、観阿弥と同時代の能との関連を考えるとか、できるだけ広い視野に基づいてやっていこうと、みんなが配慮してはいると思うんです。けれど、今の段階で不相応に大きな歴史的課題について取り組むのは、かえってまずいと僕は思うんです。

表　それはやっぱり、こまかい仕事をいろいろやってるうちに、おのずから視野が広がって、だんだん大きな問題がまとまってくるんじゃないかな。

竹本　今の能楽研究で一番不足しているのは文学的な研究じゃないでしょうか。謡曲の詞章をより緻密に分析して個々の曲の構想や詞章の特色を見きわめるとか、出典研究と協力しながら能の文学史的な位置を確かめていくとかの研究が、もっともっと必要なんではないかな、と私は思いますけれどもね。

表　いつもそういう話は出るけれど、やる人がなかなか出てこない。いつかドナルド・キーンさんがやはり謡曲の文学的研究の不足を指摘しておられたね。

小田　田代（慶一郎）さんの「謡曲〈熊野〉について」（『比較文学研究』昭和五十四年・五十六年）は、そういうことを意図した研究だと思います。数は多くないけれども、私たちの世代にも出てきていますよ。そういうことをやる人が。

表　試行錯誤でもかまわないからね、若い人がどんどんそういう研究に取り組んでいって、いくつか成果が出るとはずみがつくんじゃないかな。

伊藤　ただ、根なし草みたいな思いつきでは困るのでね。やっぱり着実な積み重ねに基づかないとね。たとえば、一語一句の表現や注釈にこだわらなければ、作品の読みは本当には深められないし、またそれに基づくからこそ、出典研究も必然的に文学史の問題にかかわってくるし、あるいは文学としての謡曲といった課題についても、視点の定めかた次第で、いろいろ新しい方法が開拓されることになるだろうと思っているんですが。

表　今日は観阿弥を主体に、その後継者である世阿弥・元雅の能や、最近の研究動向などについてお話いただいたんだけれども、中心であった観阿弥の作品研究についての話をまとめてみますと、観阿弥の作とはっきり断定できる曲がだんだん減らされてきている。観阿弥作の能も、今の形は世阿弥以後に改修の手が大きく加わっていることが推測されて、観阿弥が関与した度合は、今まで言われていたほど大きくはないのではないか、むしろ世阿弥の関与の度合の方が大きいようだ、といった研究が最近つぎつぎ発表されているということですね。だから、能の作者としての観阿弥を把握しにくくなってはいるんだけれど、見方を変えてね。

いうと、近年の研究によって観阿弥の本当の仕事がだんだん明らかにされてきつつあるということですよね。観阿弥や彼と同世代の人が演じた古作の能を「観阿弥時代の能」として把握して、観阿弥時代の、形成期の能の特色を考えるという方向が若い人たちの間で強くなっているようですし、見方によっては、本格的な観阿弥研究がようやく近年はじまったんだとも言えそうですね。新しい視座に基づく若い研究者の成果が次々に出るのを期待したいと思います。そんなこと言っても、われわれ旧派はやらないということではないですよ。まだまだ負けずにやる気ですけどね。

どうも今日はありがとうございました。

五　謡曲注釈と芸能史

謡曲の解釈と能の解釈

能はもちろんのこと、謡にしても、その芸としての表現がいかにあるべきかは、台本としてのテキスト（謡曲詞章）が規定している。世阿弥が能を舞う立場において、まず作品解釈の必要性を説いたのは、世阿弥の最も初期の『風姿花伝』物学条々においてである。しかし、能のすべてが、作品としてしっかりしているとは限らない。そんな〝ゑせ能〟の場合は、その欠点を逆に利用して、演者の甲斐性で面白く見せることを考えるべきだと言うのだが、何と云っても作品としての能の出来がよいに越したことはない。演者が思い通りの能を演ずる為には、演者自作の能が理想的であるのは言うまでもない。世阿弥が自ら能を作った要因の一つは、このような事情によるのであるが、さすがに世阿弥作の能は、文学作品として一流であるばかりでなく、明確な演出意図を持った、能のための作品として作り上げられている。

そのような世阿弥の作品をも含めて、能の作品は、現代のわれわれにおいて、よく理解されているとは云い難い。多くの曲が、曖昧なままに、あるいは誤解のままに受け止められて来ているというのが実情である。たとえば、室町期の謡本がおおむね仮名で書かれているために、意味不明の箇所が多かったことに対し、文禄四年（一五九五）から『謡抄』が編まれて、はじめて謡曲詞章に、漢字を宛てるなどして解釈を加えたのである。それによって文意が明らかになった功績は非常なものがあるが、中には、その時の誤った宛字が現在もそのまま踏襲されている例も少なくはない。《善知鳥》の「横障の、雲の隔てか、悲しやな」と謡われる「横障」なる語も『謡抄』以来のことで、恐らくは「横雲の空」などの歌語からの連想で宛てられたのであろうが、これは「惑障所二覆蔽一」（『渓嵐拾葉集』六十四）とか「払二惑障雲霧一」（『稲荷大明神祭文』）をはじめ諸書に見える「惑障」と宛てるべき語なのである。

このような語のレベルでの問題もさることながら、文章の解釈が作品としての意図に関わるような場合はいっそう重大である。たとえば《采女》の結末部は次のように謡われる。

猿沢の池の面、猿沢の池の面に、水滔々として波また、悠々たりとかや、石根に雲起つて、雨は窓牖を打つなり、遊楽の夜すがらこれ、采女の戯れと思すなよ、讃仏乗の、因縁なるものを、よく弔らはせ給へやとて、また波に入りにけり、また波の底に入りにけり

右の文章のうち、「石根に雲起つて、雨は窓牖を打つなり」は、一見漢詩風の表現だが、実は、前句は石を雲根とする中国伝来の常識に基づき、歌語「岩根」を転用したかたちで、後句はまた、「窓・雨・打つ」がひとまとまりの和歌表現の類型を漢詩風に用いたとみてよいだろう。したがってここに、猿沢の池の水と波が滔々悠々たるさまから雲と雨がつながって来るのだが、それは和歌表現として定型化している「雨となり雲となる」ことを、あえて漢詩風に云いかえたかたちと考えられる。ところで、「雨となり雲となる」と云えば、直ちに《融》の一節が思い浮かぶであろう。そして《融》の場合も《采女》の場合も、ともに遊楽遊舞の形容の中で用いられた表現であるのだが、それは有名な巫山の夢の故事を詠んだ「あしたに朝雲となり、ゆうべに行雨となる」（『文選』高唐賦）に基づいて、冥々漠々として、夢うつつとも分かざる遊楽の夜のありさまを形容しているのである。和歌を詠み、歌舞に戯れる采女の、それが狂言綺語の戯れでありながら讃仏転法輪の因縁となった歓喜の舞の、

龍女成仏とダブった姿を、猿沢の池の面に、このようなかたちであらわすことが、この句にこめられた作者の意図であると解すべきだと思われる。

謡曲の詞章には、その語句がもつ表面的な意味とともに、漢詩や和歌などの伝統的表現に基づく意味世界が広がっている。それらをトータルに理解することが、すなわち作品を理解することになるのだが、それは、能を演じたり、謡を謡ったり、あるいはそれらを鑑賞する場合のすべてにわたって、最も根源的な条件でなければなるまい。

能を読む　能を見る

謡曲は文学の一様式として、すぐれた達成を果たしている作品が多い。だから、その詞章の表現や意味するところを解読し、その主題や曲趣を正確に把握することが、一曲の理解のための根本となることは言うまでもないが、しかし同時に、一曲が舞台上の動きを念頭において作られた作品なるがゆえに、文字からだけでは十分な理解が成り立たぬ文学だと言えるのである。その意味で一曲は能の舞台において完結する。ただ、すべての能に接することは不可能と言うべく、とすれば、型付をあわせ読むことは、とりもなおさず能を読むことになると言えようか。近年刊行の新潮日本古典集成『謡曲集』に、謡曲詞章とともに舞台上の動きを併記するのは、単なる観能のための手びきなのではなく、能を読むために機能することを主たる目的とするのである。ともあれ型付は、実用のためという以前に、まず能の総合的理解のために読まれるべきだと言えよう。もっとも、それは動きの個々を指示するものの、その意味は読み手の解釈に任されている。たとえば《猩々》の場合、

シテ「まれ人も御覧ずらん（ワキへ向き）
地「月星は隈もなき（正へ下へ取り頭の手を左手にて取り半身に開き乍ら上を見）
シテ「所は潯陽の（手をおろし）
地「江のうちの酒盛（正先へ出て）

シテ「猩々舞を舞はうよ（身を入れ半開きして右へ廻り）

とする（『観世』昭和三十九年十二月）。「まれ人」とは辞書的には客人の意であるから、シテやワキについて「まれ人」と言ったわけではなく、従ってシテがワキを向くのも、ワキへの挨拶だけではない。実はこのあたりの詞章は、白楽天の「琵琶行」の世界をふまえているのだが、それゆえ「まれ人」とは、「太子賓客白楽天」と言われた賓客（まれびと）、すなわち白楽天その人をさす言葉なのである。とすれば、シテがワキを向くのは、昔かの白楽天も潯陽の江のこの隈なき月や星を眺めたであろうことへの同意を求める型である、としなければならぬ。さればこそ以下の詞章や型が、所から折からの興に乗じて、猩々舞へと導びかれてゆくのである。

このような解釈は、従来の理解を修正することになるだろうが、にも拘わらず、謡と型はまさしくそのことを示しているがゆえに、能としては結果的にも最も適切かつすぐれた表現たり得て来たのである。それは能のもつ伝統の精華ではあるが、ただそれによりかかるのでなく、詞章と型の意味を検証し合いながら理解が深まってゆくところに、能の面白さも味わいも深まることは疑いない。これを要するに、能を演ずることも、能を見ることも、一曲の総合理解の具体化であると言えようが、実は観客としてのわれわれが能に期待するのは、そのような一面だけではない。詞章や型付はいわば楽譜のようなもの、その表現は舞台上の奏演を通して立体化し、生命化する。この感動のゆえに、能を読むだけではなく、能を見るのである。

謡曲注釈と芸能史研究

――解釈史としての能型付――

一

　このたび北川さんから芸能史大会で「謡曲注釈と芸能史研究」について述べよと命じられたのは、昨年十月に新潮日本古典集成の『謡曲集』（下）が出たことへのご配慮からだとは思いますものの、これは極めてスケールの大きい論題で、私にとっては荷が重過ぎます。別の題でもよいということでしたが、ぐずぐずしているうちに時間切れとなってしまいました。題目の「芸能史研究」を「能の芸能的表現＝能の型付」と勝手に読み替えて、少しばかり申し上げたいと思いますが、能に詳しい方々にとっては自明のことに過ぎません。

『謡曲集』が完結したとき、新潮社の『波』というPR誌に、謡曲注釈にあたって心がけた五項目を掲げました。簡単にいえば、謡曲の本文、謡曲の表現世界、謡曲の典拠もしくは素材、謡曲の文学形態、などに関することとともに、「現行の演出に基づきつつ、型付の変遷をも配慮して能の台本として謡曲を立体化するとともに、それを文学的読解の補完資料としても用いること」でありました。もっとも、これらは最初から明確な目標としてあったというより、注釈の過程でだんだんとはっきりしてきたというものもあり、だから、その各項目のすべてがあの注釈の中に反映しているとは言えないし、また、そうしたいと思いつつ力の及ばなかった場合の方が多いので、いわば中途半端に終わった願望としての目標であり、あるいはまた、今後への努力目標とでも言うべきものです。

『波』にはまた、「謡曲の文学史」を書こうとして果たせなかったことも記しましたが、といって原稿が出来かかっているというわけでもありません。ただ、その構想の大枠は、一昨年の中世文学会で一応は私案を示してはいるのです。即ち能をいかに作るべきかという規範を説いた世阿弥の『三道』にならって、

〈表現〉謡曲の文学的表現の継承と展開
〈素材〉謡曲の素材的発見と文学世界の拡大
〈構成〉謡曲の文学的形態の創造と展開

という柱のひとつを立ててみたのですが（「謡曲と中世文学」、本巻所収）、そのうちのテキストに関わる〈表現〉についてみても、実は表と裏の両面を考える必要があります。かりに能の原作者の立場を表とすれば、それを受け止め、再生産してきた継承者（広い意味での享受者）にとっては、表裏一体のものではあるのですが、能の流れを考えようとするとき、どうしても現代の能を起点として、そこから遡ってゆかざるをえない場合が多い以上、研究的立場からは、この両面を弁別しなければならぬことがあると思うのです。なお、このことは、謡曲の詞章とその文学形態を考えるについてのみならず、さらに、それを踏まえた一曲全体の総合理解というか、総合解釈としての舞台表現についても、同様のことが言えるはずです。

二

このことをやや具体的に言えば、謡曲の文学的表現とか形態とかは、原作者の作品の表現についてまず考えられるべきものですが、さらにその継承と展開については、原作がその後にどう受けとめられていったかという問題と、その影響下にどんな新展開を見せた作品が生まれたかという問題に分かれます。

能における新作の場合、従来の枠に全くとらわれぬ新機軸が生み出されることはありうるでしょうが、通常ある時期からの新作品は、そのジャンルの流れの中で、構想と構成、辞句と表現に、程度の差こそあれ、先行する作品の影響下に成立します。その甚しきは模倣作ということになりますが、それはともあれ、文学的伝統の流れを汲みつつどんな展開を遂げているかが問題となるでしょう。例えば、《苅萱》に窺えるような古作の人情劇からの複合的展開としての物狂能の系譜の中で、世阿弥のひとつの達成としての《桜川》のような世界が創り出され、さらに両者の世界を止揚・逆転せしめて比類のない元雅の《隅田川》が生まれるのですが、これをそれぞれの作者による作品世界の新展開の一例と見ておこうと思います。

原作に手を加えた、いわゆる改作については、原作者による場合と、後人による場合があり、例えば、観阿弥の《嵯峨物狂》の改作としての世阿弥による古《百万》と、世阿弥自身による再改作の《百万》など、一曲に両方の場合を含む例と言えます。いま改作というのは、構想や構成の改変された場合を指すのですが、世阿弥自筆本の遺る《雲林院》などは、具体的なことが分かる好例と言えるでしょう。

改作に対して、構想や構成は変わらずとも、部分的に手を加えられることを改訂というなら、それはすべての曲に及んでいるといってよいでしょう。その場合、テニヲハや、出典句の修正など、主として表現上の改変が多いのですが、もちろんそんなことばかりではなく、いわば詞章の彫琢ともいうべき改訂があります。例えば《隅田川》の語りについてみても、現存最古の元安本のかたちから現行本文までの変遷を辿るとき、いかに文章的に洗練の度が加えられてきたかがよく分かると思います（具体的には新潮日本古典集成『謡曲集』（中）参照）。文章的彫琢に関連する改訂のうちには、文学意識の反映としての表現上の手直しが文脈の改変に及ぶ場合もあります。例えば、《当麻》に一節に、

色はえて、懸けし蓮の糸桜、懸けし蓮の糸桜、花の錦のたてぬきに、雲のたえまにまだらなる、雪も緑も紅も、ただひと声の誘はんや、西吹く秋の風ならん、西吹く秋の風ならん（下掛り本文による）

とあるところは、傍線部が、雲の絶え間のまだらな色のイメージに、所柄の当麻の地名と一曲の主題に関連する当麻曼陀羅を重ねた文飾ですが、上掛り本文ではその部分が「雲のたえまに晴れ曇る」となっているのは、後の改訂に違いないと思われます。一曲のテーマに関わる「まだら（曼陀羅）」の語をあえて捨てて、「時雨の心」の籠もる「晴れ曇る」に改めたのは、「雲のたえまにまだらなる……」の表現に抵抗を感じた文学意識の反映であったと思われます。原作の意図と改訂の意識は、この場合、是非の問題というより、原形の意味をふまえつつ吸収消化してしまった立場の問題に帰するかと思われます。

これらの諸例は、原作のかたちが分かると否とにかかわらず、現行の作品がテキストのレベルで後代の解釈を取り込んだものだと言えますが、さらに改訂には、演技の質の変化に関連して、その演技が要請する文辞の調整的改訂が加わることも注目されます。謡曲の詞章の中でも「問答」の部分は最も異同の多い箇所ですが、それらの中には、演技のきっかけを作るためのことばが、後になるほど付加されている傾向が認められるようです。た

とえば、室町期の古いテキストと江戸期のものが残っているとき、コトバの部分に繁簡があって、それを上演するような場合、演者にとって後代のものの方が演じやすいのは、当然のことながら、動きをうながし、あるいはきっかけを作るための文辞の微調整が、時代の演技の質に見あったかたちに整えられているからにほかなりません。つまり、謡曲のテキスト研究において、文学的表現の対極に、演技的要請という一面への配慮も見逃してはならないと思います。

さて、文学的彫琢にせよ演技的要請にせよ、こうした改訂における基本的立場が、一曲の解釈とその舞台表現に関わっていることは疑いありません。そしてテキストと舞台表現が不即不離の関係にある以上、部分的改訂もさることながら、むしろそれ以上に、全体的にはほぼそのかたちのままに受け継がれてきた一曲が、いかに理解され、その解釈をいかに舞台の上に表現してきたかを検証することが、より重要な課題となってくるはずです。つまり、一曲の総合理解としての舞台表現に、その解釈史を読み取ることができると考えられます。さきに「現行の演出に基づきつつ、型付の変遷をも配慮して能の台本として謡曲を立体化するとともに、それを文学的読解の補完資料としても用いること」と言ったのは、要するに、能の舞台表現を芸能的所作としてのみ見るのではなく、ひとつの解釈活動として考えるならば、型付は役者のための技術書としてのみならず、あるいはまた、それぞれの時代の演出資料であるだけではなく、さらにそれを通して、それぞれの時代の謡曲（能本）の解釈を読み取るためにも重要かつ有効な資料として機能せしめることができるということなのです。ひいては、それによって現代の解釈を試みようとも言うわけです。能作者が書いた作品は上演を目的とし、その作品は舞台上の表現をもって完結します。当然、テキストの変遷も、演出の変遷も、ともに作品の解釈史を示すと言ってよいと思うからです。

三

能の演出資料としての型付は、近頃ようやく各種の古型付類が提示されるようになりましたが、演者の人達にとって実用の近世後期から現代における書類は、依然として見にくいのが実情です。とは言え、能楽研究所をはじめ、各地各所の図書館・文庫にはこの種の資料がかなり所蔵されています。ただ、この方面は技術的な色合が強く、そのような点から関心をもたれる以外は敬遠されるといった事情からも、調査研究の最も立ち遅れている分野だと言えます。

しかし、近年はだんだんとこの方面にも焦点が当てられるようになってきました。これら型付書類をはじめ、各種囃子伝書などをも有効にもちいた個別的演出史研究が、小田幸子さんや山中玲子さんなどによって進められているのは、新しい研究の動向だと言えましょう。とりわけ注目されるのは、その研究が単に演出史の変遷を辿るにとどまらず、制作意図や演出意図を通して、その曲をめぐる時代相をも明らめうる可能性が期待されることです。たとえば、「酒天童子の首」という小田さんの論考（『銕仙』三五三号）では、《大江山》の古演出を探って、酒天童子の首を取る演出が、初めは面と頭を取っていたものが、そのうち頭だけを取るようになり、やがてそれも廃れてしまった変遷を辿って、そこに能の演技と観客の感性の変質を指摘しています。この能は、小田さんも言われるとおり、酒天童子絵巻に描かれるような、切られた鬼の首への強烈な印象と無関係ではなく、謡曲本文を型付を通して見ることによって、絵巻物の世界とも重なり合ってくるのですが、そんなところにも、今後の謡曲研究の一つの方向を示唆しているようです。将来それが集大成されることになれば、私が『謡曲集』各曲解題で意図しつつ不十分に終わった「演出に関すること」の項を充実させることになるでしょう。ただ注意すべきは、演出研究の立場からは往々にして特異な、もしくは特徴的な演出を重視しがちです。そして、これは私の反省をも籠めて言うのですが、その特徴的な部分の変遷を各資料によって繋いで演出史を描く、それは有効なひとつの方法であり、間違っているとは思いませんが、しかし、その前提となるべきもっと大事なことが残されていると思うのです。つまり、演出史研究にとっても、あるいはそれ以上に謡曲解釈のための資料として機能させるためにも、まず演出資料としての型付書は、一つ一つについて全体的性質とその資料的性格を確認しておく必要があります。やや大げさに言えば、演出の理念、曲の解釈の思想とでもいうべきものを読んでおかなければならないと思うのです。

このことは、たとえば、謡曲に反映している『古今集』や『伊勢物語』の中世の注釈書の所説の場合にも通ずるところがあります。謡曲の出典研究にあたって、これらの所説を広く尋ねることは、もはやひとつの手続きとなっているかのようですが、説話的注釈の話型の一致を求めるあまり、きわめて特殊な資料への部分的な注目は、かりにそれが謡曲の場合に合致したとしても、ただそのことだけで直接関係を云々することは疑問です。場合によっては、注釈世界の所説の継承の中で必然的に展開した偶然の一致もありうるでしょうし、あるいはもともと謡曲世界での創作ということもないではないと思われます。これを要するに、古注釈書にはそれぞれに所説の系統を引くとともに、またそれ自体で完結したひとつのトータルな世界を持っているのです。個々の部分的所説への注目とともに、その事の総体的な体系と思想を把握する必要がある、という意味で、型付書の場合もまた同様の性質を配慮すべきだと思われます。

とは言え、演出資料としての型付類は、先に述べたような事情で、研究資料として自由に活用できるといった状況にはまだなっていません。型付はいわば楽譜のようなものでそれをみたところで芸が上がるわけのものでもありません。演者にとってはむしろ勉強の材料でさえありますが、その非公開性は、能楽界の階級的秩序を維持するために機能してきたようです。いま、その是非を云々するつもりはありませんが、型付自体は元来そのこととは無関係なのですから、稽古の階梯的システムとは別に、スタンダードな資料として提供されて然るべきだと思います。ともあれ、それが可能になったとしても、膨大な量にのぼるこの種の資料を翻印するということは、現在の印刷事情からはすこぶる困難ではありますが、だからといって手をこまねくだけでなく、今後の研究がこの方面にも及ぶことを期待したいのです。

四

以上のことは、ただ問題提起だけのことで私自身で手掛けているわけではないのはまことに面目次第もありませんが、もうすこしスケールの小さい範囲で、型付が謡曲の解釈に関わるいくつかのことに触れてみたいと思います。

そもそも、謡曲の本文に演能の舞台の動きを併記するのは、大正期の平林治徳『謡曲狂言』第一輯を嚆矢とするものごとくで、それは能の台本として作られた謡曲の理解のためには極めて至当の処置でした。しかしその場合に示される舞台上の動きは、原則的には現行の演出のスタンダードによらざるをえません。能の演出は室町時代から大幅に変化しており、だからそのような処置は所詮現行の能のかたちの概略を示すに過ぎないとも言えるわけですが、たとえそうであっても、謡曲の本文からだけでは窺い知ることが困難な戯曲構造を明確に示しうるとともに、その動きを通して曲の文意をより具体的に知ることができます。なぜなら、舞台上の表現を前提として、あえて文章による説明を簡略化、もしくは書かないということもあるのが謡曲の文章だからです。それはもちろん作者の個性や方法と関連することではありますが、例えば世阿弥の場合、《井筒》においては、前場でシテは筒井筒の昔を居グセで語ります。それは概ね『伊勢物語』に基づきつつも、物語では「井のもとに出でて遊び」「井筒にかけし」丈くらべを、謡曲では「井筒によりて……互ひに影を水鏡、面を並べ神を掛け」と、遊びのイメージを増幅します。そして後場では「さながら見みえし、昔男の冠直衣は、女とも見えず、男なりけり、業平の面影、見ればなつかしや」と、ここでは前場の文意に重ねて所作で示すことはご承知の通りです。これは「うない子」の時代からの永遠の「人待つ女」の思慕の情を「水鏡」に象徴した、視覚的主題とも言うべきでしょうが、この極めて巧みな構想と構成は、謡曲の本文からだけで読み取ることはかなり困難と言うべきでしょう。かくて、舞台上の動きを本文と共に示すことの意義は、テキストの表現だけでなく、舞台表現と一体となって意味を補完し増幅させることにあるのだと思います。だから、当初の動きとは異なり、洗練を加えられた現行の演出がむしろ動きを極度に抑制するところで表現しようとする内面的演技の重視であっても、それがひとつの解釈である以上、そのことを示すことは本文解釈上の有力な参考となるはずだと思うのです。要するに、舞台上の動きを示すことには、ひとつは演出の面、いまひとつは解釈の面という、位相を異にしつつ重なりあった性格をふまえて、謡曲を総合的に理解するひとつの手段であると言えるでしょう。

五

能の動きは型付によって示されます。それは本来的には能を演じるための実用書ですから、動きの個々を記すに過ぎません。動きの意味は読み手に任されているので、型付をどう読むかが問題になります。もちろん、動きの意味は謡曲の詞章と対応して生じます。すでに言及した例に《猩々》の場合があります（「能を読む　能を見る」、本巻所収）。

繰り返しになりますが、下リ端で登場したシテは「まれ人もご覧ずらん」とワキを向きます。「まれ人」をワキ・高風のことと解するときは、シテがワキへ向くは、ワキに対する挨拶と考えられるかもしれません。しかしこのあたりは、実は白楽天の「琵琶行」の世界をふまえており、それゆえ「まれ人」とは、「太子賓客白楽天」と言われた白楽天その人を指すと考えるべきだとすれば、シテがワキを向くのは、昔かの白楽天も潯陽の江のこの隈なき月や星を眺めたであろうことへの同意を求めているのだと解されるのです。シテがワキを向くのは、能の表現様式としての一つの型に過ぎないとしても、謡曲の、あるいは能の文脈の中で意味を持ちます。その時、解釈が多様化することはありうるでしょうが、それが恣意的になることを防止するのは、やはり謡曲本文そのものの注釈的検討ということになると思います。

しかし、能を読む場合、解釈を絞り込めば絞り込むほど、かえって世界を狭めることになるのは注意すべきです。私の場合にもその過ちを犯しています。《安達原》（《黒塚》）の後シテ登場直後の〔クリ〕で、「胸を焦がす炎、咸陽宮の煙、紛々たり」に続いて、「野風山風吹き落ちて」というところは、型付では「右ウケ」と指示するのですが、それを吹く風に面をさらす姿とも、面をそむける姿とも解されるけれども、風の激しさを表わすものと見て、『謡曲集』上巻では「風に面をそむけ」としたのでしたが、これはやはり宜しくないのです。右ウケで表わされる、吹く風の中に立つ鬼女の姿には、一曲全体のトータルな表現の中でもっと多様な解釈が可能です。能の型が、詞章に述べられるところを超えて場面を構築してゆく面白さの一例ではありますが、それだけに、安易な読みを示したことを反省しています。

ところで、《猩々》の場合にせよ、《安達原》の場合にせよ、これらは、

A、それ自体としては意味を持たぬ定型の所作が詞章の文意を増幅・強調する場合。

と言えましょう。これにはまた、部分的詞章と対応するだけでなく、小段の全体が定型の所作で演じられて、かつ文意に即した動きとなる場合もあります。それはたとえばワキの登場の次第とか道行とかの定型表現もさることながら、たとえば、シテが登場してひと謡の後、ワキとの問答・掛ケ合があって上ゲ歌となる構造的類型があります。その上ゲ歌では、正面を向いたシテが、前へ少し出てヒラキ、左回りに舞台を一巡して常座へ行くひとまとまりの定型の連続の所作があります。その中で詞章に即して月を見上げたり花を眺めるなどの文意を表わす型のあることもありますが、基本は変わりません。このような定型の所作は、舞台上の動きを示すだけでは注釈と結び付かないのですが、実はこのような小段は、その詞章に多く叙景や抒情句を交えた心情描写となっており、その舞台表現としての定型所作が、詞章に即して意味をもちます。例えば《杜若》第三段の〔掛ケ合〕を受ける〔上ゲ歌〕、「ありはらの跡な隔てそ杜若……」は感慨にふけって佇む心を表わし、《融》第三段の〔上ゲ歌〕、「げにやいにしへも……」は昔を偲んで徘徊する心を表わすと言えるでしょう。なお、このことは味方健氏から示唆を受けたことで、私の発明ではないのですが、ともあれ、定型表現に凝縮した型の意味を、詞章の解釈を通して

逆に読み解いてゆくことも有効だろうと思います。

また、

B、役者の占める舞台上の位置が文意を超える心情を補う場合。

という例を挙げてみます。《藤戸》では、まずワキの佐々木の三郎盛綱が、藤戸先陣の戦功によって児島の新領主となって入部し、領民の訴訟を聞くことを触れると、そこへ一人の女が現われます。現行の能の通常のかたちは、シテの女は常座に立ち正面を向いて次のような謡になります。

〔一セイ〕シテ「老いの波、越えて藤戸の明け暮れに、昔の春の返れかし

〔問答〕ワキ「不思議やなこれなる女の、訴訟ありげにそれがしを見てさめざめと泣くは何事にてあるぞ

〔(サシ)〕シテ「海女の刈る藻に住む虫のわれからと、音をこそ泣かめ世をばげに、なにか恨みんもとよりも、因果の廻る小車の、やたけの人の罪科は、みな報ひとぞといひながら、わが子ながらもあまりげに、科も例しもなみの底に、沈め給ひしおん情けなさ、申すにつけて便なけれども、おん前に参りて候ふなり

ある型付によれば、シテは橋掛り一の松に立って正面へ向き、一セイを上げ、その終わりにワキへ向いてさめざめと泣きます。ワキの不審に答えて、涙を押さえていた手を下ろして「海女の刈る」と謡い出し、「因果の廻る」というあたりから歩み出して舞台に入り常座に立ってワキへ向き、「申すにつけて便なけれども」と少しワキの方へ出て座り、ワキに対します。このかたちからは、我が子を殺された恨みの抗議に罷り出ようとして、しかもなお領主の前へすぐに出ることにはためらいを覚える女親の心情が、一の松という位置を占めることによって表わされており、さらに恨み事を述べているうちにだんだん心が昂ぶってきて、領主の前へ出、座り込んでしまうまでの気持ちの動きが、謡曲の文意を立体的に補っていると読むことができるのではないでしょうか。

もう一つ、

C、役者の動きが書かれざる文意を補う場合。

《熊野》の第八段で、シテ熊野は、宗盛に伴なわれて清水に到り、ひとり仏の御前に念誦して母の祈誓を申すところに、花の下の酒宴が始まったから急いで御参りあれとの催促を、ツレの朝顔がシテに伝えます。「さらば参らうずるにて候」と立ち上がったシテは、酒宴の座に臨むていで常座へ行き、「のうのう皆々近うおん参り候へ、あら面白の花や候、今を盛りと見えて候ふに、なにとておん当座などをも遊ばされ候はぬぞ」といいます。ある型付によると、「のうのう」で脇正面を見回し、「皆々」とワキの方を向き、「あら面白の」と正面を見て、「今を盛り」と右を見回し、「なにとて」とワキへ向きます。それによって舞台空間に描き出される謡曲の文意は、「のうのう」と主君宗盛からやや離れて伺候していた供養の人々へ呼び掛け、「皆々近う」と酒宴の座への参加を誘い勧めます。それはまた、おめあての熊野が遅れてじれている宗盛と、それゆえはらはらしながら熊野を待っていた人々を現出し、あわせて熊野の両者への如才無い取りなしぶりに、さすがに池田の宿の長者としての振舞ぶりと、それゆえの宗盛の寵愛の無理からぬ人柄をも偲ばせます（田代慶一郎氏「熊野を読む」『謡曲を読む』朝日新聞社、昭和六十二年参照）。「あら面白の花」と正面を見るのは、そこに都の花を代表する地主の桜が咲いている心です。そして「今を盛りと見えて」と右を見回すのは、あるいはそれに続く木々の花盛りを見渡す心かも知れません。しかし正面に花を見ることで、その背後に万木の花をも見ているのだとすれば、右を見る型の中に、花に興じつつも、あるいは努めてそのように振舞いつつもなおふと心をよぎる母への思いが、うつろな動作となって示される、と読むこともできるでしょう。とすれば、謡曲の詞章を超える能の型が、一曲の主題や曲趣に関連して、その部分の文意を一段と増幅することになります。なお、そのような解釈を否定して、ここはただ花へ集中させればよいという立場や、あるいは動きを排して内面的にそれを表現しようとする立場もあり得るでしょう。念のため申し添えますが、これは型付をどう読むかの問題であって、その型付によって演じられた能が、常にそのような意味を表わすということではありません。演者がその型付をどう理解したか、そしていかにその理解を表現し得たか、またそれが一曲の表現の中でどのように統一的一貫性を保ち得ているかという力量にも関わることであるからです。なお、ここは下掛りでは異文で、テキスト自体についても、前述のように後代の解釈の問題がからんでいることも注意しておかねばなりません。

以上、能の舞台表現が謡曲の解釈を補完することについて、いくつかの場合をサンプル風に述べましたが、小書演出の場合ともからめて、当然もっと精密な分析と整理が可能であり、必要なはずです。また能の総合理解ということになれば、作曲法をはじめ、囃子事、舞事や、扮装法などをもひっくるめた全体ということになるのは言うまでもありませんが、いまは解釈史としての能型付ということに限って、ひとつの私見を申し上げた次第です。

六　能の復曲

《松浦佐用姫》解説

曲柄　四番目執心物
季節　冬
所　肥前国松浦潟

㈠　謡本とその系統

現存最古の本としては、応永三十四年（一四二七）十月の年記のある世阿弥自筆能本《松浦之能》（観世宗家蔵）が伝存している。また、これと同系の謡本としては、松井家蔵妙庵手沢本、鴻山文庫蔵吉川家旧蔵車屋本、貞享三年（一六八六）刊三百番本等があるが、それらは《松浦鏡》と称されており、遅くとも室町後期にはそれが曲名として通用していた。なお、室町期の上演記録は見当たらないが、享保七年（一七二二）十月禁裏仙洞御能に《松浦鏡》が演じられたのは稀有の例である。

観世元章による、いわゆる明和改正本が刊行された時、世阿弥自筆本や三百番本等を参考にしつつ大幅に改作した《佐用姫》が、外組に編入された。世阿弥自筆本には墨が薄く読みにくくなった箇所が多く、その上からさらになぞり書きが加えられているが、それはこの時期の元章の手になるものと推察される。なお、《佐用姫》が能として上演されたかどうかは不明であるが、元章自筆注記に「太鼓無、間無」とするのは、もとより上演を前提としたものである。

昭和三十八年（一九六三）に到り、世阿弥生誕六百年記念能として、《松浦佐用姫》が復曲上演された。これは世阿弥自筆本に基づきつつも、明和本等をも参照し、小段や節付に改定を加えた部分も少なくない。したがって、むしろ昭和改作と言うべき性質の曲である。本曲はそれ以後も何度か上演され、そのたびごとに演者の工夫が重ねられているが、演出的には模索の段階にある。

このたびの謡本は、世阿弥自筆本に基づき、かつ先行諸本を参照して比較的忠実に復活させたものであり、《松浦》もしくは《松浦鏡》と称すべき曲であるが、曲名は《松浦佐用姫》を踏襲している。

㈡　作者

《松浦》は、世阿弥自筆本が存在し、かつ素材処理や統一イメージ等に世阿弥的特徴を認めて、世阿弥作の可能性が高いとする考え方も示されている。しかし、部分的には世阿弥的特徴は認められるものの、全体としては不整合も見受けられ、世阿弥のオリジナル曲とすることが躊躇される。古作か、または別人の原曲があって、それに手を加えた世阿弥の改作曲であるかも知れない。

㈢　曲の背景

「松浦」ということばがもつ文学的イメージは、一つには『万葉集』巻五の「松浦川に遊ぶ序」に見えるような神仙的世界と、玉島川に魚（鮎）釣る乙女のイメージがあり、また神功皇后の鮎釣の故事（『日本書紀』『肥前国風土記』『万葉集』）もある。いま一つは、松浦佐用姫が山上に領巾を振って異国へ赴く夫との別れを悲しんだヒレフリ伝説（『肥前国風土記』『万葉集』）である。だから平安末期には、「玉島」「玉島川」「松浦川」「松浦の浦」「領巾（ひれ）振（ふり）の山」などが、鮎釣りやヒレフリのイメージを伴なって歌枕となり、中世に入っては、「松浦潟」「松浦山」もヒレフリ伝説と一体の歌枕となる。「松浦の沖」にも同じ用法が見られる。

　このような歌語をめぐる説話的関心は、はやくから強いものがあったが、それらは、享受の過程で増幅、変型してゆくのが通例である。狭手彦が別離に臨み、妻の弟日姫子に鏡を形見として与えたところ、「婦（をみな）、悲しみ啼きつつ栗川を渡るに、贈られし鏡の緒絶えて川に沈みき」（『肥前国風土記』）という「鏡の渡り」の説話は、鏡を抱いて川に沈む形（『和歌童蒙抄』）に変わり、佐用姫にとり合わせられて、その川も玉島川だという（『詞林采葉抄』）のである。

　松浦の鏡の宮は、『源氏物語』では玉鬘が祈誓をこめた鏡の明神で、藤原広継の霊を祀ることは『今昔物語』や『平家物語』等にも見えるが、それが、恋死した佐用姫を松浦の鏡と祀り、鏡宮（『梵灯庵袖下集』）とも、松浦明神（『和歌色葉』）ともいうように、いつしか佐用姫伝説の中にとり入れられている。

　漢土では、夫との別離を山頂で見送った妻が、悲しみのあまり石と化した望夫石の説話が『幽明録』に見え、『初学記』等に引かれて、わが国でも上代からよく知られていたから、佐用姫伝説の一環として説かれる（『十訓抄』）うちに、やがて佐用姫が石と化したとも理解されている（『曾我物語』『梵灯庵袖下集』）。

　《松浦》もしくは《松浦佐用姫》には、中世にあってはこのように様々なイメージが渾然として存在しているが、本謡曲中には望夫石説話の一面は摂られていない。ちなみに、鎌倉時代から流行した宴曲のうち、次に掲げる「領布振恋」は、このような中世的理解をよく示しているとともに、謡曲の世界とも共通するものが認められる。

それ高山月をさゝへ、大洋天をひたす、西に望めば蒼波際もなく、東をかへり見れば、白雲峰に連なる、かの所に到つて、石あり即ち望夫石、水ありこれ涙の滝、もろこし舟は寄せねども、袖に湊や騒ぐらん、麓を見れば社壇あり、朱丹を交へて磨きなす、これや鏡の宮造り、曇らぬ代をぞ守るらし、夕汐風のはげしさに、立ち添ふ浪の玉島や、この川の家桜、さながら雪にや流るらん……さても別れし人の国、舟路隔てて千万里、いつの便りを松浦川、浮瀬に身をば沈めけん……

(四)　曲の構想

《松浦》（《松浦鏡》《松浦佐用姫》）は、右に見たような松浦のイメージのうち、ヒレフリ伝説と鏡伝説を主軸として構想されているが、釣する乙女、玉島川なども重要な点景としてとり合わされている。一曲は、松浦佐用姫の恋慕の執心を描くことが主題であるが、そのために、ワキ僧（禅僧の設定）の前に、釣する海士乙女として現われた前シテは、妄執解脱のために受衣（伝法のしるし）の望みを訴え、袈裟を授かって偈を唱え、その布施としてワキ僧に形見の神鏡を見せる（後場で、鏡に狭手彦の姿が映る）という脚色が施され、懺悔のために往事の有様を再現して見せるかたちの、複式夢幻能、四番目、執心物という曲柄になっている。世阿弥自筆本にも、後シテが領巾とともに鏡を持って登場し、それをワキに渡して見せ、またワキから受け取って狂乱するなどの演出注記があり、鏡が一曲の最も重要な要素となっている点に特徴があるが、鏡と領巾のとり合わせは、やや一体性に乏しいうらみがある。それはヒレフリと鏡とがもともと別個の伝説であることに由来しよう。

ちなみに、明和本《佐用姫》の場合は、鏡の要素を切り捨て、『万葉集』に強くく比重をかけてヒレフリに焦点を絞った改作であり、主題的統一を図っている。その意味では、明和改正曲中ではむしろ評価すべき作品といえよう。

しかし今日的観点に立てば、能の上演台本としては、そんな《佐用姫》よりも、むしろ《松浦》の方に、演出的工夫がかえって面白さを導き出す可能性を秘めていると思われる。近年、本曲上演の機会が多いのもその証左であろう。

《松浦作用姫》二題

(一)《松浦の能》今昔

観世文庫伝来の《松浦之能》は、応永三十四年（一四二七）十月の奥書を持つ世阿弥自筆の能本であるが、室町時代を通してそれが上演された形跡はない。もっとも、《松浦鏡》の名でその存在は知られていたもののごとく、『能本作者注文』等の作者付資料にも載る（但し『自家伝抄』には見えない）ほか、天文二十三年（一五五四）七月の時点で大和宗恕所持本があり、それを山科言継が借覧した（『実隆公記』）。また現存する謡本としては、窪田統泰本に基づく妙庵本や、車屋本二種があり、江戸時代になっても写本が作られてゆくと共に、貞享三年（一六八六）林和泉掾刊のいわゆる番外三百番本に収められて、曲自体は必ずしも稀曲ではなくなった。しかしその上演はといえば、宝永から正徳（一七〇四―一七一六）にかけての将軍家はじめ諸大名家の珍稀曲上演流行期にも、まだその記録は見出だすことが出来ず、わずかに前西芳雄氏が紹介された享保七年（一七二二）十月十八日禁裏御所御内々之御能で、宝生流簗川忠七の演じた《松浦鏡》が、現在までのところ唯一の記録らしい（『観世』昭和六十年四月、復曲能特集号）。

明和二年（一七六五）刊のいわゆる明和改正謡本は、観世元章による大改訂が施されていることで有名であるが、《松浦之能》は《佐用姫》と改められて収められた。家伝の世阿弥自筆本を強く意識しての復活であったと思われるが、主題に関わる鏡をすべて削除するなど、原作尊重の立場からは概して評判はかんばしくない。しかし、自筆本の持つ不統一性を整理しようとした元章流の改訂方針は、それなりに一貫しているとあえて肩を持っておこう。この《佐用姫》も上演の有無は明らかでない。周知の通り、大改正も刊行後十年の次代には廃せられた。

次に《松浦之能》が注目を浴びるのは、昭和三年（一九二八）四月、古典保存会からのコロタイプ印刷による覆製本中の一冊としての刊行である。本来の紙表である仮名暦とともに世阿弥自筆本の覆製、公開の嚆矢であり、山田孝雄氏の解説を付しているが、そこでは、吉沢義則氏が『芸文』誌上に《布留乃能》を紹介したこと、他に《阿古屋の松》もあることなどに触れられている。《松浦の能》が古典保存会の一冊に加えられた経緯については、詳しい事情を知らない。右の解説によれば、山田博士は観世家所蔵のことを吉沢博士を介して知り得たとも考えられようが、実は昭和三年五月、「日本名著全集」の一冊として野々村戒三氏による『謡曲三百五十番集』が編まれており、《布留》と共に世阿弥自筆本によって《松浦》の曲名で翻刻収載されている。その解説には、資料蒐集に就いて斎藤香村、観世元滋氏等の名を挙げているから、こちらの筋であることも考えられよう。ともあれこの年、世阿弥自筆能本は、テキストとして広く公開されるに至ったのである。ちなみに、金春家伝来の世阿弥能本七番が川瀬一馬氏によって加えられたのは昭和十六年であった。

ついでを以て私事を申せば、まだ学部学生の昭和二十六・七年頃、当時すでに『研能通信』に健筆を奮っていたOBの梶井達男氏が主唱者だったと思うが、野間光辰先生の研究室で世阿弥自筆能本の輪読会があって、《アコヤ》や《フル》と共にこの《マツラ》も古典保存会版からガリ版切りで資料作りをしたことを思い出す。それはまだどこかにあった筈だが、震災後のゴタ〳〵で探し出す手だてもないまま、行方不明となってしまった。

昭和三十四年八月、『能楽思潮』八・九月合併号に、空蟬会による「資料 番外曲 松浦」が掲載された。「世阿弥自筆本を中心にして、明和改正本その他の諸本との異同をさぐり、その本意をさぐろう」との趣旨で、自筆本と明和本を対照し、他本の校異を頭注で示す。

昭和三十八年六月、世阿弥生誕六百年記念能が東京・観世会館で催されるに及び、二十二日元正、二十三日元昭のシテで復活上演された。雑誌『観世』は同年六月号で世阿弥自筆本によって復元詞章を《松浦》（原案）の名で掲げ、池田廣司氏の解説を付す。当日の記念パンフレットは、同氏による監修として《松浦佐用姫》の名で原案通り（表記等を整備）の詞章を載せている。それによれば、ワキの道行のはじめの返しを削り、間狂言ナシとする程度で、詞章はほぼ自筆本のままであるが、当日の台本は、クセ冒頭部が「恋ごろも、うらなく人のあひなれて」と明和本にならったらしい。その他の小異は台本未見、未詳。なお、演出的には物着（元正所演）と中入（元昭所演）の二様であったという（『観世』昭和三十八年八月）。

六百年記念能の宗家版《松浦佐用姫》は、その後も東京・京都・大阪・九州など各地で、諸氏により上演され、その都度に章句、小道具、演出等に工夫が凝らされたらしく、その一端は、大槻文藏、山本眞義氏等演者側からの発言もある（『観世』昭和六十年四月、復曲能特集号）。

昭和六十年、忠実な自筆本復活を目ざして伊藤正義監修による大槻版謡本が作られ、間狂言は茂山千之丞氏の新作を加えた。それに基づき、九月二日「能の会」において大槻文藏のシテで上演された。以後の上演記録は、今回新訂の謡本巻末に掲載される由なので、御参照願いたい。

㈡《松浦佐用姫》校訂余滴

平成七年六月十八日、正門別会において観世流宗家清和氏が《松浦佐用姫》を演じられた折、表章氏によって間狂言が新作され（原案を野村万作氏改訂）、また、後場の昔の有り様再現のところの首部の文句、

ワキへ松浦の山風　シテへ灘の汐合ひ　ワキへ千鳥　シテへ鷗の　ワキへ立ち立つ　シテへ景色に　地へ海山も震動して……

というところが、世阿弥本は「マツラノハ風」となっているけれども、前後の文句が海辺のことばかりであることを支えに「ハマ風」の誤脱と認めて、「浜風」と校訂された。

大槻版は前掲の通り「松浦の山風」を採用しているものの根拠を示していない。そこでこの機会にいささか私見を述べておきたい。

自筆本にはたしかに「マツラノハ風」とあるのだが、「ハ」には両側に開いた「ハ」と、それぞれの画が内に曲がって撥ねた二つの書体が用いられ、この部分は後者の例に属する。必ずしも読みにくいわけでもなく、また「山」字草体に近いからというわけでもないが、右傍らに後筆で「ハ」と墨書するのはあるいは元章筆であろうか。恐らく明和本編入にあたっての元章の検討と思しい墨書が全体に見受けられるからである。しかし明和本では「ハ風」を採用せず、「川瀬」を選んでいる。実は室町期の謡本（妙庵本）においても、この部分、ハカゼをカワセと置きかえたかたちで「川瀬」とし、以後の謡本も明和本を含めてすべて「川瀬」であった。すでに述べたように、自筆本の最初の翻刻本『謡曲三百五十番集』では、根拠は不明ながら「山風」とし、以後空蟬会の対校本も同様であるが、特に校異を示してないのは『謡曲三百五十番集』本に引きずられたのかも知れない。大槻

版監修の際、この辺までの経過は確かめたが、「ハ風」を「葉風」とするには抵抗があった。《経政》の「月に双びの岡の松の、葉風は吹き落ちて……」に「松の葉風」の例はあっても、「松浦の葉風」はいかにも無理だろう。加うるに、松浦の歌枕は、潟、浦、沖、川、山の範囲で、それは連歌の場合も変わらない。「松浦の浜風」がそのとき念頭になかったのは、浜が、伊勢（浜）・三津（浜）・外（浜）などに関わっても、松浦にはなじまないからであった。そんなわけで、掛ケ合を受ける同音部「海山も震動して……」に対応することも勘案して、『謡曲三百五十番集』本以来の「山風」に従ったのである。

ともあれ、世阿弥自筆本に基づく《松浦佐用姫》に、「松浦の山風」とする大槻版、「松浦の浜風」とする新宗家版とが出来た。いずれに従っても、それはそれでよいのではないかと私は考えているのである。

《苅萱》解説

㈠　《苅萱》について

《苅萱》は、世阿弥の『五音』上に、「禿高野　亀阿曲」として「花ハ散ツテ根ニアレド」の一節が掲げられている。それは《苅萱》のロンギの一節に一致し、世阿弥が「音曲の先祖」と仰ぐ田楽新座の亀阿弥の作曲であることを示すと共に、恐らく一曲全体の作曲者でもあるだろう。『五音』所見の《禿高野》という曲名は、《苅萱》の古名、もしくは別名と考えられる。妙庵本では目録に「苅萱」、内題に「童高野」と記すが、「童」もカムロと読ませるものと思われる。作者については明らかでないが、古作の能は一般に作曲者とは別人であろうと思われる。亀阿弥の関与した古作の《禿高野》（《苅萱》）が、現存の本文とどの程度に同じかは明らかではない。しかし世阿弥やそれ以後の作品が構造的に整っているのに比べるとき、それらとは異質の古態性が観取される、という意味からも、《苅萱》の現存本文が多分に古作の面影を伝えているとはいえるであろう。

《苅萱》は、亀阿弥作曲の田楽系古能として、その面影を伝えるほとんど唯一の例であり、その点をまず第一の特徴として挙げねばならぬ。またそれゆえ、近江猿楽風の幽玄能でもなければ、大和猿楽風の物真似能でもなく、まして世阿弥風の歌舞能とも異質の古能であるが、問答を主体とする構成は、演劇としての原点に立つものと云えよう。しかも、母の死とその注進、父を尋ねる子の登山と山上での邂逅、偽言による失意の下山がカットバック的に進行する構成も、能としては極めて珍しい。さらに、父、母、子三者間の愛別離苦の人情に絡む愁嘆場面をつなぐ、いわゆる〝泣き能〟であると共に、その中心となるのが、いたいけでけなげな松若であり、いわゆる〝児の能〟としての特徴をも見逃してはなるまい。題材としては有名な説経『かるかや』の石童丸の物語と同根の高野遁世譚であるが、能としての成立時期の極めて早いことも注目される。

《苅萱》は、世阿弥自筆本の遺る《タダツノサエモン》や、《高野物狂》等の高野発心物ともいうべき能の先蹤をなすと共に、人を尋ねる旅、離別と邂逅、死別と遺品としての文、再会・出家、等々、いわゆる物狂能の構想や趣向についての祖型的位置を占める能であることが指摘されている。《苅萱》はそれ自体物狂能ではないけれども、物狂能の展開史の中で極めて注目すべき能と言えよう

(二)　《苅萱》の諸本について

《苅萱》は、室町末期から江戸期にかけて多くの謡本が伝わるが、そのうちの主要伝本はおよそ次の通りである。

上掛り系謡本
（イ）観世文庫蔵服部甚六秀政署名三番綴本
（ロ）松井家蔵五番綴妙庵手沢本
（ハ）貞享三年刊三百番本
下掛り系謡本
（ニ）龍谷大学蔵整版車屋本混綴三番綴本

（ホ）鴻山文庫蔵吉川家旧蔵車屋本
（ヘ）鴻山文庫蔵了随三百番本
右のうち、（ハ）については『版本番外謡曲集』（臨川書店、平成二年）の上巻に影印があり、国民文庫『謡曲全集』下、『謡曲叢書』第一巻、『謡曲評釈』、『謡曲三百五十番集』等に翻刻がある。また、（ホ）については、田中允氏編古典文庫『未刊謡曲集』続四に翻刻・解題がある。

なお、間狂言については、『狂言集成』所収のほか、写本も数点伝わるが、基本的には同種である。

(三)《苅萱》の構成と梗概について

右に掲げた諸本のうち、（ロ）妙庵本によって《苅萱》の構成と梗概を示すと次の通りである。
1、母と子の登場。高野山で出家した苅萱の左衛門を尋ねて、筑前より禿の宿に到る。
2、高野山は女人禁制ゆえ、母は子の松若ひとりで父を尋ねさせる。
3、母は宿の亭主に文を託して急死する。
4、亭主はこの大事を松若に知らせようとする。
5、高野山に上った松若は、山中で人を待つ。
6、聖（苅萱の左衛門）の登場、無常の詠嘆と修行の述懐。
7、松若は聖に道を尋ね、聖は高野の広大さを鋭く。
8、聖は子の尋ね人が自分であると知って名乗ろうとするが、恩愛を棄てた身を省みてすでに死去したと偽り、両人は涙と共に分かれる。

9、松若は下山の途中に母の死を知らされる。
10、母の死骸を前にした子の愁嘆。
11、亭主の慰め。
12、亭主が供養の為に昵懇の僧を招請しようという。
13、山より迎えられた聖は、妻や子であると知って、口実を設け対面を拒むが、亭主は強引に対面を計る。
14、父子の対面。
15、子は父と共に母の遺した文を読む。
16、無常の詠嘆。
17、子は父と共に仏道に入り、母の菩提を弔う。

《苅萱》の構成は、右のほか、第二、四段における母の急死と報せが、第八段の次に位置するかたち（八）に大別されるが、それは舞台進行上の流れを勘案した改変らしい。

(四)　復曲《苅萱》謡本について

《苅萱》の諸役は、聖（シテ。在俗の名は苅萱の左衛門）、母（ツレ。苅萱の妻、松若の母）、松若（子方）、禿の宿の亭主（ワキ）のほか、亭主の従者（アイ）が登場し、第四段と第十一段にはアイの役があるが、たとえば妙庵本中にもアイの言葉かと思われるものが亭主として記されているなど、ワキとアイの職能が極めて曖昧である。また諸本にあって、問答部は繁簡必ずしも一様でないが、概して言えば、後出本に説明的文句が補われている。問答主体の能であること、亭主（ワキ）と従者（アイ）の役柄の曖昧さ、それに関連する台本上の不完全さが、補足的文辞を積み重ねる原因であろうと思われる。

昭和六十一年十一月、復曲初演に際しての上演台本（当日のパンフレット、及び、古典文庫『未刊謡曲集』続四）は、基本的には妙庵本の本文に基づきつつも、ワキ（亭主）とアイを一体化して、狂言方の所演とした。そのため、第二、三、四、九、十一、十二段について他本及び間狂言諸本を参照して改訂を加えた。

復曲《苅萱》謡本は、右上演台本のままであるが、誤植を訂正し、一部表記を改めた。亭主の詞章が他の部分の表記と異なるのは、便宜上の処置であって、必ずしも狂言方の担当を規定するものではない。

なお、初演時の諸役の扮装を、参考までに記しておく。

聖（前）角帽子、水衣の着流僧出立。右手に数珠、左手で薪を背負う。

（後）角帽子、水衣、大口の大口僧出立。右手に扇、左手に数珠を持つ。

母　面・深井。無紅唐織着流女出立。

松若　児袴出立。

亭主　長上下出立。

ちなみに、室町末期の演出資料『舞芸六輪次第』には、「一、苅萱。して、僧。小袖、水衣、薪を負う。児は大口、水衣よし。脇は男、上下。」と記されている。

《多度津の左衛門》解説

〔底本〕世阿弥自筆本（生駒・宝山寺蔵）。「カウヤノモノクルイ」（高野の物狂）と、「タ、ツノサエモン」という曲名を併記。奥書、応永三十一年（一四二四）正月十八日。他に伝本はない。謡本の詞章はおおむね底本に基づくが、役割の一部を改め、間狂言詞章の一部を補足した。

〔人物〕姫
乳母
多度津の左衛門（後）
高野聖（前）
寺男（後）

〔場面〕前場　讃岐・善通寺。
後場　高野山・不動堂

(一) 構成と展開

1 姫と乳母の登場
遁世した父の多度津の左衛門の行方を尋ねて善通寺へ参詣。

2 高野聖の登場、聖と姫・乳母の応対
善通寺参詣の高野聖が、二人の様子に同情し、父が高野山蓮華谷にいることを教えて退場。

3 姫と乳母の中入
父の所在を知った二人は高野山へ急ぐ。

4 多度津の左衛門と寺男の登場
左衛門が霊夢による不動堂への日参。

5 姫と乳母の登場
狂乱の体で道行、高野山不動坂に至る。

6 左衛門と姫・乳母の応対
左衛門は女人禁制のゆえをもって参上を制止し、二人は男装のゆえをもって押し通ろうとする。

7 寺男と姫・乳母の応対、前奏舞
寺男は「女の行かぬ高野山」の舞を所望。

8 語り舞
神仏広大の慈悲を語り舞いつつ、女人禁制の掟への抗議。

9　姫・乳母と、左衛門の応対

二人は高野へ乱入しようとし、左衛門は姫を杖で打つ。父を尋ねる二人の嘆願。

10　父子の対面

歓喜の再会、大師への讃嘆。

(二)　構想と主題

《多度津の左衛門》は、古曲《苅萱》や、現行曲《高野物狂》などに一連の、遁世した父を高野山に尋ねる子の再会譚という大枠に属する物狂能である。しかも、多度津の善通寺という、高野山と一体の信仰圏を起点とする設定や、父を尋ねる子を女子にして男装の物狂による女人禁制の掟破りという趣向は、頗る凝った工夫といえよう。男装という点、偽りの物狂という点、そのことによって、本来的芸能者ならぬ人物に、一曲の眼目としての「女の行かぬ高野山」という本格的曲舞を舞わせた点、さらに曲舞の内容は　神仏広大の慈悲、高野大師の誓願を語って一見独立性の強い古型を装いながら、その実は、一曲の構想と主題に即して、女人禁制の掟への激しい抗議となっている点、などが指摘できると思われる。かくて本曲は、《苅萱》以来の高野遁世譚を踏まえながら、物狂能の展開のなかで、女人禁制という宗教的禁忌と、親子恩愛の人間的情愛の相克を描こうとした曲であると見ることができようか。

〔補記〕

本曲は、詞章や構想からも世阿弥の作である可能性が高く、とすれば、自筆本奥書の年時が成立の時点であるとは言えぬまでも、当時の世阿弥の物狂能についての姿勢をよく窺わしめるものと言えよう。世阿弥作ないし改作の物狂能の当時のかたちは、世阿弥自身もしくはそれ以後に整備の加えられた現行形態からだけでは推定の及ばぬところが多いから、本曲が伝存することの意義は大きいものがある。

復曲に懐う

能には、それぞれの流儀で定められている上演曲があり、それを現行曲と呼んでいる。現行曲の中でも、その能ができた時から連綿と演じ続けられてきたものもあれば、ある時期に入れ替わったもの、いったん廃せられて再び復活したものなど、個々の曲についてはかならずしも一様ではない。またその間に多かれ少なかれ手を加えられて、甚だしきは曲趣の変わった場合さえある。ともあれ現行曲は、名曲だから残っているという場合も多いのだが、現行曲のすべてが名曲だというわけではもちろんなく、時代的好尚や演技上の便宜性によって、惰性的に受け継がれているだけといった曲もまたないではない。要するに、現行曲のすべてに現行曲としての必然性があるわけではないのである。

また、それぞれの流儀において上演曲が定められるについては、一回の演能にあたって脇能に始まり切能に終わる、いわゆる五番立組織における番組編成上の必要性もあった。しかし、近年は五番立ての能会はほとんどなくなり、三番ならよほどの大能、一番だけの能も普通になってきたが、そうなると、演者が一番の能に全精力を傾けて観客に訴えかけるにふさわしい曲目は、おのずと限られてくる。現今各地で復曲活動が盛んである要因には、このような条件を満たす非公式曲の探求という現実もあるだろう。

さらにまた現行曲の場合、上演に当たっては流儀に定める奏演法があって、手慣れた演者達なら、練習もなくたちどころに一曲が組み立てられる。それがただちに優れた能となるわけではないが、規範に則った延長線上の成果に安住するだけでなく、そのような規範の原点に立ち戻って、一曲を作り上げる過程から能の意味を考える、その一つの方法として、埋もれた能の発掘と再生を賭けた復曲に取り組むという立場がある。

一方、能楽研究の立場からいえば、その総合研究としての究極の成果は、自身による舞台上の表現、つまり自らがその能を演じ切ることが理想ということになろうが、実際問題としては理想というよりむしろ夢想というべきであろう。所詮、研究者の立場からはそれに部分的に関わるほかはない。その場合、一曲すべての設計を示し、総指揮者の立場において演者達の協力を得る方法があるが、それには研究成果の中に一切の技法の精通を必要とする。しかし、それが唯一の方法というわけでなく、研究者と演者が、基礎研究の段階から関わって、お互いの立場を理解し尊重しあいつつ一体化した作業を進めてゆくのもまた一つの方法といえよう。大槻文藏とわれわれはこの方法を選んだ。とはいえ、それには多くの困難が伴なっている。研究者グループと演者グループのお互いに多忙な時間的調整が至難であり、満足すべき条件を整えることが今後ともの課題となるであろう。

さて、復曲の前提となる曲目選定は、そのこと自体に問題意識が反映するのでなければならない。しかも、その選択は演者の主体的意慾に基づくものでなければならない。ここを出発点として、さらに復曲がその時かぎりの単発的なものでなく、ある程度継続的な運動として行なおうとするなら、その過程がさまざまな意味で能の流れを追うものでありたいということから、まず古能《苅萱》をとりあげ、以後《多度津の左衛門》《維盛》と続く。

復曲の場合、一曲の構築にあたって、はじめ演者側が思い描くイメージと、研究者側のそれとはかならずしも一致しない。それは是非善悪の問題ではなく、それぞれの立場の違いのゆえであるが、それゆえに問題点が鮮明に浮かび上がることにもなる。そのことをお互いに認め合いつつ、しかも十分の論議を踏む過程で煮詰まってゆくのがよい。復曲は復元ではない。しかし原形の想定とそれ以後の史的変遷を見据えるところまでは追求しなければならない。その上で、その曲が現代の能として意義あらしめるべき新しい生命の賦与を心がけなければならない。ただし関係者の思い入れが現実の結果を美化してはならない。

ひとつの復曲が曲がりなりにも実現したとき、その過程をふりかえってみて、伝統下の現行曲が具有するに到った功罪を思うことしきりではあるが、それはそれとして、復曲自体はいうまでもなく未熟である。関係者の今後ともの努力は言わずもがなであるが、観客としてのいろいろの立場からの忌憚なき御意見を期待したいと思う。それは舞台の結果が勝負の演者にとって、反省と練磨の励みとなるであろうし、一方、それに関与した研究者にとっては、その見識を問われ続けねばならぬ覚悟の確認につながるだろう。

《鵜羽》上演にあたって

「能の会」二十周年記念公演として《鵜羽》をとりあげることになったが、それはたまたまのめぐりあわせで、《鵜羽》という曲そのものに記念性を求めたわけではない。しかし結果的には、《鵜羽》がこれまでのいくつかの復曲の姿勢とはやや性質を異にするという点で、あるいはひとつの画期を迎えたと言えるかもしれない。従来の復曲路線をふりかえれば、たとえば《苅萱》や《タダツ》で間狂言に手を加えたとしても、テキストから窺える原作の意図に忠実であろうと努めたし、《維盛》も同様ながら、さらに改作曲の場合についても、その立場からの検証を行なったのである。

しかるに《鵜羽》については、別稿の作品解説に記される通り、問題点が多く、いろんな意味で復元の不可能な曲と言えよう。まず、作者は世阿弥、天女の舞の能として作られたと考えられるが、現行脇能のツレ天女の舞とは異なる世阿弥時代の天女の舞は、文献資料の上からはその輪郭が知られるものの、それを舞台化するのは極めて困難であり、よしんば実現しえたとしても、寸法の異なる現代の能の中では、似て非なるものとなることは必定と思われる。さらに、今伝わる《鵜羽》のテキストは、世阿弥によって作られたままの姿ではなく、それも単にワキが大臣脇となったというようなことだけでなく、一曲の後半が世阿弥以後の時点で全面的に書き改められている、というのが私の見解である。つまり、前半はほぼ世阿弥作ながら、後半の改変によって、一曲の構想は世阿弥のものではなくなってしまっている。とすれば、現存のテキストからの原作の意図の復元はありえない。

それでは今なぜ《鵜羽》なのか。復曲そのことが目的なら、室町時代後半以降の、脇能としての類型に整えられている《鵜羽》を舞台化することは可能であろう。しかし、その類型に整える時点で、あるいはありえたかも知れぬ曲籍の変更、曲趣の転換を試みようというのが、このたびの主旨である。したがってこれは復曲というよりむしろ変奏曲といった色合がつよい。従来の復曲路線の拡幅と位置付けるゆえんである。ただし、詞章については、ワキを僧脇にもどし、一部に下掛り本文を参考したほかは大幅に手を加えることをしなかったから、そこからの規制をはねのけて、舞台上にその主旨がどれほど生かし切れたかどうか、さらに復曲作業の過程で、舞台作りのあり得べき選択肢を絞り切るまでには到らなかったことなど、これは大方のご批判にまつしかない。

なお、《鵜羽》作品研究については、天野文雄、小林健二、大谷節子の三氏が中心となり、中世文学研究会における参加諸氏の討議を経たことを付言して、謝意を表する。

《鵜羽》解説

〔底本〕 江戸初期の観世流刊本である光悦本に拠ったが、同本には明らかに原形通りではないと認められる箇所があるので、原形復元のために、次のような改訂を施した。

1、底本ではワキは当今の臣下であり、名ノリも「そもそもこれは当今に仕へ奉る臣下なり、さても九州鵜戸の岩屋は神代の古跡にて御座候ふほどに、このたび君に御暇を申し、九州に下向仕り候」となっているが、ワキを僧（恵心僧都）とし、詞章も改めた。

2、ワキの着キゼリフを新たに加えた。

3、底本には「嬉しきかなやいざさらば、〳〵、この松蔭に旅居して、風も嘯く虎の刻、神の告げをも待ちてみん、〳〵」という待謡があるが、これを削除した。

4、底本では後シテのサシの末尾は「国の宝となすべきなり」であるが、これを「聖人（ショオニン）の御法（ミノリ）を得んとなり」と改め、このあとに「ありがたや」の句を加えた。

5、底本ではノリ地の「聖人」はセイジンと謡っているが、この読みをショオニンと改めた。

〔人物〕 前シテ 海女（豊玉姫の化身）

後シテ 龍女（豊玉姫）

前ツレ　海女
ワ　キ　恵心僧都
ワキツレ　従僧
ア　イ　鱗（うろくず）

〔場面〕　九州日向の鵜戸（うど）の岩屋。鵜羽葺不合尊（うのはふきあわせずのみこと）の誕生日（たんじょうにち）にちなむ秋の神祭りの日。夕方から夜にかけて。

(一)　構成と展開

1、ワキの登場＝恵心僧都が神代の古跡を尋ねて日向の鵜戸の岩屋に到る。
2、シテ・ツレの登場＝海女が現われ、神代を懐かしむ。
3、ワキ・シテの応対＝恵心が鵜の羽を葺きさした仮屋の謂れを尋ねると、海女は鵜羽葺不合尊の物語を語る。
4、シテの語り舞＝海女は仮屋を鵜の羽で葺く謂れを、「ふく物尽くし」の歌とともに語り舞う。
5、ワキ・シテの応対＝恵心が干珠満珠のありかを尋ねると、海女は自分が豊玉姫であることをほのめかして海上に消える。
6、アイの物語と舞＝鱗が干珠満珠の玉を捧げて登場し、豊玉姫をめぐる故事を仕方で語り、祝儀の舞を舞う。
7、後シテの登場と舞＝龍女豊玉姫が登場して、恵心に満干の玉をささげ龍女成仏を祈請し、満干の玉を賛美して舞う。
8、結末＝龍女はなおも満干の玉の威徳を現わし、成仏を渇仰して海中に消える。

(二) 構想と主題

本曲の舞はもとは天女の舞という、華麗な、浮き沈みの著しい舞であった。天女の舞は近江猿楽の犬王が得意としていた舞であるが、大和猿楽でもこの舞を取り入れた能が十曲程度作られた。そのほとんどが女体の神能で、本曲もそのうちの一つである。天女の舞の能の眼目はもちろん天女の舞が舞われることにあるが、本曲では豊玉姫をめぐる神代の物語のなかで、龍女豊玉姫（天女と同類という理解）によってそれが舞われるという趣向になっている。すなわち、前場では古跡鵜戸の岩屋を訪れた恵心僧都に対して、豊玉姫の化身が鵜羽葺不合尊の御産の故事を語り、後場では龍女の豊玉姫が成仏を願って龍宮に伝わる満干の玉を恵心に捧げつつ天女の舞を舞うのであるが、神代の故事の単なる再現ではなく、ワキ恵心による龍女豊玉姫の成仏という趣向も凝らされている。『法華経』に由来するこの龍女成仏（女人成仏と同義）の趣向は《海人》とよく似ているが、本曲の場合、それは豊玉姫に天女の舞を舞わせるための趣向にとどまり、《海人》ほど強調されてはいない。

〔補記〕

本曲は応永三十年（一四二三）の『三道』によって世阿弥の作であることが明らかである。神能ということもあって、室町期から江戸初期までよく上演されているが、調査の範囲では寛文六年（一六六六）の薪能で金剛座が演じたのが上演記録としては最後である。嘉吉元年（一四四一）の将軍義教暗殺は赤松邸での《鵜羽》上演中の出来事だったと『嘉吉記』は伝えるが、事実とすれば、義教お気に入りの音阿弥の所演と考えられる。江戸中期の『金春大蔵家能衣装付』には、《鵜羽》は将軍が嫌ったために各座とも廃曲にしたとの説がみえるが、これはかなり事実を伝えているようである。徳川将軍（誰かは不明）が嫌ったのは、もちろん室町将軍の受難にかかわる《鵜羽》を忌避したためであろう。

なお、《鵜羽》の間狂言としては歴史的には居語りと末社アイの二つの形があるが、鱗が登場して語り舞う形の間狂言は本曲初演に際しての創作である。

《敷地物狂》の復曲によせて

大槻文藏氏の復曲活動は、最初の《苅萱》が昭和六十一年に手がけられて以来、もう十年を超えた。そのはじめ、いろいろの曲が候補にのぼった時、《敷地物狂》もその一つであったが、この度ようやくそれをとりあげるに至ったについては、文藏氏の意向が強くはたらいている。これまでの復曲活動の実績とともに、子方の登用をはじめ実現のための諸条件が整ってきたことが、その決意をうながしたことであろう。

作品研究については、はやく天野文雄氏が能楽懇談会研究部会例会で調査報告を済まされており、それをふまえた再吟味と、大谷節子氏の考証を合わせて、三役を含めた出演者一同との研究申し合わせ会をもつことができたのも、復曲準備の段階ですこぶる有効であったと思う。

作曲をはじめ舞台処理上の諸問題について、文藏氏を中心とする関係者の苦心は言わずもがなとはいえ、あえて寸言を加えるゆえんは、これまでの復曲が古台本尊重主義をとってきたのに対し、この度はその基本線は踏まえながらも、たとえばクセを省略し、その直前の上ゲ歌の節付をクセ風に変更、末尾のキリの処理とともに、小段構成に手を加えたことである。それは説法を縮約してシテの心情表出を重点化したいという狙いではあった。事の善悪、結果の是非は、もとより見所の御批判にまつべきことながら、それを受け止めつつ、第一回に引き続き、第二回目として梅若六郎氏の所演が予定されていることにも、演者の意欲的取り組みが表われているのだが、ともあれ、このたびの《敷地物狂》が舞台稽古の積み重ねの中で練り上げられてゆく過程に立ち会った者として、さしあたっての初演の成果を、私なりに息を詰めてうかがっているのである。

収録論文初出一覧

一 能と古典文学

謡曲と中世文学 『中世文学』三三号 昭和六十三年六月

能と古典文学 『別冊太陽 能』二五号 平凡社 昭和五十三年十一月

能に見る『平家物語』の世界 山下宏明編『平家物語の世界』大阪書籍 昭和六十年

二 和歌と能

謡曲の和歌的基盤 『観世』四〇巻八号 昭和四十八年八月

作品研究《錦木》 『観世』四一巻一一号 昭和四十九年十一月

古今注の世界—その反映としての中世文学と謡曲— 『観世』三七巻六号 昭和四十五年六月

『古今集』と能 『国立能楽堂』三三—三五号 昭和六十一年五月—七月

謡曲《高砂》雑考 松蔭女子学院大学国文学研究室編『文林』六号 昭和四十七年三月

謡曲《富士山》考—世阿弥と古今注— 東京教育大学国語国文学会編『国文学 言語と文芸』六四号 大修館書店 昭和四十四年五月

三　『伊勢物語』と能

『伊勢物語』と能　五島美術館展覧会図録『伊勢物語の世界』　平成六年十月

謡曲と『伊勢物語』の秘伝―《井筒》の場合を中心として―　『金剛』六四号　昭和四十年五月

伊勢物語絵―《井筒》の場合―　国立能楽堂特別展示図録『伊勢物語と能』　日本芸術文化振興会　平成十三年十月

《井筒》と作り物　『片山九郎右衛門後援会々報』五二号　平成四年五月

謡曲《雲林院》考―改作をめぐる詞章の変遷と主題の転化―　松蔭女子学院大学国文学研究室編『文林』一号　昭和四十一年十二月

謡曲《杜若》考―その主題を通して見た中世の『伊勢物語』享受と業平像について―　松蔭女子学院大学国文学研究室編『文林』二号　昭和四十二年十二月

四　作品研究拾遺

作品研究《定家》　『観世』三六巻一一号　昭和四十四年十一月

作品研究《和布刈》　『観世』三五巻一一号　昭和四十三年十一月

作品研究《芭蕉》　『観世』四六巻七号　昭和五十四年七月

作品研究《東北》　『観世』四三巻一号　昭和五十一年一月

作品研究《卒都婆小町》　『観世』四九巻九号　昭和五十七年九月

禅竹の能と『平家物語』　橋の会第五九回公演解説冊子　平成十一年十二月

能二題―《安達原》と《咸陽宮》―　第八回姫路薪能解説冊子　昭和五十三年八月

春藤流《張良》二題　『かんのう』二八二号　大阪能楽観賞会　平成四年三月

《土蜘蛛》―蜘蛛の糸・剣・胡蝶の素姓など―　生田薪能解説冊子　生田神社　昭和五十四年九月

《安宅》延年の舞の構想　第八回蘭の会解説冊子　昭和五十五年六月

私の選んだこの一曲《邯鄲》　別冊国文学改装版『能・狂言必携』学燈社　平成七年二月

《泰山木》存疑　『金剛』一六一号　平成十三年五月

世阿弥の能研究の課題　〈世阿弥忌〉研究セミナー『つうしん』二号　平成十年六月

〈座談会〉観阿弥の能への新しい視座　『文学』五一巻七号　岩波書店　昭和五十八年七月

五　謡曲注釈と芸能史

謡曲の解釈と能の解釈　京都大学学生能解説冊子　昭和五十五年十一月　後『謡曲雑記』和泉書院　平成元年所収

能を読む　能を見る　第一〇回神戸五流能解説冊子　昭和五十九年一月　後『謡曲雑記』和泉書院　平成元年所収

謡曲注釈と芸能史研究―解釈史としての能型付―　『芸能史研究』一〇八号　平成二年一月

六　能の復曲

《松浦佐用姫》解説　『松浦佐用姫』前付解題　大槻清韻会　昭和六十年五月

《松浦佐用姫》二題　二十五世観世左近七回忌追善能解説冊子　平成八年六月

《苅萱》解説　『苅萱』前付解題　大槻清韻会　平成五年九月

《多度津の左衛門》　『多度津の左衛門』前付解題　大槻清韻会　昭和六十三年四月

復曲に懐う　能の会九州公演解説冊子　平成二年四月

《鵜羽》上演にあたって　能の会二十周年記念公演「復曲 鵜羽」解説冊子　平成三年三月

《鵜羽》解説　『鵜羽』前付解題　大槻清韻会　平成三年三月

《敷地物狂》の復曲によせて　第二三九回大槻能楽堂自主公演能研究公演解説冊子　平成九年二月

補注

＊p.60　初出では末尾に〔追記〕として、次のような文章が置かれている。
《実盛》の「篠原の池」について、『平家物語』諸本に見えないと述べたのは誤りで、たとえば八坂流城方本と言われる『国民文庫』本には、「加賀国なりあひの池にてあらはせて見給へば」と見える。世阿弥はそれをふまえるかも知れないが、としても、その池を重視するのが《実盛》であり、以後その影響下に享受されていることは、右に述べた通りである。

＊p.71　本文一行目、「案るに、……」の記述は『猿楽伝記』に見える。

＊p.182〜p.184　ここに略号として「上」とあるのは現行の上掛り（観世、宝生）、「下」とあるのは現行の下掛り（金剛、喜多）のことである。

＊p.334　本座談会の表記については、曲名のカッコ、書名等、すべて初出のままとした。

＊p.386　本文一行目、「北川さん」とあるのは能楽研究（とくに狂言研究）の北川忠彦氏。

＊p.407　《松浦佐用姫》はこの後、観世流の正式演目とされ、同流から謡本が平成十二年に発行されていて、その解説も著者が執筆している。その内容は本論とほぼ同一であるが、作者については世阿弥としている。

解説

大谷節子

一

本巻は、著者の「能と謡」に関する論文の内、伊勢注、古今注と謡曲との関わりを指摘した初期の論文を中心に、概論から個々の作品研究までを収録する。

初期と記したのは、「能と謡」に関する研究の初期の謂いである。著者の能楽研究は能楽論を始発とし、それらは本巻には収められていない。著者が、修士論文を元とする「世阿弥における能の形成―修羅と軍体を中心として」を『国語国文』に発表したのが一九五七年、同年、「面白さの体系」を『文学史研究』（大阪市立大学国語国文学研究室発行）に掲載し、翌々年には『五音』に関する論を発表している（以上全て『中世文華論集』第二巻に収録）。その後は、同窓同級の信多純一氏の導きによる宝山寺の金春家旧蔵資料との出会いや、同じく同窓同級の金春晃実氏による『拾玉得花』の発見が契機となり、著者の関心は、暫く金春禅竹に集中する。その成果は、表章氏との共著『金春古伝書集成』（一九六九年刊）と、単著『金春禅竹の研究』（一九七〇年刊、『中世文華論集』第三巻に収録）にまとめられるが、著者は単著のあとがきに次のように記し、

> どこかできりをつける。そう思い切って、本書をまとめた。あえて一段落を区切った私自身は、だから、しばらくは禅竹に別れを告げようと思う。それは、たとえば中世の文学、あるいは思想の底流にあるものを模索し、その一端をつかむことが出来れば、おのづから禅竹にも回帰し、あらためて禅竹の語るところも聞けようかと思うからである。

しばらく「禅竹に別れを告げ」、「中世の文学、あるいは思想の底流にあるもの」の「模索」へと向かう。

著者の謡曲作品研究はここから本格化するが、それ

はまさに「中世の文学、あるいは思想の底流にあるもの」の「模索」の行程であった。初期の論文に必ず引用されているのが、片桐洋一氏による、伊勢物語と古今集の古注釈研究の成果である。著者は謡曲作品と古注釈との関わりを個々に示しながら、つまりは

これら注釈の世界が、中世文学――あるいは思想――の基盤としてあり、たとえば謡曲の場合にも、その反映としてあらわされているという事情

（「古今注の世界」本巻収録）

について繰り返し述べ、「中世古今集ともいうべき世界」の反映として「謡曲の世界」を説いた。

『古今集』の歌が中世においてどのように受けとめられていたかということを、われわれに具体的に示すものの一つが注釈書類であるが、それは『古今集』そのものだけではなく、その理解のあり様を示す諸説全体として関わるのである。いまあえて古今集歌の範囲を超えた歌の場合に言及したのもその意味からであるが、かくて謡曲の世界は、いわば中世古今集ともいうべき世界を反映しているのである。

（「古今集と能」本巻収録）

著者が「謡曲と伊勢物語の秘伝―「井筒」の場合を中心にして―」を『金剛』紙上に発表したのが一九六五年、「謡曲「富士山」考―世阿弥と古今注」は、一九六九年（『言語と文芸』）である。それ以前に、表章氏は日本古典文学大系『謡曲集』上（一九六〇年）補注一五〇において、伊勢物語古注（『和歌知顕集』）と謡曲との関係を指摘し、次いで香西精氏も冷泉家流古注と謡曲との語句の一致を指摘している（『観世』一九六三年）。古今和歌集古注と謡曲との関係については、「白楽天」を例に挙げられた三輪正胤氏の「鎌倉時代後期成立の古今和歌集序註について」（『文庫』一九六八年）が先行してあり、次いで熊沢れい子氏の「古今集と謡曲」（『国語国文』一九七〇年。熊沢氏が片桐氏の指導の下、一九六九年度に大阪女子大学に提出した卒業論文）があった。

しかしながら、著者の古注関係の論文が、熊沢れい子氏の論文と共に「中世古注と謡曲との関わりを論証して謡曲典拠研究を一変させた」（竹本幹夫「能楽研究

の三十年」中世文学会編『中世文学研究の三十年』〈一九八五年〉所収）と位置付けられるのは、それが単発的な指摘ではなく、その後の『日本書紀』そして『和漢朗詠集』の古注へと関心が広げられていく、「中世の文学、あるいは思想の底流にあるもの」を見据えた一連の考察であったためである。

佐竹昭広氏は、「中世の思想文化 二 文学と芸能」（岩波講座『日本歴史』第二六巻別巻3〈一九七七年〉所収、『佐竹昭広集』第四巻に再録）において、次のように述べている。

日本紀・古今・伊勢・源氏など中世における古典注釈の所説と、中世文学作品との関連を追及する伊藤正義氏は、謡曲「井筒」「雲林院」「杜若」「富士山」「高砂」などについて、素材・出典から主題にわたる幅広い研究成果を発表している。中世の古典学を消極的な研究史の枠内に閉じ込めて置くことはもはや許されなくなった。

「しばらくは禅竹に別れを告げ」、「中世の文学、あるいは思想の底流にあるもの」へと向かった著者の「模索」は、こうして中世の古典学の道標となっていったのである。

二

著者の謡曲研究は、後年、新潮日本古典集成『謡曲集』三巻（一九八三—一九八八年）に集大成され、著者はこの業績によって観世寿夫記念法政大学能楽賞を受賞する。本巻に収められた各作品研究も、より深められた形で『謡曲集』各曲解題に書き直されている。各曲解題の部分は、この『中世文華論集』第六巻に再録される予定である。もし、著者が生前に自ら著作集をまとめるということがあったならば、あるいは本巻に収めた作品研究の大部分は無用と判断され、割愛されたかもしれない。

しかし、幸い、そう、幸いにして、著者の作品研究の論文は、ほぼ全て本巻に収まっている。その幸せは、能楽研究史上の意義を示すという点にのみあるのではなく、著者の研究が如何に深化していったか、いわば伊藤学の形成過程を跡づけることができる点にもある。

著者は生前、「推論は、後に資料の出現によって見事に証明されてこそ研究と言えるのであり、資料の出現によって間違いだと判明するような推論は学問ではない。」――と話しておられた。それはもちろん、論文の体を成していない思い付き、あるいは「言った者勝ち」の風潮への批判であったが、この発言が語るように、著者は正真正銘、学問の人であった。著者の論に反論や異説がなかったというのではない。むしろ、一九六五年の伊勢物語古注と「井筒」についての論文は、

> 「謡曲と伊勢物語の秘伝」以後、古注の説で関連付け得る一曲中の各素材には一貫した物語構想が意図されていると主張する伊藤正義氏の作品論は、西村聡「『人待つ女』の『今』と『昔』」で批判された」（前掲『中世文学研究の三十年』）

と総括されたように、作品論に対しては反論も多く出されている。著者はよく、「若い連中は僕の説に過剰に反応して反論ばかり書くなあ、まるで僕を仮想敵国にしているみたいやね」と苦笑しておられたが、著者は旧説を撤回する論文を書くことは生涯なかった。それは、自説を曲げることのない頑固さということではなく、自ら訂正を要するような研究は学問ではないという自説に従って論文を書いていたということに尽きよう。

著者の関心が中世の注釈と学問へと広がっていく中で、著者の謡曲の読みもより深まりを見せる。一例として、「杜若」の作品研究を挙げる。片桐洋一氏の『伊勢物語』古注釈研究の成果を受けて、最初に「杜若」における『伊勢物語』古注の影響を指摘した著者は、『伊勢物語』と、『伊勢物語』古注と、能「杜若」の関係を、次のように述べている。

> 謡曲《杜若》は、『伊勢物語』に基づくというよりは、あるいは『伊勢物語』の古注に基づくというよりは、『伊勢物語』を享受するにあたって拠り所としての古注を通して形成されていた中世の業平像の劇化と云えるのではなかろうか。陰陽の神であり、下化衆生の方便を以て仮にあらわれた業平は、陰陽の道において愚癡の女人を導いた。

彼と契るところの女達は、形見の花、杜若に象徴されている。（「謡曲「杜若」考―その主題を通して見た中世の『伊勢物語』享受と業平像について―」一九六七年、本巻収録）

能「杜若」が『伊勢物語』古注における『伊勢物語』解釈や中世における業平像に基づくとする著者の指摘は、その後の「杜若」研究の前提となっていくが、この時点では、著者は作者について触れるところがない。著者は、『金春禅竹の研究』（一九七〇年）Ⅰ禅竹序説―二「禅竹の能」において、禅竹作の可能性のある曲を挙げて五段階（A 禅竹作と信じられるもの、B 禅竹作の可能性が高く、禅竹作とみて差支えないもの、C 禅竹作の可能性が高いもの、D 禅竹作の可能性もあるもの、E 禅竹による改作の可能性もあるもの）に示しているが、「杜若」はそのどれにも入っておらず、一九七〇年の時点でも、「杜若」が禅竹作である可能性は全く考えられていなかった。

しかし、著者は後年、「杜若雑記―なほしも心の奥深き―」（一九八一年）、そして『謡曲集』上（一九八三年）各曲解題の中で、禅竹『明宿集』における業平像への言及と、作品の修辞法から、「杜若」は「禅竹が作者である可能性は高い」とする見解を示し、

（能「杜若」は）中世における歌学秘伝書の世界で形成されていた業平像をふまえ、陰陽の道において女人を導いた業平の菩薩行を、二条の后の形見の花の杜若の精を主人公にして、女人成仏と草木成仏を重ね合わせたところを主題とすると言えよう。『伊勢物語』そのものと、物語の実義との二重構造を、巧みに表裏結び合わせた本曲の構想は比類がない。（『謡曲集』上 各曲解題「杜若」）

『伊勢物語』そのものと、物語の実義とが作品の中で二重構造になっている点を構想上の特徴とした上で、禅竹の手腕を高く評価している。（著者の「杜若」論以後の研究史については、大谷「能「杜若」の構造―禅竹の方法」『伊勢物語　享受の展開』〈竹林舍、二〇一〇年〉参照）。著者がしばらく「禅竹に別れを告げ」、「中世の文学、あるいは思想の底流にあるもの」の「模索」へと向かったのは、つまりは、謡曲の読みを深めるため

に自らに課した道程であったように思われる。

三

新潮日本古典集成『謡曲集』は、日本古典文学大系『謡曲集』の方法に倣って、本文の左注に現行観世流における所作を記している。その作業の中で生まれたテキストと演出についての論をまとめたのが、本巻第五章「謡曲注釈と芸能史」に収めた三編である。

……謡曲のテキスト研究において、文学的表現の対極に、演技的要請という一面への配慮も見逃してはならないと思います。

（中略）

……能作者が書いた作品は上演を目的とし、その作品は舞台上の表現をもって完結します。当然、テキストの変遷も、演出の変遷も、ともに作品の解釈史を示すと言ってよいと思うからです。

（「謡曲注釈と芸能史研究」）

テキストの変遷と共に、演出の変遷を、作品の解釈史として把握する必要性を説く著者は、ここで個々の演出資料（型付）を演出史上の位置付けをした上で活用すべきことを補足する。

著者自身は、これ以上に演出史研究を自らの研究領域に加えることはなかったが、復曲という作業を通じてその必要性は危急のものとしてあった。読まれる文学とは異質のレベルでの文辞への視点は、一九八六年《苅萱》から始まった大槻文藏氏との復曲活動の中でも暖められていく。本巻第六章に収めた諸編は、《松浦の能》を除き、全て大槻氏との復曲作業の記録である。

《苅萱》から始まった大槻能楽堂の復曲企画は、《タダツノサエモン》《維盛》《鵜羽》《敷地物狂》と続くが、著者は自らが理想とする復曲作業を次のようなことばで語っている。

研究者と演者が、基礎研究の段階から関わって、お互いの立場を理解し尊重しあいつつ一体化した作業を進めてゆく（「復曲に懐う」本巻収録）

《苅萱》初演の時は、今に比べるとまだ世間の時間が幾分か緩やかに流れていたのだろう。スタッフ全員、つまりワキ方・囃子方・狂言方まで揃っての第一回の会合は、大槻氏による復曲の趣旨説明、「能本」の読み合わせ、伝本状況の説明、作品解釈、討論から始まった。テキストの検討は中世文学研究会で時間をかけて行なわれたが、復曲には、当然ながら現実の舞台経営という側面もあり、卓上で復元させたテキストを三次元化する段階で多くの難問が顕在化していく。著者は復曲のためには、「原型の想定とそれ以後の史的変遷を見据えるところまでは追求しなければならず」と考える研究者の立場と、「それを踏まえて、その曲が現代の能として意義あらしめるべき新しい生命の賦与を心がけなければならない」とする演者との溝を埋めることが不可欠であると考えていた。研究者と演者の共同作業は、お互いの意思疏通のための十分な時間を必要とする、鍛錬の場でもあった。

著者が関わった大槻文藏氏との復曲は、《苅萱》も含めて五曲であるが、大槻文藏氏主導による復曲活動はその後も続き、現在も多くの成果を生んでいる。

最後に、本巻に関わる著者の論考として、『謡曲雑記』（一九八九年）所収の諸編について記し、拙ない解説を終える。

新潮日本古典集成『謡曲集』刊行に向けて謡曲の注釈作業に専念している時期、著者は大阪能楽観賞会の機関誌『かんのう』に、注釈作業から広がっていく関心を書き留められた「謡曲雑記」を連載した。

「謡曲雑記」は、もともと新潮日本古典集成『謡曲集』の仕事中の余滴である。ありていに言えば、その時々の思い付きを記して、お読み下さった方からのご教示・ご批正を『謡曲集』に生かそうという、虫のいい魂胆もあった。それとともに、謡曲研究の一環として、その背景にある文学史的諸相との関連を照射する私的覚書を作っておこうとも考えていた。その多くは『謡曲集』の頭注なり各曲解題として、そのまま、もしくは増訂を施して用いたから、それからはみ出す饒舌部分は、もはや埋れ木の人知れぬこととなるべきものと考えていたのだけれど、『謡曲集』各曲解題中には

「かんのう参照」を指示した箇所もあると指摘されて、いかにもその不徹底さを悔いるとともに、いささか気にも掛かっていたのである。

（「『謡曲雑記』由来」『謡曲雑記』所収）

右にいう研究余滴四十編は、大阪市立大学大学祭のパンフレットなどに載せられた数編と共に『謡曲雑記』として和泉書院から刊行され、著者の観世寿夫記念法政大学能楽賞の受賞祝賀会に集う人々に手渡された。この本は絶版になっていたが、その内、研究余滴四十編については、本書刊行に先立ち、講談社学術文庫『謡曲入門』として文庫本化された（二〇一一年五月刊）。本巻と合わせてお読みいただければ幸いである。

人名索引

書名索引

曲名索引

❖監修
片桐洋一
信多純一
天野文雄

❖編集担当
三木雅博
大谷節子

伊藤正義
中世文華論集
第一巻 謡と能の世界(上)

平成二十四年六月三十日 初版第一刷発行

著者 伊藤正義
発行者 廣橋研三
発行所 和泉書院

〒543-0037 大阪市天王寺区上之宮町七―六
電話 〇六―六七七一―一四六七
振替 〇〇九七〇―八―一五〇四三

印刷・製本 亜細亜印刷 装訂 森本良成

定価はケースに表示

ISBN978-4-7576-0624-1 C3395

伊藤正義 中世文華論集

第一巻
月報

和泉書院
2012年6月

御櫃(おひつ)と御杓文字(おしゃもじ)

片桐洋一

伊藤正義・信多純一の両君は、昭和二十五年に京都大学文学部に入学した時に同じクラスであったので、入学当初から互いに知り合っていたが、私はクラスが違っていたので、三回生になり、国語学国文学専攻の一員になってからのつきあいである。

伊藤君は、その頃、須磨の自宅から通学していたので、四回生になると、私もそれにならって、明石の自宅から遠距離通学することにした。だから常に車中で語り合う仲となったが、時には三の宮で途中下車して喫茶店で卒業論文の構想を語り合ったり、当時は喫茶店でしか見られなかったテレビの力道山のプロレスの試合に熱中したりしていた。当時既に学者的雰囲気を備えていた伊藤君がプロレスのテレビ観戦に熱心であったとは信じられないかも知れないが、無理に私に合せてくれていたとは思えない熱中ぶりであった。

ついでに、信じられないような話をもう一つ加えておくと、ある日、拙宅にやって来た伊藤君が、「どうも学問に邁進する気力がなくなった。今は一生おでん屋でもして暮らしたいと思う」と漏らしたことがあった。私は勿論、信多君に比べても、研究者として生きる姿勢が最も早くからできあがっていた伊藤君であるゆえに、喫茶店で私がしゃべった宇津保物語に始まる平安時代物語文学史の構想があまりに整っていたのでショックを受けたのかな、それに対して彼の論文はスケールが大きいようなのでまとまらずにあせっているのだなと直感したが、黙っていた。事実、まとまりが悪かったのか、卒業論文の成績は悪かったようである。

しかし、とにかく昭和二十九年の三月に卒業し、四月からは大学院へ進学するとともに、主任教授の遠藤嘉基先生のお世話で二人揃って神戸の松蔭女子学院高校の非常勤講師として週十時間ずつ働くことになった。いつも一緒にいるので、生徒たちに「御櫃（おひつ）」と「御杓文字（おしゃもじ）」とあだ名されていた。体型から言って、私は今でも「御櫃（おひつ）」で通じるし、伊藤君は額（ひたい）は広く頸（くび）が細かったので「御杓文字（おしゃもじ）」は言い得て妙であった。専任教員一人分の授業を二人で分担、伊藤君は高校三年の古文と中学三年の古文入門を週一時間ずつ、私は高三の古典文法と中三の現代文法を週一時間ずつ担当した。若い女の子に文法ばかり教えるのはきつかったが、「おでん屋願望」が復活すると面倒だと思ったので彼の希望通りに分担した。そのせいもあってか、伊藤君から「おでん屋」の話を聞くことは、その後まったくなかった。

　私は本来人に気を遣うことのない人間であるが、伊藤君はそんな私に気を遣わせる天性があったのではないかと思う。古今集や伊勢物語を本説とした謡曲が、古今集そのもの、伊勢物語そのものではなく、中世の古今集や伊勢物語の注釈によっていると言い出したのは伊藤君であるが、彼が論文中に引用している古今集や伊勢物語の注釈書の写真は、すべて私が伊藤君に見せたものである。しかし、彼は所蔵者にも私にも挨拶なく論文に引用している。もう時効になっているが、ひやひや物である。

　それより驚いたのは彼の結婚の話である。伊藤夫人の百合子さんは、私と伊藤君が松蔭に勤めた二年後に奈良女子大学を出て体育の先生として赴任して来られたのであるが、二年か三年たってから、私は伊藤君の意を受けて百合子さんと御両親に結婚の打合せに参上した。当然事前に二人の間で話が進んでおり、私はそれを前提にして挙式等について具体的に詰めればよいのだろうと思って参上したのであるが、実際は、彼がひそかに思いを寄せていただけであったことがわかった。それにしても、よく話に応じて下さったなと思わざるを得ないのである。

　いずれにしても、晩年の伊藤君の押しの強さとはまったく違うシャイな姿を私は知っているのであるが、そのシャイの多くは説明不足で、自己本位と見られることも多かっただろうと今は思う。

「おひつ」は電子ジャーにおおむね替られたが、「おしゃもじ」はやはりまだ必要である。もう少しがんばってほしかったという思いが私の体内をかけめぐる毎日である。

（大阪女子大学名誉教授）

伊藤正義先生の『中世文華論集』の出版に寄せて

観世清和

現在、私どもの流儀では、現行曲と申しまして、常に演じております曲は二百十曲ほどございます。他のお流儀でも、おおよそ二百曲前後を現行曲としておられるかと存じます。

それらの曲のほとんどが、私どもの先祖であり、当時は猿楽と申しておりました能の始祖ともいえます観阿弥や世阿弥、元雅、また金春家の祖である金春禅竹など、室町時代を中心に中世の空気を吸い、そのなかで生きていた人たちにより作られた曲でございます。それ以降、それぞれの時代により多少の変遷もありましたが、六百有余年を経た現在も同じ作品を日々演じております。

世阿弥が『風姿花伝』の年来稽古の条々に記しておりますように、私どもの芸は、その年齢により処し方は変化していきますが、基本は稽古で成りたっております。子供や少年期、青年期の成長期には、型も謡も唯々、教えられたことを無心に行い、こなしていくことで精一杯な状態でございます。ただ、多くの曲や同じ曲を繰り返し演じ、また新しい曲を試みるころになりますと、謡の本を前にして目を通したり、稽古をしておりますと、いろいろな疑問が湧いてまいります。作者は作品に何を託したかったのだろうか、現代の詞の解釈ではなく、当時はもっと別の意味あいがあったのではないかと、納得いかないまま舞台に立たなければならない居心地の悪さを感じる時がございます。

私の父（二十五世観世流宗家観世左近元正）もそのような思いをしておりましたのでしょう。何か疑問に思うような事がございますと、折にふれ伊藤正義先生にお手紙を差し上げて、お尋ねしていたようです。すると伊藤先生からは丁寧なお教えのお返事をいただき、父もそれで得心をいたし、舞台に立てたと申していたこともございます。伊藤先生の学識と、中世に対する大きな広がりのある視点から捉えた能への見識を信頼して、お教えいただいているよう申しておりました。

世阿弥の自筆の能本九曲が今に残り、そのうちの「難波梅」「松浦」「阿古屋松」「布留」の四曲が、宗家に伝わってまいりました。その中の「松浦」は、先代により、昭和三十八年の世阿弥生誕六百年記念に「松浦佐用姫」の曲名で復曲上演を致しました。この時の上演は、世阿弥自筆本に多少手を加えてのものとなりました。その後、伊藤正義先生と大槻文藏さんお二人のご研究、ご相談で世阿弥自筆本を踏襲した「松浦佐用姫」を復曲され、数度の上演を続けてこられました。私もいよいよ「松浦佐用姫」を勤めさせていただくことになり、この曲に対する心構えを自分なりに持っておきたいと思い、伊藤先生とお手紙をやりとりさせていただき、お教えを請いました。先生は、研究者でもない私の、おそらく先生にとっては何をいまさらというような初歩的な質問だったと思いますが、よく話を聞いてくださり、また私の立場もご理解いただいた上での、親切で適切なお教えをいただきました。そのひとつに、後のワキとの掛け合のところで、〝松浦の山風〟か〝松浦の羽（ハ）風〟かをお尋ねいたしましたところ、自筆本では欠損しているので実際にはわからないが、これは文学的な感性の問題だからとのお返事で、〝山風〟とさせていただいた経緯がございます。何度かの上演の過程で由緒のあるこの曲を現行曲に加え、みなさんに広く演じていただきたいとの思いが募りました。伊藤先生のご研究による補訂を基に大成版謡本「松浦佐用姫」を出版することに快諾をいただき、前付けの解説もご執筆いただきました。その節、同席をさせていただき、ゆっくりとお話をうかがう機会がございましたが、お話しぶりも大らかで、紳士的なご対応に感銘を覚えました。

先生のご逝去により、これからお尋ねすることができなくなり、戸惑っておりましたが、この度、先生のご業績の集大成が出版されるとうかがいました。能楽に携わる者のひとりとして、先生の中世に対する広い視野と、深いご洞察の賜物を、これからも書物を通してお教えいただけることとなり、大変ありがたく、喜んでいるところでございます。

（二十六世観世宗家）

伊藤先生と「女郎花」

三木雅博

伊藤正義先生は、謡曲「女郎花」に関連して、平泉の毛越寺延年にも「女良花（ママ）」という曲があり、漢の明帝の時、「かぶん」という老人が早世した二人の娘を弔い、その早世を嘆いていると、二人の娘の霊が花の姿となって出現する、という同曲の内容が、応保元年（一一六一）成立の釈信救（覚明）撰『和漢朗詠集私注』の「女郎花」の部立に附された注、「霊鬼志曰、何文者漢人也。有一女子容貌美。卒死。葬明日見其塚、尽成菊花。故名菊花女。亦名女郎花。今案所称之花、其状異菊花也」を「ふまえるところがあると思われる」と指摘され、「かの国における女郎花への関心が、わが国の発想法にも影響を与えつづけ、中世においても、文学や芸能まで一脈を通じていることを思わせる」と述べられた（『謡曲雑記』「女郎花」〈和泉書院、一九八九年〉、二〇一一年に講談社学術文庫2049『謡曲入門』として復刊）。

この文章は、もともと大阪能楽鑑賞会の機関誌「かんのう」の連載記事として書かれた短いものだが、そこから広がる問題はとてつもなく大きい。『私注』に引かれた『霊鬼志』は現在佚書となっており、『隋書』『旧唐書』の経籍志に「荀氏撰。三巻」と記載されるものの、『芸文類聚』などにごくわずかな逸文が残るだけで、この『私注』が引く何文の話自体、中国側の書物にまったく見えない貴重なものだが、さらに気になるのは、毛越寺延年の「女良花」が、時代を「漢の明帝」の時と特定して、早世した娘を二人とし、「かうじよ、ゆうくわ」とその名を記すなど、『私注』の引く『霊鬼志』に比べかなりの異なりを見せることである。『私注』の『霊鬼志』の「何文」を「かぶん」と忠実に仮名書きしているところから、「かうじよ、ゆうくわ」もおそらく延年の作者が勝手に創り出したのではなく、もとの漢文資料の漢字表記をそのまま仮名書きしたものと思われる。とすると、延年「女良花」の作者が見ていた漢文資料は、『私注』撰者信救が引用した『霊鬼志』とはまた別系の資料ということになるが、信救が引いた『霊鬼志』の本文は、類書などに引かれた簡略なもののように見えるので、案外、延年作者の方がきちんとした『霊鬼志』の本文に拠っているのかもしれない。こういうものを毛越寺延年の作者がどのようにして知り得たのか、またどのように延年という芸能に仕組んだのか、それを考えるだけでも比較文学研究や芸能史研究上の非常に重要なテーマになり得よう。さらに伊藤先生は、早くに謡曲「女郎花」が、「男山の昔を思ひ出でて、女郎花の一時をくねる」という「古今集仮名序」の一節に対して付された『古今集序注三流抄』の注に引かれた「日本紀」の記事の内容と深く関わることを指摘された（本論集第一巻「古今注の世界―その反映としての中世文学と謡曲―」）。平城天皇の御代、八幡に住んでいた小野頼風という男が、「京ナル女」と懇ろになるが、或る時別の女に通う。頼風が訪れないのを不審に思い、彼の家を訪ねて事の次第を知った女は頼風を恨んで八幡川に行き、山吹重ねの衣を脱ぎ捨てて身を投げる。頼風は女の屍を見つけて供養し、後日その衣を女の形見にしようと使者に取りに行かせるが、使者は途中で衣を土に落とし、その衣は朽ちて女郎花となる。その現場を訪れた頼風が近寄ると、女郎花は恨んだ様子で別の方向へ靡き、退くとまた元に戻るというのがその内容で、ここから件の仮名序の一節が書かれたと注は締めくくられる。この頼風の物語は、『私注』所引『霊鬼志』や延年「女良花」の親子（父・娘）の物語から、男女の愛憎の物語へと変貌を遂げているが、亡くなった女性が「女郎花」に姿を変えて男の眼前に現れる、「女郎花」は亡くなった女性が姿を変えた花である故の命名である、という物語の根本的な在り方は、一貫して受け継がれている。この「日本紀」記事は、おそらく『霊鬼志』の何文の亡き娘が「女郎花」と化して現れる話を、「古今集仮名序」の「女郎花の一時をくねる」の解釈に応用して、心変わりした男を恨んで入水した女の物語へと巧みに創り変えたものであろう。こうした物語を「日本紀」と称して創り出しながら、「古今集仮名序」を注釈していく『三流抄』注者の意識、またその『三流抄』の注に記された物語をもとに謡曲「女郎花」をこしらえた謡曲作者の意識、それらはいまだ十分明らかになったとはいえない。また伊藤先生が『謡曲雑記』「女郎花」で手短かに注意された、毛越寺延年「女良花」と謡曲「女郎花」の複雑な関係も、延年・謡曲それぞれが、芸能としてどのように成立していったのかを考えるうえで、非常に重要な問題ではないかと思われる。

このように、謡曲「女郎花」を取り上げた短い文章を覗いただけでも、日中の境を越え、和歌や芸能といった作品分野も横断し、中世の文学世界がどのように立ち現れてきたのかを捉えようとする、伊藤先生の研究の世界がそこから広がっていく。もはや先生が、ご自身でそれを語って下さることはなくなったけれど、この『伊藤正義 中世文華論集』全六巻に結集した多くの文章に接することで、私たちはこれからも先生が追究されてきた世界を体験し、そこから新たな研究の地平を切り開いていくことができるだろう。「ここまでやっといたから、あとは君らがもっと好きなようにやっていってくれたら、それでええんや」。先生の懐かしいお声がどこからか聞こえてくるようだ。

（梅花女子大学教授）

「須磨伝授」

大谷節子

平成十四年七月十四日、新神戸オリエンタルホテル須磨の間で開かれた「伊藤正義先生古稀記念研究資料集刊行祝賀会」の幕締めは、「古稀記念研究資料集」すなわち『磯馴帖』の書名をめぐる、伊藤先生の注釈であった。このスピーチは、その後、神戸女子大学の卒業生によってテープ起こしがなされ「須磨伝授」と題されて、宴席の記念写真と共に出席者の元に届けられた。注釈の人であった先生が、自らの書に付された注釈とは、次のようなものである。

『磯馴帖』という題なんですけれども、江戸時代の地誌なんかですと、須磨に松風村雨堂が描かれておりまして、海岸には磯馴松が描かれております。実は私の家は、須磨寺町なんですけれども、そこから東へ約二、三〇〇メートルほど行きますと、今は村雨堂という省略された名前になって、ついこの間までは、「行平月見の松」の切り株もあったのですけれども、震災でそれはなくなりました。ごく近所のそんな状況と合わせまして、ご存じの方も多いと思いますが、神戸女子大からずっと須磨駅へ行くバスの途中に、鳥光という焼鳥屋があります。その道を隔てた東側の一帯、JRの線を挟みまして北側が松風町であり、南側が村雨町であって、その更に南側、今、国道2号線に接する辺りが磯馴町、というふうに町名が並んでおります。私は須磨で生まれたんですが、別に先祖代々須磨にいたわけではないんで、親父はサラリーマンで、神戸造船所に勤めた関係で長崎からこちらへやってきまして、そこで所帯を持って、私の生まれたのが東須磨の東寺田町、今、東町と名前が変わっておりますが、もうそこは今は何もありません。そこに三歳頃まで住んでおりまして、そこから引っ越しをしましたのが村雨町であります。村雨町に、これも三年余りを過ごしまして、また東須磨へ移っております。そういうわけで「松風」「村雨」「磯馴」は、私が物心ついた頃の世界の名であり、それは能《松風》の詞章をふまえていると後で知ることになります。中世の秘事口伝風に申せば、このような世俗の因縁が『磯馴帖』の背後にあると申しておきましょう。

そこでもうひとつ、秘事口伝に属することを申しますと、実は今日、会が済みましたら、お帰りに是非お持ちいただきたいもののひとつに、扇子を今日の記念として調製したんでありますけれども、その扇子にどんな絵がよいかということになりました。ざっと戯れ絵でも描けばよいのですが、私にはその才能はありませんから、ちょっと無理です。たまたま所蔵しております、福王流の第九代の福王盛勝、英一蝶に絵を習ったということで、雪岑と号する人の相生の松の絵を用いました。雪岑の絵というのは、着色で能狂言の絵が多いのですけれども、こういう墨絵はちょっと珍しいかと思います。掛軸の絵を扇に使ったものですから、署名と印が見えにくいということで、それはちょっと拡大してあります。従って、完全な複製ではないのですけれども、これを作りましたのは、ひとつには磯馴松から、やはり松の縁ということがあるのですが、もうひとつ『磯馴帖』の外箱を見ていただきますと、ちょっとなんかわけのわからん模様が入っております。この模様は、実はこの松の絵の一部分をうんと拡大してデザイン化したものでございます。で、そういわれてみると、なるほどと気がつくのもやはり秘事口伝の類というもので、このホテルの須磨の間での、いわば須磨伝授ということになるのでしょう。

先生の須磨寺町のお宅は、一九九五年一月十七日未明に起きた阪神大震災で全壊した。当時私は、偶然のことながら、先生がお生まれになった東須磨の若木町にあった義父の家に家族と共に住んでおり、二つの町は同じく震度七のベルト地帯の中にあった。地震の直後、電話は不通となり、先生の御宅に電話が繋がったのは翌日のことであった。「あ、あんたんとこ、大丈夫か? うちはまあ、傾いてるけど、かろうじて立ってるわ」「先生、ご無事でよかったです。私とこも屋根はあります」「ははは、そうか、それはよかった」。この奇妙な会話を交わした翌日、私は自転車に乗って山陽電鉄二駅分を走り、先生のお宅を訪ねた。先生は電話の直後、被害がほとんどなかった神戸女子大学の近くに住まいを借りてお移りになっており、須磨寺町のお宅は無人であった。私の家もそうであったが、鍵は壊れてかけられておらず、玄関には括った本が高く積まれていた。残された本が先生の三日間を語っていた。後日、これらの本はお宅のすぐ裏を走っていた山陽電鉄の線路上に一旦運び出され、和本は神戸女子大学須磨キャンパス図書館の館長室に、洋装本は図書館内の別室に仮置きされた。線路の枕木に本を積み上げることは、大開駅の陥没により山陽電車が長らく不通となっていたが故に可能な作業工程だったのであるが、翻せば、この時駆け付けた「教え子たち」はみな、京阪神から須磨寺町まで、船や迂回バスを乗り継いで辿りついたということになる。それにしても、異常時の記憶というのはおかしなもので、線路上で陣頭指揮を取られていた先生の白いヘルメット姿だけが、二度と見ることのない光景として目に焼き付いている。

その後、先生は取り壊されたお宅の跡地に新居を構えられ、「須磨伝授」で触れられた福王雪岑一軸を含む先生の御蔵書は、無事新しい書架に戻った。文中「私の家」は、この新居である。そして現在、御蔵書は一括して先生が初代センター長を務められた神戸女子大学古典芸能研究センターの所蔵となり、震災前のお宅の二階に在った時と同じように、好学の来訪者の目に触れる日を待っている。以て蛇足の左注とす。あなかしこ〳〵

(神戸女子大学教授)